COLMILLO BLANCO

LA LLAMADA DE LO SALVAJE

JACK LONDON

Títulos: Colmillo Blanco / La llamada de lo salvaje
Títulos originales: *White Fang / The Call of the Wild*
Autor: Jack London

© Edimat Libros, SA
C/ Primavera, 10, nave 35
28500 Arganda del Rey
Madrid-España
www.edimat.es

Traducción: realizada o adquirida por Equipo Editorial
Diseño e ilustraciones de cubierta: Karakachoff estudio

ISBN: 978-84-9794-626-1
Depósito Legal: M-16825-2024

Impreso en España - *Printed in Spain*

INTRODUCCIÓN

La escritura de Jack London remite al cine de aventuras de fin de semana, voz en *off,* paisajes amplios y circunstancias sorpresivas. Sus relatos siguen el formato propio de un cuento que se confía principalmente al contenido: narración omnisciente, una acción intensa, un héroe con la vida en peligro en medio de una situación insólita y la sorpresa del azar precipitando el desenlace. Son historias con misterio y suspense, contadas con excelencia y ubicadas en un escenario exótico o extraordinario.

Es probable que gran parte del cine americano, posterior en el tiempo a la obra de Jack London, utilizara ciertos modelos realistas, naturalistas o deterministas tal y como lo hicieron muchos de los escritores que atravesaron el período de 1865 a 1914. Tal vez, también, gran parte del cine americano recree su imaginería dentro de este período en el que se refuerzan los mitos nacionales y se desarrolla la joven tradición que precede a la gesta épica. El wéstern, la conquista del Oeste y gran parte del repertorio de aventuras halla su inspiración en los relatos contados y traspasados a lo largo de las generaciones, lo que ha permitido la elaboración de un glosario de figuras y personajes que se van recreando en el tiempo. Es la mitología del hombre blanco: rudo, valiente, obsesionado; cercando fronteras y venciendo al salvaje al ritmo del tendido ferroviario y a fuerza de gatillo. «Nos gustaba la frontera —escribía Frank Norris—, era romántica, el lugar de la poesía de la Gran Marcha, la línea de fuego en la que había acción y lucha, y donde la vida de los hombres dependía del dedo índice, curvado sobre el gatillo, de los demás. Los que habían estado allí volvían con historias espectaculares, y los que no, inventaban otras historias todavía más espectaculares»[1].

Seguramente, muchas leyendas se labraron alrededor de esta etapa que asistió a la industrialización más importante del mundo occidental y moderno, más veloz, más eficaz y más voraz que se haya conocido.

---

[1] FRANK NORRIS, *Las responsabilidades del novelista y otros ensayos,* texto bilingüe: traducción, introducción y notas: Constante González Groba, León, Universidad de León, 1998, p. 131.

Este período, de más de medio siglo, no es ni homogéneo ni compacto y dentro de él se pueden vislumbrar movimientos contradictorios de fuerzas económicas, políticas y sociales. La teoría del «Destino Manifiesto»[2] junto al reciente darwinismo social, la esperanza en la superación económica y la manifestación de una brecha entre ricos y pobres, las granjas y ciudades, el mercado masivo, los nativos y los inmigrantes, los blancos, los negros y todo unido por el tendido de las vías, los cables de electricidad y el teléfono. El hombre aparece como nudo o nexo entre la parte y el todo, ya sea decidiendo con su voluntad, venciendo los impulsos y actuando de acuerdo con normas morales de la época, o siendo determinado por una fuerza superior, que no puede controlar y que justifica o interpreta sus actos. Esta última posibilidad, explicada en la sociología del momento bajo el concepto de «determinismo», es la que gobierna toda la producción de Jack London. Los personajes no son más que figuras dentro de un decorado, la mayoría de las veces, hostil y desconocido; o bien familiar, pero lleno de sorpresas. Estas características han hecho que su literatura sea catalogada como naturalista, una versión renovada del realismo que, desde Europa, había llegado a las costas americanas y que fue adoptando características distintivas dentro de las producciones particulares[3].

Jack London, como así también el grupo de escritores que se denominan naturalistas, reaccionaron contra los supuestos del realismo propugnado por maestros como Williams Dean Howells y Henry James, y comenzaron a fijar su atención en aquellos hechos o circunstancias que definían también al mundo moderno y que podríamos ubicar en los extremos del mapa conocido (o reconocido/representado). Fueron entonces los cuadros de los suburbios pestilentes donde habitaban los vagabundos y desplazados y donde se cocía la crítica más fuerte al sistema. En el caso particular de Jack London, a esto deben sumársele los paisajes extremos como Alaska o las islas del Pacífico Sur. Tanto él, como sus contemporáneos, cambiaron el interés: «los escenarios de las novelas se trasladaron de los recibidores y salas de estar de la burguesía a los barrios bajos y a las factorías, y los refinados modales de la clase media dieron paso a un mundo de lucha brutal y despiadada por la supervivencia en el ámbito de los negocios y en la jungla urbana»[4].

---

[2] El «Destino Manifiesto» fue un proyecto político que se asentó en fuertes bases religiosas y que se utilizó para explicar la expansión como misión dentro del territorio norteamericano. Centraba su fuerza en la idea de llevar la libertad a todas las regiones distantes y utilizaba la imagen de la Tierra Prometida.

[3] Dentro de los que usaron esta formulación, mencionamos a los más reconocidos: Frank Norris, Theodore Dreiser, Jack London y Stephen Crane.

[4] FRANK. NORRIS, *op. cit.*, p. 13.

El recorrido y el desarrollo de estas historias, además y a esta altura de la crítica literaria, permiten analizar no sólo la pertinencia de estos hechos, sino también destruir las concepciones en torno al género, la raza, el poder y la política que, como fondo ideológico, sostienen subterráneamente la urdimbre temática de la narración convirtiéndose en herramientas muy interesantes en el desarrollo de la literatura y de las formulaciones ideológicas. Por lo tanto, y después de mucho tiempo en el olvido, Jack London resurge bajo el impulso de las nuevas aproximaciones y escuelas de análisis que retoman su obra para leerla en otras claves[5]. Tradicionalmente para comentar una pieza de Jack London se solía recurrir a su biografía, tan extraordinaria como sus ficciones, en muchos puntos, autobiográficas. Se suele decir que *Martin Eden* es su *alter ego* y que todas las circunstancias que le tocaron vivir desde la niñez, ayudaron para construir el imaginario del personaje. Los relatos de la infancia de Jack London convocan imágenes de vidas miserables propias del cine: estancias pequeñas, oscuras, desordenadas. Además, en los sucesivos trabajos, y durante los viajes que fue realizando, logró conocer o vincularse con aquellas personas o lugares que le proporcionaban material idóneo para sus historias, porque él mismo era sus historias encerradas dentro del mundo del sueño norteamericano.

Jack London se hizo escritor. Todas sus publicaciones —novelas, cuentos, artículos periodísticos, ensayos—, inclasificables dentro de un corpus único, responden más a su hacerse, a su actividad, que a necesidades creativas. James Williams[6] señala seis razones o puntos por los que atraviesa Jack London a lo largo de su carrera y que lo conforman como un escritor que gana una identidad, precisamente, en el desarrollo de esos puntos. La primera característica es la adopción del color o modelo local, descartando de esta manera aquellos parámetros que llegaban desde Europa o desde Nueva York o Boston, constituidos como centros culturales que gobernaban las modas. Como señala Williams, el mismo trabajo en Nueva York fue ofrecido a Frank Norris y a Jack London en el mismo período de tiempo y en la misma etapa de sus carreras. Norris lo acepta y Jack London lo rechaza: «La frontera física podría estar cerrada, pero London la recrea en el espacio psicológico de su identidad»[7]. Otra de las características que lo definen, siguiendo el esquema propuesto, es la condición de «viaje» continuo. Viajar y observar transformando la experiencia en escritos. Había decidido ser

---

[5] Al respecto: Leonard Cassuto y Jeanne Campbell Reesman (eds.): *Rereading Jack London,* Stanford, Stanford University Press, 1996.
[6] *Cfr.* James Williams: «Commitment and Practice», en Leonard Cassuto y Jeanne Campbell Reesman (eds.): *Rereading Jack London,* Stanford, Stanford University Press, 1996.
[7] J. Williams, *op. cit.,* p. 15.

un escritor en movimiento constante, un escritor en la naturaleza. Los viajes se complementaban con otra de las características: la documentación. Como señala Williams, London generó lo que él mismo llamó «documentos humanos»[8] y se utilizó a sí mismo en esta labor: contó sus vivencias y transformó su escritura en una especie de fotografía textual.

Las publicaciones se vendían en revistas, que a su vez y pasado un tiempo y unas cuantas entregas, las compilaban en libros. Esta forma de «doble publicación» señala otra de las características de su escritura y se relaciona directamente con la «producción continua». Era autor y agente, y en él se sumaban ambos roles del proceso. Para concluir, Williams señala que para comprender la identidad de un autor como el que nos convoca, debemos señalar también la «naturaleza pública» y la necesidad y capacidad de generar una escritura de «impacto» en el medio —valorado por la temática o contenido mucho más que por la forma—, transformándose así en un personaje «público» de las primeras décadas del siglo xx.

Las demandas de entregas y el constante flujo de publicaciones hacían que Jack London estuviera continuamente produciendo bajo el modelo de agente periodístico mucho más que autor en el sentido estricto o clásico del término. Al mismo tiempo, este tipo de publicaciones exigían un ingrediente de impacto propio del mundo periodístico.

Todas estas características conforman la identidad creadora y profesional de un escritor como Jack London, un hombre que escribía mil palabras al día para mantener su estatus económico convirtiéndose en el escritor mejor pagado del momento.

Un escritor de mil palabras al día

La obra de Jack London puede leerse como el canto del coraje en las tierras hostiles y la eterna determinación del hombre a fuerzas que lo superan, haciendo gala de la teoría del «Destino Manifiesto» y afianzando, de esta manera, la ideología del mejor entre todos medida en la obtención de riquezas y conquistas sociales. Al mismo tiempo, London, dueño de una personalidad plural y de unas inmensas contradicciones ideológicas en cuanto a raza, género y poder, es considerado como uno de los representantes del naturalismo literario al especular sobre la realidad afectada por los cambios políticos y económicos que trastocaron al conjunto social.

Imperialismo y socialismo han sido dos de las tendencias que estructuraron su literatura, compartiendo con ellas las paradojas del reconoci-

---

[8] *Cit.* J. Williams: *op. cit.,* p. 14.

miento de la superioridad racial en un mundo que se pretende sin clases. Crece y madura junto al imperialismo americano y a una versión del darwinismo social, reformulado por Herbert Spencer al adaptar la teoría de la selección natural de Charles Darwin a la sociología. Esta idea se mezcla, además, con una creciente tendencia anglófona que se manifestó en Estados Unidos por entonces, y que reconocía la superioridad del pueblo anglosajón: la élite blanca que ocupaba el poder y que se cargaba a sus espaldas las victorias de las sucesivas conquistas de su pueblo. Primero había sido la conquista de territorio, y una vez cerrada la frontera, el afán de conquista se transformaba dentro del comercio. «Pero aunque somos la misma raza, con los mismos impulsos, con los mismos instintos que los antiguos frisios de las marismas, ahora estamos en una época distinta y la palabra clave de nuestro siglo no es ya la Guerra sino el Comercio»[9]. Sin embargo, la postura de Jack London fue un poco más allá al reconocer que lo que garantizaba la supervivencia era la cooperación entre la especie. Mediante esta idea, como también a través de la lectura de los escritos de Marx, se aproximó al socialismo.

Cuando en 1902 viaja a Londres, en una escala que lo llevaría como cronista a Sudáfrica y cuya misión se ve truncada, descubre, en la vieja capital del Imperio, una ciudad que se había mantenido oculta. Aprovecha entonces el momento político para generar un nuevo tipo de discurso bajo los supuestos de una nueva subjetividad: el imperialismo americano. Con el cierre de la frontera y el auge industrial, sus escritos portan el mensaje secreto que reza: «existe un mundo mejor y está en Estados Unidos». De esta manera, realza y reafirma un relato que su literatura ayuda a formular. La escritura de su novela *The People of the Abyss* (1902), *La gente del abismo,* se construye a partir de la mirada distanciada y redentora del profeta americano. Recoge sus propias apreciaciones al vagar por los barrios bajos de la ciudad y descubrir a los mendigos, vagabundos y desplazados. Y toda su escritura se puede entender como una excusa para enarbolar, por comparación, los valores de su tierra[10].

De esta manera, y como correlato a la situación política de los Estados Unidos, estos recursos convergen y legitiman, como señala Peluso, el desarrollo del imperialismo americano. Describir la situación de la pobreza en Londres conduce a un análisis y reflexión que se orienta hacia la reafirmación de lo propio. Jack London se sorprende en el co-

[9]   Frank Norris: *op. cit.,* p. 137.
[10]   Tal y como recoge Robert Peluso en «Gazing at Royalty»: «his book about the East End also reveals a production of knowledge deeply indebted to a number of fundamental American values and meanings. And, more to the point, London's deployment of these values and meanings converges with and legitimizes a rapidly developing American imperialism». Citado en: Leonard Cassuto y Jeanne Campbell Reesman (eds.): *Rereading Jack London,* Stanford, Stanford University Press, 1996, p. 55.

razón del Imperio y arremete contra éste autoafirmándose como raza y como nación. De esta manera, reconoce Peluso, los escritos sobre el tema señalan un momento en la política de Jack London, ya que descubre la formación discursiva para discutir la pobreza urbana, que puede sostenerse junto a su creencia en la superioridad de su raza y en el imperialismo como una forma de actualizarla. Se llega, entonces, a la conclusión de que su postura no se ocupa tanto en la crítica al imperialismo, sino en la identificación y localización del Imperio.

Siguiendo el planteamiento de Peluso, London adopta la actitud del colonizador al mostrar cierta simpatía hacia los pobres urbanos y revolverse contra esa miseria estableciendo un paralelismo, una distancia y una diferencia entre ellos y los ciudadanos americanos. Jack London desarrolla una «nueva subjetividad» y una nueva estructura de discurso donde se expresan elementos comparativos entre un lugar y otro dando lugar a una agenda nacionalista.

Sin embargo, y más allá de estos personajes urbanos, el imaginario de Jack London se abre hacia el Oeste. La fuerza de la raza, a la que alude Frank Norris, que empujó a los anglosajones desde las tierras frisias hasta el Pacífico, adopta, en Jack London, el tono de la gran aventura. A pesar de que las fronteras del país se encontrasen cerradas, se empezó a mirar hacia los otros continentes y hacia otras regiones. Políticamente: Hawai, Cuba, Filipinas, Panamá. Literariamente y para Jack London: Alaska y las islas de los mares del Sur. El espíritu viril del hombre del oeste americano se desplaza hacia esas tierras alejadas en el mapa, sobre las que escribe como reportero, fotografiando narrativamente e inventando historias exóticas y extremas en situaciones y aventuras. De la misma manera, sus escritos desobedecen los mandatos académicos de prestigio y renombre de la costa Este, y continúa con su producción relacionada con las publicaciones periódicas, los encargos, las revistas y, sobre todo, el dinero. Sus novelas más famosas han sido aquellas que transportan las aventuras a la gélida Alaska, y sus relatos cortos, género en el que brilló como escritor más que en ningún otro, suelen recrear esos territorios que el propio Jack London visitó.

Jack London ha sido afectado y producido por y en este proceso y bajo estas circunstancias, y con esta afirmación no hacemos más que constatar el lema con el que sostenía sus escritos: determinación. Como hemos señalado en el apartado anterior, desarrolló la labor de cronista periodístico tanto en sus viajes por Londres como en los viajes que realizó por México y, en compañía de su esposa, por el Pacífico Sur. Pero también, como señalamos al comienzo y teniendo presente la tesis de James Williams, su compromiso como escritor se lleva a cabo en el desarrollo de una versión del ser autor, desarrollando un tipo de producción con un *timing* industrial: escribió casi cincuenta libros en escasos años y compuso a un ritmo de mil palabras por día.

Al mismo tiempo, la vida de Jack London coincide con el apogeo del cuento como género literario nuevo, tanto en Europa como en Estados Unidos. Francisco Cabezas explica dos razones que influyeron en el triunfo de este género en los Estados Unidos: por un lado, tomando a Henry James, habla de «la tenuidad de la vida norteamericana; es decir, la ausencia de un tejido social denso y complejo que posibilitase la amplia novela social y de costumbres al estilo victoriano inglés» y, por otro, «el auge de las publicaciones periódicas»[11] de las que ya hemos hecho mención anteriormente y que influyen de manera decisiva en las fórmulas de ficción y en la profesionalización del escritor. Esto hace que el cuento goce de un excelente momento comercial y editorial y que Jack London se transforme en un escritor de éxito por llevar adelante un tipo de escritura en la que mejor se desenvuelve. Los lectores pedían acción y brevedad, aventuras y efectos. Los lectores pedían circunstancias contrastables biográficamente.

Los relatos se desarrollan al borde del mundo civilizado, más allá de la frontera, en una nueva línea de acción y de aventura, en regiones donde manda la naturaleza, brutal y peligrosa para el hombre. Sus personajes llegan a estas regiones generalmente impulsados por motivos económicos, pero sus objetivos se entremezclan con la supervivencia. Esto es lo que le ocurre al joven empresario o a la anciana de *La Casa de Mapuhi:* la búsqueda de la fortuna se convierte en la lucha por la vida. Y en ambos, la voluntad del hombre poco tiene que hacer en momentos cruciales. Una tormenta tropical, un gran tifón destruye la aldea y permite a los sobrevivientes imponerse a su destino. La misma naturaleza violenta y voraz les permite continuar su futuro.

El Naturalismo en América

«Todo es extraño, imaginativo, incluso grotesco, con una vaga nota de terror que palpita todo el tiempo como la vibración de un diapasón siniestro y de baja intensidad. Es todo romántico, a veces de forma inequívoca (...) Tenemos los mismos dramas ingentes, los mismos enormes efectos escénicos, el mismo amor por lo extraordinario, lo vasto, lo monstruoso y lo trágico.

El Naturalismo es una forma de romanticismo, y no un círculo interno del realismo. (...) El hecho de que la obra de Zola no sea puramente romántica como la de Hugo se debe sobre todo a la selección

---

[11] F. CABEZAS: *op. cit.*, p. 51.

del ambiente. Estos dramas grandes y terribles no se desarrollan ya entre los miembros de la nobleza feudal o renacentista, los que están en primer plano, sino entre las clases bajas —casi las más bajas; los que han sido echados o arrancados de entre los que se van cayendo a la cuneta—. Esto no es romanticismo: es drama de la gente, que da lugar a sangre y sufrimiento. No es realismo. Es una escuela independiente, única, sombría, con un poderío indecible. Es el naturalismo.»

Frank Norris,
Las responsabilidades del novelista y otros ensayos.

Sobre este contexto histórico, sobre el cambio de siglo y el pasaje de la América rural al mundo industrial y urbano, se desarrolla el naturalismo, una formulación proveniente del realismo y matizada, como señala la cita de Norris, con un toque de romanticismo por su necesidad de trascender lo meramente cotidiano, extrayendo de ahí lo extraordinario. Si entendemos que el campo cultural se encuentra directamente vinculado con la esfera política, económica y social, es evidente que las condiciones de producción, como la representación misma, necesitaban y respondían a otras intenciones, más allá de las formulaciones románticas de la generación de escritores previa a la Guerra de Secesión, como Washington Irving, Edgar Allan Poe, Herman Melville o Nathaniel Hawthorne. La cita de Alfred Kazin: «el realismo americano surge de la perplejidad y se nutre de la tristeza»[12] tal vez ayude a sintetizar lo que este movimiento vino a significar. Un ambiente en ebullición, cambiante e innovador que requería programas de acción originales, así como renovadas miradas hacia el mundo.

El aumento desmedido de las ciudades en tan poco tiempo, y el pasaje de una vida rural a la experiencia de la metrópoli, ofrecían un contraste que los escritores posteriores a la Guerra convirtieron en parte de su programa estético: debajo de la fastuosidad de los edificios y de la creciente modernidad existía un sustrato de habitantes empobrecidos, proletarios, inmigrantes. Todos ellos constituían la fuerza de trabajo que sostenía un ideal que no los afectaba y eran las víctimas de un sistema que privilegiaba la concentración de capital y, aceptada como parte de este juego, la brecha insalvable entre pobres y ricos. Al mismo tiempo, la corrupción política y económica, y los desfases entre lemas oficiales y realidades locales, germinaban en materiales a tener presente para construir un relato fiel de los hechos.

La narrativa se dejó influenciar por una versión realista patrocinada por la visión científica, y el relato fidedigno, como material que se

---

[12] FRANK. NORRIS: *op. cit.,* p. 10.

podría contrastar, fue ganando terreno a otras alternativas de ficción. El movimiento del naturalismo se desplaza desde Europa a Norteamérica con maestros como Balzac, Flaubert o Zola, y es recibido por William Dean Howells, Mark Twain, Henry James, quienes, a su vez, ejercen una influencia decisiva en la literatura de Stephen Crane, Theodore Dreiser, Frank Norris y Jack London.

El realismo, como teoría estética, surge en Francia y designa principalmente a un tipo de arte que recurre a la observación directa, dejando de lado simbolismos y rechazando los convencionalismos más arraigados utilizados por los géneros tradicionales. Cuando esta tendencia entra en América, las cuestiones vinculadas al tema y estilo se pierden, recayendo toda la fuerza del movimiento en la exploración de la realidad social y la ciudad como terreno de conflicto. La apertura que realizó Howells con el realismo, tiene su continuidad en el naturalismo que extrae su principal fuente de inspiración de la sordidez, de los márgenes, de los bordes del sistema: vías de ferrocarril y la vida en los muelles. Este naturalismo, como así también gran parte del realismo, y por qué no del regionalismo, asume una nueva actitud frente a lo que se está contando y frente a la cultura oficial.

Siempre se señala que entre el realismo y el naturalismo media la categoría del determinismo, un concepto propio de los años 50 del siglo XX que aparece como corolario de la teoría de Charles Darwin sobre la evolución de las especies, y como ya hemos señalado, también de la adaptación a la sociología de Herbert Spencer. Bajo este término, se engloba la formulación de que el hombre actúa movido —o determinado— por las fuerzas externas del medio ambiente o la sociedad que al mismo tiempo le proporcionan el material para su desarrollo y superación. Pero el conjunto y el control de estas fuerzas son ajenos y se ubican por encima del entendimiento. Al mismo tiempo, esto coincidía con la pérdida de confianza en el sueño americano y el decaimiento de la fe, en virtud del crecimiento en la confianza científica.

El naturalismo americano no se constituyó como escuela o movimiento. No compartían un interés estético y sus representantes no conocían la obra de los demás. Poco habían leído de los referentes europeos que se les acusaban y, en el caso de Jack London, sólo cuando llevaba varios años produciendo, se acerca a la lectura de Marx y Darwin. Lo que los ligaba era el contexto histórico y filosófico, alejado de la ética tradicional y cercano al determinismo. Realistas y naturalistas modificaron su foco de atención y las tramas o condicionamientos de la ficción: «Los realistas —comenta Lee Clark Mitchel[13]— podían continuar confiando en una chispa inherente de divinidad moral, pero en la década del 1890 los naturalistas dirigieron la atención a los rasgos innatos y los hábitos creados por la sociedad. En vez de en dramas de elección centraron su obra de ficción en escenas de coerción, puesto que los dilemas morales no tenían absolutamente ninguna importancia en un universo que enredaba a los personajes lógicamente». En este pasaje del realismo al naturalismo, en este cambio de cariz de una postura a otra en el orden de las decisiones, causas y consecuencias de la acción, también se vislumbraban advertencias o preguntas acerca del sueño americano y la doctrina del destino manifiesto. Durante estos años que rodearon el cambio de siglo, se empezaron a notar los efectos del capitalismo más brutal, la diferencia y distancia entre los que tenían la riqueza y los que trabajaban para aumentar las posesiones de los otros. Los valores republicanos de la igualdad y la independencia comenzaron a cuestionarse y la ideología cristiana ya no tenía el mismo poder y apoyo en las nuevas generaciones.

Entonces, teniendo en cuenta el auge del concepto de determinismo y el surgimiento del naturalismo literario, aparecieron otros temas y técnicas de escritura. Entre ellos: la vida en las granjas, la experiencia de la fábrica y los modos urbanos. La importancia recaía más en el escenario que en la voluntad. Por lo tanto, con el cambio de siglo y con una nueva base ideológica para explicar lo cotidiano, el concepto de determinismo prendió, en cuanto a escenarios y personajes, sobre todo en la narrativa de los cuatro escritores que señalábamos como herederos del realismo.

En los textos que aquí se presentan, el entorno actúa como condicionante para ayudar a la supervivencia de los personajes. A Jack London le fascinaba la vida afuera de las convenciones sociales de la ciudad de aventureros y lanzados a territorios lejanos y desconocidos. Las obras presentadas comparten los espacios abiertos y diferenciados de la prosa de Jack London.

El protagonista, un joven lobezno mitad perro, llamado Colmillo Blanco, va a experimentar un profundo cambio en su vida al encontrase en su camino con el hombre, al que concibe como una especie de dios creador y administrador de la justicia. Colmillo blanco, desconocía, como era natural, tratándose de un animal salvaje, la posibilidad de comportarse de acuerdo a unos valores basados en los conceptos del bien y del mal. Nuestro joven protagonista había vivido hasta ese momento conforme a la ley natural sustentada por el instinto de su-

---

[13] «El naturalismo y los lenguajes del determinismo», en EMORY ELLIOT (ed.): *Historia de la Literatura Norteamericana,* Madrid, Cátedra, 1991, p. 498.

pervivencia. Así pues, Colmillo Blanco «no estaba enemistado con su entorno hostil. Estaba muy vivo, muy feliz y muy orgulloso de su existencia.» La intrusión del hombre en su entorno, obliga a nuestro protagonista a alterar por completo su desarrollo como auténtico lobo.

En *La llamada de lo salvaje,* publicada por primera vez en 1903, la historia sigue las aventuras de Buck, un perro doméstico de California que es robado y vendido como perro de trineo en Alaska durante la fiebre del oro. La novela explora temas como la lucha por la supervivencia, la domesticación, la naturaleza salvaje y la búsqueda de uno mismo en un entorno hostil.

Cronología de la vida de Jack London

1876 John Griffith (Jack London) nace en San Francisco. Su padre, un astrólogo y aventurero ambulante, abandona al niño y a su madre Flora que, transcurridos unos meses del nacimiento, contrae matrimonio con John London, un droguero de la localidad de Oakland. La familia comienza un periplo por varios poblados de la zona para mejorar su economía y su situación laboral. Pasan por las granjas de Alameda, donde Jack se dedica a cultivar hortalizas, pero deben regresar a los barrios de Oakland y a la pobreza de la ciudad. Allí, en los muelles de la bahía, Jack se relaciona con marineros, estafadores, ladrones y todo tipo de personajes marginales.

1890 Se emplea como obrero en una fábrica de latas de conserva, pero su salario es muy escaso y debe dejarlo íntegramente a su madre. La situación era apremiante: por las noches, comienza a saquear criaderos de ostras y a vender de manera ilegal. Una vez cumplidos los quince años deja su casa.

1893 Con diecisiete años, se embarca como marinero en el Sophia Sutherland, un buque dedicado a la caza de focas del Pacífico. De esta época datan sus primeros intentos literarios. Gana veinticinco dólares como premio por un relato enviado al concurso que organiza el periódico *Morning Call.* Con este relato, *Historia de un tifón frente a la costa de Japón,* comienza su vida de escritor. Pero no le sería fácil y debe continuar trabajando y pasa por una serie de circunstancias: fábricas, ferrocarriles, obrero, vagabundo.

1897 Participa de una expedición para conseguir oro en Alaska, pero enferma de escorbuto y regresa a los Estados Unidos con las manos vacías.

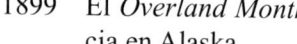

1899   El *Overland Monthly* le publica una historia sobre la experiencia en Alaska.

1900   Aparece su primer libro de publicaciones reunidas bajo el título *El hijo del lobo*. Ese mismo año se casa con Elizabeth Maddern, que le dio dos hijas, cuidaba de él y de su casa y le ayudaba con los manuscritos.

1901   Su carrera como escritor se va afianzando y continúan las publicaciones y las recopilaciones en libros de los escritos en periódicos. Ese mismo año, nace una de sus hijas, Joan.

1902   Viaja a Londres como corresponsal del periódico. De allí, partiría a Sudáfrica, pero, tras la cancelación de este viaje, se dedica a vagabundear por los alrededores y de allí extrae el material para su novela *The People of the Abyss*.

1903   Publica uno de sus mayores éxitos, la novela *The Call of the Wild*.

1904   Corresponsal en la guerra ruso-japonesa. De este año es su novela *The Sea Wolf.*

1905   Se divorcia de su mujer y se casa con Charmian Kittredge.

1906   Se vincula más activamente al Partido Socialista. Escribe su novela política *The Iron Heel* que saldrá en 1907.

1907   Comienza su viaje alrededor del mundo en un velero —The Snark— que mandó construir para ese fin en compañía de su esposa. El periplo comienza en las exóticas islas del Sur: Hawai, Tahití, las Islas Marquesas, etc. De allí extrae un completo imaginario para sus relatos.

1908   Escribe *Martin Eden,* una novela que puede considerarse autobiográfica.

1909   Las enfermedades tropicales debilitan a Jack London, que debe ser hospitalizado en Australia y suspender, de esta manera, su recorrido.

1910   Se instala en un rancho: Glen Ellen, y a partir de allí, dedica el resto de su vida a la agricultura y a aumentar sus posesiones y propiedades.

1913   Sus novelas se traducen a once idiomas y Jack London es uno de los escritores más ricos y populares del mundo.

1916   En su lujoso Beauty Ranch, muere de sobredosis de morfina.

COLMILLO BLANCO

PRIMERA PARTE

CAPÍTULO PRIMERO
El rastro de la presa

A ambos lados del helado río se extendía un tétrico bosque de coníferas. Poco tiempo antes, el viento había desnudado los árboles de su capa de nieve, por lo que parecían inclinarse los unos hacia los otros, cual negras sombras fatídicas a la luz del crepúsculo. Sobre la tierra reinaba un vasto silencio. Era toda una desolación sin vida, sin movimiento, tan solitaria y fría que no se desprendía de ella ni siquiera un espíritu de tristeza. Había en ello algo como una carcajada, más terrible que la misma tristeza, más desolada que la sonrisa de la esfinge; una risa tan fría como el hielo, que tenía el espanto de lo inexorable. Era la sabiduría superior incomunicable de la burla eterna, de la futilidad de lo viviente y de sus esfuerzos. Era la selva, la salvaje selva boreal cuyo corazón está helado.

Pero allí mismo, desafiante, se encontraba la vida. Aguas abajo, por el río helado, avanzaba trabajosamente un trineo tirado por perros de aspecto lobuno. Su hirsuta pelambre estaba recubierta de hielo. Su aliento se congelaba en el aire, en cuanto salía de las fauces y se depositaba, formando cristales, sobre su piel. Los perros llevaban un arnés de cuero que los unía al trineo, carente de patines. Estaba formado de resistente corteza de abedul y descansaba con toda su superficie sobre el suelo. La parte delantera era redondeada, para impedir la carga de la nieve blanda que parecía oponérsele como un mar embravecido. Sobre el trineo se encontraba, cuidadosamente asegurada, una caja de madera, larga y estrecha, de forma oblonga. Se encontraban además allí otras cosas: mantas, un hacha, una cafetera y una sartén. Pero entre todas se destacaba la caja larga y estrecha, que ocupaba la mayor parte del trineo.

Delante de los perros, calzado con amplios mocasines, avanzaba penosamente un hombre. Otro más hacía lo mismo, detrás del trineo. En él, en la caja oblonga, yacía un tercer ser humano, cuyos trabajos habían terminado, al que había vencido y derrotado la selva hasta que ya no se movió más o no era capaz de seguir luchando. A la selva boreal no le gusta el movimiento. Para ella la vida es un insulto, pues lo que vive se mueve y la selva siempre destruye cuanto goza de movilidad. Hiela el agua para impedir que corra hacia el mar; arranca la savia de los árboles hasta que se hielan sus poderosos corazones. Pero la naturaleza boreal ataca de la manera más feroz y terrible al hombre, aniquilándole y obligándole a la sumisión; al hombre, que representa la vida en su más alta capacidad de movimiento, el eterno rebelde, que lucha continuamente contra la ley según la cual el movimiento termina siempre en reposo.

A pesar de ello, delante y detrás del trineo, indomables y sin dejarse atemorizar, avanzaban los dos que todavía no estaban muertos. Sus pestañas, las mejillas y los labios estaban tan cubiertos de cristales de hielo provenientes de su propia respiración, que era imposible distinguir sus caras. Ello les daba la apariencia de fúnebres máscaras, de sepultureros de un mundo espectral, que asistían al entierro de algún espíritu. Mas, a pesar de todo, eran hombres que penetraban en la tierra de la desolación, de la burla y del silencio, aventureros de Liliput, si se les comparaba con la colosal empresa en la que estaban empeñados, ofreciendo el sacrificio de su esfuerzo contra el poder de un mundo tan lejano, extraño y carente de vida como los abismos del espacio.

Marchaban sin pronunciar una palabra, ahorrando la respiración para el trabajo corporal. A su lado reinaba el silencio, que los oprimía con su presencia tangible y que afectaba sus mentes, como la profundidad del agua influye sobre el buzo. Los apretaba con el peso de una soledad infinita y de un destino inexorable. Su presión llegaba hasta los más remotos ámbitos de sus almas, arrancando, como de la uva el jugo, los falsos ardores y exaltaciones y los injustificados valores propios del espíritu humano, hasta que ellos mismos se consideraban simplemente como manchas, finitas y limitadas, que se movían con débiles muestras de ingeniosidad y sabiduría entre el juego de las grandes fuerzas elementales y ciegas.

Pasó una hora y otra. Empezaba a palidecer la débil luz de aquel día corto y sin sol, cuando un débil grito lejano resonó en el aire tranquilo. Elevose rápidamente, hasta alcanzar su nota más alta, donde persistió, tensa y palpitante, para morir después lentamente. Pudiera haber sido un alma en pena que se quejaba, si no hubiera poseído una cierta tristeza tétrica y un tono de hambre. El hombre que avanzaba delante del trineo volvió la cabeza, hasta encontrar los ojos de su compañero. Por encima de la caja oblonga cambiaron un signo de inteligencia.

Oyóse a poco un segundo grito, que atravesó el silencio como una fina aguja. Ambos localizaron enseguida su origen. Se encontraba detrás de ellos, en algún punto del desierto nevado que acababan de atravesar. Por tercera vez sonó la voz como si fuera una respuesta, también detrás de ellos, pero a la izquierda del segundo grito.

—Nos buscan, Bill —dijo el hombre que iba al frente.

La voz era ronca e irreal, aunque había hablado sin ningún esfuerzo aparente.

—La carne está escasa —respondió su compañero—. Hace días que no veo huellas de conejos.

Después no hablaron ya más, aunque sus oídos estaban atentos para percibir los gritos de caza, que se oían detrás de ellos.

En cuanto desapareció la luz del sol avanzaron con los perros hacia un amontonamiento de coníferas en la orilla del río, disponiéndose a pasar la noche. El féretro les servía de asiento y de mesa. Los perros lobunos se amontonaron lejos del fuego, mostrándose mutuamente los dientes y peleando, pero sin revelar ninguna intención de alejarse en la oscuridad.

—Me parece, Enrique, que los perros se mantienen muy cerca de nosotros —comentó Bill.

Enrique, que masticaba y que estaba ocupado en poner la cafetera con un pedazo de hielo dentro sobre el fuego, inclinó la cabeza en señal de asentimiento.

—Ellos saben dónde están seguros —dijo—. Les gusta más comer que ser comidos. Son perros muy inteligentes.

Bill sacudió la cabeza:

—Realmente, no lo sé.

Su camarada le observó con curiosidad:

—Es la primera vez que te oigo decir que no son inteligentes.

—¡Oye, Enrique! —dijo el otro masticando la comida con lentitud—. ¿Te fijaste cómo se alborotaron los perros cuando les daba de comer?

—Hicieron más ruido que de ordinario, es cierto —reconoció su compañero.

—Enrique, ¿cuántos perros tenemos?

—Seis.

—Bueno, verás... —y Bill se detuvo un momento para que sus palabras adquiricran mayor significación—. Como te decía, tenemos seis perros. Tomé seis pescados de la bolsa. Le di uno a cada perro y me faltó un pescado.

—Te habrás equivocado al contar.

—Tenemos seis perros —insistió su compañero desapasionadamente—. Saqué seis pescados de la bolsa. «Una Oreja» se quedó sin pescado. Volví a la bolsa y le di el que le tocaba.

—Tenemos sólo seis perros —insistió Enrique.

—Enrique —prosiguió su camarada—, yo no digo que todos fueran perros, pero había siete animales, que consiguieron cada uno su pescado.

Enrique dejó de comer para echar una mirada a través del fuego y contar los perros.

—Ahora sólo hay seis.

—Vi al otro escaparse a través de la nieve —dijo Bill con insistencia—. Vi siete perros.

Enrique le miró compasivamente.

—Me alegraré muchísimo cuando haya terminado este viaje.

—¿Qué quieres decir con eso? —preguntó Bill.

—Quiero decir que este cargamento nuestro se te está subiendo a la cabeza y estás empezando a ver cosas imaginarias.

—También a mí se me ocurrió eso —dijo Bill gravemente—. Por eso, cuando echó a correr a través de la nieve, observé las huellas. Conté otra vez los perros y eran seis. Todavía pueden observarse en la nieve. ¿Quieres verlas?

Enrique no respondió. Siguió masticando en silencio, hasta que habiendo terminado, acabó la comida con una taza de café. Se limpió los labios con la mano y dijo:

—Así que tú crees que era uno de esos...

Le interrumpió un grito, más bien un aullido, de una tristeza desgarradora, que provenía de algún lugar en la oscuridad que les rodeaba. Se detuvo para escuchar y terminó la frase con un movimiento de la mano hacia el probable lugar de donde provenía el grito:

—... ¿Uno de ellos?

Bill inclinó la cabeza.

—Que me condene, si pensé otra cosa. Tú mismo oíste el ruido que hicieron los perros.

Los gritos continuados empezaban a transformar aquella soledad en un manicomio. Provenían ahora de todos lados; los perros demostraron su miedo acurrucándose los unos al lado de los otros y tan cerca del fuego, que el calor les quemaba el pelo. Bill echó más leña antes de encender su pipa.

—Me parece que ya te hubieran comido... —dijo Enrique.

—Enrique... —dijo Bill, chupando meditabundo su pipa, antes de proseguir—. Estaba pensando que éste es mucho más feliz que nosotros.

Con un movimiento del índice, señaló la caja sobre la cual estaban sentados.

—Tú y yo, Enrique, seremos felices si nos ponen suficientes piedras sobre nuestros cadáveres para alejar a los perros.

—Pero nosotros no tenemos familia ni dinero, ni nada parecido, como él —repuso Enrique—. El transporte de un cadáver a larga distancia es algo que no está al alcance de nuestros bolsillos.

—Lo que no entiendo es por qué este hombre, que en su tierra es lord o cosa parecida, y que nunca tuvo que preocuparse acerca de la comida o de las mantas, viniera a esta tierra dejada de la mano de Dios. Yo no puedo comprenderlo ni aunque me ahorquen.

—Hubiera podido llegar a viejo si se queda en su casa —dijo Enrique, abonando la opinión de su compañero.

Bill abrió la boca como para hablar, pero cambió de intención. Indicó hacia el muro de oscuridad que les rodeaba por todos lados. Aquella espesa negrura no sugería ninguna forma; en ella sólo se veían un par de ojos que llameaban como carbones encendidos. Con un movimiento de cabeza. Enrique hizo notar a su compañero la existencia de otro par y de un tercero más. Alrededor del campamento se había formado un círculo de ardientes pares de ojos, que relucían como ascuas. De cuando en cuando se movían, aparecían o desaparecían más tarde.

La inquietud de los perros crecía por momentos. En un ataque súbito de miedo echaron a correr hacia el fuego, arrastrándose por entre las piernas de los dos hombres. En la confusión, uno de ellos cayó sobre el fuego, aullando de dolor y de miedo, en cuanto el olor a pelo quemado empezó a impregnar el aire. La conmoción obligó al círculo de ojos a moverse inquietos durante un momento, e incluso a retirarse un poco, pero se acercaron otra vez en cuanto los perros se tranquilizaron.

—Es maldita desgracia habernos quedado sin municiones.

Bill había acabado de fumar y ayudaba a su compañero a hacer la cama de pieles y mantas sobre las ramas de pinos que habían colocado en la nieve antes de empezar a cenar. Enrique gruñó y empezó a soltarse los mocasines.

—¿Cuántos cartuchos dices que nos quedan? —preguntó.

—Tres —le respondió su compañero—. Quisiera que fueran trescientos. ¡Entonces les enseñaría algo!

Amenazó agriamente con el puño hacia el círculo de ojos brillantes y empezó a desatar sus propios mocasines delante del fuego.

—Y me gustaría que este frío cesara de una vez —prosiguió—. Hace más de dos semanas que no sube de cincuenta grados bajo cero. Y quisiera que nunca hubiéramos iniciado este viaje, Enrique. No me gusta el aspecto que tiene. No me siento bien. Mientras tanto, quisiera que estuviéramos en el Fuerte McGurry, al lado del fuego y jugando a la baraja. Eso es lo que quiero.

Enrique gruñó y se metió en la cama. Cuando empezaba a dormirse le despertó la voz de su compañero.

—Oye, Enrique, ese otro que se llevó un pescado..., ¿por qué no le atacaron los perros? Eso es lo que me preocupa.

—Tú te preocupas demasiado, Bill —le respondió su compañero—. Nunca te has portado así. Cállate de una vez y duérmete; ya te sentirás mejor mañana. Tienes acidez de estómago; eso es lo que te preocupa.

Se durmieron respirando pesadamente, el uno al lado del otro, cubiertos con la misma manta. Extinguióse el fuego y el círculo de ojos brillantes se hizo más estrecho alrededor del campamento nocturno. Los perros, acobardados, se acurrucaron más cerca los unos de los otros, mostrando amenazadoramente los dientes, de cuando en cuando, mientras se cerraba el círculo. Llegó un momento en que el ruido fue tan intenso que despertó a Bill. Se levantó cuidadosamente para no interrumpir el sueño de su compañero y echó más leña al fuego. Cuando empezaron a elevarse las llamas, los ojos se alejaron. Casualmente se le ocurrió mirar al montón de perros, acurrucados los unos al lado de los otros. Se restregó los ojos y los examinó más atentamente. Luego arrastróse nuevamente hacia donde dormía su compañero.

—¡Enrique! ¡Enrique...!

Su compañero gruñó como el que pasa del sueño a la vigilia y preguntó:

—¿Qué ocurre ahora?

—¡Oh, nada! —respondió su camarada—. Sólo que hay otra vez siete perros. Acabo de contarlos.

Enrique recibió la noticia con un gruñido que se transformó en un ronquido, volviendo a quedarse dormido otra vez.

A la mañana siguiente Enrique se despertó primero y arrancó a su camarada de la cama. Todavía faltaban tres horas para que amaneciera, aunque eran ya las seis de la mañana. En la oscuridad, Enrique empezó a preparar el desayuno, mientras Bill enrollaba las mantas y se preparaba para atar los perros al trineo.

—¡Oye, Enrique! —exclamó de repente—. ¿Cuántos perros decías tú que teníamos?

—Seis.

—Estás equivocado —afirmó Bill triunfalmente.

—¿Hay siete otra vez? —preguntó Enrique.

—No, cinco. Uno ha desaparecido.

—¡Al diablo con los perros! —gritó Enrique furioso, dejando de cocinar para contar los animales.

—Tienes razón, Bill —dijo, finalmente—. El «Gordito» ha desaparecido.

—Debe de haber corrido como el aire, en cuanto se escapó del campamento. Ni siquiera hubiéramos podido verlo.

—Claro —asintió Enrique—. Se lo comieron vivo. Apuesto a que aullaba todavía cuando pasaba por sus gargantas.

—Siempre fue un perro muy tonto —dijo Bill.

—Ningún perro, por muy tonto que sea, puede serlo tanto como para que se escape y se suicide de esa manera.

Observó atentamente el resto de la traílla de perros, estableciendo en un instante los rasgos característicos de cada animal.

—Apuesto a que ninguno de los otros haría eso —continuó.

—No los apartarías del fuego ni a palos —asintió Bill—. Siempre dije que el «Gordito» tenía algún defecto.

Éste fue el epitafio de un perro muerto en las tierras boreales, menos conciso que el de muchos otros congéneres suyos o de muchos hombres.

CAPÍTULO II

La loba

En cuanto hubieron desayunado y atado al trineo los escasos objetos que formaban su campamento, los dos hombres se alejaron del fuego y avanzaron en la oscuridad. Enseguida empezaron a oírse los gritos de tristeza salvaje, que eran una llamada a través de la noche y del frío y que encontraron respuesta al instante. Cesó la conversación entre los dos hombres. A las nueve era de día. A las doce, hacia el Sur, el cielo adquirió un color rosa purpúreo. Pero pronto desapareció también la coloración rosácea. La luz del día se transformó en un gris uniforme que duró hasta las tres de la tarde, hora en que también desapareció y el manto de la noche ártica descendió sobre la tierra solitaria y silenciosa.

A medida que aumentaba la oscuridad, los gritos de caza a la derecha y a la izquierda sonaron cada vez más cerca, tanto que más de una vez los perros se sintieron asustados, si bien sólo durante cortos espacios de tiempo.

Al terminar uno de esos ataques de pánico, cuando ambos compañeros pudieron hacerlos marchar otra vez, Bill dijo:

—Quisiera que encontrasen caza en alguna parte y nos dejaran tranquilos.

—Esos gritos le ponen a uno la carne de gallina —asintió Enrique.

No cambiaron una palabra más hasta que hicieron campamento.

Enrique se inclinaba sobre el fuego y agregaba pedacitos de hielo al puchero, donde hervía la comida, cuando le sobresaltó el ruido de un golpe, una exclamación de Bill y un grito, casi un aullido de dolor que partía de entre los perros. Se levantó a tiempo para ver una forma confusa que desaparecía a través de las nieves para refugiarse en la oscuridad. Vio a Bill, con un aire que tenía tanto de triunfo como de pena, en pie entre los perros, con un palo en una mano y un pedazo de salmón ahumado en la otra.

—Casi lo agarro —anunció—. Pero de todas maneras, le aticé un buen golpe. ¿Oíste cómo aulló?

—¿Qué aspecto tenía? —preguntó Enrique.

—No pude verlo. Pero estoy seguro de que tenía cuatro patas, una boca, pelo y que parecía ser un perro.

—Debe ser un lobo domesticado, supongo yo.

—Tiene que haberlo domesticado el mismo diablo para que se reúna con los perros a la hora de repartir la comida y llevarse su pedazo de pescado.

Aquella noche, al terminar de comer, cuando estaban sentados sobre la caja oblonga y fumaban sus pipas, el círculo de brillantes ojos se acercó aún más que antes.

—Quisiera que descubrieran algún rebaño de renos o cualquier otra cosa y que se fueran —dijo Bill.

Enrique gruñó con una entonación que quería dar a entender algo más que simpatía; durante un cuarto de hora permanecieron sentados en silencio. Enrique observaba el fuego y Bill el círculo de ojos que brillaban en la oscuridad, un poco más allá del fuego.

—Quisiera que estuviéramos ahora mismo a la vista del Fuerte McGurry —empezó a decir.

—¡Cállate de una vez y no continúes diciéndome lo que deseas y lo que temes! —estalló Enrique agriamente—. Tienes acidez de estómago. Eso es lo que te pasa. Trágate una cucharada de soda; te pondrás bien enseguida y serás un compañero más agradable.

Al amanecer, una catarata de maldiciones y juramentos despertó a Enrique. Provenían de la boca de Bill. Aquél se enderezó sobre el codo y observó a su compañero, que se encontraba entre los perros, al lado del fuego, al que había echado más leña, levantando los brazos en ademán de protesta, contraída la cara por la rabia.

—¡Hola! ¿Qué pasa ahora?

—«Rana» ha desaparecido.

—¡No...! ¡No puede ser!

—¡Te digo que sí!

Enrique saltó de la cama y se acercó a los perros. Los contó cuidadosamente, después de lo cual hizo coro a las maldiciones de su compañero sobre el poder de la selva, que les privaba de otro perro.

—«Rana» era el más fuerte de todos —dijo finalmente.

—Y tampoco era tonto —agregó Enrique.

En dos días éste fue el segundo epitafio.

Desayunaron con malos presentimientos, después de lo cual ataron los cuatro perros restantes al trineo. El día fue exactamente como los otros anteriores. Ambos compañeros se arrastraron penosamente, sin hablar, a través de la superficie de aquel mundo helado. Sólo rompían el silencio los gritos de sus perseguidores, que se mantenían invisibles a su retaguardia. Cuando se hizo la oscuridad a media tarde, los perseguidores se acercaron más, como era su costumbre. Los perros se acobardaron y pasaron momentos de verdadero pánico, que los apartó de su camino y que contribuyó a deprimir aún más a ambos compañeros.

—Eso impedirá que estos tontos se escapen —dijo Bill con satisfacción, observándolos después de haber terminado su tarea.

Enrique dejó la comida, que estaba preparando en el fuego, para examinar la labor de su compañero, que no sólo había atado los perros, sino que lo había hecho a la manera de los indios. A cada animal le había puesto un collar de cuero, al que había atado un palo grueso de casi un metro de longitud, tan cerca del cuello del animal, que éste no podía alcanzar la correa con los dientes. El otro extremo del palo estaba fijado a otro clavado en el suelo mediante otra correa de cuero. El perro no podía roerla por el extremo del palo que tenía más cerca. Por otra parte, el palo le impedía acercarse a la que le sujetaba al otro extremo.

Enrique asintió con la cabeza en señal de aprobación.

—Es la única manera de impedir que «Una Oreja» se escape. Es capaz de cortar una correa de cuero con los dientes tan limpiamente como con un cuchillo, y en la mitad de tiempo. Así no habrá desaparecido ninguno mañana.

—Puedes apostar lo que quieras que así será —afirmó Bill—. Si desaparece alguno me quedaré sin café.

—Los malditos saben que carecemos de municiones —hizo notar Bill, cuando se acostaban, indicando el círculo de brillantes ojos que los encerraba—. Si pudiéramos mandarles un par de tiros, nos tendrían un poco más de respeto. Cada noche se acercan más. Déjate de mirar el fuego y obsérvalos. ¿Ves a ése?

Durante algún tiempo, ambos hombres se divirtieron observando los movimientos de aquellas formas vagas que no traspasaban el límite de luz que arrojaba el fuego. Observando fija e intensamente el lugar donde brillaban un par de ojos en la oscuridad, lentamente adquiría forma la silueta del animal. A veces podían ver incluso cómo se movían.

Un ruido que provenía de los perros atrajo la atención de ambos hombres. «Una Oreja» emitía aullidos cortos, ansiosos, luchando con su palo, como si quisiera lanzarse hacia la oscuridad, desistiendo, a veces, para volver nuevamente a atacar el palo con los dientes.

—¡Fíjate, Bill! —murmuró Enrique.

A plena luz del fuego se deslizaba un animal parecido a un perro con movimientos laterales y huidizos. Se movía con una mezcla de audacia y de desconfianza, observando fijamente a los hombres, concentrada su atención en los perros. «Una Oreja» se estiró hacia el intruso todo lo que pudo, todo cuanto se lo permitía el palo, y aulló ansiosamente.

—Ese tonto no parece estar muy asustado —dijo Bill en voz baja.

—Es una loba —comentó Enrique en el mismo tono—. Eso explica la desaparición de «Gordito» y de «Rana». Ella es la carnada de los lobos. Les atrae afuera y entonces sus compañeros le devoran.

Restalló el fuego. Un leño se deshizo con un gran chisporroteo. Al oírlo, aquel extraño animal desapareció de un salto en la oscuridad.

—Oye, Enrique, a mí me parece... —empezó Bill.

—¿Qué?

—Creo que fue a ése a quien di con el palo.

—No tengo la menor duda —respondió Enrique.

—Me gustaría hacer constar —prosiguió Bill solemnemente— que la familiaridad de ese animal con los campamentos y el fuego es sospechosa e inmoral.

—Por lo menos sabe mucho más de lo que debería saber un lobo decente —asintió Bill—. Un lobo que se acerca cuando se da de comer a los perros debe de haber tenido amplias experiencias.

—El viejo Villan tuvo una vez un perro que se escapó y se fue a vivir con los lobos —dijo Bill como si pensara en voz alta—. Yo lo sé. Le maté de un tiro, en un lugar donde acostumbraban a pacer los renos. El viejo Villan lloró como una criatura. Me dijo que no lo veía desde hacía tres años. Todo ese tiempo había estado con ellos.

—Creo que tienes razón, Bill. Ese lobo es un perro. Más de una vez habrá comido pescado de las manos de un hombre.

—Y si tengo la oportunidad de pescarle, ese lobo, que es un perro, será muy pronto carroña —afirmó Bill—. No podemos permitirnos el lujo de perder más animales.

—Pero sólo tienes tres cartuchos —dijo Enrique.

—Esperaré hasta tenerle a buen tiro —replicó su compañero.

Por la mañana, Enrique echó más leña al fuego y preparó el desayuno, mientras su compañero roncaba ruidosamente.

—Dormías tan profundamente —le dijo Enrique cuando se levantó y se acercó al fuego— que no tuve corazón para despertarte.

Bill empezó a comer, todavía medio dormido. Vio que su taza estaba vacía y se levantó para alcanzar la cafetera. Pero entre ella y él se interponía Enrique.

—Oye, Enrique —observó cortésmente—: ¿No te has olvidado de algo?

Enrique echó una mirada cuidadosa a su alrededor y sacudió negativamente la cabeza. Bill le presentó su taza vacía.

—Hoy no tomarás café —dijo su compañero.

—¿Ya no queda más? —preguntó Bill ansiosamente.

—Todavía hay.

—¿No creerás tú que puede cortarme la digestión?

—Tampoco.

La cara de Bill se coloreó de indignación, poniéndose como la grana.

—Pues entonces, ardo por saber la explicación.

—«Veloz» ha desaparecido —respondió Enrique.

Lentamente, con el aire de resignación de un hombre que acepta la desgracia, Bill volvió la cabeza y, desde donde se encontraba, contó los perros.

—¿Cómo ocurrió? —preguntó apáticamente.

Enrique se encogió de hombros.

—No lo sé. A menos que «Una Oreja» le haya soltado. Lo cierto es que no pudo hacerlo él mismo.

—¡Maldito sea! —dijo Bill lenta y gravemente, sin que su tono dejara traslucir la rabia que le atormentaba por dentro—. Claro, como no pudo soltarse él, hizo lo que pudo para que se escapara el otro.

—Bueno, ése ya no tiene por qué preocuparse. Creo que a estas horas estará digerido y dando saltos por esta región, en los estómagos de veinte lobos diferentes —dijo Enrique, a manera de epitafio sobre el último perro perdido—. Toma tu café, Bill.

—¡Vamos! —insistió el otro, levantando la cafetera.

Bill echó a un lado la taza.

—Que me ahorquen si lo hago. Dije que no tomaría café si desaparecía alguno de los perros y no lo tomaré.

—Es un café muy bueno —opinó Enrique tentándole.

Pero Bill era terco y tragó su desayuno con una sarta de maldiciones sobre «Una Oreja» por la jugarreta que les había hecho.

—Esta noche los ataré de tal modo que no estén al alcance los unos de los otros —dijo Bill cuando se pusieron en camino.

Apenas habían recorrido unos cien metros, cuando Enrique, que esta vez marchaba delante del trineo, recogió del suelo algo con lo que habían tropezado sus mocasines. Como todavía no había mucha luz, no pudo reconocer lo que era, pero se dio cuenta por el tacto. Lo arrojó hacia atrás y el objeto cayó sobre el trineo y rebotó hasta alcanzar los mocasines de Bill.

—Creo que eso te hará falta para lo que te propones —dijo Enrique.

Bill gritó asombrado. Era todo lo que quedaba del perro: el palo al que se le había sujetado.

—Se lo comieron con piel y todo —exclamó Bill—. El palo está tan limpio como un pito. Se han comido hasta la correa de cuero a ambos extremos. Deben de tener un hambre de todos los demonios. Nos darán mucho que hacer antes de que termine este viaje.

Enrique se rio en son de desafío.

—Es la primera vez que me persiguen los lobos de esta manera, pero las he pasado peores y todavía vivo. Hace falta algo más que eso para liquidar a este amigo tuyo.

—No lo sé, no lo sé —murmuró Bill con un tono de mal agüero.

—Ya lo sabrás cuando lleguemos al Fuerte McGurry.

—No tengo mucha fe en eso —insistió Bill.

—Estás perdiendo el coraje; eso es lo que te pasa —dijo Enrique con un tono doctoral—. Lo que necesitas es una buena dosis de quinina, que te voy a dar en cuanto lleguemos al fuerte.

Bill expresó su disconformidad con el diagnóstico mediante un gruñido, y se calló. La jornada fue como todas. A las nueve de la mañana era de día. A las doce, por el Sur, el sol invisible calentaba el horizonte. Empezó a extenderse un gris frío, que tres horas más tarde se convertiría en la sombra nocturna.

Después de aquel fútil esfuerzo del sol por brillar un poco, Bill sacó el rifle del trineo y dijo:

—Sigue adelante, Enrique. Yo veré lo que puedo hacer.

—Será mejor que no te apartes del trineo —repuso enfáticamente su compañero—. Sólo tienes tres cartuchos y nadie puede decir lo que va a pasar.

—¿Quién ha perdido el coraje ahora? —exclamó triunfalmente Bill.

Enrique no replicó. Siguió adelante con el trineo, no sin echar de vez en vez ansiosas miradas hacia atrás, hacia la oscuridad gris, en la que había desaparecido su compañero. Una hora más tarde, aprovechando las vueltas que tenía que dar el trineo, llegó su camarada.

—Están esparcidos por una región muy amplia —dijo Bill—. Se mantienen a nuestro alrededor, mientras se dedican a cazar lo que pueden. Ya ves, están seguros de nosotros, pero saben que tienen que esperar. Mientras tanto, están prontos para agarrar cualquier cosa comestible que se ponga a su alcance.

—Tú quieres decir que ellos creen que están seguros de nosotros —objetó Enrique, yendo derecho al asunto.

Pero Bill hizo caso omiso de la observación.

—He visto a algunos —dijo—. Están sumamente flacos. Creo que no han comido nada en varias semanas fuera de los tres perros nuestros, que no es mucho para tantos. Están horriblemente flacos. Las costillas parecen una tabla de lavar. Se les aprieta el estómago contra la espina dorsal. Te digo que están completamente desesperados. Todavía es de temer que se pongan locos de hambre y entonces verás lo que es bueno.

Unos minutos más tarde, Enrique, que marchaba ahora detrás del trineo, silbó por lo bajo, advirtiendo a su compañero. Bill volvió la cabeza, observó y detuvo a los perros. Detrás del trineo, saliendo del último recodo del camino, de tal modo que era perfectamente visible, sobre la misma huella que acababa de dejar el vehículo, trotaba una forma peluda y grácil. Inclinaba la nariz sobre la huella, avanzando al mismo tiempo, con un paso peculiar, como si se deslizara, que parecía no costarle ningún esfuerzo. Se detuvo, en cuanto ellos dejaron de avanzar, levantando la cabeza y observándoles continuamente, mientras movía la nariz para captar y estudiar el olor peculiar de los hombres.

—Es la loba —dijo Bill.

Los perros se habían echado sobre la nieve. Bill pasó al lado del trineo para unirse a su compañero. Ambos examinaron aquel extraño animal que les había perseguido durante varios días y que tenía en su haber la destrucción de la mitad de sus perros.

Después de un examen atento, el animal avanzó unos pasos y se detuvo. Repitió esta maniobra varias veces hasta encontrarse a una distancia de unos cien metros de ambos hombres. Se detuvo otra vez, alta la cabeza, cerca de un bosquecillo de pinos, estudiando con la vista y el olfato a ambos hombres, que no dejaban de observar al animal. Les miraba con una mirada extrañamente inteligente, como si fuera un perro, pero en su picardía no había nada de la afección del can. Era una inteligencia que provenía del hambre, tan cruel como sus propios colmillos, tan carente de misericordia como el mismo frío.

Era muy grande para un lobo. Su ágil cuerpo denotaba las líneas de un animal de los mayores de su raza.

—Debe de tener casi setenta y cinco centímetros de altura —comentó Enrique—. Apostaría a que tiene más de metro y medio de largo.

—Presenta un color raro para ser lobo —observó Bill por su parte—. Nunca he visto un lobo rojo. Parece casi canela.

Ciertamente, el animal no tenía ese color. Su pelo era verdaderamente el que corresponde a un lobo, predominando el gris, aunque con un leve y sorprendente tono rojizo, que aparecía y desaparecía casi como una ilusión visual, pues ahora era gris, definidamente gris, y después daba una impresión vaga de color rojo, que era imposible reducir a ninguna experiencia sensorial anterior.

—Parece un verdadero perro de trineo —dijo Bill—. No me extrañaría que empezase a mover la cola.

—¡Eh! ¡Tú! —exclamó Bill—. Ven hacia aquí, como quiera que te llames.

—No te tiene ni pizca de miedo —dijo Enrique riéndose.

Bill movió las manos haciendo un ademán de amenaza y gritó con voz muy alta, pero el animal no dejó traslucir ningún sentimiento de miedo. El único cambio que pudo notarse en él consistió en que pareció redoblar su cuidado. Todavía les miraba con la inteligencia sin misericordia del hambre. Ellos eran alimento y el animal tenía hambre, por lo que le gustaría avanzar y comérselos, si se atreviera.

—Escúchame, Enrique —dijo Bill, bajando inconscientemente el tono de voz, debido al tema de sus meditaciones—. Nos quedan tres cartuchos. Pero es imposible fallar. No puedo dejar de matarle. Ya se ha llevado a tres de nuestros perros y debemos acabar con él de una buena vez. ¿Qué te parece?

Enrique asintió con la cabeza. Cuidadosamente, Bill sacó el rifle del trineo. Empezó a levantar el arma para apuntar, pero nunca llevó a cabo el movimiento, pues en aquel momento la loba se echó a un lado del camino, ocultándose en el montón de árboles.

Los dos hombres se miraron. Enrique silbó durante un largo rato, expresando así que había comprendido.

—Debí habérmelo imaginado —dijo Bill, criticándose a sí mismo, mientras colocaba el arma en su sitio—. Naturalmente, un lobo que sabe tanto como para acudir a la hora en que se da de comer a los perros, conoce las armas de fuego. Te lo digo yo: ese maldito animal es la causa de todas nuestras dificultades. Si no fuera por esa maldita loba, tendríamos ahora seis perros en lugar de tres. Te digo más: no se me va a escapar. Es demasiado inteligente para poder pegarle un tiro en un sitio abierto. Pero ya la seguiré. Ya estaré al acecho y la mataré, tan seguro como que me llamo Bill.

—No necesitarás alejarte mucho cuando intentes hacerlo —le advirtió su compañero—. Si los lobos te atacan, tus tres cartuchos no te valdrán más que dar tres gritos en el infierno. Tienen un hambre terrible y una vez que hayan empezado a atacarte nada les detendrá hasta el fin, Bill.

Aquella noche acamparon temprano. Tres perros no podían arrastrar el trineo ni tan velozmente, ni durante tanto tiempo, como seis. Daban ya indudables muestras de cansancio. Ambos hombres se acostaron temprano. Bill se preocupó primero de que los perros se encontraran atados a tal distancia mutua que no pudieran liberarse los unos a los otros. Pero aumentaba la audacia de los lobos. Más de una vez ambos hombres se despertaron en la noche. Tanto se acercaron los animales hambrientos, que los perros parecían enloquecer de terror. Era necesario echar de cuando en cuando más leña al fuego para mantener a prudente distancia a los merodeadores audaces.

—He oído a los marineros contar de tiburones que persiguen tenazmente a un barco —dijo Bill metiéndose otra vez entre las mantas, después de haber echado más leña al fuego—. Bueno, estos lobos son tiburones terrestres. Conocen su oficio mejor que tú y que yo el nuestro.

Siguen nuestras huellas porque conviene. Presiento que no saldremos de ésta, Enrique. No saldremos de ésta.

—Parece que ya te hubieran comido por la manera como hablas —replicó Enrique enérgicamente—. Cuando un hombre dice que está derrotado, está vencido a medias. Ya te han comido por la mitad, por la forma en que hablas.

—Se han comido a hombres más valerosos que tú y que yo —respondió Bill.

—¡Deja de lamentarte de una vez! Ya me cansas con tus estupideces.

Enrique se echó enojado hacia el otro lado de las mantas. Se sorprendió de que Bill no demostrara su enojo de la misma manera, lo que le extrañó, tanto más cuanto que sabía que se enojaba fácilmente por cualquier palabra dura. Enrique reflexionó largo rato antes de dormirse. Mientras se le cerraban los párpados y cabeceaba, se le ocurría: «Bill está terriblemente asustado. No hay posibilidad de equivocarse. Tendré que animarle un poco mañana».

CAPÍTULO III

El grito del hambre

El día se inició venturosamente. Ningún perro había desaparecido durante la noche. Emprendieron la jornada en el silencio, la oscuridad y el frío con espíritu bastante optimista. Bill parecía haber olvidado sus fúnebres presentimientos de la noche anterior. Hasta bromeó con los perros cuando éstos volcaron el trineo, al mediodía, en un sitio bastante malo del camino.

Era una situación complicada. El trineo había quedado encerrado entre un tronco de árbol y una gran roca. Tuvieron que desatar a los perros para poder enderezar el vehículo. Los dos hombres estaban inclinados sobre él, cuando Enrique notó que «Una Oreja» intentaba escaparse.

—¡Aquí, «Una Oreja», aquí! —gritó poniéndose en pie y tratando de cortar el paso al perro.

Pero éste echó a correr a través de la tierra cubierta de nieve, dejando sus huellas sobre ella. Allí fuera le esperaba la loba. Cuando se acercó a ella, el perro aumentó sus precauciones. Redujo su marcha, hasta convertirla en un trotecillo alerta y afectado, deteniéndose luego. La observaba cuidadosamente, como dudando, lleno de deseo. Ella parecía sonreírle, mostrando los dientes de una manera más agradable que amenazadora. Como jugando avanzó unos pasos hacia él, y luego se detuvo también. «Una Oreja» se acercó aún más, siempre alerta y cauteloso, manteniendo erguida la cabeza, la cola y las orejas.

Trató de olerle el hocico, pero ella se retiró juguetona y tímidamente. Cada vez que el perro avanzaba, la loba retrocedía. Paso a paso la atracción de la hembra le alejaba de la segura compañía de los hombres. Por un instante, como si una advertencia hubiera despertado vagamente su inteligencia, el perro volvió la cabeza, observando el trineo volcado, a sus hermanos de raza y a los hombres que le llamaban a gritos. Pero cualquiera que fuera la idea que acudió a su mente, la disipó la loba, que se le acercó, restregó su hocico con el de él, durante un momento cortísimo, reanudando su tímida retirada ante los renovados avances del perro.

Entretanto, Bill se acordó del rifle, que se encontraba debajo del trineo volcado, y mientras Enrique le ayudaba a levantarlo, «Una Oreja» y la loba se encontraban demasiado cerca el uno de la otra y demasiado lejos como para arriesgarse a tirar.

El perro comprendió su error demasiado tarde. Antes que comprendieran la causa, ambos hombres le vieron dar vuelta de pronto y emprender veloz carrera hacia ellos. Aparecieron entonces en ángulo recto, como para cortarle la retirada, una docena de lobos, grises y flacos, que corrían a través de la nieve. Desapareció inmediatamente la timidez y las ganas de jugar de la loba. Rechinando los dientes se arrojó sobre «Una Oreja». Éste se la sacudió del lomo, donde había intentado morderle, y viendo que tenía cortada la retirada, pero proponiéndose siempre alcanzar el trineo, cambió de dirección intentando describir un círculo alrededor de él. A cada momento aparecían más lobos, que tomaban parte en aquella caza furiosa. La loba se mantenía a muy poca distancia de «Una Oreja».

—¿Adónde vas? —preguntó Enrique repentinamente, agarrando a su compañero por un brazo.

Bill se desprendió con un movimiento brusco.

—No pienso aguantar esto —gritó—. Ya no devorarán más nuestros perros, si yo puedo evitarlo.

Con el rifle en la mano se dirigió hacia el bosque de arbustos, que corría a lo largo del sendero. Su intención era muy clara. Tomando el trineo como centro del círculo que «Una Oreja» intentaba describir, se proponía cortarle en un punto, antes de que llegaran a él los lobos. Con su arma de fuego, en pleno día, era posible asustarlos y salvar al perro.

—¡Oye, Bill! —gritó su compañero, cuando ya se había alejado algo—. ¡Ten cuidado, no te arriesgues!

Enrique se sentó en el trineo y esperó. Nada podía hacer. Ya no veía a Bill. De cuando en cuando, «Una Oreja» aparecía y desaparecía entre los arbustos y los desperdigados grupos de árboles. Enrique pensó que el perro estaba perdido. El animal comprendía plenamente el peligro en que se encontraba, pero corría por el círculo de mayor diámetro, mientras que los lobos le perseguían por el menor. Era imposible imaginarse que «Una Oreja» pudiera sacar tal ventaja a sus perseguidores como para poder cruzar el círculo de los lobos antes que ellos y refugiarse en el trineo.

Ambas líneas se aproximaban rápidamente a un mismo punto, cubierto de nieve, en el cual iban a encontrarse los lobos, Bill y el perro, punto que Enrique no podía distinguir por impedirle la vista los árboles. Todo ocurrió muy rápidamente, más rápidamente de lo que había esperado. Oyó un disparo y otros dos después en rápida sucesión, con lo cual comprendió que su compañero ya no tenía cartuchos. Oyó entonces aullidos. Reconoció a «Una Oreja», que gritaba de dolor y de terror, y un lobo cuyo grito denunciaba que estaba gravemente herido. Eso fue todo. Cesaron los aullidos y los gritos. Sobre la tierra solitaria cayó otra vez el silencio.

Siguió sentado durante largo rato en el trineo. No era necesario que fuera a ver lo que había ocurrido. Lo sabía como si hubiera sucedido delante de sus ojos. Una vez se levantó rápidamente y sacó el hacha del trineo. Pero aún permaneció más tiempo sentado reflexionando, mientras estaban acurrucados a sus pies los dos últimos perros, que temblaban de miedo.

Finalmente, se levantó con un aire cansino, como si su cuerpo hubiera perdido toda su resistencia. enganchó los dos perros al trineo y se pasó por los hombros una de las correas del mismo para ayudarles. No llegó muy lejos. A la primera indicación de oscuridad se apresuró a acampar, preocupándose de tener una generosa provisión de leña.

Dio de comer a los perros, preparó la comida para sí y cenó. Luego hizo la cama bien cerca del fuego.

Pero estaba escrito que no iba a dormir en aquella cama improvisada. Antes de que pudiera cerrar los ojos, los lobos se habían acercado demasiado. Ya no era necesario esforzar la vista para distinguirlos. Se encontraban formando un estrecho círculo alrededor del hombre y del fuego. A la luz de la fogata podía distinguirlos claramente echados, sentados, arrastrándose hacia delante, sobre el vientre, avanzando y retrocediendo furtivamente. Aquí y allá podía distinguir un lobo, arrollado como un perro, que gozaba del sueño, que le estaba negado a él.

Mantuvo el fuego, pues comprendía que era lo único que separaba la carne de su cuerpo de sus afilados colmillos. Los dos perros se encontraban muy cerca de él, uno a cada lado, arrimados a sus pies, buscando su protección, aullando a veces y mostrando desesperadamente los dientes cuando un lobo se acercaba más de lo usual. En esos momentos, cuando sus perros mostraban los dientes se agitaba el círculo, levantándose todos los lobos e intentando acercarse más, mientras un coro de gritos se elevaba a su alrededor. Pronto se restablecía la quietud y aquí y allá un lobo reanudaba su interrumpido sueño.

Pero el círculo tenía una tendencia continua a acercarse a nuestro hombre. Un lobo, vientre a tierra, se acercaba un poco más, un centímetro cada vez, hasta que las fieras se encontraban a una distancia que podían alcanzarle de un salto. Entonces Enrique sacaba astillas ardientes del fuego y las arrojaba a los lobos. Rápidamente se alejaba el círculo, acompañado de gritos de rabia y de miedo, cuando el fuego volante golpeaba y quemaba a un animal demasiado audaz.

Por la mañana el hombre se encontraba cansado y harto, con los ojos muy abiertos por falta de sueño. En la oscuridad preparó el desayuno. A las nueve, cuando salió el sol, después de que se hubieron retirado los lobos, emprendió la tarea que había planeado en las largas horas de la noche. Cortando árboles jóvenes, preparó una alta plataforma, atando los troncos a otros aún más altos. Utilizando el correaje del trineo como si fuera la cadena de una polea, con la ayuda de los perros, levantó el féretro hasta allí arriba.

—Han devorado a Bill y es probable que hagan lo mismo conmigo, pero lo cierto es que nunca te comerán a ti, chico —dijo, dirigiéndose al cadáver que yacía en aquel sepulcro aéreo.

Siguió entonces la senda, mientras el trineo aligerado era arrastrado por los perros, que demostraban la mejor voluntad en alejarse de allí, pues también ellos sabían que la salvación consistía en llegar cuanto antes al Fuerte McGurry. Los lobos les perseguían ahora abiertamente, trotando tranquilamente detrás del trineo o avanzando con la roja lengua fuera por los costados, a la vez que mostraban a cada momento las costillas, que ondulaban con cada movimiento. Estaban escuálidos y parecía que la piel era una simple bolsa vacía extendida sobre el esqueleto, cuyas cuerdas eran los músculos. Tan flacos estaban, que Enrique tenía por milagro que pudieran seguir caminando y no se cayeran exhaustos sobre la nieve.

No se atrevió a proseguir su viaje hasta que fuera totalmente de noche. Al mediodía, no sólo el sol calentó el horizonte por el Sur, sino que elevó por encima de aquella línea su mitad superior, pálida y dorada. Para Enrique fue un signo. Los días empezaban a ser más largos. Volvía el sol. Pero apenas se había disipado la confianza que proporcionaba su luz, cuando Enrique acampó. Todavía quedaban algunas horas de grisácea luz diurna y de sombrío crepúsculo, que utilizó para cortar una enorme cantidad de leña.

Con la noche vino el horror. No sólo crecía la audacia de los lobos, sino que la falta de sueño empezaba a ejercer sus efectos sobre Enrique. Acurrucado cerca del fuego, con una manta sobre los hombros, el hacha entre las piernas, un perro a cada lado, cabeceaba a pesar suyo. Se despertó una vez, observando a una distancia menor de cuatro metros a uno de los lobos, un gran animal gris, uno de los mayores de todos. Mientras le miraba, la bestia se estiró como un perro cansado, bostezando todo lo que daba la boca y mirándole con ojos en los que brillaba la posesión, como si en verdad fuera una comida aplazada que había de devorar muy pronto.

Los demás lobos demostraban estar poseídos de esta misma certidumbre. Enrique contó veinte animales, que le miraban hambrientos o que dormían tranquilamente sobre la nieve. Le parecía que eran chiquillos, reunidos delante de una mesa, donde se encontraba ya dispuesta la comida y que esperan permiso para empezar a comer. ¡Él era la comida! Se preguntó cuándo y cómo empezaría el festín.

Mientras amontonaba leña sobre el fuego, sintió por su cuerpo una admiración completamente nueva en él. Observó sus músculos en movimiento y se interesó por el inteligente mecanismo de sus dedos. A la luz del fuego cerró lentamente el puño, una y otra vez, ya todos los dedos a un tiempo, ya uno por uno, extendiéndolos todo lo posible o haciendo como si agarrara algo. Estudió las uñas y se pinchó las puntas de los dedos, unas veces con mucha delicadeza, otras más enérgicamente, estimando mientras tanto la sensación nerviosa producida. Todo aquello le fascinaba; repentinamente se enamoró de su carne y de su sutil mecanismo, que obraba de una manera tan delicada, bella y suave. Echaba entonces una mirada de miedo al círculo de lobos, que esperaban a su alrededor; con la velocidad del rayo, como si cayera sobre él un mazazo, comprendió que aquel cuerpo maravilloso suyo, aquella carne viviente, no era más que alimento, una presa de animales hambrientos, que desgarrarían y harían trizas con sus agudos colmillos, exactamente como él mismo se había alimentado muchas veces con renos y liebres. Se despertó de un sueño intranquilo, que era casi una pesadilla, para encontrar delante de sí a la loba roja, a una distancia menor de dos metros, echada en la nieve y observándole con una mirada inteligente. A sus pies los dos perros aullaban y mostraban los dientes, pero ella parecía no notar su existencia. Miraba al hombre y, durante algún tiempo, éste sostuvo la mirada. La de la loba no tenía nada de amenazadora. Le observaba simplemente con una gran curiosidad, mas él sabía que ese sentimiento provenía de un hambre igualmente intensa. Él era el alimento y su presencia excitaba en ella las sensaciones gustativas. La loba abrió la boca, de la cual goteó la saliva, mientras se pasaba la lengua por las fauces, con un placer anticipado.

El hombre sintió un espasmo de miedo. Rápidamente echó mano a una astilla del fuego para arrojársela. Pero en cuanto extendió la mano, antes que sus dedos hubieran podido cerrarse sobre el improvisado proyectil, la loba saltó hacia atrás, poniéndose en seguridad. Enrique sabía que aquel animal estaba acostumbrado a que le arrojasen cosas. Mientras saltaba hacia atrás mostró los blancos colmillos hasta la raíz, desapareciendo como por encanto toda su curiosidad, a la que reemplazó una malignidad de carnívoro que le hizo temblar. Miró la mano que sostenía la astilla ardiente, observando el inteligente mecanismo de los dedos que la sostenían, cómo se ajustaban a todas las desigualdades de la superficie, encorvándose por encima y por debajo de la áspera madera, y cómo el meñique, que se encontraba demasiado cerca de la parte ardiente de la madera, retrocedía automáticamente, como si tuviera una sensibilidad propia, hacia un lugar más frío. En aquel mismo momento le pareció ver cómo los blancos colmillos de la loba deshacían y desgarraban aquellos mismos dedos sensibles y delicados. Nunca había sentido tanto cariño por su cuerpo como entonces, cuando su suerte era tan precaria. Durante toda la noche ahuyentó con el fuego a los hambrientos lobos. Cuando cabeceaba de sueño a pesar de toda su voluntad de resistirse, le despertaban los aullidos de sus propios perros. Llegó el día, pero por primera vez la luz no consiguió ahuyentar a los lobos. En vano esperó el hombre que se fueran. Permanecieron en círculo alrededor de él y del fuego, mostrando tal arrogancia como si ya fuera suyo, que hizo vacilar su coraje, nacido a la luz del día.

Hizo una tentativa desesperada para ganar la senda. Pero en cuanto abandonó la protección del fuego, el más audaz de los lobos se echó sobre él, felizmente, con un salto demasiado corto. El hombre se salvó por haber retrocedido a tiempo, mientras las mandíbulas de la fiera se cerraban de un golpe a una distancia de apenas quince centímetros de su muslo. Los demás lobos intentaron atacarle, por lo que fue necesario arrojar astillas ardientes a derecha e izquierda para mantenerlos a respetuosa distancia.

Ni siquiera a plena luz del día se atrevió a abandonar el fuego para cortar más leña. A unos seis metros de distancia se encontraba un tronco de pino. Tardó casi medio día en llevar el fuego hasta allí, teniendo a cada momento media docena de astillas ardientes para arrojarlas contra sus enemigos. En cuanto llegó al árbol, estudió la selva que le rodeaba para hacer caer el tronco en la dirección en la que abundara más leña.

La noche fue una repetición de la anterior, excepto que el sueño se convirtió en una necesidad poderosa. Perdía eficacia la voz de sus perros. Además, como aullaban continuamente, sus sentidos embotados y cansados ya no notaban la diferencia de timbre o de intensidad. Se despertó sobresaltado. La loba se encontraba a menos de un metro de distancia de él. Maquinalmente, sin dejar traslucir ninguno de sus movimientos, le tiró un montón de brasas en la boca, abierta en un bostezo. El animal retrocedió, aullando de dolor, mientras Enrique se deleitaba en el olor a carne y pelo quemado, y la loba sacudía la cabeza y aullaba rabiosamente, a unos cinco metros de distancia.

Esta vez, antes de dormirse nuevamente, se ató a la mano derecha una astilla ardiente de pino. Sus ojos se cerraron unos pocos minutos, antes que le despertara el calor de la llama sobre su carne. Durante muchas horas se atuvo a este procedimiento. Cada vez que la llama le despertaba, hacía retroceder a los lobos arrojándoles astillas encendidas, echaba más leña al fuego y se ponía una nueva rama de pino en el brazo. Todo fue bien, hasta que una vez no aseguró la madera a su brazo. Cuando cerró los ojos, la astilla cayó de su mano.

Soñó. Le pareció que se encontraba en el Fuerte McGurry. Se sentía cómodo, pues reinaba allí un calorcito agradable. Jugaba a los naipes con el jefe de la factoría. También soñó que los lobos rodeaban el fuerte. Aullaban en las mismas puertas. Algunas veces él y el jefe dejaban de jugar para reírse de los inútiles esfuerzos de los lobos por querer entrar. Tan extraño era el sueño, que le pareció oír un ruido, como de algo que se derrumbara. Había caído la puerta. Veía a los lobos que entraban corriendo en la gran sala del fuerte. Saltaban directamente sobre el jefe y sobre él. Al ceder la puerta, el ruido producido por sus aullidos había adquirido una intensidad enorme, tanto que ahora le causaba una molestia insufrible. Comprendía que su sueño se convertía en alguna otra cosa, que no sabía lo que era, pero a través de aquella transformación, como si lo persiguiera, persistían los aullidos.

Se despertó entonces y comprobó, con no poca sorpresa, que el peligro era real. Se oían los aullidos y los gritos. Los lobos atacaban. Los dientes de uno de ellos estaban a punto de cerrarse sobre su brazo. Instintivamente se inclinó sobre el fuego, mientras sentía la desgarradura producida por los dientes de otro que se clavaban en la pierna. Empezó una enconada lucha alrededor del fuego; sus mitones le protegieron las manos, por lo menos durante algún tiempo. Empezó a tirar astillas en todas direcciones, hasta que el campamento parecía un volcán en actividad.

Pero no podría resistir mucho tiempo. Se le formaban ampollas en la cara, el fuego había destruido ya sus cejas y pestañas y el calor en los pies se hacía insoportable. Con una astilla ardiente en cada mano se lanzó hacia la parte exterior de la fogata. Los lobos habían retrocedido. A cada lado, donde habían caído las ascuas, la nieve silbaba. A cada momento un lobo que se retiraba, a grandes saltos, aullando y mostrando los dientes, anunciaba que había pisado uno de aquellos carbones encendidos.

Echando las astillas llameantes sobre sus enemigos más cercanos, el hombre arrojó sus mitones sobre la nieve y pateó para desentumecerse los pies. Habían desaparecido los dos últimos perros. Sabía muy bien que eran un plato de la larga comida en la cual «Gordito» había sido el aperitivo y probablemente él sería el postre.

—¡Todavía no me habéis vencido! —gritó salvajemente, mientras sacudía los puños amenazando a las bestias.

El círculo de los lobos se agitó al oír su voz, mostraron los dientes y la loba se acercó furtivamente hasta muy poca distancia de él, observándole con una mirada inteligente, producto del hambre.

Enseguida empezó a poner en práctica una nueva idea que se le había ocurrido. Extendió el fuego formando un amplio círculo, dentro del cual se metió colocando en el centro su bolsa de dormir para protegerse contra la nieve. En cuanto hubo desaparecido detrás de aquel muro de llamas, los lobos se acercaron curiosos para saber lo que había sido de él. Hasta ahora se les había negado el acceso al fuego, por lo que se echaron a tierra formando un círculo muy cerca de las llamas, como si fueran otros tantos perros, brillantes los ojos, bostezando y estirando los flacos cuerpos ante aquel color extraño. La loba replegó sus patas y con la nariz dirigida hacia la Luna empezó a aullar. Uno por uno, los lobos comenzaron a hacerle coro, hasta que todos ellos, echados y con la nariz hacia el cielo, anunciaron su hambre.

Vino la noche y luego el día. Las llamas ya no alcanzaban tanta altura como antes. Enrique intentó salir de su círculo de fuego, pero los lobos salieron a su encuentro. Las ramas encendidas les obligaban a apartarse, pero ya no retrocedían. En vano intentó hacerles perder terreno. Cuando el hombre renunció a su empresa y volvió a encerrarse en su defensa de fuego, un lobo saltó hacia él, pero se equivocó en la distancia y fue a dar con las cuatro patas sobre las brasas. Gritó de terror al mismo tiempo que enseñaba, rabioso, los dientes y se alejó arrastrándose para enfriar sus extremidades en la nieve.

Enrique se sentó sobre la manta. A partir de las caderas, el cuerpo se inclinaba hacia delante. Tenía los hombros caídos; la cabeza inclinada sobre las piernas indicaba que había perdido toda esperanza de sobrevivir a aquella lucha. De cuando en cuando alzaba la mirada para observar el fuego, que daba las últimas boqueadas. El círculo de llamas y de brasas se rompía en segmentos, que dejaban amplios claros entre ellos. Disminuía la amplitud de los arcos del círculo en llamas y crecía la de aquellos en los cuales se había apagado el fuego.

—Creo que ahora podéis entrar y devorarme en cualquier momento —murmuró el hombre—. Sea como sea, voy a dormir.

Se despertó una vez, viendo entonces, a través de una de las partes donde se había apagado el fuego, que la loba le miraba ansiosamente.

Se despertó otra vez, un poco más tarde, aunque a él le parecieron horas. Había ocurrido algún cambio misterioso, tan extraño que se despertó inmediatamente. Algo había pasado. Al principio no pudo entenderlo. Pero lo comprendió finalmente: los lobos habían desaparecido. Lo único que quedaba de ellos eran las huellas sobre la nieve, que demostraban desde qué corta distancia habían abandonado el asalto. Le apretaba el sueño, que se apoderaba de él por momentos: nuevamente hundía la cabeza entre las rodillas, cuando se levantó de un salto.

Oía gritos de seres humanos, las sacudidas de los trineos, el ruido peculiar de los correajes y los aullidos anhelantes de los perros. Cuatro trineos se dirigían desde el río hacia el campamento. Pronto rodearon al hombre que se encontraba dentro del círculo de mortecino fuego media docena de sus congéneres. Le sacudían y trataban de despertarle a golpes. Él los miraba como si estuviera borracho, mientras farfullaba con una voz extraña y somnolienta:

—La loba roja... Primero vino a comer junto con los perros... Después se los comió... Y después devoró a Bill...

—¿Dónde está lord Alfred? —vociferó uno de los hombres en sus oídos, sacudiéndole violentamente.

Enrique movió la cabeza lentamente.

—No, a ése no se le pudo comer... Está esperando en un árbol del último campamento.

—¿Muerto?

—Muerto y en una caja —contestó Enrique.

Levantó los hombros con petulancia, poniéndose fuera del alcance de los brazos de aquel inquisidor:

—¡Oiga usted! Déjeme usted solo... Estoy agotado... Buenas noches a todos...

Le temblaron los párpados antes de cerrarse definitivamente. La mandíbula cayó sobre el pecho. Mientras trataban de echarle sobre las mantas, sus ronquidos llenaban el aire frío.

Pero además se oía otro ruido. Era débil y sonaba a lo lejos, a gran distancia. Era el grito de los lobos hambrientos mientras trataban de encontrar la huella de otro alimento, puesto que habían perdido al hombre.

SEGUNDA PARTE

CAPÍTULO PRIMERO
La batalla de los colmillos

Fue la loba la primera que oyó las voces de los hombres y los aullidos de los perros que tiraban de los trineos. Fue ella la primera en alejarse del círculo de mortecino fuego, dentro del cual se había refugiado nuestro hombre. Los lobos no tenían ganas de abandonar la presa, que habían acorralado, por lo que todavía se mantuvieron varios minutos por los alrededores, hasta asegurarse del verdadero origen de los ruidos. Cuando comprendieron la causa, también se alejaron, siguiendo a la loba.

Al frente de ellos corría un gran lobo gris, uno de los jefes de la horda. Detrás de la loba, dirigía a los demás. Como advertencia, mostraba los dientes o atacaba con los colmillos a sus congéneres más jóvenes, que trataban de adelantársele. Aceleró el paso cuando observó a la loba que trotaba sin prisa a través de la nieve.

Ella se dejó alcanzar, como si fuera una posición que le pertenecía por derecho, adaptando su paso al de la horda. Él no le enseñaba los dientes cuando ella se le adelantaba. Por el contrario, parecía estar poseído de un sentimiento de bondad para con ella, quizá excesiva, pues el lobo se le acercaba demasiado, y cuando lo hacía, era la loba quien le mostraba los colmillos. A menudo le clavaba los dientes en la paletilla, pero entonces él no mostraba enojarse. Se limitaba a echarse a un costado, corriendo hacia delante y saltando de una manera extraña, con lo que daba la impresión de un enamorado campesino que no sabe manejarse.

Ésta era una de las dificultades de correr delante de la horda. La loba tenía otras. Del otro lado corría a la par un lobo gris viejo, marcado con las cicatrices de numerosas batallas. Siempre se colocaba a su lado derecho, lo que es explicable si se tiene en cuenta que sólo le quedaba un ojo: el izquierdo. También él acostumbraba a acercarse a ella, volverse hacia la loba, hasta que su hocico lleno de cicatrices tocaba su cuerpo, sus paletillas o su pescuezo. Ella repelía los ataques de ambos lados con sus dientes, pero cuando los dos prodigaban sus atenciones al mismo tiempo, se sentía encerrada por ambos flancos y le era preciso alejar a los dos amantes con rápidos mordiscos, manteniendo el paso de la horda y fijándose dónde ponía los pies. Entonces ambos compañeros se mostraban los dientes y gruñían por encima del cuerpo de la loba. Hubieran luchado, mas, incluso el amor y la mutua rivalidad debían ceder ante el hambre de la horda.

Después de cada repulsa, cuando el viejo lobo se apartaba del objeto de su deseo que poseía colmillos tan agudos, chocaba con un lobo de tres años que corría por el lado del ojo desaparecido. Este lobezno había llegado a su desarrollo completo: teniendo en cuenta el estado de debilidad y de hambre de la horda, poseía mucho más que el término medio de vigor y de coraje. No obstante corría sin que su cabeza pasara de la paletilla del viejo «Tuerto». Cuando se atrevía a avanzar más, lo que ocurría muy rara vez, un mordisco le obligaba a retroceder a su posición anterior. A veces avanzaba lenta y cautelosamente detrás de ambos, hasta colocarse entre el viejo jefe de la horda y la loba. Esto conducía a una doble y a veces a una triple demostración de resentimiento. Cuando la loba enseñaba los dientes, el viejo jefe se arrojaba sobre el joven intruso. A veces le acompañaba ella. Otras, el más joven que la seguía por el otro flanco, se unía a los dos.

Entonces, teniendo que enfrentarse con tres salvajes dentaduras, el lobezno se detenía repentinamente y se apoyaba sobre las patas traseras, rígidas las anteriores, la boca amenazante y erizadas las crines. Esta confusión en la vanguardia de la horda conducía siempre a un desbarajuste en la retaguardia. Los lobos que venían detrás chocaban con el lobezno, expresando su disgusto mediante enérgicos mordiscos en los flancos y en las patas traseras. Él mismo se buscaba el lío, pues el mal humor y la carencia de alimento van siempre juntos, pero con la ilimitada fe de la juventud persistía en repetir la maniobra frecuentemente, aunque nunca sacaba nada en limpio, sin mordiscos.

Si hubieran tenido alimento, las peleas y el amor habrían mantenido un ritmo uniforme y la horda se hubiera esparcido. Pero la situación era desesperada. Estaban flacos debido al hambre prolongada. Corrían a una velocidad menor que la corriente. En la retaguardia se arrastraban los débiles, los muy jóvenes o los muy viejos. A la vanguardia marchaban los fuertes. Sin embargo, todos parecían más esqueletos ambulantes que lobos. Excepto los que no tenían fuerzas para correr, los movimientos de los animales que formaban el resto de la manada eran incansables y parecían efectuarse sin esfuerzo. Los músculos nudosos parecían fuentes inagotables de energía. Detrás de cada contracción muscular, que semejaba la de un mecanismo de acero, venía otra y otra, aparentemente sin fin.

Corrían distancias enormes cada día. Corrían durante toda la noche. La luz del día siguiente los encontraba todavía corriendo. Atravesaban la superficie de un mundo muerto y helado. Nada viviente se movía. Sólo ellos seguían su interminable viaje, a través de aquel mundo inerte. Sólo ellos poseían vida y seguían buscando otras cosas vivientes para devorarlas y sobrevivir.

Cruzaron una docena de pequeños riachuelos, en unas tierras bajas, antes de que encontraran lo que buscaban. Toparon con renos. Primero apareció un macho enorme. Aquí había carne y vida, que no estaba guardada por el fuego o por misteriosos proyectiles. Los lobos conocían la cornamenta bifurcada y los cascos encorvados hacia fuera de aquel animal. Dejaron de lado su acostumbrada paciencia y sus precauciones habituales. Fue una batalla dura y corta. Atacaron al corpulento macho por todos lados. El reno les abría de arriba abajo o les deshacía el cráneo con hábiles movimientos de sus cascos. Les pisoteaba o les despedazaba con sus cuernos. En el ardor de la lucha, les reducía a papilla sobre la nieve. Pero estaba condenado y cayó, mientras la loba le desgarraba la garganta y los otros animales se prendían por todos lados, devorándolo vivo antes de que hubiera cesado de luchar o de que se le hubiera infligido una herida mortal.

Ahora había alimento en abundancia. El reno pesaba más de cuatrocientos kilos, por lo que tocaban casi a diez kilos de carne para cada uno de los cuarenta y pico lobos. Pero si su ayuno tenía algo de milagroso, también lo era la manera como devoraban. Pronto, sólo unos pocos huesos esparcidos fue cuanto quedó de la espléndida bestia que unas pocas horas antes había hecho frente a la manada.

Los lobos se dedicaron ahora a dormir y descansar. Con el vientre lleno, los lobeznos empezaron a pelearse entre sí, lo que continuó durante unos pocos días, hasta que el hato se deshizo. Había pasado el hambre. Se encontraban ahora en un país de caza abundante. Aunque todavía cazaban juntos, lo hacían con más precauciones, arrinconando alguna hembra gorda o algún macho impedido de alguna de las manadas que encontraban en su camino.

En esta tierra de promisión ocurrió que un día la horda se dividió en dos grupos, que siguieron caminos diferentes. La loba, el lobezno que marchaba a su izquierda y el «Tuerto» a su derecha, dejaron que la mitad de la horda se dirigiera por el Mackenzie hacia abajo, a través de los lagos, hacia el Este. Día a día disminuía el número de individuos que formaban esta porción. Por parejas, macho y hembra, desertaban los lobos. A veces los agudos dientes de sus adversarios expulsaban a uno de los viejos machos. Finalmente sólo quedaron cuatro: la loba, el jefe joven, el «Tuerto» y el ambicioso lobezno.

Por aquel entonces la loba había adquirido un carácter feroz. Sus tres aspirantes llevaban la marca de sus dientes. Sin embargo, ninguno de los tres respondía a sus ataques. Oponían sus pescuezos a sus más salvajes mordiscos y trataban de aplacar su rabia moviendo la cola y dando pasitos cortos. En su orgullo, el lobezno fue el más audaz. Atacó al «Tuerto» por el lado que no veía y le hizo pedazos una oreja. Aunque el viejo «Tuerto» sólo veía por un lado para oponerse a la juventud y el vigor del lobezno, tenía la sabiduría de largos años de vida. El ojo que le faltaba y las cicatrices de su hocico demostraban la clase de experiencia que poseía. Había sobrevivido a demasiadas batallas como para dudar un momento sobre lo que tenía que hacer.

La lucha empezó noblemente, pero no terminó así. Es imposible predecir lo que hubiera ocurrido si el tercer lobo no se hubiera unido al viejo para atacar juntos al lobezno y despedazarlo. De ambos lados atacaban sin misericordia los colmillos de los que hasta hacía poco tiempo habían sido sus camaradas. Se habían olvidado de los días en que habían cazado juntos, de las piezas que había cobrado la horda, del hambre que habían sufrido. Aquello pertenecía al pasado. Ahora se trataba del deseo, de algo más cruel y terrible que conseguir alimento.

Mientras tanto, la loba, a causa de todo, estaba tendida satisfecha sobre las patas posteriores y vigilaba la lucha, que la divertía. Aquél era su día, que no era frecuente, cuando se erizaban las crines, chocaban los colmillos contra otros o desgarraba la carne que cedía, todo por poseerla.

El lobezno, que por primera vez se aventuraba en los campos del deseo, perdió la vida en la empresa. A cada lado de su cuerpo se erguían ambos rivales. Observaban a la loba, que sonreía sobre la nieve. Pero el viejo jefe estaba lleno de sabiduría, tanto en el deseo como en la batalla. El jefe joven giró la cabeza para lamerse una herida en la paletilla. La curva de su cuello mostraba su convexidad a su rival. Con su ojo único, éste apreció la oportunidad. Salió como una flecha y cerró los colmillos. Fue un mordisco largo, desgarrante y profundo. Al clavarse, los dientes cortaron la vena yugular. Después retrocedió limpiamente.

El joven jefe aulló terriblemente, pero su grito quedó cortado con un golpe de tos. Sangrando y tosiendo, herido ya de muerte, saltó sobre el viejo, luchando mientras se le escapaba la vida, debilitándosele las piernas, oscureciéndose ante sus ojos el mundo, acortándose sus golpes y sus saltos.

Mientras tanto la loba seguía echada y sonreía. Se alegraba de una manera vaga por la batalla, pues así es el amor de la selva, la tragedia del sexo en el mundo de la naturaleza, que es tan sólo para los que mueren. En cambio, para los que sobreviven no es trágico, sino que implica la satisfacción del deseo y la perfección.

Cuando el jefe joven cayó sobre la nieve y no se movió más, el «Tuerto» se dirigió hacia la loba. Su comportamiento denotaba una mezcla de triunfo y precaución. Era claro que esperaba un rechazo y se sorprendió cuando la loba no le mostró los dientes enojada. Por primera vez le recibió agradablemente. Se restregaron los hocicos y hasta condescendió a saltar y jugar con él como si fuera un cachorro. Él mismo, a pesar de sus años y de su experiencia, se comportó de la misma manera y hasta quizá un poco más tontamente.

Ya habían olvidado los rivales vencidos y aquel cuento de amor escrito con sangre sobre la arena, salvo durante un momento, en que el «Tuerto» se detuvo a lamerse las heridas. Sus belfos se entreabrieron como si fuera a mostrar los dientes, se le erizaron las crines y se enderezó como para saltar, afirmando las patas sobre la nieve para tener mejor apoyo. Pero lo olvidó enseguida, mientras saltaba detrás de la loba, que tímidamente le invitaba a correr por los bosques.

Después de esto siguieron, codillo con codillo, como buenos amigos que hubieran llegado a un entendimiento. Pasaron los días y seguían juntos, cazando y matando, para compartir la comida. Después de algún tiempo la loba empezó a dar muestras de intranquilidad. Parecía buscar algo que no podía encontrar, y sentirse atraída por las cavidades debajo de los árboles caídos, y perdía mucho tiempo husmeando las cavernas de las rocas. El viejo «Tuerto» no compartía su interés, pero la seguía alegremente, y cuando sus investigaciones en algún lugar eran particularmente largas, se echaba al suelo y esperaba hasta que estuviera pronta a proseguir.

No permanecían mucho tiempo en un sitio, sino que recorrieron toda la comarca, hasta llegar otra vez al Mackenzie, a lo largo del cual se dirigieron río abajo, abandonándolo a menudo para cazar por las orillas de sus afluentes, pero volviendo siempre a él. A veces encontraron otros lobos, a menudo en parejas, pero nadie demostraba alegrarse del encuentro o deseo de formar otra vez una horda. Varias veces encontraron lobos solitarios. Siempre eran machos, que insistían en unirse a la loba y al «Tuerto», a quien no le gustaba nada esto; mientras ella se arrimaba a su paletilla, mostrando los dientes, el animal solitario retrocedía con el rabo entre las piernas y se decidía a continuar su viaje.

Una noche de luna, mientras corrían a través de la silenciosa selva, el «Tuerto» se detuvo de repente. Levantó el hocico, la cola se puso rígida y olfateó el aire detenidamente. Tenía un pie en el aire, como es costumbre en los perros. No quedó satisfecho y siguió husmeando, tratando de comprender el mensaje que el aire le traía. Un soplo bastó a su compañera, que se le adelantó para convencerle de que no había peligro. El «Tuerto» la siguió, aunque dudando, sin dejar de detenerse de cuando en cuando, para considerar más cuidadosamente aquella advertencia.

Ella se deslizó cautelosamente hasta el extremo de un espacio abierto en medio de los árboles. Allí permaneció sola. Entonces, el «Tuerto», arrastrándose, con todos sus sentidos alerta, irradiando suspicacia cada uno de sus hirsutos pelos, se le unió. Permanecieron juntos, observando, escuchando y oliendo.

Hasta sus oídos llegó el ladrido de perros que se peleaban entre ellos, los gritos guturales de varios hombres, las voces más agudas de mujeres enojadas y una vez el lloriqueo intenso y quejoso de un niño. A excepción de los toldos y de las llamas del fuego, interrumpidas por los movimientos de los cuerpos interpuestos o del humo que se elevaba lentamente en el aire, era poco lo que podía verse. Pero hasta sus narices llegaban los millares de olores de un campamento indio, trayendo consigo una larga historia, que en gran parte era incomprensible para el «Tuerto», pero de la cual la loba conocía todos los detalles.

Se sentía extrañamente conmovida y olfateaba con placer creciente. Pero el viejo dudaba todavía. No ocultó su aprensión y echó a correr, invitándola a seguirle. Ella volvió la cabeza y tocó su cuello con el hocico, tratando de tranquilizarle y observando otra vez el campamento indio. Demostraba ahora una nueva expresión de inteligencia, que no provenía del hambre. La poseía el deseo de avanzar, de acercarse a aquel fuego, de pelearse con los perros, de evitar y seguir los vacilantes pies de los hombres.

El «Tuerto» se movía impaciente al lado de ella. La loba empezó a sentir nuevamente aquel desasosiego y comprendió la urgente necesidad de encontrar lo que buscaba desde hacía días. Dio vuelta y se dirigió a la selva, con gran satisfacción de su compañero, que iba un poco delante, hasta que ambos se sintieron protegidos por los árboles.

Mientras avanzaban silenciosos como sombras, a la luz de la luna, fueron a parar a un sendero. Olisquearon las huellas en la nieve, que eran muy frescas. El «Tuerto» marchaba delante, pisándole los talones su compañera. Ensanchaban los pies al pisar, que al tocar la nieve parecían ser de terciopelo. En aquel blanco uniforme descubrió algo más blanco que se movía débilmente. Se había deslizado rápidamente hasta entonces, con una apariencia engañosa de lentitud, pero ahora echó a correr. Ante él saltaba aquella débil mancha blanca que había descubierto.

Corrían por un estrecho sendero, flanqueado a ambos lados por árboles jóvenes, a través de los cuales se veía desembocar la alameda en un claro, alumbrado por la luz de la luna. El viejo «Tuerto» alcanzó rápidamente aquella forma blanca que volaba. Ganaba distancia saltando con agilidad. Se encontraba ya exactamente debajo de ella: bastaría un solo salto para que sus dientes se hincasen en ella. Pero no llegó a saltar. Aquella forma blanca ascendió verticalmente, convirtiéndose en una liebre que saltaba y rebotaba, ejecutando una danza fantástica por encima del lobo y sin volver nunca a la tierra.

El «Tuerto» retrocedió de un salto, súbitamente aterrorizado, y se acurrucó en la nieve, mostrando amenazadoramente los dientes a aquella cosa que metía miedo y que no podía entender. Pero la loba se le adelantó en actitud despreciativa. Se detuvo un momento y luego saltó, tratando de alcanzar la liebre bailarina. También ella se elevó a gran altura, pero no tan alto como la presa, por lo que sus dientes se cerraron en el vacío con un ruido metálico. Repitió otras dos veces la tentativa. Lentamente, su compañero había abandonado su posición horizontal y la observaba. Empezó a mostrarse descontento por los repetidos fracasos de la loba, por lo que concentró todas sus fuerzas en un salto definitivo. Sus dientes se cerraron sobre la presa, haciéndola descender a tierra con él. Pero al mismo tiempo se oyó un ruido sospechoso como de algo que se rompe, y entonces observó el «Tuerto», con asombrados ojos, que uno de los jóvenes árboles se inclinaba por encima de él para golpearle. Sus dientes dejaron escapar la presa y retrocedió para librarse de aquel extraño peligro, elevando los labios y dejando al descubierto los colmillos, a la vez que su garganta emitía sonidos roncos, erizado el pelo de miedo y de rabia. Inmediatamente el árbol volvió a erguirse en toda su gracia y la liebre empezó a bailar otra vez a gran altura.

La loba se enojó. Hundió sus colmillos en el cuello de su compañero para demostrar su reprobación. El «Tuerto», aterrorizado, desconociendo el origen de este nuevo ataque, volvió ferozmente los dientes contra ella, tanto, que le desgarró el hocico. Para ésta era igualmente inesperado que él se defendiera de sus ataques, por lo que devolvió el golpe, denotando su indignación con aullidos y mordiscos. El «Tuerto» descubrió su error y trató de calmarla. Pero ella estaba empeñada en castigarle severamente, hasta que el lobo renunció a calmarla y empezó a dar vueltas, manteniendo la cabeza lejos de sus dientes, recibiendo varias mordeduras en la paletilla.

Mientras tanto, la liebre seguía bailando en los aires, por encima de ellos. La loba se echó en la nieve. El «Tuerto», que tenía más miedo ahora de su compañera que de la amenaza que pudiera encerrar aquella extraña presa, saltó nuevamente para alcanzarla. Mientras caía otra vez hacia tierra con ella, no apartaba la vista del árbol. Se echó a tierra esperando el golpe que debía llegar, erizado el pelo, sin soltarla. Pero el golpe no llegaba.

El árbol permanecía siempre encima de él. Se movía cuando él lo hacía. El «Tuerto» gruñía a aquel extraño árbol tanto como se lo permitía la presa que tenía entre los dientes. Cuando el lobo no se movía, el árbol no se agitaba, por lo que dedujo que lo mejor era quedarse quieto. Sin embargo, la sangre caliente de la víctima producía un gusto agradable en la boca. Su compañera le liberó de la situación dificultosa en que se encontraba. Se la sacó de entre los dientes y mientras el árbol oscilaba amenazadoramente por encima de ella, con los dientes le cortó la cabeza. Inmediatamente, el árbol se enderezó, después de lo cual ya no les molestó más, permaneciendo en la posición erecta que debe tener todo árbol que se respeta. Entre la loba y el «Tuerto» devoraron la caza que aquel misterioso árbol había puesto a su disposición.

Había otros senderos y alamedas, en los cuales las liebres colgaban de los aires. La pareja se las comió todas. La loba abría la marcha, mientras el «Tuerto» la seguía observando y aprendiendo el arte de robar trampas, arte que debía serle muy útil en el futuro.

CAPÍTULO II
El cubil de la loba

Durante dos días la loba y el «Tuerto» se mantuvieron en las cercanías del campamento indio. El lobo estaba preocupado y no perdía sus aprensiones, aunque el campamento atraía a su compañera, que se resistía a alejarse. Pero ya no dudaron más cuando una mañana se llenó el aire del estampido de un disparo de rifle, cuya bala fue a incrustarse en el tronco de un árbol a unos pocos metros de la cabeza del «Tuerto». Escaparon por un sendero paralelo que en muy poco tiempo puso gran distancia entre ellos y el peligro.

No fueron muy lejos; sólo unos dos días de correría. La necesidad de la loba de encontrar lo que estaba buscando era imperativa ahora. Estaba muy pesada y no podía correr. Una vez, al perseguir una liebre, que en condiciones normales hubiera sido para ella cuestión fácil, tuvo que detenerse y echarse al suelo para descansar. El «Tuerto» se le acercó, pero cuando tocó galantemente su cuello, la loba le echó un mordisco, con tal rapidez, que tuvo que retroceder, tambaleándose, mientras hacía esfuerzos ridículos por escapar a sus dientes. El carácter de la loba era ahora peor que nunca, aunque, en cambio, el «Tuerto» cada día se mostraba más paciente y solícito.

Ella encontró, finalmente, lo que buscaba. Fue unos pocos kilómetros aguas arriba de un arroyo, que en verano desemboca en el Mackenzie, pero que entonces estaba helado desde la superficie hasta el fondo: muerta corriente de un blanco compacto desde la fuente hasta la desembocadura. La loba seguía cansadamente al «Tuerto», que iba muy adelante, cuando ella encontró uno de los bancos de la ribera. Se volvió y lo recorrió lentamente. Las tormentas de la primavera y la fusión de las nieves habían socavado la roca y en uno de los lugares una pequeña fisura se había convertido en una cueva.

Se detuvo a la entrada y miró detenidamente los muros. Recorrió por ambos lados la base, donde su abrupta masa se elevaba sobre el paisaje de líneas más suaves. Volviendo a la cueva entró allí. Durante un metro debió avanzar a gatas, pero después se ensanchaban los muros, formando una cámara circular de casi 1,20 metros de diámetro. La altura de la cámara era exactamente la de la misma loba. La caverna era seca. La loba examinó todos los detalles con extremo cuidado, mientras el «Tuerto» la observaba pacientemente. Dejó caer la cabeza, el hocico dirigido hacia abajo, hacia un punto cerca de sus patas muy juntas, alrededor del cual dio varias vueltas; después, con un suspiro de cansancio, que era casi un gruñido, encorvó el cuerpo, estiró las patas y se dejó caer, con la cabeza hacia la entrada. El «Tuerto», que mantenía las orejas erectas, la observaba contento. Destacándose sobre la luz blanca, la loba podía distinguir su cola, que se movía, denotando satisfacción. Sus orejas se acercaban y alejaban de la cabeza, mientras abría la boca y extendía pacíficamente la lengua, con lo que quería expresar que estaba contenta y satisfecha.

El «Tuerto» tenía hambre. Aunque se había echado a la entrada de la caverna y tenía sueño, sólo conseguía conciliarlo durante breves instantes. Le mantenía despierto y le hacía enderezar las orejas el mundo luminoso que se extendía más allá de la caverna, donde el sol de abril brillaba sobre la nieve. Cuando podía dormirse, llegaban hasta sus oídos los débiles murmullos de ocultas corrientes de agua, que le inducían a levantarse y a escuchar atentamente. Volvía el sol y con él despertaba la Tierra del Norte que le llamaba. La vida empezaba a agitarse otra vez. La primavera se sentía en el aire. Llegaba hasta él la pulsación de las cosas vivientes que crecían bajo la nieve, de la savia que ascendía por los troncos de los árboles, de los capullos que hacían estallar la capa de hielo que aún los cubría.

Echaba ansiosas miradas a su compañera, que no demostraba ningún deseo de levantarse. Miró hacia fuera y observó media docena de pinzones de las nieves que cruzaban su campo visual. Pareció como si quisiera levantarse, echó una nueva mirada a su compañera, se tiró al suelo y se durmió otra vez. Un canto agudo y débil llegó hasta sus oídos. Una o dos veces, semidormido, se rascó el hocico con una de las patas delanteras. Entonces se despertó. En la misma punta de su nariz un mosquito solitario cantaba su melodía. Era un miembro adulto de su especie, que se había mantenido todo el invierno en un tronco seco y que se había despertado al sentir el calor del sol. Ya no podía desoír el llamamiento del mundo. Además, tenía hambre.

Se arrastró hasta su compañera y trató de persuadirla para que se levantara. Pero ella se limitó a mostrarle los dientes. El lobo salió solo hacia aquel mundo iluminado por el sol. Encontró que la nieve se había ablandado y que era difícil transitar. Se dirigió río arriba, por el cauce congelado, donde la nieve, protegida del sol por los árboles, era todavía dura y cristalina. Permaneció ocho horas fuera de la cueva, y cuando volvió tenía más hambre que la que le había impulsado a salir. Encontró caza, pero no pudo apoderarse de ella. Rompió la capa de nieve que se fundía y se restregó en la tierra, mientras allá arriba las liebres bailaban tan inalcanzables como nunca.

Se detuvo súbitamente sorprendido a la entrada de la cueva. De allí dentro salían extraños y débiles sonidos, que no procedían de su compañera y que, sin embargo, le eran vagamente familiares. Se arrastró cautelosamente sobre el vientre, advirtiéndole un aullido de ella para que no siguiera avanzando. Lo escuchó sin perturbarse, aunque obedeció, manteniendo la distancia, sin perder el interés por aquellos extraños sonidos, que parecían débiles sollozos ahogados.

Su irritada compañera le advirtió que se alejara, por lo que se acurrucó en la entrada, donde se quedó dormido. Cuando llegó la aurora, una débil luz invadió la cueva, se dedicó a buscar el origen de aquellos extraños ruidos, extrañamente familiares. Los aullidos de advertencia de su compañera encerraban una nueva nota, de celo, por lo que tuvo mucho cuidado en mantenerse a una respetuosa distancia. Sin embargo, al avanzar con el cuerpo recogido entre las piernas, pudo distinguir cinco pequeños seres vivientes, muy extraños, muy débiles, incapaces de vivir por sí mismos, que producían un sonido como si sollozaran y cuyos ojos no se abrían a la luz. El lobo se sorprendió mucho. No era la primera vez en su larga vida de combates, de los cuales había salido siempre victorioso, que ocurría eso. Por el contrario, había sucedido muchas veces, siendo, sin embargo, siempre una sorpresa para él.

Su compañera le miraba ansiosamente. De cuando en cuando emitía un gruñido ronco. A veces, cuando él parecía querer aproximarse más, el gruñido se convertía en su garganta en un aullido amenazador. Ella no tenía ninguna experiencia anterior que le permitiera predecirle lo que iba a ocurrir, pero su instinto, la experiencia reunida de todas las lobas, le traía el recuerdo de lobos que habían devorado a sus congéneres, incapaces de defenderse, poco después de nacer. En ella se manifestaba un miedo cerval a que el lobo se acercara demasiado a observar los lobeznos de los cuales era padre.

Pero no existía tal peligro. El viejo «Tuerto» sentía la intensidad de un impulso que había recibido de todos los padres de lobos. Ni se extrañaba de aquel sentimiento ni trataba de analizarlo. Estaba allí, en todas las fibras de su ser. Era la cosa más natural del mundo que, obedeciendo a aquel impulso, se alejara de su cría y se dirigiera a la búsqueda de alimento, del cual vivía.

A una distancia de ocho o diez kilómetros de la caverna se bifurcaba el río, dividiéndose los dos brazos en las montañas casi en ángulo recto. Siguiendo el de la derecha, encontró huellas frescas. Las olfateó y encontró que eran tan recientes, que se apresuró a agacharse y a observar en la dirección en que desaparecían. Deliberadamente se volvió y siguió el brazo derecho. Eran mayores que las que hacían sus propios pies y por experiencia sabía que era difícil conseguir alimento siguiéndolas.

A casi un kilómetro de distancia, siguiendo el afluente de la derecha, su sensible oído percibió el ruido que hacían unos colmillos al morder algo. Se acercó furtivamente a aquella presa y encontró que era un puercoespín que afilaba sus dientes en la corteza de un árbol. El «Tuerto» se acercó cautamente, pero sin grandes esperanzas. Conocía aquella especie, aunque nunca la había encontrado tan al Norte. Jamás en su larga vida había podido utilizarla como alimento. Pero también había aprendido mucho tiempo antes que existe algo que se llama la ocasión o la oportunidad, por lo que siguió acercándose. Era imposible decir lo que podría ocurrir, pues con las cosas vivientes, en general, no hay regla posible.

El puercoespín se enrolló sobre sí mismo formando una bola, de la cual irradiaban en todas direcciones largas y afiladas agujas, que impedían el ataque. En su juventud, el «Tuerto» se había acercado demasiado a olisquear una bola idéntica, aparentemente inerte, lo que no debía ser así, pues de repente la cola le golpeó en la cara. Durante semanas llevó en el hocico una de las agujas, que fue para él una llama lacerante, hasta que, finalmente, se desprendió por sí sola. Por todas estas razones se tiró al suelo cómodamente, manteniendo el hocico a una distancia de treinta centímetros. Esperó así, sin mover un músculo. Era imposible prever. Podía ocurrir cualquier cosa. Era probable que el puercoespín aflojara sus defensas, dándole la oportunidad de abrirle de un zarpazo el vientre, que carece de púas.

Pero después de media hora se levantó, gruñó rabioso en dirección a aquella bola inmóvil y se alejó. Había esperado y perdido demasiado tiempo, confiado en que un puercoespín se desenrollara para seguir vigilando. Siguió el brazo derecho, siempre aguas arriba. Transcurría el día y nada premiaba sus esfuerzos.

La intensidad del instinto paternal que se había despertado en él era muy grande. Debía encontrar alimento. Por la tarde se encontró de sopetón con una gallinácea. Saliendo de un bosquecillo topó con un representante de esa poco inteligente especie, que se encontraba sobre un tronco, a menos de treinta centímetros de su nariz. Ambos se observaron mutuamente. El pájaro intentó elevarse repentinamente, pero el lobo tuvo tiempo de asirle con un golpe de sus patas, echarse sobre él y agarrarle con los dientes mientras el ave intentaba arrastrarse sobre la nieve. En cuanto sus dientes se acercaron sobre la carne, que ofrecía poca resistencia, y sobre los frágiles huesos, empezó naturalmente a devorar. Entonces recordó su obligación, se detuvo y emprendió el viaje de regreso.

A unos dos kilómetros de distancia del punto de bifurcación de los ríos, cuando corría con patas que parecían de terciopelo, como una sombra que se deslizara cautelosamente, observando todo detalle del paisaje, volvió a encontrar las grandes huellas que había descubierto aquella mañana. Como seguían el mismo camino que llevaba, se preparó a hacer frente al animal que las había dejado, en cualquier punto del río.

Guareciéndose detrás de una roca, asomó la cabeza, observando un trecho de la corriente donde ésta formaba una amplia curva. Vio algo que le indujo a echarse inmediatamente: un lince hembra de gran tamaño, que había producido las huellas, estaba echado como había estado él mismo unas horas antes, frente a la encogida bola de espinas. Si antes el «Tuerto» había sido una sombra que se deslizaba, ahora era el espíritu de ella. Se arrastró y dio una vuelta alrededor de ambos, hasta que se encontró muy cerca, del lado opuesto al viento.

Se echó en la nieve, depositando su presa a su lado. Sus ojos atravesaron la espesura, vigilando aquel juego de vida y de muerte que se desarrollaba delante de él: el lince y el puercoespín que esperaban, cada uno luchando por su vida. Era intensa la curiosidad que despertaba aquel juego, que para el lince consistía en devorar y para el puercoespín en que no lo devorasen. Mientras tanto, el «Tuerto», el viejo lobo, echado sobre la nieve, a cubierto de una sorpresa, esperaba algún extraño juego de la suerte que pudiera conducirle sobre la huella del alimento, que era su modo de vivir.

Pasó una media hora y una hora; nada ocurrió. En lo que respecta a sus movimientos, aquella bola espinosa podría ser una piedra. En cuanto al lince, se hubiera dicho que estaba convertido en piedra. El «Tuerto» parecía muerto. Sin embargo, los tres animales estaban poseídos de tanta exuberancia vital, que era casi dolorosa. Quizá nunca estuvieron tan plenos de vida como en aquel momento, en que parecían carecer de ella. El «Tuerto» se movió ligeramente y observó con interés creciente. Algo estaba por ocurrir. Finalmente el puercoespín creyó que su enemigo se había retirado. Lentamente, con infinitas precauciones, entreabría aquella armadura impenetrable. Procedía lentamente, sin ninguna de las vacilaciones de quien tiene prisa. Lentamente, muy lentamente, la bola de agujas se enderezaba y se extendía. El «Tuerto», que seguía vigilando, sintió que se le humedecía la boca y que se le caía la saliva, involuntariamente excitada por la carne viviente que se ofrecía ante él como una comida bien servida.

El puercoespín no acabó de desenrollarse enteramente, cuando descubrió a su enemigo. En aquel mismo instante atacó el lince con un golpe cuya rapidez pudiera compararse a la del rayo. La pata armada de uñas rígidas, como los espolones de un gallo de pelea, desgarró el vientre indefenso, retrocediendo con un movimiento que lo abrió casi enteramente. Si el puercoespín hubiera estado enteramente desenrollado o si hubiera descubierto a su enemigo una fracción de segundo antes de recibir el golpe, la pata del lince hubiera escapado sin lesiones, pero un movimiento lateral de la cola hundió las afiladas agujas antes de que el lince pudiera retirarla.

Todo había ocurrido en una fracción de segundo: el ataque del lince, el contraataque del puercoespín, el grito de agonía de éste, el aullido de dolor y de sorpresa del gran gato. El «Tuerto» casi se levantó excitado, irguiendo las orejas y enderezando la cola que temblaba. El lince perdió la paciencia. Se arrojó salvajemente sobre lo que le había herido. Pero el puercoespín, que seguía gruñendo, con el vientre deshecho, intentando débilmente enrollarse otra vez, sacudió nuevamente la cola: otra vez el gran gato aulló de dolor y de sorpresa. Se echó hacia atrás, estornudando, mientras su nariz, cubierta de agujas, parecía un monstruoso alfiletero. Se rascó el hocico con las patas, tratando de desprender aquellos agudos dardos, lo hincó en la nieve y lo frotó contra las ramas, mientras se movía hacia todos lados en un verdadero ataque de dolor y de miedo. Estornudaba continuamente; tan violentos y rápidos eran los movimientos de su corta cola, que parecía que se le iba a desprender en cualquier momento. Dejó de dar aquel movimiento espasmódico y teatral y se quedó quieto durante un momento. El «Tuerto» no lo perdía de vista. Ni siquiera el lobo pudo evitar que involuntariamente y de repente se le erizaran todos los pelos, cuando, sin ninguna advertencia previa, el lince saltó, lanzando al mismo tiempo un aullido largo y terrorífico. Después se alejó a grandes saltos, sin dejar de gritar a cada momento.

Sólo cuando sus gritos ya no eran audibles debido a la distancia, el «Tuerto» se atrevió a abandonar su escondite. Sus pasos eran tan delicados como si la nieve estuviera alfombrada con agujas de puercoespín, dispuestas para atravesarle las patas. El animal herido le recibió con furiosos gruñidos y rechinando los dientes. Había conseguido enrollarse otra vez, pero no de manera tan compacta como antes, pues su musculatura estaba demasiado desgarrada para eso. El lince le había abierto casi en dos mitades y sangraba abundantemente.

El «Tuerto» chupó la nieve empapada de sangre, la paladeó y la degustó en la boca, lo que le produjo una gran satisfacción y aumentó enormemente su hambre, pero era demasiado viejo como para dejar de lado las precauciones. Se echó a tierra y esperó, mientras el puercoespín rechinaba los dientes y gruñía y emitía débiles sonidos que parecían sollozos. Después de un corto tiempo, el «Tuerto» notó que las agujas ya no estaban erizadas y que todo el cuerpo de la presa temblaba, hasta que finalmente ya no se movió más. Los dientes rechinaron de manera desafiante por última vez. Todas las agujas cayeron flácidamente, el cuerpo se estiró y quedó rígido.

El «Tuerto», nervioso y dispuesto a saltar hacia atrás a la menor indicación de peligro, lo extendió con las patas cuan largo era y le dio la vuelta. Nada ocurrió. Ciertamente estaba muerto. Le miró intensamente durante un momento, le hincó los dientes con cuidado y se dirigió río abajo, llevando o arrastrando al puercoespín, con la cabeza hacia un lado para no herirse con las púas. Recordó algo, dejó caer su presa y se dirigió al lugar donde había dejado a la gallinácea. No dudó ni un momento. Sabía lo que tenía que hacer y lo hizo inmediatamente, comiéndose el pájaro. Volvió y recogió otra vez su carga.

Cuando arrastró el producto de su caza dentro de la cueva, la loba lo inspeccionó, volvió hacia él el hocico y le lamió ligeramente la paletilla. Pero enseguida le advirtió que se alejara de los cachorros, mostrándole los dientes de una manera que era menos dura que lo usual y que encerraba una disculpa más que una amenaza. Disminuía el miedo instintivo de la hembra por el padre de su cría. El «Tuerto» se portaba como corresponde a un lobo y no manifestaba ningún deseo malvado de devorar aquellas vidas jóvenes que ella había traído al mundo.

CAPÍTULO III

El lobezno gris

Era muy distinto de sus hermanos y hermanas. Su pelo mostraba ya el color rojizo que habían heredado de la madre, mientras que él, el único de la lechigada, se parecía en ello a su padre. Era el único lobezno gris de la camada. Pertenecía a la verdadera raza de los lobos, tanto, que de hecho era idéntico al viejo «Tuerto», diferenciándose de él tan sólo en que tenía dos ojos y los dos sanos.

Aunque no hacía mucho tiempo que el lobezno gris había abierto por primera vez los ojos, veía ya claramente. Mientras permanecieron cerrados utilizó sus otros sentidos: el tacto y el olfato. Conocía muy bien a sus dos hermanos y a sus dos hermanas. Empezó a retozar con ellos de una manera débil, completamente inseguro de sus músculos, y aun a pelearse con ellos, mientras vibraba su garganta con un sonido curioso como si se raspase algo (precursor de futuros aullidos) cuando empezaba a enfurecerse. Mucho antes de que se abrieran sus ojos, aprendió a conocer a su madre por el tacto y por el olfato: fuente de ternura y de alimento líquido y cálido. Poseía una lengua cariñosa y acariciadora, que le calmaba cuando se la pasaba por su cuerpo pequeño y blando y que le inducía a apretarse contra ella y a dormitar.

Pasó en sueños la mayor parte del primer mes de su vida. Pero ahora que ya podía ver bien, se alejaba durante mucho tiempo, adquiriendo completos conocimientos sobre lo que le rodeaba. Su mundo era oscuro, pero él no lo sabía, pues no conocía otro. Estaba iluminado muy débilmente, pero sus ojos no habían necesitado acomodarse a otra luz. Era muy pequeño, sus límites eran los muros de la caverna, pero como no sabía que existiera algo fuera de ella, no le oprimían los estrechos confines de su existencia.

Muy pronto descubrió que uno de los muros de la caverna era distinto de los demás. Era la entrada y la fuente de luz. Antes de tener ideas o voliciones propias, descubrió que era distinto de los otros. Antes de que sus ojos se abrieran y lo observaran, había ejercido una irresistible atracción sobre él. La luz que provenía de allí incidió sobre sus párpados semicerrados, provocando en los nervios ópticos destellos parecidos a rayos, de un color intenso y extrañamente agradables. La vida de su cuerpo y toda fibra de él, la vida, que era la base de su propio cuerpo, algo enteramente distinto de su existencia personal, tendía hacia la luz e impelía su carne hacia ella, de la misma manera que la estructura sutil de la planta la induce a buscar el sol.

Siempre, aun antes de la aurora de su vida consciente, se arrastró hacia la entrada de la cueva. Sus hermanos y hermanas hacían lo mismo. Durante aquel período ninguno se arrastró hacia los rincones oscuros de la cueva. La luz les atraía como si fueran plantas. La estructura química de la vida que les movía exigía la luz como una condición de su existencia. Sus cuerpecillos de cachorros se arrastraban ciegamente, impulsados por una energía química, como los sarmientos de la vid. Más tarde, cuando cada uno desarrolló una personalidad propia y adquirió conciencia de sus impulsos y deseos personales, aumentó la atracción que sobre ellos ejercía la luz. Siempre se arrastraban hacia ella, trayéndoles su madre de vuelta.

Así, el lobezno gris aprendió a conocer otras particularidades de su madre, además de la lengua suave y acariciadora. Al intentar insistentemente alcanzar la luz, descubrió que ella poseía un hocico, con el cual le enviaba de un golpe otra vez hacia atrás; más tarde encontró que poseía una pata que le tiraba al suelo y le hacía rodar por allí con un movimiento rápido y bien calculado. Así aprendió a conocer el dolor y a evitarlo, primero no incurriendo en riesgo de castigo, y segundo, arrastrándose y retirándose. Procedía, sí, conscientemente, resultado de sus primeras generalizaciones. Retrocedía automáticamente ante el peligro, así como se dirigía, como movido por un mecanismo, hacia la luz. Después, retrocedía ante el dolor, porque sabía que hacía daño.

Era un lobezno feroz, lo mismo que sus hermanos y hermanas, lo que no es de extrañar, pues era carnívoro. Procedían de una raza que mataba para comer y que se alimentaba de carne. Sus padres no comían otra cosa. La leche que mamó cuando su vida era todavía una llama vacilante era carne transformada directamente en alimento. Ahora, cuando ya tenía un mes, cuando apenas hacía una semana que había abierto los ojos, empezaba también a comer carne, que la loba digería a medias y luego devolvía para alimentar a sus cinco cachorros, que ya exigían demasiado de sus pechos. Pero además era el más malo de toda la camada. Podía hacer un ruido, como si se raspara algo, más sonoro que el de los otros cuatro. Sus impotentes rabietas eran mucho más terribles que las de sus hermanos y hermanas. Fue el primero que aprendió la manera de tirar al suelo y hacer rodar de una patada a cualquiera de los otros cuatro. Fue el primero que aprendió a prenderse de una oreja y a tirar y arrastrar y a gruñir a través de la dentadura herméticamente cerrada. Ciertamente fue el que más trabajo dio a su madre para impedir que toda la camada escapara por el agujero por donde entraba la luz.

Día a día aumentaba la fascinación que la misma ejercía sobre el lobezno gris. Continuamente emprendía vastas exploraciones hacia la abertura de la cueva hasta una distancia de un metro de su madre, a la que al llegar la loba le mandaba a su sitio. Sólo que él no sabía que era la entrada. No sabía nada acerca de entradas o salidas, acerca del camino que se recorre cuando se va de una parte a otra. No conocía ningún otro lugar y muchísimo menos un camino para llegar hasta allí. Para él la entrada de la cueva era un muro de luz. Lo que es el sol para los que habitan fuera de la cueva, era para él la entrada luminaria de su mundo. Le atraía como la vela encendida a una polilla. Continuamente trataba de alcanzarla. La vida, que tan velozmente se desarrollaba en él, le inducía siempre a acercarse al muro de luz. Pero nada sabía acerca de ello, ni siquiera que existía algo más allá.

Había algo extraño en este muro. Su padre (ya le reconocía como uno de los habitantes de su mundo, criatura muy parecida a su madre, que dormía cerca de la luz y que traía la carne) tenía la costumbre de caminar en dirección a aquel cerco luminoso y desaparecer. El lobezno gris no podía comprenderlo. Aunque su madre nunca le permitía que se aproximara a aquel muro de luz, había explorado todos los otros, encontrando que el extremo de su nariz chocaba con algo duro, que causaba dolor. Después de varias aventuras, no se preocupó más en husmear las paredes. Sin pensar mucho sobre ello, aceptó la desaparición de su padre en el muro luminoso como una peculiaridad de su progenitor, así como la leche y la carne semidigerida eran propias de su madre.

En realidad, el lobezno gris no era muy propenso a pensar, por lo menos a la manera propia de los hombres. Aunque su cerebro funcionaba de una manera algo nebulosa, sus conclusiones eran tan netas y diferenciadas como aquellas a las que llegan los hombres. Tenía un método propio de aceptar las cosas, sin preguntarse el cómo y el para qué. En realidad, era una especie de clasificación. Nunca se preocupaba por saber cómo ocurría una cosa, sino por qué ocurría, lo que le bastaba. Por ejemplo, después de chocar varias veces su nariz contra los muros, aceptó como un hecho inevitable que no desaparecería dentro o a través de ellos. De la misma manera aceptaba que su padre desapareciera a través de los muros luminosos. Pero no le acuciaba el deseo de saber dónde residía la diferencia entre su padre y él. Ni la lógica ni la física formaban parte de su estructura mental.

Como la mayor parte de las criaturas de la selva, muy pronto trabó conocimiento con el hambre. Llegó un tiempo durante el cual no sólo cesó el suministro de carne, sino que se agotó la leche de su madre. Al principio los cachorros gimieron y se quejaron, pero después durmieron la mayor parte del tiempo. No pasó mucho sin que se encontraran en una verdadera agonía, provocada por el hambre. Ya no jugaban o se peleaban entre ellos, ya no se oían sus impotentes rabietas, ni sus tentativas de gruñir o de aullar. Cesaron por entero las expediciones de descubrimientos hacia el muro de luz. Los loboznos dormían, mientras vacilaba la llama de la vida en ellos y amenazaba apagarse enteramente.

El «Tuerto» estaba desesperado. Dormía muy poco en la cueva, que ahora daba una impresión de miseria y que carecía de alegría para hacer grandes recorridos. También la loba abandonó la camada y se dedicó a buscar alimento. El primer día, después de nacer los cachorros, el «Tuerto» visitó varias veces el campamento indio, robando las trampas para liebres. Pero al fundirse la nieve y ser navegables los ríos, los indígenas habían trasladado su campamento, por lo que quedó cerrada aquella fuente de abastecimiento.

Cuando revivió el lobezno gris y empezó a interesarse nuevamente por la vida, encontró que había disminuido la población de su mundo. Sólo quedaba una hermana; el resto había desaparecido. Cuando aumentaron sus fuerzas, se vio obligado a jugar solo, pues su hermana no levantaba la cabeza ni recorría la cueva. El cuerpo del lobezno se redondeaba con lo que comía, pero el alimento llegó demasiado tarde para ella. Dormía continuamente y no era más que un esqueleto recubierto de piel, en el cual la llama de la vida vacilaba, hasta que, finalmente, se extinguió por completo.

Llegó un tiempo en el cual el lobezno ya no vio a su padre aparecer y desaparecer en el muro luminoso o yacer durmiendo a la entrada de la cueva. Esto ocurrió al final de un segundo y menos severo período de hambre. La loba sabía por qué no volvía el «Tuerto», pero no poseía ningún medio de comunicárselo al lobezno gris. Mientras ella se dedicaba a cazar, encontró huellas del «Tuerto», que debían proceder del día anterior y que se extendían junto al afluente de la margen derecha, donde vivía el lince. La loba encontró al «Tuerto», o mejor, lo que quedaba de él, al final de las huellas. Había muchos indicios de una encarnizada lucha y de la retirada hacia su cueva, con los honores del vencedor, del lince. Antes de alejarse, encontró el refugio de ella misma, pero como parecía encontrarse dentro, no se atrevió a entrar.

Después la loba evitó el afluente derecho, cuando iba de caza. Sabía que en la cueva del lince se encontraba una camada y que ese animal es una malísima criatura, de pésimo carácter y terrible luchador. Media docena de lobos pueden obligar a un lince a refugiarse en un árbol, enarcando el lomo como un gato, con toda la pelambre erizada, pero es algo enteramente distinto que un lobo solo haga frente a un lince, especialmente cuando se sabe que este último tiene una camada hambrienta que alimentar.

Pero la selva es la selva, la maternidad es la maternidad, siempre dispuesta a proteger a su prole, sea allí o en un ambiente civilizado. Llegaría el día en el cual, por el lobezno gris, la loba arrostraría el peligro del afluente derecho, la caverna del lince y su rabia.

CAPÍTULO IV

El muro del mundo

Cuando su madre empezó a abandonar el cubil para dedicarse a sus expediciones de caza, el lobezno había aprendido perfectamente la ley según la cual estaba prohibido acercarse a la entrada. No sólo su madre se la había enseñado con el hocico y las patas, sino que además empezaba a desarrollarse en él el sentimiento del miedo. En su breve vida en la cueva no había encontrado nada que le produjera ese sentimiento que, sin embargo, existía en él. Llegaba hasta él, desde sus más remotos ascendientes, a través de millares de millares de vidas. Era una herencia que recibió directamente del «Tuerto» y de la loba, y que, a su vez, ellos tenían de todas las generaciones anteriores de lobos. El miedo es un legado al que no escapa ninguna criatura de la selva.

Así pues, el lobezno conoció el miedo, aunque no sabía a qué se debía. Es probable que lo aceptara como una de las restricciones de la vida, pues sabía ya que existían limitaciones. Había conocido el hambre, y cuando no pudo calmarla, comprendió que existía una barrera. El obstáculo de los muros, los enérgicos golpes del hocico de su madre, sus patadas que le hacían revolcarse por el suelo, el hambre insatisfecha de varios períodos le hicieron comprender que no todo era libertad en el mundo, que la vida estaba sujeta a limitaciones y a restricciones, que eran verdaderas leyes. Obedecerlas significaba escapar a lo que hacía daño y ser feliz.

No razonaba al respecto a la manera de los seres humanos. Se limitaba a clasificar las cosas en dos grupos: las que hacen daño y las que no lo hacen. Después de eso se concretó a evitar las primeras —las restricciones y limitaciones— para poder gozar de las segundas: de las satisfacciones y premios de la vida.

Así, obedeciendo a la ley establecida por su madre y a la otra de aquella cosa desconocida y sin nombre, el miedo, se mantuvo alejado de la entrada de la caverna, que seguía siendo para él un muro de blanca luz. Cuando su madre no se encontraba junto con él, pasaba el tiempo durmiendo. Si estaba despierto se mantenía silencioso, ahogando los lamentos que le cosquilleaban la garganta y su tendencia a hacer ruido.

Una vez, estando despierto, oyó un sonido extraño en la boca de la cueva. No sabía que era un glotón, que temblaba de su propia audacia y que olisqueaba cautelosamente cuanto había en la caverna. El lobezno sabía tan sólo que era algún extraño, algo que no había clasificado todavía; en consecuencia, desconocido y terrible, pues lo que no se ha experimentado previamente es uno de los elementos que componen el miedo.

Silenciosamente se erizaron las crines del lobezno gris. ¿Cómo sabía él que la cosa que olisqueaba era una de aquellas ante las cuales debe erizarse el pelo? No procedía de ningún conocimiento anterior, pero era la expresión visible del miedo que sentía y del que no poseía ninguna explicación en su vida. Acompañaba al terror otro instinto: el de ocultarse. El lobezno se encontraba en el paroxismo del miedo, tirado en el suelo, sin hacer ningún ruido o movimiento, helado, petrificado hasta la inmovilidad, aparentemente muerto. Cuando volvió su madre gruñó, al sentir el olor del animal extraño, se metió corriendo en la cueva y paseó su hocico por todo el cuerpo de su hijo, con casi excesivas demostraciones de afecto. De manera algo nebulosa el lobezno comprendió que había escapado a un gran peligro.

Pero dentro de él se desarrollaban otras fuerzas, la mayor de las cuales era el crecimiento. El instinto y la ley exigían que obedeciera. Pero el crecimiento demandaba desobediencia. El miedo y su madre le impelían a que se alejara del muro blanco. Mas el crecimiento equivale a la vida y ésta está destinada a correr hacia la luz. No había ninguna posibilidad de frenar aquella vida tumultuosa que hervía en él, que se acrecentaba con cada bocado de carne que tragaba, con cada inspiración que entraba en sus pulmones. Finalmente, un día, impulsado por la fuerza vital, dejó de lado el miedo y la obediencia a su madre, y el lobezno avanzó a trompicones hacia la entrada.

A diferencia de los otros muros que había conocido, éste parecía retroceder a medida que avanzaba. Ninguna superficie dura se oponía a la frágil nariz, que él mandaba cautelosamente como vanguardia. La materia del muro parecía tan permeable y huidiza cual la luz. Como, a sus ojos, parecía tener forma, entró en lo que había sido un muro para él y se bañó en la sustancia que lo componía.

Era para volverse loco. Se arrastraba a través de lo que él creía sólido. La luz era cada vez más intensa. El miedo le inducía a volverse, pero el crecimiento le obligaba a seguir avanzando. De repente se encontró en la entrada de la cueva. El muro dentro del cual había creído encontrarse se alejó de improviso a una distancia infinita. La luz era tan clara que hacía daño, tanto que se sentía repentinamente ciego. Igualmente le mareaba la abrupta y tremenda extensión del espacio. Automáticamente sus ojos empezaban a ajustarse a la intensidad de la luz, enfocándose para acomodarse a la mayor distancia de los objetos. Al principio el muro parecía haber desaparecido de su campo visual. Volvió a distinguirlo, pero a una distancia notable. También había cambiado su apariencia. Era un muro abigarrado, compuesto por los árboles que crecían en las márgenes del río, por las montañas opuestas, que se elevaban por encima de los árboles y por el cielo que estaba aún más arriba que los perros.

Se sintió presa de un gran miedo. Aparecía otra vez lo terrible y lo desconocido. Se echó a la entrada de la cueva y examinó el mundo que se presentaba ante él. Puesto que era desconocido, le era hostil. En consecuencia, se le erizó el pelo, sus labios se contrajeron, como si pretendiera mostrar los dientes y gruñir a aquel mundo feroz, que le intimidaba. Su misma pequeñez y miedo le inducían a desafiar y a amenazar al universo entero.

Nada ocurrió. Continuó observando, y tan grande era su interés, que se olvidó de los gruñidos y de sus temores. En aquel momento el ansia de vida había desplazado al terror, disfrazándose de curiosidad. Empezó a notar la existencia de objetos cercanos: una parte del río, libre de hielos, que centelleaba a la luz del sol; el pino semidestruido, que se encontraba en la base de la escarpa, y esta misma, que se levantaba hasta él y que terminaba a unos sesenta centímetros por debajo de la parte inferior de la entrada de la cueva en la cual él se encontraba.

El lobezno gris había vivido hasta ahora en un suelo completamente plano. No había experimentado nunca la desagradable sensación de una caída. No sabía lo que significaba caer, por lo que continuó avanzando audazmente en el aire. Mientras sus patas traseras se apoyaban todavía en la entrada de la cueva, las delanteras se encontraban en el vacío, por lo que cayó con la cabeza hacia delante. La tierra le golpeó duramente en la nariz, lo que le indujo a aullar lastimeramente. Empezó a rodar hacia abajo por la escarpa. Se encontraba poseído de un pánico terrorífico. Al fin lo desconocido se había apoderado de él, dominándole sin ninguna consideración, y se preparaba a herirle terriblemente. El miedo había desplazado al crecimiento. El lobezno se quejaba como cualquier otro cachorro aterrorizado.

Lo desconocido iba a herirle enseguida de una manera terrible e inimaginable, por lo que no dejaba de quejarse y aullar. Era algo muy distinto a estarse quieto, acurrucado en un terror que obligaba a la inmovilidad, mientras lo desconocido esperaba fuera. Ahora aquello que no tenía nombre le había asido fuertemente entre sus garras. El silencio no servía de nada. Además, no era el miedo, sino el terror lo que le poseía.

Pero la escarpa era cada vez menos pronunciada, uniéndose al nivel general mediante una superficie cubierta de hierba, donde el lobezno perdió velocidad. Cuando se detuvo finalmente, lanzó un último grito de agonía y después una exclamación prolongada y temblorosa. Además, de la manera más natural, como si se hubiera limpiado ya mil veces en su vida, procedió a desprender con la lengua el barro que le ensuciaba.

Después se sentó y empezó a observar el lugar en que se encontraba con la misma atención que prestaría el primer hombre que llegase a Marte. El lobezno había atravesado el muro que le separaba del mundo, lo desconocido le había soltado y se encontraba allí sin sentirse herido. Pero el primer terrícola que llegase a Marte se sentiría menos extrañado que el lobezno. Sin ningún conocimiento previo, sin ninguna advertencia acerca de su existencia, se encontraba explorando un mundo enteramente nuevo.

Ahora que había escapado de las garras de lo desconocido, se olvidó que encerraba peligros. Se sentía poseído tan sólo por la curiosidad acerca de lo que le rodeaba. Husmeó la hierba, las plantas que crecían un poco más allá, el tronco semidestruido del pino que se encontraba en el límite de un espacio abierto entre los árboles. Una ardilla que corría por el pie del árbol cayó sobre él, aterrorizándole y obligándole a echarse a tierra y a mostrar los dientes. Pero su contrario tenía tanto miedo como él. Se subió al árbol y desde aquel punto seguro insultó ferozmente al lobezno.

Esto contribuyó a elevar su moral, y aunque su próximo encuentro, un pájaro carpintero, le dio otro susto, prosiguió confiadamente su camino. Tal era su confianza, que cuando un nuevo pájaro chocó audazmente con él, el lobezno extendió una pata de modo amigable, como si pretendiera jugar. Éste le respondió con un picotazo en la nariz, que indujo al lobezno a echarse a tierra y a gritar. El ruido fue tan intenso, que el pájaro, asustado, decidió poner tierra de por medio, echando a volar.

Pero el lobezno aprendía. Su mente nebulosa había establecido ya una clasificación. Existían cosas vivientes y otras que no lo eran. Además, era necesario cuidarse de las primeras. Las cosas inanimadas permanecen siempre en el mismo lugar, pero las vivientes se desplazan, siendo imposible predecir lo que harán. Siempre ha de esperarse de ellas lo inesperado, para lo cual se ha de estar siempre en guardia.

Se movía de una manera muy desmañada. Caía sobre los arbustos y sobre las cosas. Una rama, que él se imaginaba que se encontraba muy lejos, le golpeaba en el momento menos pensado, dándole en el hocico o azotándole las costillas. La superficie distaba de ser uniforme. Muchas veces se equivocaba y se caía hacia adelante sobre la nariz, o sus patas se enredaban en los obstáculos. Había guijarros que giraban debajo de sus pies cuando los pisaba. Así vino a aprender que no todas las cosas que carecían de vida se encontraban en el mismo estado de equilibrio estable como la cueva, y que las cosas inertes de pequeñas dimensiones eran más propensas que las grandes a caer o a dar vueltas. Aprendía con cada fracaso. Cuanto más tiempo hacía que caminaba, tanto mejor se desempeñaba. Empezaba a acomodarse a sí mismo, a calcular sus propios movimientos musculares, a apreciar la distancia mutua entre los objetos y entre éstos y él mismo.

Era la suerte, que parece favorecer a todo principiante. Aunque no lo sabía, había nacido para ser cazador. En su primer viaje de exploración por el mundo, por obra de la casualidad cayó sobre una presa, a la misma entrada de la cueva. Por pura suerte encontró el nido de una gallinácea, cuidadosamente oculto. Lo encontró intentando caminar a lo largo del tronco del pino caído. Bajo sus pies, cedió la corteza podrida; con un grito de desesperación se sintió caer, atravesó la hojarasca y se encontró en un nido, en el cual había siete polluelos.

Hicieron mucho ruido, lo que al principio asustó al lobezno. Pero después se dio cuenta de que eran muy pequeños, lo que le proporcionó una cierta audacia. Se movían. Colocó sus patas sobre uno de ellos, lo que contribuyó a que aceleraran sus movimientos. Esto era una fuente de placer para él. Olió uno de ellos y se lo metió en la boca. El polluelo se debatía y le hacía cosquillas en la lengua. Al mismo tiempo, el lobezno sintió una sensación de hambre. Se le cerraron las mandíbulas. Crujieron los frágiles huesos del pájaro y la sangre cálida le llenó la boca. Le gustaba. Era carne, la misma que le traía su madre, sólo que ésta estaba viva en sus dientes y, en consecuencia, le gustaba más. Se comió aquel polluelo y no paró hasta haber devorado todos los habitantes del nido. Se relamió de la misma manera que lo hacía su madre y empezó a arrastrarse hacia fuera.

Se encontró con un torbellino de plumas. Le confundieron y le cegaron la velocidad del ataque y los golpes de las furiosas alas. Escondió la cabeza entre las patas y gimió. Aumentaron los golpes. La madre de los polluelos estaba furiosa. Pero entonces el lobezno empezó a compartir ese sentimiento. Se levantó, mostrando los dientes y golpeando con las patas. Hundió sus dientecillos en una de las alas y la desgarró con todas sus fuerzas. El pájaro luchaba dejando caer sobre él un diluvio de golpes con el ala que le quedaba libre. Era la primera batalla del lobezno. Se sentía orgulloso. Olvidó toda la impresión que le había hecho lo desconocido. Ya no tenía miedo de nada. Luchaba, prendido a una cosa viviente, que le golpeaba. Además, era alimento. Se sentía poseído del deseo de matar. Acababa de aniquilar cosas vivientes. Ahora estaba empeñado en hacer lo mismo con otro objeto mayor. Estaba demasiado ocupado y era demasiado feliz como para darse cuenta de que lo era. Se exaltaba y enardecía de una manera que le era extrañamente nueva y superior a cualquiera que hubiese conocido.

Siguió prendido al ala, mientras gruñía por entre sus dientes fuertemente apretados. El pájaro le arrastraba fuera del bosquecillo. Cuando se volvió tratando de llevar al lobezno nuevamente hacia allí, éste se empeñó en salir fuera del conjunto de arbustos. Mientras tanto, el pájaro continuaba gritando y golpeándole con el ala saltando las plumas como durante una nevada. El lobezno podía precisar la intensidad emotiva de lo que hacía. Surgía en él toda la sangre luchadora de su raza. Esto era la vida, aunque no lo supiera. Empezaba a comprender el sentido de su existencia en el mundo: matar las cosas vivientes y luchar para poder hacerlo. Justificaba su existencia, lo más que puede hacer la vida, pues ésta alcanza su intensidad máxima cuando ejecuta aquello para lo que ha sido creada.

Después de algún tiempo, el pájaro dejó de luchar. El lobezno no había soltado el ala; ambos estaban en el suelo y se miraban fijamente. Intentó gritar de tal modo que sonara amenazadora y ferozmente. El pájaro le picoteó la nariz, que ya había salido bastante mal parada de aventuras anteriores. Retrocedió, pero sin soltarle. El pájaro siguió picoteándole, ante lo cual el lobezno dejó de retroceder y empezó a aullar lastimeramente. Quiso escapar, olvidando que como no soltaba su presa ésta lo seguiría continuamente. Sobre su desdichada nariz cayó un nuevo diluvio de picotazos. El deseo de lucha decreció en él y abandonando a aquel pajarraco dio la vuelta y echó a correr en una ignominiosa derrota.

Se echó a descansar en el otro lado del bosquecillo, cerca del extremo donde crecían los últimos árboles, con la lengua fuera, respirando fatigosamente, sin dejar de dolerle la nariz, lo que le obligaba a seguir gritando. Mientras permanecía tirado allí, sintió de repente que algo terrible estaba a punto de sucederle. Nuevamente cayó sobre él la sensación de lo desconocido, por lo que instintivamente se refugió en el bosquecillo. Un soplo de aire pasó cerca de él y un largo cuerpo alado se deslizó silenciosamente como un símbolo de mal agüero. Un halcón, descendido del azul del cielo, le había errado por una distancia pequeñísima.

Mientras yacía entre los arbustos, tratando de recuperar el aliento y sin perder de vista nada de lo que ocurría, la gallinácea salió del nido al otro lado del espacio descubierto. Debido a la pérdida que acababa de comprobar, no prestó la menor atención al rayo alado que caía del cielo. Pero el lobezno lo vio, lo que fue una advertencia y una lección para él. Observó la picada del halcón, su ligero vuelo a corta distancia del suelo, su ataque sobre la gallinácea, el grito de agonía y de terror de ésta y la forma veloz como el halcón ganó altura, llevándosela.

Pasó algún tiempo antes de que el lobezno abandonara su refugio. Había aprendido muchas cosas. Las cosas vivientes eran el alimento, y buenas para comer. Pero algunas de ellas, demasiado grandes, podían hacer daño. Era mejor devorar las cosas vivientes de pequeño tamaño, como los polluelos, y dejar pasar de largo a los adultos. Sin embargo, sentía ganas y ambición de continuar su pelea con aquella ave, sólo que el halcón se la había llevado. Es posible que hubiera otras. Podía proseguir sus exploraciones y averiguarlo.

Por un sendero resbaladizo descendió hasta el río. Era la primera vez que veía agua. Parecía ofrecer una excelente superficie para caminar sobre ella; por lo menos era bastante lisa. Echó a andar audazmente sobre la capa líquida, pero se hundió, gritando de terror, en los brazos de lo desconocido. Estaba fría. El lobezno abrió la boca, respirando agitadamente. El líquido entró en sus pulmones en lugar del aire que había llegado siempre hasta allí con cada movimiento respiratorio. La sofocación que experimentó fue como una agonía. Para él equivalía a eso. No tenía un conocimiento consciente de la muerte, pero como todos los animales de la selva, la conocía instintivamente. Para él era el más grande de los males, la misma esencia de lo desconocido, la suma de los terrores, la catástrofe mayor e inimaginable que podía ocurrirle, acerca de la cual nada sabía y todo lo temía.

Volvió a la superficie y el aire vivificante entró a borbotones por su boca abierta. Y ya no se hundió más. Como si hubiera sido una vieja costumbre suya, empezó a mover las patas y a nadar. La orilla se encontraba a un metro de distancia, pero llegó a ella de espaldas, porque la primera cosa en que se fijaron sus ojos fue la opuesta, hacia la cual empezó a nadar inmediatamente. El arroyo no era muy caudaloso, pero en aquel punto se ensanchaba hasta alcanzar varios metros. En la mitad de su travesía le agarró la corriente y le arrastró aguas abajo. Aquel torbellino en miniatura en la mitad del arroyo trabó sus movimientos y no le permitió nadar. Las aguas estaban muy turbulentas allí. A veces se hundía, otras veces se encontraba a flote, pero siempre en un movimiento violento volcándole unas veces, dándole vuelta otras o haciéndole chocar con una roca. Cuando ocurría esto último, aullaba. Avanzaba, aguas abajo, con una serie de alaridos, de cuyo número se podría deducir el de las rocas contra las que chocó.

Más allá de los rápidos se encontraba un remanso donde le capturó el movimiento circular de las aguas que lo llevó gentilmente hasta la orilla, depositándole con el mismo cuidado en un montón de piedras. Se arrastró enérgicamente hasta quedar fuera del alcance del líquido y se tiró al suelo. Había aprendido algo más acerca del mundo. El agua no era una cosa viva, y, sin embargo, se movía. Parecía tan sólida como la tierra, pero carecía de su resistencia. Dedujo que las cosas no son siempre lo que parecen. El miedo que sentía el lobezno por lo desconocido era parte de su herencia, que el experimento reciente acababa de reforzar. En consecuencia, poseería de ahora en adelante una desconfianza permanente acerca de la naturaleza de las cosas y de sus apariencias. Previamente debería conocer la realidad de una cosa antes de depositar su fe en ella.

Aquel día estaba destinado a tener otra aventura más. De repente se acordó que existía en el mundo su madre. Se sintió poseído por el deseo de estar cerca de ella más que ninguna otra cosa. No sólo se sentía cansado corporalmente, sino que el esfuerzo había sido demasiado para su diminuto cerebro. En todos los días de su vida no había trabajado tan duramente como en aquél. Además, tenía sueño. Se dedicó a buscar su cubil y a su madre, sintiéndose atacado por un sentimiento de soledad y de impotencia.

Atravesaba penosamente un grupo de arbustos cuando oyó un grito agudo de intimidación. Ante sus ojos pasó un relámpago de color amarillo. Vio una comadreja que se alejaba de él a saltos. Era una cosa viviente pequeña, por lo que no debía tener miedo. Entonces, ante él, ante sus mismos pies, distinguió una cosa viva extraordinariamente pequeña, de unos pocos centímetros de largo: una comadreja joven, que como él había salido en busca de aventuras, desobedeciendo órdenes expresas. Intentó retirarse ante el lobezno, que le hizo dar vueltas con un movimiento de sus patas. La comadreja joven produjo un ruido extraño, como algo que se frotara. En aquel mismo momento reapareció ante sus ojos el relámpago amarillo. Oyó otra vez el grito de intimidación y en el mismo instante recibió un golpe en el cuello y sintió los agudos dientes de la madre de la comadreja que cortaban su carne.

Mientras aullaba y sollozaba y se arrastraba hacia atrás, vio que la madre se alejaba con su vástago y desaparecía en la espesura próxima. Todavía le dolía la dentellada en el cuello, pero más herido estaba su orgullo. Se sentó y se lamentó en voz alta. La madre era tan pequeña y tan feroz... Aún tenía que aprender que a pesar de su tamaño y de su peso la comadreja es uno de los más feroces, vengativos y terribles asesinos de la selva. Pero pronto ese conocimiento formaría parte de su acervo de experiencias.

Aún seguía lamentándose cuando reapareció la comadreja. No le atacó de improviso ahora que su hijo estaba a salvo. Se acercó cautelosamente, por lo que el lobezno tuvo ocasión de observar su cuerpo elástico, como el de una serpiente, y su cabeza erguida, interesada en todo lo que la rodeaba, y que también tenía algo de reptil. Su grito agudo y amenazador hizo que se le erizaran todos los pelos y que le mostrara los dientes a manera de advertencia. Ella se acercaba cada vez más. Dio un salto, mucho más rápido de lo que podía percibir la vista inexperta del lobezno, de cuyo campo visual desapareció. Enseguida la comadreja estaba prendida de su cuello, clavando los dientes en su pelo y su carne.

Al principio el lobezno aulló y trató de pelear, pero era muy joven; aquél era su primer día en el mundo, por lo que su voz sólo pareció un sollozo y su lucha una tentativa de escapar. La comadreja no soltaba lo que había apretado entre sus dientes. Seguía colgada, intentando llegar hasta la gran vena por donde corría la vida del lobezno, pues bebe sangre y prefiere siempre sorberla en la fuente misma de la vida.

El lobezno hubiera muerto, con lo que nos quedaríamos sin tema para este libro, si la loba no hubiera llegado a saltos a través de los arbustos. La comadreja abandonó al lobezno, pero en cambio se echó sobre la loba, intentando, con la velocidad del rayo, prenderse de su cuello, aunque calculó mal la distancia, por lo que sus dientes se hincaron en la mandíbula de la loba, que sacudió la cabeza como si fuera un látigo, hasta que su enemiga se soltó y se elevó por el aire, arrojada muy alto por la fuerza de la loba. Mientras descendía a tierra, los dientes se cerraron sobre el cuerpo ágil y amarillo, encontrando la comadreja la muerte entre las mandíbulas de la loba.

El lobezno aguantó otro acceso de afecto de parte de su madre. La alegría de la loba por verle nuevamente parecía aún mayor que la suya propia por haber sido encontrado. Le acarició con el hocico y le lamió las heridas que le habían inferido los dientes de la comadreja. Después, entre los dos, la loba y el lobezno, devoraron a la bebedora de sangre, volvieron a la cueva y durmieron.

CAPÍTULO V

La ley del sustento

El lobezno se desarrollaba rápidamente. Descansó dos días, después de los cuales se atrevió a abandonar otra vez la cueva. Durante el segundo viaje de aventuras encontró al joven cuya madre habían devorado la loba y él. Cuidó que el hijo siguiera el mismo destino que la madre. Pero no se perdió en esta segunda serie de aventuras. Cuando se cansó, encontró el camino de regreso a la cueva, donde durmió. Después salía todos los días, recorriendo distancias cada vez mayores.

Empezó a estimar adecuadamente su fuerza y su debilidad y a saber cuándo podía ser audaz y cuándo debía ser cauteloso. Encontró que valía más tener siempre cuidado excepto en los raros momentos cuando, seguro de su propia intrepidez, se abandonaba a sus rabietas o a sus deseos. Se convertía siempre en un demonio furioso cuando encontraba alguna gallinácea aislada. Nunca dejó de responder salvajemente al palabrerío de la ardilla que encontró por primera vez en el pino semidestruido. Ver un pájaro carpintero le producía casi siempre una rabia furiosa, pues nunca pudo olvidar los picotazos en la nariz que le administró el primer animal de esa especie que encontró.

Pero había veces en que ni siquiera eso podía despertar su rabia: era cuando se sentía él mismo en peligro proviniente de algún otro cazador. Nunca olvidó al halcón, y su sombra le hacía siempre esconderse en el bosquecillo más cercano. Ya no andaba de cualquier manera ni vagaba sin dirección fija, sino que empezaba a adoptar el paso de su madre: veloz y furtivo, aparentemente sin esfuerzo, y que sin embargo, se deslizaba con una rapidez que era tan engañosa como imperceptible. En lo que respecta al alimento, su provisión se agotó el primer día. Los siete polluelos de la gallinácea y la joven comadreja era cuanto había podido matar hasta entonces. Con el transcurso del tiempo aumentaba su deseo de matar. Tenía voraces intenciones respecto a la ardilla, que parloteaba tan volublemente y que siempre informaba a todo el bosque de su proximidad. Pero los pájaros volaban y la ardilla lograba subirse a los árboles, por lo que el lobezno sólo podría atacarla por sorpresa cuando estuviera en el suelo.

Tenía un profundo respeto por su madre. Podía conseguir alimento y nunca dejaba de traerle su parte. Además ella no tenía miedo. No se le ocurría al lobezno que la loba adeudaba eso a la experiencia y a la sabiduría. Al lobezno le causaba una impresión de potencia. Su madre representaba la fuerza. Mientras creció la sintió en las severas advertencias de sus patas, aunque a veces la reprobación de su hocico se transformaba en el castigo de sus colmillos. Por esta razón, también la respetaba. Ella le obligaba a obedecer, y cuanto más crecía el lobezno, tanto mayor era su enojo.

Volvió el hambre, que esta vez el lobezno experimentó con plena conciencia. La loba enflaquecía en la busca de alimento. Rara vez dormía ya en la cueva, perdiendo inútilmente la mayor parte del tiempo en la caza. Este nuevo período de escasez no duró mucho tiempo, pero fue muy severo. El lobezno ya no encontraba leche en los pechos de su madre, ni recibía de ella su acostumbrado pedazo de carne.

Antes el lobezno se había dedicado a la caza por pura distracción, por el placer que le causaba. Ahora que lo hacía seriamente, impelido por la dura necesidad, no encontraba nada. Sin embargo, su fracaso aceleró su madurez. Estudió con mucho cuidado los hábitos de la ardilla e intentó con gran habilidad acercarse sigilosamente a ella y sorprenderla. Acechó a los roedores y trató de hacerlos salir de sus cuevas. Aprendió mucho acerca de las costumbres de los pájaros. Llegó un día en que ya no tuvo miedo de la sombra del halcón ni se escondió en la espesura al verle. Había aumentado su fuerza, su saber y su confianza en sí mismo. Se mostró a la vista de todos en un espacio abierto y desafió al halcón a que bajara de las alturas; el lobezno sabía que allá en lo alto, flotando en el espacio azul que se encontraba por encima de él, estaba la carne que su vientre apetecía tan insistentemente. Pero el halcón se negó a bajar y a librar batalla, por lo que el lobezno se dirigió a un bosquecillo para lamentarse de su hambre y de su desengaño.

Terminó el período del hambre. La loba llegó a la cueva con un alimento muy extraño, distinto de cuanto había cazado antes. Era uno de los hijos del lince, casi de la misma edad que el lobezno, pero no tan grande. Era todo para él. Su madre había satisfecho ya su hambre, aunque el lobezno ignoraba que había devorado el resto de la camada del lince. El lobezno tampoco podía comprender hasta qué punto era desesperada la acción de su madre. Sabía sólo que aquello era alimento, por lo que comió, sintiéndose más feliz a cada bocado.

Un estómago lleno invita a la inactividad, por lo que se echó en la cueva y se quedó dormido al lado de su madre. Le despertó un aullido de ella, que nunca le pareció más terrible. Es probable que la loba no aullara nunca de manera tan horripilante como aquella vez. Había razón para ello y nadie lo sabía mejor que la misma loba. No se despoja impunemente el cubil de un lince. A plena luz del día, el lobezno observó a la atacante, la hembra cuyos hijos habían devorado, que se encontraba junto a la entrada de la cueva. El pelo del lomo se le erizó en cuanto la vio. Aquí había algo de lo que debía tenerse miedo: no hacía falta que se lo advirtiera el instinto. Por si no bastara verla, el grito de rabia de la intrusa, que empezó con un aullido y que se convirtió bruscamente en un rugido ronco, era por sí mismo bastante convincente.

El lobezno sintió el aguijón de la vida que había estado latente en él, se levantó, intentó aullar y se puso valientemente al lado de la madre. Pero ella le rechazó ignominiosamente, colocándole tras de sí. Debido a que el techo de la cueva era muy bajo, el lince no podía entrar y cuando pretendía arrastrarse hacia dentro la loba saltaba sobre la intrusa y a mordiscos la obligaba a desistir. El lobezno no vio gran cosa de la batalla. Ambas hembras se mostraron los dientes, se los clavaron mutuamente y profirieron gritos histéricos de rabia. Ambas se revolcaron atacándose mutuamente a golpes: el lince hendiendo y desgarrando con sus dientes y con las uñas mientras que la loba no utilizaba sino sus colmillos.

Llegó un momento en el cual el lobezno pudo mezclarse en la pelea y clavó los dientes en una de las patas traseras del lince. Quedó prendido, aullando salvajemente. Aunque nunca lo supo, el peso de su cuerpo impidió la libre acción de la pata, con lo que evitó muchas heridas a su madre. Un cambio en la batalla le hizo soltar su presa y quedar debajo de ambas combatientes. Enseguida las dos se separaron y antes de que volvieran a trenzarse en la pelea, el lince con una de sus patas delanteras atacó al lobezno causándole una herida en la paletilla, que dejaba al descubierto el hueso y que lo arrojó rodando entre gimoteos a uno de los muros de la cueva. Así, los gritos de miedo y de dolor se agregaron a la barahúnda general. Pero la lucha duró tanto, que el lobezno tuvo tiempo de cansarse de gritar y de experimentar un segundo impulso de valor. Al final de la batalla aún seguía prendido con los dientes a una de las patas posteriores y tratando de aullar al mismo tiempo por entre sus dientes apretados.

El lince estaba muerto. Pero la loba había quedado muy débil y enferma. Al principio acarició al lobezno y lamió sus heridas. Pero con la sangre que había perdido desapareció su fuerza. Durante todo el día y la noche siguiente yació al lado de su enemiga sin moverse, respirando apenas. Durante una semana no salió de la cueva, excepto para beber, y aun entonces sus movimientos eran lentos y penosos. Al terminar aquella semana ambos habían acabado de devorar al lince y las heridas de la loba estaban ya suficientemente curadas como para que pudiera dedicarse otra vez a cazar.

La paletilla del lobezno estaba todavía rígida y dolía. Durante algún tiempo cojeó, debido a la terrible desgarradura que había sufrido. El mundo parecía distinto ahora. Marchaba con una mayor confianza en sí mismo con un sentimiento de coraje que no era propio de él antes de la pelea con el lince.

Había observado la vida en su aspecto más terrible, había luchado, había clavado sus dientes en la carne de su enemigo y había sobrevivido. Debido a todo esto marchaba más audazmente con un aire de desafío que era nuevo en él. Ya no temía las cosas pequeñas; había desaparecido gran parte de su timidez, aunque lo desconocido nunca dejó de impresionarle con sus terrores y misterios, intangible y eternamente amenazador.

Empezó a acompañar a su madre en la caza, viendo cómo se mataba y desempeñando su parte en ella. A su manera, débil y confusa aprendió la ley del sustento. Había dos clases de vida: la de su especie y la de las otras. La suya incluía a su madre y a él. La otra estaba formada por todas las cosas que se movían y que se dividía en aquellos seres que su propia especie devoraba y que se subdividía en animales que no mataban o que si lo hacían eran pequeños. La otra parte mataba y devoraba a su propia especie o era devorada por ella. De esta clasificación se infería la ley. La vida necesitaba el alimento. Y era alimento. La vida vivía de la vida. Existían seres que devoraban y otros que eran devorados. La ley era: devora o te devorarán. No la formuló claramente en términos unívocos y fijos, ni tampoco trató de obtener la moraleja de ello. Ni siquiera la pensó. Vivía la ley, sin pensar en ella.

Notaba que a su alrededor se cumplía la ley. Él mismo había devorado los polluelos de la gallinácea. El halcón se había tragado a la madre y pudo haberle devorado a él. Después, cuando el lobezno se sintió más fuerte, intentó devorar al halcón. Se había comido al hijo de la hembra de lince, que le hubiera devorado a él si la loba no la hubiera matado antes. Así seguía la cadena. Todas las cosas vivientes cumplían la ley a su alrededor: él mismo no era más que una parte de ella, pues era un asesino. Su único alimento era la carne; la carne viviente que corría velozmente ante él o que volaba por los aires, o que se subía a los árboles, o que se ocultaba en el suelo, o que le hacía frente y luchaba contra él, o ante los que tenía que huir cuando se volvían las tornas.

Si el lobezno hubiera tenido el cerebro de un hombre, hubiera definido la vida como un apetito voraz y el mundo como un lugar donde se desplazaban una multitud de esos apetitos, perseguido y siendo perseguido, dando caza y siendo su víctima, devorando y siendo devorado, en el que todo ocurre ciega y confusamente, con violencia y desorden, un caos de glotonería y de sangre regido por la casualidad, sin merced, plan o fin. Pero el lobezno no pensaba como los hombres. Carecía de una visión amplia de las cosas. No tenía más que un propósito y le preocupaba sólo una idea o un deseo cada vez. Además de la ley del sustento había muchísimas otras menores que él debía aprender y obedecer. El mundo estaba lleno de sorpresas. La vida bulliciosa que había en él, el juego de sus músculos, era un goce interminable. Correr detrás de la presa equivalía a experimentar intensas emociones y el orgullo del triunfo. Sus rabietas y batallas eran verdaderos placeres. El mismo terror y el misterio de lo desconocido le inducían a su modo peculiar de vida.

También existían para él momentos de expansión y de satisfacción. Tener el estómago bien repleto, estar tirado al sol, eran premios a sufrimientos y trabajos que en sí mismos encerraban su propia recompensa. Eran expresiones de la vida, y ésta siempre es feliz cuando se expresa a sí misma. Por ello el lobezno no sentía ninguna hostilidad por su mundo. La vida tenía una intensidad excepcional en él; era muy feliz y estaba muy orgulloso de sí mismo.

TERCERA PARTE

CAPÍTULO PRIMERO
Los dioses del fuego

El lobezno tropezó de repente con ello. Fue su propia falta, pues no había tenido cuidado. Había salido de la cueva para ir a beber. Es probable que no lo notara, pues tenía mucho sueño (había estado cazando toda la noche y acababa de despertarse). Su falta de cuidado pudo deberse a que estaba muy familiarizado con el sendero hasta el río. Lo había recorrido muchas veces y nada le había pasado.

Bajó, pasó de largo al lado del pino semidestruido y siguió trotando por entre los árboles. En el mismo momento lo vio y lo olió. Ante él estaban sentadas cinco cosas vivientes, de una especie que hasta entonces no había visto. Fue su primera visión de los hombres. Al ver al lobezno, los cinco no se echaron sobre él de un salto, ni le mostraron los dientes, ni tampoco aullaron. Ni siquiera se movieron, sino que permanecieron sentados, silenciosos, como si fuera la advertencia de algo terrible.

Tampoco el lobezno se movió. Todos los impulsos de su naturaleza le habrían inducido a echar a correr de modo veloz, si de repente no hubiera aparecido en él otro que los contradecía. Un gran miedo le dominó. Estaba derrotado hasta la inmovilidad por el sentido aplastante de su propia debilidad y pequeñez. Allí había una voluntad de dominio y una fuerza que estaban muy lejos de él.

El lobezno nunca había visto un hombre con anterioridad, y sin embargo, poseía instintivamente conocimiento de él. De manera confusa reconocía en el hombre al animal que había luchado hasta obtener la supremacía sobre los demás de la selva. No sólo miraba al hombre con sus ojos, sino además con los de todos sus antepasados, con los que describieron círculos en la oscuridad alrededor de innumerables fuegos de campamento, con los que observaron desde una distancia segura, ocultos entre la espesura, a aquel extraño animal de dos patas que era el amo de las cosas vivientes. Se apoderaba del lobezno el encanto mágico que el hombre había ejercido sobre sus antepasados, el miedo y el respeto que provenía de los siglos de lucha y de la experiencia acumulada de numerosas generaciones. La herencia tenía una fuerza que no podía resistir el lobezno. Si hubiera sido adulto, se hubiera escapado a toda prisa. Pero como era joven se echó a tierra, paralizado por el miedo, recitando a medias la fórmula de sumisión que profirió el primer lobo que se acercó a un hombre y se calentó a su fuego.

Uno de los indios se levantó, se dirigió hacia él y se detuvo cuando se encontró a su lado. El lobezno se apretó aún más sobre la tierra. Era lo desconocido, que finalmente se objetivaba, que adquiría forma de carne y hueso, que se inclinaba para apoderarse de él. Involuntariamente se le erizó el pelo. Sus labios se encogieron, mostrando los pequeños colmillos. La mano quedó suspendida sobre él como una amenaza y dudó un momento, después de lo cual el hombre habló, riéndose: *Waban wabisca ip pit tah!* («¡Fijaos en los colmillos blancos!»).

Los otros indios rieron ruidosamente e indujeron al que había hablado a levantar al lobezno. Cuanto más cerca se encontraba la mano, tanto más intensa era la batalla de los instintos que se desarrollaban dentro del animal. Experimentaba dos grandes impulsos: uno de entregarse y otro de luchar. La acción, por la que se decidió, fue un compromiso; hizo ambas cosas. Se entregó hasta que la mano estuvo exactamente encima de él. Entonces luchó, mostrando los dientes con la velocidad de un relámpago e hincándolos profundamente en la mano. Inmediatamente recibió un golpe en la cabeza que le hizo dar una vuelta completa. Le abandonó su deseo de pelea. Se apoderaron de él su carácter de cachorro y el instinto de sumisión. Se echó en el suelo y se quejó. Pero el hombre cuya mano había mordido estaba muy enojado. Recibió otro golpe en la cabeza, después de lo cual se levantó y se quejó más fuertemente que antes.

Los cuatro indios se rieron aún más ruidosamente, tanto que hasta el hombre que había sido mordido empezó a reírse también. Rodearon al cachorro y se rieron de él, mientras el animal se quejaba de terror y de dolor. De repente oyó algo, que tampoco escapó a los indios. Pero el lobezno sabía lo que era. Con un último lamento, que era casi un canto triunfal, dejó de quejarse y esperó que llegara su madre: la feroz e indomable, que luchaba contra todas las cosas y las mataba, y que nunca tenía miedo. La loba aullaba mientras corría. Había oído el grito de su hijo y se apresuraba a salvarle.

Casi chocó con el grupo de indios. Su instinto maternal ansioso y combativo no la embellecía, sino que le daba un aspecto terrible. Pero para el lobezno era agradable el aspecto de su rabia. Profirió una exclamación corta de alegría y saltó para salir a su encuentro, mientras los indios retrocedían varios pasos. La loba se colocó delante de su hijo, haciendo frente a los hombres, erizado el pelo, mientras de su garganta se escapaba un profundo ronquido. Contraída la cara con una maligna expresión de ferocidad, hasta el puente de la nariz de la loba formaba ondulaciones desde la punta hasta los ojos; tan prodigioso era su ronquido.

Entonces uno de los hombres gritó:

—¡Kiche! —Era una exclamación de sorpresa. El lobezno observó que al oír esa palabra su madre perdió parte de su enojo—. ¡Kiche! —gritó el hombre otra vez, pero ahora con su tono agudo de mando.

Entonces el lobezno vio que su madre, la loba, la que no tenía miedo de nada, se echaba a tierra, hasta que su vientre tocó el suelo, profiriendo aullidos de reconciliación, moviendo la cola; en una palabra, ofreciendo sumisión y no la lucha. El lobezno no podía entenderlo. Estaba completamente asombrado. Le dominó otra vez el terror que proviene del hombre. Su instinto no le había engañado; hasta su madre era una demostración de tal acatamiento, pues ella también se sometía los hombres.

El hombre que había hablado se acercó a ella. Puso su mano sobre la cabeza de la loba y ésta sólo se apretó más contra el suelo. No mordió ni trató de hacerlo. Se acercaron los otros hombres y la rodearon, la palparon y la acariciaron, cosa que ella no pareció tomar a mal. Los indios estaban muy excitados y hacían extraños ruidos con sus bocas, que el lobezno no consideró señales de peligro, por lo que decidió echarse al lado de su madre, sin poder evitar que se le erizara el pelo de cuando en cuando, pero haciendo todo lo posible por someterse.

—Es extraño —dijo uno de los indios—. «Kiche» es hija de un lobo. Es cierto que su madre era una perra. Pero ¿no la ató mi hermano tres noches seguidas en el bosque, durante la época de celo? En consecuencia, el padre de «Kiche» es un lobo.

—Hace un año, Nutria Gris, que se escapó —comentó otro de los indios.

—No es extraño, Lengua de Salmón —respondió Nutria Gris—. Era la época del hambre y no había nada que dar de comer a los perros.

—Ha vivido con los lobos —dijo el tercero de los indios.

—Así parece, Tres Águilas —asintió Nutria Gris, poniendo su mano sobre el cachorro—. Ésta es la demostración.

El lobezno mostró un poco los dientes al sentir el contacto de la mano, que se volvió para pegarle, pero ocultó sus colmillos y se hundió sumisamente mientras la mano volvió a tocarle, acariciando las orejas y el lomo de arriba abajo.

—Ésta es la demostración —repitió Nutria Gris.

—Está claro que «Kiche» es su madre. Pero su padre ha sido un lobo. En consecuencia tiene mucho de lobo y poco de perro. Sus colmillos son blancos, por lo que se llamará «Colmillo Blanco». Está dicho. Es mi perro. Pues ¿no pertenecía «Kiche» a mi hermano? ¿Y no está muerto mi hermano?

El lobezno, que acababa de recibir su nombre, seguía echado y vigilaba. Durante algún tiempo aquellos animales que se llaman hombres siguieron haciendo ruido con sus bocas. Entonces Nutria Gris sacó un cuchillo que llevaba atado a una cuerda alrededor de su cuello, se dirigió al bosquecillo más cercano y cortó un palo. «Colmillo Blanco» no le perdía de vista. Perforó el bastón por sus dos extremos, por los que introdujo una tira de cuero crudo. Ató al cuello de «Kiche» uno de los extremos y el otro a un pequeño pino.

«Colmillo Blanco» siguió a su madre y se echó al lado de ella. La mano de Lengua de Salmón se extendió hasta él y le hizo dar la vuelta. «Kiche» les observaba ansiosamente. «Colmillo Blanco» sintió que se apoderaba otra vez el miedo de él. No pudo impedir que se le escapara un ronquido, pero no intentó morder. La mano, cuyos dedos estaban ampliamente extendidos, le hacía cosquillas en el vientre y le hacía oscilar de un lado para otro. Era ridículo e incómodo estar tirado allí, patas arriba. Además era una postura en la que no se podía defender, tanto que toda la naturaleza de «Colmillo Blanco» se rebelaba contra ello.

«Colmillo Blanco» sabía que así era imposible escapar a cualquier mala intención que pudiera tener aquel animal que se llamaba hombre. ¿Cómo podría escaparse de un salto, estando con las cuatro patas en el aire? Sin embargo, la sumisión se sobrepuso a su miedo y se limitó a gruñir levemente. No podía suprimirlo enteramente y el hombre tampoco parecía molestarse por ello; por lo menos no le pegó otra vez. Además, «Colmillo Blanco» sentía una inexplicable sensación placentera mientras la mano subía y bajaba a lo largo del pecho y del vientre. Cuando le hizo dar una vuelta, cesó de gruñir; cuando los dedos apretaron y acariciaron la base de las orejas, aumentó la sensación de placer; cuando finalmente el hombre se alejó después de haberlo frotado por última vez, todo el miedo de «Colmillo Blanco» había desaparecido. En sus tratos con el hombre aún habría de experimentarlo muchas veces, aunque esto sólo fue una muestra de la amistad con el hombre, no enturbiada por el miedo, que había de ser su experiencia definitiva.

Después de algún tiempo, «Colmillo Blanco» oyó el ruido de algo extraño que se aproximaba. Pronto lo clasificó, pues lo reconoció como peculiar de aquellos animales que se llamaban hombres. Algunos minutos más tarde apareció el resto de la tribu, que había decidido seguir viaje. Aparecieron más hombres, mujeres y niños, cuarenta almas en total, todos pesadamente cargados con sus utensilios. También había muchos perros; a excepción de los cachorros, todos estaban pesadamente cargados con bolsas atadas a los lomos y fijas mediante correajes, como la cincha de un caballo. Cada animal transportaba así de diez a quince kilos.

«Colmillo Blanco» nunca había visto perros antes, pero comprendió enseguida que eran de su propia raza, sólo que ligeramente distintos. Sin embargo, en cuanto descubrieron a la madre y a su cachorro, no demostraron diferir mucho de los lobos. Se produjo una verdadera embestida. «Colmillo Blanco» erizó el pelo, mostró los dientes y roncó frente a la ola que se les vino encima. Cayó debajo de ellos, sintiendo cómo los dientes de sus atacantes se le hincaban en las carnes, mordiendo él también y desgarrando con los suyos las patas y los vientres de sus enemigos. Se produjo un tremendo alboroto. Oyó los aullidos de «Kiche» que trataba de defenderle, los gritos de los hombres, el ruido de los garrotazos que repartían éstos y los gritos de dolor de los perros al recibirlos.

Pasaron sólo unos pocos segundos hasta que pudo ponerse nuevamente en pie. Vio a los hombres que, a garrotazos y pedradas, le salvaban de las dentelladas de los de su especie, que por alguna extraña razón no le reconocían como igual. Aunque no cabía en su cerebro ningún concepto claro de la justicia, sin embargo, reconoció, a su manera, la equidad de los animales llamados hombres y comprendió que eran los autores de la ley y sus ejecutores. Se admiró también del poder que tenían para administrar la ley. Se diferenciaban de los otros animales que «Colmillo Blanco» había conocido en que no mordían ni se servían de garras. Reforzaban su potencia vital con la de las cosas inertes que obedecían sus mandatos. Los bastones y las piedras, dirigidos por aquellas extrañas criaturas, volaban por el aire como si tuvieran vida, produciendo terribles heridas.

Para el cerebro de «Colmillo Blanco» esta potencia era inconcebible, sobrenatural, propia de dioses. Por su misma naturaleza no podía comprender nada acerca de Dios; cuando mucho, podía darse cuenta de que había cosas que estaban más allá de su conocimiento, pero la idea que él se formaba y el miedo que tenía de aquellos extraños animales que se llamaban hombres se parecía al que sentiría un ser humano ante una divinidad que, desde la cima de una montaña, arrojara rayos con las dos manos sobre un mundo asombrado.

Se había alejado el último perro. Volvió la calma. «Colmillo Blanco» se lamió las heridas y reflexionó sobre su primera experiencia de la crueldad gregaria de los perros y del conocimiento que acababa de trabar con sus congéneres, tomados en conjunto. Nunca se había imaginado que existieran otros seres de su especie fuera del «Tuerto», su madre y él, que constituían una especie aparte. Por lo visto éstos eran también de su raza.

Se sentía poseído de un resentimiento inconsciente contra los individuos de su misma especie que a primera vista se habían echado sobre él y habían intentado aniquilarle. De la misma manera le molestaba que su madre estuviese atada con un palo, aunque lo hubieran hecho aquellos animales superiores que se llamaban hombres. Olía a trampa, a esclavitud, a servidumbre, aunque él no sabía nada de eso. En su herencia existía el amor por la libertad, por el derecho a correr o a echarse a voluntad. Aquí se le negaba todo eso. Los movimientos de su madre estaban restringidos por la longitud del palo, que también le ataba a él, pues todavía no había pasado la época en que podría alejarse de ella.

No le gustaba. Le gustó aún menos cuando uno de los animales de corta edad que se llamaban hombres agarró el palo por uno de los extremos y condujo a «Kiche» en cautividad, seguida de «Colmillo Blanco», sumamente preocupado y harto de aquella aventura en la que se había metido.

Siguieron por el valle del río, mucho más allá de cuanto se había atrevido a llegar «Colmillo Blanco» en sus correrías, hasta que alcanzaron el punto donde el río desembocaba en el Mackenzie. Allí había canoas suspendidas a gran altura, en el extremo de palos altos, y artefactos para sacar el pescado. «Colmillo Blanco» lo examinaba todo con ojos muy abiertos de admiración. La superioridad de aquellos animales llamados hombres aumentaba por momentos. Había podido observar ya su dominio sobre los perros, por muy afilados que fueran sus dientes. Todo ello denotaba su poder. Pero lo que más suscitaba la admiración de «Colmillo Blanco» era su dominio sobre las cosas inanimadas, su capacidad para ponerlas en movimiento, para cambiar el aspecto del mundo.

Era esto último lo que más le afectaba. Enseguida se percató de la altura de aquellos palos, aunque en sí mismo no tenía mucho de notable, puesto que eran obra de las mismas criaturas que hacían volar palos y piedras a tan gran distancia. Pero cuando los cubrieron con paños y pieles para convertirlos en toldos o habitaciones, «Colmillo Blanco» se asombró. Era su tamaño colosal lo que le admiraba. Se encontraban por todas partes a su alrededor, como si fueran alguna monstruosa forma de vida, de crecimiento muy rápido. Les tenía miedo. Arrojaban sobre él una sombra que parecía de mal agüero. Cuando los movía la brisa, provocaba en ellos gigantescas contorsiones. «Colmillo Blanco» se echaba a tierra aterrorizado, manteniendo fija la vista en ellos y muy atento para alejarse de un salto si intentaban echarse sobre él.

Pero pronto desapareció el miedo que les tenía. Vio que las mujeres y los niños entraban y salían de ellos sin que les ocurriera nada, y que los perros, al intentar entrar, eran ahuyentados por los indios a palos y pedradas. Después de algún tiempo «Colmillo Blanco» se separó de «Kiche» y se arrastró cautelosamente hasta el más cercano. Era la curiosidad propia del crecimiento lo que le indujo a ello, la necesidad de aprender, de vivir y de hacer, que trae consigo la experiencia. Los últimos centímetros de distancia los recorrió con una lentitud y una precaución casi dolorosa. Los hechos del día, le habían preparado para esperar que lo desconocido se le manifestase de la manera más estupenda e inimaginable. Finalmente, su nariz tocó el tejido. Esperó, no ocurrió nada. Oyó aquella tela extraña saturada de olor a hombre. Afirmó sus dientes en ella y tironeó. Nada ocurrió, aunque las partes adyacentes se movieron ligeramente. Tiró con más fuerza. Se produjo un fuerte movimiento, que le causó gran satisfacción. Tiró más enérgica y repetidamente hasta que toda la estructura empezó a moverse. Entonces, desde dentro, los agudos gritos de una india le hicieron echar a correr, yendo a refugiarse el lado de «Kiche». Pero después de esto ya no le asustaron más.

Instantes después volvió a separarse de su madre. El palo de la loba estaba atado a una estaca clavada en el suelo, por lo que no podía seguirle. Un cachorro, al que le faltaba muy poco para ser ya perro, algo más grande y naturalmente más viejo que él, se le acercó lentamente desplegando toda la importancia de un beligerante. Como «Colmillo Blanco» se enteró después, se llamaba «Bocas». Ya tenía una cierta experiencia en peleas entre cachorros y era algo así como un matón.

Era de la misma raza que «Colmillo Blanco» y cachorro, por lo que no parecía peligroso. Se preparó a recibirle amistosamente. Pero cuando el extraño empezó a caminar con las patas rígidas y levantó los belfos, dejando al descubierto los colmillos, el lobezno hizo exactamente lo mismo. Dieron media vuelta el uno alrededor del otro como si buscasen sus puntos débiles, mostrando los dientes y erizando el pelo. Esta exhibición duró varios minutos. Empezó a gustarle a «Colmillo Blanco», a quien le pareció un juego agradable. Pero, de repente, con una rapidez notable, «Bocas» atacó mordiéndole y alejándose otra vez. Le mordió en la misma paletilla en la que había hincado los dientes el lince y que todavía le dolía hasta el hueso. La sorpresa y el dolor indujeron a «Colmillo Blanco» a gritar, pero enseguida, en un verdadero ataque de rabia, se echó sobre «Bocas», mordiendo con toda la mala intención de que era capaz. Mas su enemigo había vivido siempre en el campamento y tenía una amplia experiencia en aquellas peleas de cachorros. Sus dientecillos se hundieron tres, cuatro, seis veces en el recién llegado, hasta que «Colmillo Blanco», aullando lastimosamente, perdido enteramente su orgullo, huyó buscando la protección de su madre. Fue ésta la primera de las muchas peleas que mantuvo con «Bocas», pues fueron enemigos desde el principio, por ser enteramente opuestas sus naturalezas desde el día en que nacieron.

«Kiche» lamió las heridas de «Colmillo Blanco» y trató de persuadirle para que se quedara junto a ella. Pero la curiosidad le dominaba y algunos minutos más tarde se aventuró nuevamente a escapar. Se encontró entonces con uno de los animales llamados hombres, Nutria Gris, que, sentado en cuclillas, estaba empeñado en hacer algo con unos bastones y musgo seco, esparcido en el suelo delante de él. «Colmillo Blanco» se acercó a vigilarle. Nutria Gris hacía ruidos con la boca que no le parecieron hostiles, por lo que se acercó aún más.

Las mujeres y los niños llevaban más leña al lugar donde se encontraba Nutria Gris. Evidentemente se trataba de un asunto de importancia. «Colmillo Blanco» se acercó hasta tocar la rodilla del indio, tanta era su curiosidad, olvidando que aquél era uno de esos terribles animales llamados hombres. De repente vio que entre los palos y el musgo se elevaba una cosa tenue como la niebla. Entonces, en el mismo lugar, apareció algo viviente que se retorcía y daba vueltas, de un color parecido al del sol en el cielo. «Colmillo Blanco» no sabía nada acerca del fuego. Le atraía, como le había fascinado el muro luminoso de la cueva en los primeros días de su vida. Se arrastró hasta la llama. Oyó que Nutria Gris se reía y comprendió que aquel ruido no era nada hostil. Entonces su nariz tocó la llama y extendió la lengua para lamerla.

Durante un momento se quedó paralizado. Lo desconocido, agazapado en aquello que emergía de los bastones y del musgo, le había agarrado ferozmente del hocico y no le soltaba. Se echó hacia atrás, estallando en una explosión de quejidos de asombro. Al oírlos, «Kiche» saltó tratando de escapar, poniéndose furiosa al ver que no podía acudir en su ayuda. Nutria Gris se reía ruidosamente, se golpeaba las piernas y contó a todos los habitantes del campamento lo que había ocurrido, hasta que todos se rieron como él. «Colmillo Blanco» se sentó y aulló miserablemente, pareciendo aún más pequeña y lastimosa su figura en medio de los animales llamados hombres.

Era la peor herida que se le hubiera infligido jamás. La cosa viviente del color del sol, que crecía entre las manos de Nutria Gris, le había quemado la nariz y la lengua. «Colmillo Blanco» gritaba sin cesar; cada nuevo aullido suyo era saludado por un coro de carcajadas de los animales llamados hombres. Intentó calmar el dolor de la nariz pasando la lengua por encima, pero como estaba herida también, al reunirse ambas lesiones le causaron un malestar mayor. Gritó aún más fuerte que antes, con mayor desesperanza y sintiéndose más abandonado que nunca.

Entonces se avergonzó. Conocía la risa y su significado. No nos es dado saber cómo algunos animales la conocen y comprenden cuándo uno se burla de ellos, pero de todas maneras «Colmillo Blanco» estaba enterado. Se avergonzó de que los animales llamados hombres se rieran de él. Dio media vuelta y se alejó no del peligro del fuego, sino de la burla que se hundía aún más profundamente en su espíritu que la herida en la carne. Corrió hacia «Kiche», que tiraba del palo como un animal que se había vuelto loco; «Kiche» era la única criatura del mundo que no se reía de él.

Llegó el crepúsculo y la noche, sin que «Colmillo Blanco» se apartara del lado de su madre. Todavía le dolían la nariz y la lengua, aunque eso era muy poco comparado con otra preocupación. Sentía nostalgia, un vacío, la necesidad del silencio y de la quietud del río y de la cueva. La vida abundaba en demasiados seres. Había excesivo número de aquellos animales llamados hombres, mujeres y niños, todos los cuales hacían ruido y le irritaban, sin contar los perros que discutían continuamente y se mordían entre ellos, armando camorra y creando confusiones. La soledad tranquila había desaparecido. En el campamento, el mismo aire palpitaba de vida. Incesantemente había un ruido como de colmena o de enjambre de mosquitos. Cambiaba continuamente de intensidad, variaba repentinamente de tono, hiriendo sus sentidos y sus nervios, poniéndole nervioso e intranquilo, continuamente preocupado con la sensación de que iba a ocurrir algo.

Observaba las entradas y salidas y los movimientos de los animales llamados hombres. De una manera que guardaba una cierta semejanza con la que los hombres adoran los dioses que ellos mismos crean, «Colmillo Blanco» creía que los humanos estaban por encima de él. En verdad eran criaturas superiores, verdaderos dioses. Para su débil cerebro, eran tan grandes taumaturgos como los dioses lo son para los hombres. Eran criaturas que dominaban, que poseían toda clase de poderes desconocidos e imposibles, amos y señores de lo animado y de lo inanimado, que obligaban a obedecer a las cosas, que creaban la vida, tenían el color del sol que mordía y que salía del musgo muerto y de la madera. Eran los creadores del fuego, verdaderos dioses sobre la Tierra.

CAPÍTULO II

La esclavitud

Para «Colmillo Blanco» los días estaban llenos de experiencia. Mientras «Kiche» estuvo atada al palo, recorrió todo el campamento, estudiando, investigando, aprendiendo. Pronto conoció muchos de los métodos de los animales llamados hombres, pero su familiaridad no le condujo al desprecio. Cuanto más los conocía, más evidente era su superioridad, mayor el número de sus misteriosos poderes, más intensa la ominosa luz de su divinidad.

A menudo se experimenta la desgracia de ver caer por tierra a los dioses y sus altares derribados. Pero el lobo y el perro salvaje, que vinieron a postrarse a sus pies, jamás han experimentado esa desdicha. A diferencia del hombre, cuyos dioses son invisibles o producto de una concepción demasiado audaz, vapores y jirones de niebla de la fantasía, que eluden el contacto con la realidad, muertos espíritus del deseo de divinidad y de potencia, producto intangible del yo en el campo del espíritu, el lobo y el perro salvaje que se acercaron al fuego encontraron dioses de carne y hueso, tangibles, que ocupan un determinado espacio y que requieren un cierto tiempo para ejecutar los fines propuestos y vivir. No se necesita ningún esfuerzo de fe para creer en él. Ningún esfuerzo de voluntad puede negarle. No es posible escapar de él. Allí está, en pie sobre sus dos patas traseras con un palo en la mano, apasionado, rabioso, capaz de amar, dios, misterio y poder en una pieza, estructura de carne, que sangra cuando se la muerde y que es tan buena para comer como cualquier otra.

Así le pasó a «Colmillo Blanco». Los animales llamados hombres eran dioses, de los que no se podía escapar, a los que no se podía menos que asignarles esas cualidades. Puesto que «Kiche», su madre, les había prestado obediencia en cuanto oyó por primera vez que la llamaban por su nombre, él estaba dispuesto a hacer lo mismo. Les cedía el paso, como un privilegio que les pertenecía sin lugar a dudas. Cuando caminaban, se apartaba de su camino. Cuando le llamaban, acudía. Cuando le amenazaban, se echaba a tierra. Cuando le ordenaban que se fuera, echaba a correr, pues detrás de cualquier deseo de los hombres existía el poder de hacerse obedecer, un poder que podía herir, que se expresaba en piedras, palos y latigazos que eran como una quemadura.

Pertenecía a ellos como todos los otros perros. Sus actos eran simples órdenes suyas. El cuerpo de «Colmillo Blanco» les pertenecía para hacer con él lo que quisieran: ponerlo azul a golpes, patearle o soportar su presencia. Tal era la lección que le metieron muy pronto en la cabeza. Fue difícil de aprender si se tiene en cuenta todo lo que había en su propia naturaleza de energía y de voluntad de dominio. Aunque le disgustaba aprenderlo, sin darse cuenta aprendía a disfrutarlo. Equivalía a colocar su destino en manos de otro, a desplazar las responsabilidades de la existencia. Esto era en sí una compensación, pues siempre es más fácil apoyarse en otro que erguirse solo.

Pero todo esto no ocurrió en un día. No se entregó, en un momento, en cuerpo y alma a los animales llamados hombres. No podía olvidar en un instante su herencia salvaje y sus recuerdos de la selva. Muchas veces se arrastraba hasta el principio del bosque, donde se detenía y escuchaba la llamada lejana de algo desconocido. Volvía siempre al lado de «Kiche», sin haber encontrado el reposo, para quejarse lastimeramente junto a su madre y lamer su cara con una lengua activa e interrogante.

«Colmillo Blanco» aprendió rápidamente la rutina del campamento. Conoció la injusticia padecida y el hambre de los perros viejos, cuando se les arrojaba carne o pescado. Aprendió que los hombres eran más justos, los niños más crueles y las mujeres más bondadosas, pues era más probable que éstas le arrojaran un trozo de carne o un hueso. Después de dos o tres dolorosas aventuras con las madres de algunos cachorros, comprendió que la mejor política consistía en dejarlas solas, en mantenerse tan lejos de ellas como fuera posible y evitarlas al cruzarse.

Pero «Bocas» le envenenaba la vida. Por ser más grande, más fuerte y de más edad, había elegido a «Colmillo Blanco» como objeto especial de su persecución. El lobezno ponía toda su voluntad en la pelea, pero no podía sobrepasar a su rival, pues éste era tan grande, que se convirtió en una pesadilla. En cuanto se apartaba de su madre, aparecía «Bocas» corriendo por detrás, mostrándole los dientes, atacándole y esperando a que no hubiera ningún hombre cerca para obligarle a pelear. Como su enemigo ganaba siempre, se complacía en ello. Llegó a ser su diversión principal y el martirio mayor que tenía que soportar «Colmillo Blanco».

El efecto sobre éste no consistió en acobardarle. Aunque sufría numerosas heridas y salía siempre derrotado, su espíritu no se doblegaba. Pero a la larga fue malo. Su carácter se transformó, adquiriendo una buena dosis de malignidad y de pésimo humor. Su temperamento era salvaje de nacimiento, lo que se intensificó por aquella interminable persecución, o podía manifestarse el impulso juguetón, lo que había en él de cachorro. Nunca jugó o correteó con los otros, pues «Bocas» nunca lo hubiera permitido. En cuanto «Colmillo Blanco» se acercaba a ellos, le asaltaba «Bocas», haciéndose el matón y el jefe con él, obligándole a pelear hasta que tenía que alejarse.

Todo esto condujo a que «Colmillo Blanco» no conociera las diversiones propias de su edad y a que en su comportamiento pareciese más viejo de lo que era. Como se le negaba la válvula de escape del juego, se recogió en sí mismo y desarrolló su inteligencia. Adquirió una verdadera astucia, pues no tenía tiempo libre para ocuparse de jugarretas. Como se le impedía obtener su parte de carne o de pescado cuando se daba de comer a los perros del campamento, se convirtió en un pícaro ladrón. Tenía que alimentarse por su cuenta y se alimentaba bien, aunque se convirtió en una verdadera calamidad para las mujeres.

Aprendió a meterse por todas partes, sin llamar la atención, a tener habilidad, a saber lo que ocurría, a verlo y oírlo todo, a razonar de acuerdo con las circunstancias y a tener éxito en encontrar medios y recursos para evitar a su implacable perseguidor.

En los primeros días de la persecución, «Colmillo Blanco» hizo su primera jugada grande, consiguiendo así una sabrosa venganza. Como lo hizo «Kiche» cuando vivía con los lobos, atrayendo a los perros fuera del alcance de los hombres. «Colmillo Blanco» atrajo a «Bocas» hasta que éste se encontró a tiro de los dientes de su madre. Como si huyera de «Bocas», «Colmillo Blanco» dio vueltas alrededor de todos los toldos del campamento. Era un excelente corredor, más veloz que cualquiera de los otros cachorros del campamento y, por tanto, más que su enemigo. Pero esta vez no dio de sí todo lo que podía. Se limitó a conservar la distancia necesaria para que «Bocas» no pudiera hacerle el menor daño.

Excitado por la persecución y la persistente cercanía de su víctima, dejó de lado toda precaución y se olvidó de dónde se encontraba. Cuando lo recordó era demasiado tarde. Corriendo a toda velocidad alrededor de uno de los toldos, chocó con «Kiche», que estaba echada sobre el extremo del palo. Lanzó un grito de consternación antes que las mandíbulas, que ansiaban castigarle, se cerraran sobre él. A pesar de estar atada, «Bocas» no pudo escapar fácilmente. De un zarpazo le arrojó patas arriba, para que no pudiera correr, mientras le clavaba los dientes y le desgarraba las carnes con ellos.

Cuando finalmente, a fuerza de dar vueltas, pudo ponerse fuera de su alcance, intentó levantarse, con todo el vientre abierto, herido tanto en el cuerpo como en el espíritu. Tenía el pelo erizado en mechones, allí donde había sido mordido. Se puso en pie, abrió la boca y lanzó el largo aullido propio de los cachorros, capaz de partir el corazón. Pero ni siquiera pudo terminarlo. Cuando estaba en lo mejor de ello, «Colmillo Blanco» se le echó encima, hundiendo los dientes en la pata trasera; como ya no le quedaban ganas de pelear, echó a correr, perdida ya por completo la vergüenza, mientras su víctima corría detrás de él, sin darle descanso hasta que llegaron al toldo de su dueño. Allí las indias acudieron en auxilio de «Bocas», alejando con una granizada de piedras a «Colmillo Blanco», que en esos instantes se había convertido en un demonio furioso.

Llegó un día en el cual Nutria Gris creyó que había pasado ya el peligro de que «Kiche» se escapara, por lo que la dejó suelta. «Colmillo Blanco» estaba encantado de ver a su madre libre otra vez. La acompañó por todo el campamento. Mientras permaneció al lado de ella, «Bocas» se mantuvo a una distancia respetuosa. «Colmillo Blanco» se mostró con el pelo erizado y empezó a caminar con las piernas encogidas, pero el otro ignoró el desafío. No era ningún tonto, y por ganas que tuviera de vengarse, decidió esperar hasta que pudiera encontrarse a solas con «Colmillo Blanco».

Aquella misma tarde «Kiche» y su hijo pasearon hasta llegar al extremo del bosque, que se encontraba cercano al campamento. «Colmillo Blanco» condujo a su madre hasta allí paso a paso y trató entonces de inducirla a ir más lejos. Le llamaban el río, el cubil y los pacíficos bosques, y él no podía resistir su atracción. «Colmillo Blanco» corrió unos cuantos pasos y esperó que se le reuniera su madre. Siguió corriendo, se detuvo y echó una mirada hacia atrás. Ella no se había movido. El lobezno aulló lastimeramente, corrió juguetonamente hacia los primeros arbustos y volvió. Se acercó a ella, lamió su hocico y echó a correr otra vez. Se detuvo y la miró, expresando con sus ojos toda la intensidad de su deseo, que se desvaneció lentamente en él, mientras ella volvía la cabeza para observar el campamento.

Allí en el bosque había una voz que le llamaba. También su madre la oía. Pero «Kiche» oía también la otra, más fuerte, del fuego y del hombre, la llamada que el lobo ha sido el único en responder entre todos los animales, mejor dicho, el lobo y el perro salvaje, que son hermanos.

«Kiche» se volvió y se dirigió lentamente al campamento. La atracción que el hombre ejercía sobre ella era más fuerte que el palo con el que la ataban. Los dioses, aunque ocultos e invisibles, no la dejaban partir. «Colmillo Blanco» se echó a la sombra de un árbol y se lamentó en voz baja. El aire estaba lleno de un intenso olor a pino saturado de sutiles fragancias, que le recordaban sus viejos días de libertad antes de caer en la esclavitud de los hombres. Pero «Colmillo Blanco» era un cachorro; todavía no había alcanzado la plenitud de su desarrollo.

Más intenso que las voces de los hombres o del bosque era la llamada de la sangre. Hasta entonces había dependido siempre de ella. Ya llegaría la hora de la independencia. Se levantó y se dirigió tristemente al campamento, deteniéndose una y otra vez para echarse en el suelo y lamentarse y escuchar la voz que sonaba todavía desde las profundidades de la selva.

En la naturaleza la convivencia de madre e hijo es corta; bajo el dominio del hombre lo es aún más. Así le pasó a «Colmillo Blanco». Nutria Gris tenía una deuda pendiente con Tres Águilas, que emprendía un viaje por el Mackenzie hasta el Gran Lago de los Esclavos. Un pedazo de tela roja, una piel de oso, veinte cartuchos y «Kiche» constituyeron el pago de la deuda. «Colmillo Blanco» vio cómo metían a su madre en la canoa de Tres Águilas e intentó seguirla. Con un golpe el indio le echó a tierra otra vez. La canoa se apartó de la orilla y el cachorro se echó al agua, nadando detrás de ella, sordo a los agudos gritos de Nutria Gris, que le ordenaba que volviese. «Colmillo Blanco» ignoraba los gritos de uno de esos animales, llamados hombres, aun los de un dios, ante el terror que le inspiraba la simple idea de perder a su madre.

Pero los dioses están acostumbrados a que se les obedezca. Lleno de rabia, Nutria Gris saltó a su canoa para salir en persecución de «Colmillo Blanco». Cuando le alcanzó, metió la mano en el agua y le subió, agarrándole como si fuera un conejo. Pero no le colocó enseguida en el fondo de la canoa. Mientras le sostenía con una mano, con la otra procedió a darle una buena azotaina. Su mano era pesada, y cada golpe que administraba estaba destinado a causar daño, sin tener en cuenta que no fueron pocos.

Impelido por los golpes que caían sobre él, de un lado y de otro, «Colmillo Blanco» oscilaba de aquí para allá, como un péndulo que hubiera perdido su sincronismo. Muy diversas eran las emociones que experimentaba. Al principio se sorprendió. Después se asustó, aunque sólo momentáneamente, aullando varias veces al sentir el contacto de la mano. Pero enseguida se sintió poseído por la rabia. Su naturaleza libre se despertó y mostró los dientes, roncando sin miedo en la misma cara de aquel dios enfurecido, lo que sólo contribuyó a acrecentar la rabia del hombre. Se multiplicaron los golpes, que eran más pesados y que tenían una intención aún más maligna de herir.

Nutria Gris siguió pegando, mientras «Colmillo Blanco» continuaba mostrando los dientes, lo que no podía durar indefinidamente. Uno de los dos tenía que ceder: fue «Colmillo Blanco». Nuevamente se apoderó de él el miedo. Por primera vez en su vida se sentía en las manos de un hombre. Los golpes fortuitos que había recibido hasta ahora, fueran de un palo o con piedras, eran simples caricias comparados con los que le daban ahora. Se abatió su orgullo y empezó a gemir. Durante algún tiempo cada golpe provocó un grito de cachorro. El miedo se transformó en verdadero terror hasta que, finalmente, emitía sus quejidos en una sucesión ininterrumpida, sin ninguna relación con los golpes.

Al fin, Nutria Gris dejó de castigarle. «Colmillo Blanco», que todavía seguía colgado de su mano, continuó lamentándose. Esto pareció satisfacer a su amo, que lo arrojó brutalmente al fondo de la canoa. Mientras tanto, la corriente les había conducido río abajo. Nutria Gris agarró el remo, pero como «Colmillo Blanco» le impidiera el libre juego de sus movimientos, le apartó salvajemente de una patada. En aquel momento, su naturaleza libre despertóse, una vez más, hundiendo sus dientes en el pie de su amo.

La paliza que había recibido no fue nada comparada con la que Nutria Gris le administró entonces. La rabia del hombre era terrible, pero no lo era menos el horror de «Colmillo Blanco». El indio no sólo utilizó sus manos sino que recurrió también al remo. El cuerpecillo del cachorro estaba lleno de mataduras cuando fue a parar nuevamente al fondo de la canoa. Otra vez, pero ésta con verdadera intención, Nutria Gris le pateó. «Colmillo Blanco» no repitió el ataque sobre el pie que le había castigado. Había aprendido otra lección de su esclavitud.

Nunca, absolutamente en ninguna circunstancia, debía atreverse a morder al dios, que era su amo y señor. No debía profanar su carne con dientes como los suyos. Evidentemente ése era el mayor de los crímenes, el delito que no se podía perdonar o pasar por alto.

Cuando la canoa tocó la orilla, «Colmillo Blanco» permaneció en el fondo de ella inmóvil y quejándose débilmente, esperando la manifestación de la voluntad de Nutria Gris, que consistió en que fuera a tierra, lo que se le demostró con un golpe en el costado que le hizo volar por los aires y doler nuevamente todas sus heridas. Se arrastró temblando hasta los pies del hombre y se quedó allí quejándose débilmente. «Bocas», que había observado todo el suceso desde la costa, le atacó inmediatamente, derribándole y clavándole los dientes. «Colmillo Blanco» era ya incapaz de defenderse. Le hubiera ido bastante mal si no hubiera intervenido el pie de Nutria Gris, que hizo volar por el aire a «Bocas», cayendo tres o cuatro metros más lejos. Así era la justicia de los animales llamados hombres. Aun en la terrible situación en que se encontraba, «Colmillo Blanco» no pudo menos que sentir agradecimiento. Detrás de los talones de Nutria Gris, le siguió hasta su toldo, a través de todo el campamento. Así aprendió que los dioses se reservaban el derecho al castigo, negándolo, en cambio, a las criaturas menores que vivían con ellos.

Aquella noche, cuando todo estuvo tranquilo, «Colmillo Blanco» se acordó de su madre y se lamentó a gritos, tan intensamente, que despertó a Nutria Gris, quien le pegó otra vez. Después de ello aprendió a lamentarse en voz baja cuando los dioses estaban cerca. Pero a veces se escapaba hasta el lindero del bosque, donde daba rienda suelta a su congoja, aullando intensamente.

Durante ese período pudo haber recordado el cubil y el río y haber vuelto a la selva, pero le retenía la memoria de su madre. Así como los animales llamados hombres, cuando se dedicaban a la caza, iban y volvían, así tornaría ella al campamento, por lo que permaneció en esclavitud esperándola.

Pero, en resumidas cuentas, no era muy desgraciado. Había muchas cosas que le interesaban. Siempre ocurría algo. No se agotaban las cosas extrañas que podían hacer los dioses, y «Colmillo Blanco» siempre tenía curiosidad por verlas. Además, aprendió a arreglárselas con Nutria Gris. Se le exigía una obediencia rígida, que no se apartara ni un ápice de lo ordenado, en pago de lo cual escapaba a los castigos y se le dejaba vivir.

Aún más: a veces Nutria Gris le arrojaba un pedazo de carne y le defendía de los otros perros que querían arrebatárselo. Ese pedazo de carne era muy valioso. Por alguna extraña razón, valía más que una docena de trozos que le hubiera dado cualquier india. Nutria Gris nunca le acariciaba. Tal vez era el poder de su mano, su justicia, o las cosas de que era capaz, lo que infundía respeto a «Colmillo Blanco». Lo cierto es que empezaba a formarse un cierto lazo de afecto entre él y su orgulloso amo.

Insidiosamente, por remotos caminos, así como por el poder de las piedras, los palos y las manos de Nutria Gris, se cerraban sobre «Colmillo Blanco» los eslabones de su cadena de esclavo. Las virtudes de su raza que, en un principio, hicieron posible que sus antepasados buscaran refugio al lado de los fuegos de los hombres, eran capaces de desarrollarse. De hecho progresaban en él. Sin sentirlo empezaba a encariñarse con la vida del campamento, a pesar de todas sus miserias. Pero «Colmillo Blanco» no se daba cuenta. Sólo lamentaba la desaparición de «Kiche», esperando que volviera, así como sentía un deseo irreprimible de una intensidad tan grande como la del hambre, por la vida libre que había sido suya.

CAPÍTULO III

El vagabundo

Como «Bocas» seguía siendo su sombra negra, «Colmillo Blanco» se hizo aún más malo y feroz que lo que por naturaleza tenía derecho a ser. El salvajismo era una parte de su naturaleza, pero llegó a un grado tal que excedió su propia herencia. Aun entre los animales que se llaman hombres adquirió reputación de malo. Siempre que se armaba algún escándalo en el campamento, o gritaba alguna india porque le habían robado la carne, era seguro que «Colmillo Blanco» estaba entreverado en el asunto, o probablemente que era el autor de todo. Los indios no se preocupaban en investigar las causas de su conducta; les bastaba con ver los efectos, que eran bastante malos. Era un ladrón que se deslizaba sigilosamente, que armaba siempre escándalos y que fomentaba las peleas. Las indias enfurecidas le decían en plena cara que era un lobo, que no servía para nada y que iba a tener un mal fin, mientras él no las perdía de vista, atento a esquivar cualquier proyectil que le arrojaran.

No tardó en comprender que era un animal de rapiña en aquel campamento tan numeroso. Todos los perros jóvenes seguían a «Bocas». Existía una diferencia entre ellos y «Colmillo Blanco». Tal vez veían en él lo indómito de su raza y sentían instintivamente la enemistad que el perro doméstico experimenta por el lobo. Sea como fuera, todos se unían a «Bocas» para perseguirle. En cuanto se unieron una vez contra él, tuvieron muy buenas razones para seguir unidos. Cada uno de ellos había sentido, alguna vez, los dientes de «Colmillo Blanco». Conviene decir en favor de éste que siempre dio más que recibió. Hubiera podido derrotar a muchos de ellos peleando uno contra uno, pero se le negaba este derecho. El comienzo de una lucha de esa clase era la señal para que acudieran todos los perros jóvenes del campamento y se echaran sobre él.

De este odio de la masa aprendió dos cosas: cómo cuidarse cuando le atacaban muchos y cómo infligir el mayor daño posible a un solo perro, en el más corto espacio de tiempo. Aprendió muy bien que tenerse en pie en una pelea equivalía a la vida. Su habilidad para mantenerse sobre sus patas, en estas condiciones, tenía algo de felino. Incluso los adultos entre los perros podían hacerle retroceder o ceder terreno hacia un costado, saltar por el aire o deslizarse, mediante el choque de sus pesados cuerpos, pero nunca cedían sus piernas y siempre caía de pie sobre la madre tierra.

Cuando los perros pelean nunca omiten los preliminares de costumbre, tales como mostrar los dientes, erizar el pelo y caminar con las patas rígidas. «Colmillo Blanco» aprendió a omitir todo eso. Cualquier pérdida de tiempo significaba un aumento del número de atacantes a los que tendría que hacer frente. Tenía que hacer rápidamente su labor y echar a correr. Aprendió a no anunciar de ninguna manera sus intenciones. Atacaba, mordía y desgarraba en el mismo instante, sin previo aviso, antes de que su enemigo estuviera preparado para recibirle. Así aprendió a infligir heridas rápidas y graves. Un perro sorprendido cuando no estaba en guardia, al que se le desgarra el lomo o se le hace trizas una oreja, es un animal semiderrotado.

Además, era facilísimo derribar a un perro al que se le sorprende, posición en la cual el animal expone invariablemente la parte blanda del cuello, el punto vulnerable donde se destruye la vida, que «Colmillo Blanco» conocía muy bien. Era algo que le habían enseñado por herencia muchas generaciones de lobos. El método de «Colmillo Blanco», cuando tomaba la ofensiva, consistía en lo siguiente: primero, encontrar solo a uno de los perros jóvenes; segundo, sorprenderle y derribarle; tercero, atacar con sus dientes las partes blandas del cuello.

Como todavía no había llegado a la edad adulta, sus mandíbulas no eran ni lo suficientemente grandes ni poderosas para que su ataque fuera mortal. Sin embargo, más de un perro joven andaba por el campamento con una herida en el cuello que demostraba las intenciones de «Colmillo Blanco». Un día, al encontrar a uno de sus enemigos solo en el límite del bosque, mediante ataques repetidos consiguió cortarle la yugular, por la que se escapó la vida de su contrincante. Aquella noche se armó un gran escándalo en el campamento. Muchos habían sido testigos de la hazaña de «Colmillo Blanco», otros habían llevado la noticia al dueño del perro muerto, las mujeres recordaron los casos de robo de carne que se le debían y muchas voces furiosas exigieron a Nutria Gris que se castigara al culpable. Pero el indio se mantuvo en la puerta de su vivac, dentro del cual había encerrado a «Colmillo Blanco», y se negó a permitir la venganza que le exigía la tribu. Hombres y perros le odiaban. Durante esta etapa de su desarrollo nunca tuvo un momento de seguridad. El diente de cada perro y la mano de cada hombre estaban contra él. Los de su raza le recibían mostrando los dientes; los dioses, con maldiciones, palos y pedradas. Vivía intensamente. Siempre estaba a tono, alerta para atacar, harto de que le atacasen, vigilando con un ojo los posibles proyectiles, dispuesto a obrar rápida y fríamente, a atacar como un rayo con los dientes o a echarse atrás, roncando amenazadoramente.

En cuanto a esto último, podía hacerlo de manera más terrible que cualquier otro perro, joven o viejo, del campamento, con objeto de advertir o de asustar. Se necesita una cierta discreción para saber cuándo hay que usarlo. «Colmillo Blanco» tenía una idea muy clara de cómo y cuándo utilizarlo. Ponía en su voz todo lo malvado y horrible. Agitada la nariz por violentos espasmos, erizado el pelo por ondas paralelas, sacando y volviendo a sacar la lengua como si fuera una serpiente, gachas las orejas, con los ojos que echaban llamas, contraídos los labios para dejar al descubierto los colmillos, podía obligar a detenerse a la mayor parte de sus asaltantes. Una pausa, por corta que fuera, si le relevaba del deber de estar en guardia, le daba tiempo para pensar y determinar su método de ataque. Pero a menudo esa tregua se alargaba tanto que el ataque no se producía. Ante alguno de los perros adultos, su voz daba a «Colmillo Blanco» la oportunidad para una honrosa retirada. Puesto que era un animal de rapiña, en lo que respecta a la sociedad de los perros adultos, sus métodos sanguinarios y su éxito en la lucha eran el precio que los otros debían pagar por haberle perseguido. Como no le dejaban marchar junto a ellos, se produjo un hecho curioso: él no permitía que ningún perro abandonara la formación. Los perros jóvenes le temían y no se atrevían a andar solos, sea que tuvieran miedo de sus emboscadas o de sus ataques solitarios. Con excepción de «Bocas», todos los demás se apretujaban para protegerse contra el terrible enemigo que se habían creado. Un cachorro que anduviera solo por la orilla del río equivalía a un muerto o a uno que ponía en conmoción todo el campamento con sus agudos gritos de dolor y de miedo, mientras huía del lobezno que le había atacado.

Pero la venganza de «Colmillo Blanco» no cesó ni siquiera cuando los perros jóvenes aprendieron por amarga experiencia que no podían andar solos. Los atacaba cuando estaban aislados y ellos hacían lo mismo cuando se encontraban juntos. Bastaba que le vieran para correr tras él, salvándose «Colmillo Blanco» gracias a su agilidad. Pero ¡ay del perro que se adelantaba a sus compañeros en la persecución! Había aprendido a dar la vuelta rápidamente, a atacar al perro que se encontraba a gran distancia del grueso de sus atacantes y a abrirlo en canal antes que pudieran llegar los otros. Esto ocurría con mucha frecuencia, pues en cuanto se sentían poseídos de ganas de pelear, los perros eran muy capaces de olvidar las precauciones más elementales, cosa que no le ocurría a «Colmillo Blanco». Mientras corría, miraba furtivamente hacia atrás, siempre dispuesto a dar la vuelta con la velocidad de un torbellino y a derribar al perseguidor que, poseído de demasiado celo, se había adelantado de los otros.

Los cachorros gustan de los juegos, por lo que dar caza a «Colmillo Blanco» se convirtió en la máxima diversión: juego mortal y siempre serio. Por otra parte, como era el más ligero de todos, no temía meterse en cualquier lugar. Durante los tiempos en que había esperado vanamente a su madre, los perros le persiguieron muchas veces por los bosques que rodeaban el campamento, sin alcanzarle nunca. Sus gritos advertían a los otros su presencia, mientras corría solo, con patas que parecían de terciopelo, una sombra que se movía entre los árboles, como lo habían hecho sus secretos y estratagemas. El recurso favorito de «Colmillo Blanco» consistía en meterse en una corriente de agua, con lo cual sus perseguidores perdían la pista, y ocultarse entonces en cualquier bosquecillo cercano, mientras los gritos de los otros perros resonaban a su alrededor.

Odiado por los de su especie y por los hombres, indomable, continuamente perseguido, persiguiendo él mismo sin descanso a los demás, el desarrollo de «Colmillo Blanco» fue rápido y unilateral. En él no podían fructificar la bondad o el afecto, cosas de las cuales no tenía la menor idea. El código que había aprendido era muy sencillo: obedecer a los fuertes y oprimir a los débiles. Nutria Gris era fuerte y divino, por lo que «Colmillo Blanco» le obedecía. Pero el perro que era más joven o más pequeño que él era débil y había que aniquilarle.

«Colmillo Blanco» se desarrollaba exclusivamente en el sentido de la potencia. Para poder hacer frente al peligro constante de que le hirieran o de que le mataran, se desarrollaron excesivamente sus cualidades predatorias y protectoras. Sus movimientos adquirieron una rapidez mayor que la de los otros perros; se hizo más fuerte; su ataque era ya mortal; sus músculos eran más flexibles, más finos, acompañados de nervios de acero; adquirió más resistencia, mientras que en lo moral era más cruel, más feroz, más inteligente. Debía llegar a adquirir esas cualidades, pues de lo contrario no hubiera podido mantenerse o sobrevivir en aquel ambiente hostil en que se encontraba.

CAPÍTULO IV
El camino de los dioses

Al terminar el año, cuando los días empezaban a ser más cortos y se sintieron los primeros fríos, «Colmillo Blanco» tuvo una oportunidad de recuperar su libertad. Durante varios días reinó en el campamento una actividad inusitada. Los indios iban a abandonar su residencia de verano para dedicarse a la caza. «Colmillo Blanco» no perdió detalle. Cuando vio cómo se desarmaban las cabañas y se cargaban las canoas, lo comprendió. Algunas de las embarcaciones habían desaparecido ya aguas abajo.

Con toda intención, determinó quedarse. Esperó una ocasión para escaparse a los bosques. Allí, en la corriente, donde el hielo empezaba a formarse, hizo desaparecer sus huellas. Se deslizó hasta lo más denso de la selva y esperó. Pasó el tiempo, del cual «Colmillo Blanco» dedicó algunas horas al sueño. Le despertó la voz de Nutria Gris que le llamaba por su nombre. Además, resonaban varias voces. «Colmillo Blanco» podía oír la de la mujer de Nutria Gris y la de Mit-sah, su hijo, que le ayudaban a buscarle.

«Colmillo Blanco» tembló de miedo. Aunque sintió el impulso de salir de su escondite, se resistía a ello. Después de algún tiempo ya no se oyeron los gritos, que se perdían en la distancia, por lo que finalmente salió de la espesura para gozar la libertad entre los árboles. Repentinamente se sintió solo. Se echó a tierra para pensar con calma, escuchando el silencio de la selva, que le molestaba. Parecía anunciar algo terrible el que nada se moviera o hiciera ruido. Sentía que el peligro, invisible e insospechado, estaba al acecho. Desconfiaba de los enormes troncos de los árboles y de las oscuras sombras, en las que podían ocultarse toda clase de cosas peligrosas.

Hacía frío. No existía allí ninguna cabaña abrigada donde arrimarse. Sentía que se le helaban los pies, por lo que los mantuvo en movimiento, uno después de otro. Encorvó la peluda cola para protegerlos y al mismo tiempo vio algo que en sí no tenía nada de extraño. Dentro de sí mismo, mediante una serie de representaciones mnemónicas veía el campamento, las chozas y las llamas del fuego. Oyó las voces estridentes de las indias, las de bajo profundo de los hombres, los aullidos de los perros... Tenía hambre y recordó los pedazos de carne o de pescado que le habían arrojado allí. Donde se encontraba ahora no había carne, sino un silencio amenazador que no era comestible.

La esclavitud le había ablandado. La irresponsabilidad le había debilitado. Se había olvidado de cómo proveer sus propias necesidades. La noche abría su negra boca alrededor de él. Sus sentidos, acostumbrados al bullicio del campamento, al efecto continuo de colores y sonidos sobre la vista y el oído, estaban inactivos. No había nada que ver u oír. Los aguzó para captar cualquier interrupción del silencio y la inmovilidad de la naturaleza. Comprendía que sus sentidos perdían su agudeza por aquella inmovilidad y por la premonición de algo terrible que iba a ocurrir.

El terror le hizo dar un gran salto. Una cosa enorme y amorfa corría a través de su campo visual. Era la sombra de un árbol iluminado por la Luna, que las nubes habían ocultado hasta entonces. Recuperó la tranquilidad y aulló suavemente, pero dejó de hacerlo en el acto temeroso de que el sonido pudiera atraer la atención de los peligros que le acechaban.

Un árbol, cuya madera sufría el ataque del frío de la noche, produjo un ruido intenso, directamente por encima de él. Aulló de miedo. El pánico se apoderó de él y echó a correr locamente hacia el campamento. Se sentía poseído de un deseo incontenible de encontrarse bajo la protección y en compañía del hombre. Sentía en sus narices el olor del humo que se desprendía del campamento. Sonaban intensamente en sus oídos los ruidos y los gritos de las chozas. Atravesó el bosque y el claro alumbrado por la luz de la Luna, donde no había sombras ni estaba oscuro. Pero sus ojos no llegaron a distinguir la aldea india. Lo había olvidado. Los indios se habían ido.

Cesó súbitamente su loca carrera. No existía ningún lugar en el que pudiera refugiarse. Se arrastró por todo el campamento abandonado, husmeando los montones de basura y los restos de objetos, que los dioses habían abandonado. Se hubiera alegrado de recibir en aquel momento un diluvio de piedras, arrojadas por cualquier india enojada, o los golpes de la furiosa mano de Nutria Gris, o de un ataque de «Bocas» y de toda la jauría de perros gritones y cobardes.

Llegó hasta el lugar donde se encontraba la cabaña de Nutria Gris. Se sentó en el mismo centro. Sacudían su garganta espasmos rígidos, se le abría la boca, y con un grito que partía el corazón expresó su soledad y su miedo, su amor por «Kiche», todo lo que había sufrido, todas sus miserias, todo lo que temía que le trajera el futuro en sufrimientos y peligros. Era el largo y tétrico aullido del lobo, que sale del fondo de la garganta, y que «Colmillo Blanco» emitía por primera vez.

La aurora hizo desaparecer sus temores, pero aumentó su sensación de soledad. La tierra desnuda, que hacía tan poco tiempo estaba densamente poblada, imponía su soledad sobre «Colmillo Blanco» con una opresión ya inaguantable. No tardó mucho tiempo en decidirse. Siguió la orilla del río durante todo el día, sin descansar. Sus músculos de acero no conocían la fatiga. Cuando llegó el cansancio, su heredada resistencia le indujo a acrecentar su esfuerzo y a obligar a correr a su cuerpo que se quejaba.

Cuando la corriente de agua se precipitaba por rápidos, «Colmillo Blanco» seguía las montañas de la orilla. Cuando se encontraba con arroyos que desembocaban en el principal, buscaba un paso o los atravesaba a nado. A menudo marchó por encima de la débil capa de hielo que empezaba a formarse; más de una vez cedió bajo su peso y tuvo que luchar por su vida en la corriente helada. Nunca perdía de vista su objeto, que era encontrar la huella de los dioses, que probablemente habían abandonado el río en un cierto punto y se internaron tierra adentro.

«Colmillo Blanco» era más inteligente que el término medio de su especie. Sin embargo, su cerebro no alcanzó a percibir la posibilidad de que su amo hubiera desembarcado en la otra orilla. ¿Qué pasaría si los dioses habían hecho eso? Más tarde, cuando hubiese viajado y conocido más, cuando tuviese más años y adquirido mayor sabiduría, es probable que pudiera percibir esa posibilidad. Pero estaba muy lejos el día en que poseería esa capacidad mental. Por ahora corría ciegamente por la misma ribera del Mackenzie, donde se habían asentado los indios.

Corrió toda la noche, tropezando en la oscuridad, que dilataba su viaje, pero que no podía detenerle. A mediados del segundo día había estado corriendo desde hacía ya cuarenta horas. Su musculatura de hierro empezaba a ceder. Sólo la resistencia de su cerebro le mantenía aún. Hacía cuarenta horas que no comía y sentía debilidad. Las repetidas inmersiones en el agua fría empezaban a producir su efecto. Su piel estaba cubierta de barro. Sus patas, llenas de heridas, sangraban. Empezaba a cojear, y el efecto era peor a cada hora que pasaba. Para empeorarlo todo, se oscureció el cielo y empezó a nevar. Era una nieve nueva, húmeda, que se fundía al instante, se quedaba pegada y hacía que el suelo fuera resbaladizo; que le ocultaba el paisaje y que por tapar las desigualdades de la tierra hacía que su recorrido fuera aún más difícil y doloroso.

Nutria Gris quería acampar aquella noche en la lejana ribera del Mackenzie, pues por allí andaba la caza. Pero poco antes del anochecer, Klu-kuch, su mujer, observó un reno que se acercó al río para beber. Si no hubiera bajado a beber, si Mit-sah no hubiera cambiado el rumbo debido a la nieve, si Klu-kuch no lo hubiera visto, y si Nutria Gris no lo hubiera matado de un certero disparo, todos los hechos posteriores hubieran sido distintos. Nutria Gris no hubiera acampado en aquel mismo lado del Mackenzie y «Colmillo Blanco» hubiera seguido de largo, para morir o para encontrar a sus salvajes hermanos de raza, convirtiéndose en uno de ellos: un lobo más hasta el fin de sus días.

Cayó la noche. La nieve descendía en copos más espesos. «Colmillo Blanco», tratando de reprimir sus aullidos y cojeando, fue a dar sobre una huella fresca en la nieve, tan nueva, que inmediatamente reconoció su naturaleza. Aullando de deseo abandonó la ribera de la corriente y se internó en el bosque. Llegaron a sus oídos los ruidos peculiares del campamento. Vio el fuego, en el cual Klu-kuch cocinaba algo, y a Nutria Gris, sentado en cuclillas, que mordía un pedazo de carne grasienta y cruda. ¡En el campamento tenía qué comer!

«Colmillo Blanco» esperaba una buena paliza. Se echó a tierra y erizó el pelo cuando pensó en ello. Siguió avanzando. Temía y le repugnaban los golpes que sabía que le esperaban. Pero, además, deseaba la comodidad del fuego que sería suya, la protección de los dioses y la compañía de los perros, de sus enemigos, más compañía al fin, que podía satisfacer su instinto gregario.

Se acercó al fuego, arrastrándose. En cuanto le vio Nutria Gris dejó de masticar. «Colmillo Blanco» siguió arrastrándose lentamente, humillado y sumiso. Mientras se arrastraba en línea recta hasta Nutria Gris cada centímetro que avanzaba era más doloroso y de un recorrido más lento. Finalmente se encontró a los pies de su amo, en cuya posesión se entregó total y voluntariamente. Por su propia voluntad se había acercado al fuego del hombre para que él le gobernara. «Colmillo Blanco» temblaba esperando el castigo que había de caer sobre él. La mano que estaba por encima de su cuerpo se movió. «Colmillo Blanco» se encogió involuntariamente, esperando el golpe, que no llegó. Miró hacia arriba. ¡Nutria Gris cortaba el pedazo de carne en dos!

Con mucha precaución y sospechando alguna trampa, «Colmillo Blanco» le olió primero y después empezó a comer. Nutria Gris ordenó que le trajeran más carne y le protegió de los otros perros mientras comía. Después, agradecido y harto, se echó a los pies de Nutria Gris, mirando el fuego que le calentaba, mientras los ojos se le cerraban de sueño, seguro de que al día siguiente estaría, no recorriendo algún sitio solitario de la selva, sino en el campamento de los animales llamados hombres, a los cuales se había entregado y de los que dependería de ahora en adelante.

CAPÍTULO V
El contrato

Cuando había transcurrido ya gran parte de diciembre, Nutria Gris emprendió un viaje por el Mackenzie, aguas arriba. Le acompañaban su hijo y su mujer.

Él mismo dirigía uno de los trineos, tirado por perros que había adquirido por canje o que le habían prestado. Mit-sah estaba a cargo del otro, mucho más pequeño y arrastrado por cachorros. Era más un juguete que otra cosa, pero, sin embargo, hacía las delicias de Mit-sah, a quien le parecía que empezaba a hacer ya un trabajo de hombres. Aprendía así a manejar un trineo y a adiestrar los perros, con lo cual los mismos cachorros se hacían al correaje. Además, aquel trineo, al parecer de juguete, prestaba sus servicios, pues transportaba casi cien kilos de enseres domésticos y de alimentos.

«Colmillo Blanco» había observado muchas veces cómo los perros tiraban de los trineos; por tanto, no se preocupó gran cosa la primera vez, cuando le ataron a él también. Le pasaron por el cuello una especie de collar unido por dos correas a un arnés que le cruzaba el pecho y el lomo, y al que se sujetaba finalmente la larga correa, mediante la cual tiraban del trineo.

Siete cachorros estaban encargados de aquella labor. Los otros habían nacido en el mismo año, pero tenían ya nueve y diez meses de edad cuando «Colmillo Blanco» tenía sólo ocho. Cada uno estaba atado al trineo por una correa única, siendo todas de longitud diferente, de tal modo que cada dos se diferenciaban entre sí por lo menos en la longitud del cuerpo de un perro o un múltiplo de ella. El trineo mismo no tenía rieles, estando formada la parte inferior por una superficie muy lisa que en su extremo delantero se encorvaba hacia arriba para no atrancarse en la nieve, tal como la proa de un navío corta las aguas. Esta construcción permitía que el peso de la carga se repartiera por una superficie muy grande de nieve cristalina y blanda, lo que era una ventaja. Para mantener el mismo principio de amplia distribución de la carga, los perros formaban una especie de abanico, por lo que ninguno pisaba las huellas de otro.

Esta formación en abanico tenía además otra ventaja. Las correas de diferente longitud impedían que los perros se echasen sobre los que marchaban delante de ellos, pues para esto hubiera sido necesario que el delantero estuviera atado a una correa más corta, en cuyo caso se hubieran encontrado ambos animales cara a cara y al alcance del látigo de quien los conducía. Pero la virtud más peculiar consistía en que para que un perro pudiera alcanzar a otro tenía que tirar más enérgicamente del trineo, y cuanto más corría el vehículo tanto más inalcanzable era el animal delantero. El perro que iba atrás nunca podía alcanzar al que estaba delante de él. Cuanto más corría, más velozmente escapaba el delantero y tanto más ligeramente se deslizaba el trineo. Así, por un astuto método indirecto, aumentaba el hombre su dominio sobre las bestias.

Mit-sah se parecía mucho a su padre, poseyendo gran parte de su gris sabiduría. Mucho tiempo antes había observado cómo «Bocas» perseguía a «Colmillo Blanco», pero el primero pertenecía a otro indio, por lo que nunca se había atrevido más que a arrojarle alguna piedra de cuando en cuando. Pero ahora le pertenecía. Dio comienzo a su venganza poniéndole en el extremo de la correa más larga, lo que le convirtió en el jefe de la traílla y era al parecer un honor, pero en lugar de ser el matón y el amo de ella encontró que todos los perros le odiaban y perseguían.

Como corría en primer lugar, los otros no veían de él sino la cola peluda y las patas traseras, menos feroces e intimidadoras que sus pelos erizados o sus brillantes colmillos. Por otra parte, estaba en la naturaleza de los perros que al verle correr sintieran ganas de perseguirle y creyeran que huía de ellos.

En cuanto el trineo se puso en movimiento echaron a correr detrás de «Bocas», lo que no terminó sino con la llegada de la noche. Al principio «Bocas», lleno de rabia y celoso de su autoridad, pretendió dar vueltas y hacer frente a sus perseguidores, pero en cuanto hacía el menor ademán de ello, Mit-sah hacía restallar su látigo largo de casi diez metros sobre su hocico, lo que le obligaba a dar media vuelta y a correr. «Bocas» podía hacer frente a todos los perros juntos, pero no al látigo; la energía que le restaba la empleaba en mantener tensa la larga correa a la que estaba atado y los flancos lejos de los dientes de sus compañeros.

Pero la cabeza del indio era capaz de inventar algo aún más malo. Para que los perros no dejaran de perseguir a su jefe, Mit-sah le favorecía abiertamente, lo que despertaba el odio y los celos de los demás. En presencia de todos, Mit-sah daba carne a «Bocas» y sólo a él, lo que ponía al resto locos, furiosos. Echaban espumarajos de rabia, mientras el favorecido devoraba la carne protegido por el látigo de Mit-sah. Si no había carne, mantenía a los otros animales a distancia y hacía como si se la diera.

«Colmillo Blanco» se adaptó voluntariamente al trabajo. Había recorrido una distancia mayor que los otros perros para entregarse a la voluntad de los dioses y había aprendido muy bien que era inútil oponerse a su voluntad. Además, la persecución de que había sido objeto por parte de sus congéneres le había inducido a disminuir su respeto por ellos y a aumentar el que tenía por el hombre. No había aprendido a depender de sus compañeros en lo que se refería a la compañía. Asimismo había olvidado completamente a «Kiche»; sus emociones, o lo que quedaba de ellas, se expresaban en la fidelidad con que servía a los dioses, que había aceptado como amos. Así pues, trabajaba duro, aprendía la disciplina y era obediente. Su actividad se caracterizaba por la fidelidad y la buena voluntad. Son éstos rasgos esenciales del lobo y del perro vagabundo, cuando han sido domesticados, y que «Colmillo Blanco» poseía en alto grado.

Existía una cierta hermandad entre él y los otros perros, pero consistía exclusivamente en compartir las peleas y la enemistad. Nunca había aprendido a jugar con ellos. Sólo sabía luchar, y eso era lo que hacía, pagándoles centuplicados los mordiscos que le habían proporcionado a él cuando «Bocas» era el matón de los cachorros. Pero éste ya no era su jefe, excepto cuando huía ante todos sus compañeros, tirando del extremo de su correa. En los campamentos se mantenía cerca de Nutria Gris, de su mujer o de su hijo. No se aventuraba a separarse de los dioses, pues ahora estaban contra él los colmillos de todos los perros, experimentando hasta la saciedad la misma persecución de la que él había hecho objeto en otros tiempos a «Colmillo Blanco».

Con el destronamiento de «Bocas» pudo haberse convertido en el jefe de los perros, pero su mal humor era demasiado pronunciado y le gustaba estar solo. Sus relaciones sociales con los otros animales se limitaban a desgarrarles las carnes de cuando en cuando. Por lo demás, ignoraba su existencia. Se apartaban de su camino en cuanto aparecía. Ni el más audaz de ellos se atrevía a disputarle su pedazo de carne. Por el contrario, la devoraban apresuradamente por miedo a que «Colmillo Blanco» se la quitase, pues éste conocía muy bien la ley: oprimir al débil y obedecer al fuerte. Comía su ración de carne con toda la prisa posible. Después, ¡ay del que no hubiera terminado! Un aullido, un relampagueo de dientes y el perro tendría que tomar a las estrellas, que no podían consolarle, por testigos de su indignación mientras «Colmillo Blanco» acababa de devorar la parte del otro.

Sin embargo, de cuando en cuando, cualquiera de los perros se rebelaba y se sometía rápidamente. Así «Colmillo Blanco» no perdía el adiestramiento adquirido. Tenía celos del aislamiento en que él mismo se había colocado y que, a veces, luchaba por mantener, aunque esas peleas eran de corta duración. Era demasiado rápido para los otros perros. Les abría la carne con los dientes haciéndoles sangrar profusamente antes que comprendieran qué era lo que había pasado, derrotados antes de que hubieran empezado a pelear.

Tan rígida como la disciplina que mantenían los dioses al tirar del trineo era la que mantenía «Colmillo Blanco» entre sus compañeros. Nunca les permitía nada. Les obligaba a tenerle respeto sin desfallecimientos. Entre ellos podían hacer lo que quisieran. Eso no le importaba. Pero sí le interesaba que le dejaran solo en su aislamiento, que se apartaran cuando se mezclaba entre ellos y que reconocieran siempre que era el mejor. Bastaba que los otros pusieran rígidas las patas, levantaran el labio superior o erizaran un solo pelo, para que se echase sobre ellos sin misericordia y sin cuartel, convenciéndoles rápidamente del error que habían cometido.

Era un tirano monstruoso. Su dominio era tan rígido como el acero. Oprimía a los débiles como si se tratara de una venganza. No en balde, cuando era un simple cachorro, había estado expuesto a una lucha por la vida en la cual se desconocía la misericordia, cuando su madre y él, solos y sin ayuda extraña, se mantuvieron y sobrevivieron en el feroz ambiente de la selva. No en balde había aprendido a caminar suavemente cuando pasaba alguien que podía más que él. Oprimía al débil, pero respetaba al fuerte. Durante todo el largo viaje con Nutria Gris se deslizó muy suavemente entre los perros adultos, que encontró en los diferentes campamentos de los animales llamados hombres, en los cuales se detuvo su señor.

Pasaron los meses. Continuaba el viaje de Nutria Gris. Las largas horas de trabajo desarrollaron el cuerpo de «Colmillo Blanco». Por otra parte parecería que en lo psíquico había llegado también a la adultez. Poseía un conocimiento completo del mundo en el cual vivía. Sus ideas eran groseras y materialistas. Tal como él lo veía, el mundo era terrible y brutal; carecía de cariño; no existían las caricias, los afectos y la extraña dulzura del espíritu.

No sentía ningún cariño por Nutria Gris. Es cierto que era un dios, pero una divinidad muy salvaje. «Colmillo Blanco» aceptaba voluntariamente su predominio, que se basaba en una inteligencia superior y en el empleo de la fuerza bruta. Había algo en el carácter de «Colmillo Blanco» que le hacía deseable la sujeción a otro, pues de otra manera no hubiera vuelto de la selva para someterse. En su naturaleza existían rincones que nadie había explorado. Una palabra bondadosa, una caricia con la mano de parte de Nutria Gris hubiera podido llegar hasta ellos, pero el indio no hacía esas cosas. No era su modo de ser. Su predominio se basaba en el salvajismo con que gobernaba, con que administraba justicia, usando un palo, castigando una falta con el dolor de un golpe y premiando los méritos, no con la bondad, sino dejando de pegar.

Por ello «Colmillo Blanco» no conocía la dicha que podía encerrar para él la mano del hombre. Por otra parte, no le gustaban esas manos, sino que recelaba de ellas. Es cierto que muchas veces daban carne, pero a menudo administraban golpes. Las manos eran cosas de las que había que apartarse. Arrojaban piedras, manejaban palos, garrotes y látigos, administraban golpes y porrazos y cuando le tocaban era para herirle. En campamentos extraños había conocido las manos de los niños y visto que eran crueles para herir. Uno de ellos, que apenas podía caminar, casi le sacó un ojo. Estas experiencias le hicieron desconfiar de todos los niños. No podía tolerarles. En cuanto se acercaban con sus manos, que parecían una advertencia de algo malo que iba a ocurrir, «Colmillo Blanco» se alejaba instintivamente.

En uno de los campamentos sobre las orillas del Gran Lago de los Esclavos, al defenderse contra la maldad de las manos de aquellos animales llamados hombres, vino a modificar la ley que había aprendido de Nutria Gris, según la cual era un crimen imperdonable morder a uno de los dioses. En aquel campamento, como es costumbre de todos los perros en todo lugar, «Colmillo Blanco» se dedicó a buscar comida. Un muchacho cortaba con un hacha un pedazo de carne congelada de reno: las astillas volaban por la nieve. «Colmillo Blanco» se detuvo y empezó a comérselas. Observó que el muchacho dejaba el hacha y agarraba un palo. Saltó y se alejó en el momento preciso para evitar el golpe que iba a caer sobre él. El muchacho le persiguió; como desconocía el campamento, se metió entre dos cabañas, encontrando que la huida era imposible por aquel lado, pues estaba cerrada por un alto bardal de tierra.

«Colmillo Blanco» no podía escapar. El muchacho le cerraba la única salida. Manteniendo el palo preparado para golpear, le acorraló. Furioso, hizo frente al muchacho, utilizando toda su táctica de intimidación, profundamente herido en su sentido de justicia. Conocía la ley: todos los desperdicios de carne, tales como las astillas que se producen cuando está helada la carne, pertenecen al perro que las descubre. «Colmillo Blanco» no había quebrantado ninguna ley, no había cometido ningún delito y, sin embargo, allí estaba el muchacho dispuesto a darle una paliza. «Colmillo Blanco» nunca supo exactamente lo que ocurrió. Lo que hizo aconteció en un repentino ataque de rabia, tan rápidamente que el muchacho no lo comprendió tampoco. Todo lo que vio el joven indio fue que algo o alguien le tiró sobre la nieve y que los dientes del perro le desgarraron la mano en la que tenía el palo.

Pero «Colmillo Blanco» sabía que había quebrantado la ley de los dioses. Había clavado sus dientes en la carne sagrada de uno de ellos, y lo único que podía esperar era un terrible castigo. Huyó a refugiarse entre las piernas de Nutria Gris, desde donde vio al muchacho y a su familia pidiendo venganza. Pero tuvieron que irse sin verla satisfecha. Nutria Gris, así como Mit-sah y Klu-kuch, defendieron a «Colmillo Blanco» mientras éste escuchaba aquel altercado y observaba los gestos airados comprendiendo que su acto estaba justificado. Así aprendió que hay dioses y dioses. Existían los suyos y los otros, y entre ambos grupos había una diferencia. Justo o injusto, siempre era lo mismo, debía tomar las cosas de las manos de sus propios dioses. Pero no estaba obligado a tragar una injusticia de divinidades extrañas. Tenía el privilegio de defenderse con los dientes. Esto era parte del código de los dioses.

Antes que terminara el día, «Colmillo Blanco» aprendió algo más acerca de esta ley. Salió sólo con Mit-sah, que había ido al bosque a juntar leña. Encontraron allí, junto con algunos amigos suyos, al muchacho que había sido mordido. Se insultaron mutuamente, después de lo cual todos ellos atacaron a Mit-sah, que entonces lo pasó bastante mal, pues de todas partes llovían golpes sobre él. Al principio, «Colmillo Blanco» se limitó a observar, pues se trataba de un asunto de los dioses, que nada le importaba, pero comprendió que estaban maltratando a Mit-sah. Sin razonar, «Colmillo Blanco», poseído de una rabia loca, se arrojó entre los combatientes.

Transcurridos apenas cinco minutos, los muchachos huyeron en todas direcciones, dejando huellas de sangre sobre la nieve, demostrativas de la eficacia de los dientes de «Colmillo Blanco». Cuando Mit-sah se lo contó a su padre, Nutria Gris ordenó que se le diera carne a «Colmillo Blanco», mucha carne. Harto y somnoliento, cerca del fuego, comprendió que la ley se había cumplido.

Al mismo tiempo aprendió a conocer la ley de la propiedad y su deber de defender la que pertenecía a su dios. No había más que un paso entre proteger al cuerpo del hijo de su amo y la propiedad de éste, paso que «Colmillo Blanco» dio muy pronto. Lo que pertenecía a su dios debía defenderlo contra todo el mundo, aunque tuviera que despedazar a otros dioses. No sólo ese acto era sacrílego, sino que además encerraba un gran peligro. Los dioses eran omnipotentes y un perro nada podía contra ellos. Sin embargo, «Colmillo Blanco» aprendió a hacerles frente sin miedo. El deber estaba por encima de cualquier consideración por la seguridad personal. Los dioses ladrones aprendieron a respetar la propiedad de Nutria Gris.

En lo que a esto respecta, «Colmillo Blanco» aprendió muy pronto que las divinidades que se dedican al robo son generalmente cobardes y que tienden a escapar en cuanto se da la voz de alarma.

También aprendió que transcurría muy poco tiempo entre la alarma y la llegada de Nutria Gris. Comprendió que el ladrón no huía por temor a él, sino al indio. «Colmillo Blanco» no daba la alarma mediante aullidos. Nunca aullaba. Su método consistía en atacar al intruso y clavarle los dientes. Puesto que estaba siempre de mal humor y eternamente solo, puesto que no jugueteaba con los otros perros, era el más indicado para guardar la propiedad de su amo, cualidades que Nutria Gris fomentaba y educaba, pero de lo que resultó que se hizo aún más huraño, feroz e indomable.

Pasaron los meses, haciendo más y más efectivo el contrato que unía al perro y al indio. Era el mismo que el primer lobo salido de la selva celebró con el hombre e idéntico al que han mantenido todos los otros lobos y perros fugitivos que han hecho lo mismo. Las condiciones eran muy simples. Entregaba su libertad a cambio de la posesión de un dios de carne y hueso. El alimento y el fuego, la protección y la compañía eran algunas de las cosas que recibía de los dioses. En pago de ellas custodiaba su hacienda, defendía su cuerpo y le obedecía.

La posesión de un dios implica servicio. El de «Colmillo Blanco» se componía del deber y del respeto que le infundía su amo, pero en el que no entraba el amor, pues no sabía lo que era. «Kiche» era sólo un recuerdo remoto. Además, no sólo había abandonado la selva cuando se entregó al hombre, sino que los términos del contrato eran tales, que no podía desertar del servicio de su dios ni siquiera para seguir a «Kiche» si la encontrara. Su fidelidad al hombre parecía ser una ley de su naturaleza, más imperiosa que el amor por la libertad o por los de su sangre.

CAPÍTULO VI
El hambre

Nutria Gris terminó su largo viaje al llegar la primavera. Era en abril cuando «Colmillo Blanco» cumplía un año. Estaba atado al trineo, del que le desató Mit-sah, cuando entraron en el viejo campamento. Aunque todavía faltaba mucho para llegar a su desarrollo completo, era después de «Bocas» el perro más grande de su edad. Tanto de su padre, el lobo, como de «Kiche», había heredado estatura y fortaleza, por lo que ya hacía buena figura al lado de los adultos. Pero todavía no tenía mucho cuerpo; el suyo era esbelto y alargado, y su fuerza residía más en sus tendones que en los voluminosos músculos. Su pelo era verdaderamente gris, como el de los lobos, pareciéndose en todo a estos animales. La porción de sangre de perro que había heredado de «Kiche» no se reflejaba de ninguna manera en lo físico, aunque formaba una gran parte de su psiquismo.

Atravesó el campamento, reconociendo con tranquila satisfacción a los diversos dioses que había conocido antes de emprender el largo viaje. Había bastantes perros: cachorros como él mismo, que estaban en el período de crecimiento, y adultos, que no parecían tan grandes ni tan formidables como se los pintaba su imaginación. Les tenía menos miedo que antes, permaneciendo entre ellos con una soltura descuidada, que era para él tan nueva como agradable.

Allí estaba «Baseek», un viejo perro gris, que anteriormente no tenía más que mostrar los dientes para que «Colmillo Blanco» se echara en tierra. De él había aprendido mucho el joven, en cuanto a su propia insignificancia. Él mismo le enseñaría ahora el cambio que se había operado. En tanto «Baseek» se debilitaba por la edad, «Colmillo Blanco» aumentaba en fuerzas.

Mientras se cortaba la carne de un reno recién cazado, «Colmillo Blanco» entendió el cambio que se había operado en sus relaciones con el mundo canino. Había conseguido una de las pezuñas y parte de la pata, de la cual pendía un gran trozo de carne. Se retiró del alboroto que producían los perros, poniéndose a cubierto de sus miradas, detrás de un bosquecillo. Devoraba su parte, cuando «Baseek» le atacó. Sin comprender lo que hacía, saltó sobre su atacante, le desgarró la piel en dos puntos y se echó hacia atrás, esperando. «Baseek» se quedó sorprendido de la temeridad del otro y de la rapidez de su ataque. Se quedó parado mirando estúpidamente a «Colmillo Blanco», separándoles la carne por la que disputaban.

«Baseek» estaba viejo. Comprendía que había aumentado el valor de los perros con los que antes podía hacerse el malo. Varias amargas experiencias, que tuvo que tragar sin quejarse, le habían obligado a desplegar toda su sabiduría para poder enfrentarse con ellos. En otros tiempos se habría arrojado rabiosamente sobre «Colmillo Blanco». Pero su capacidad de lucha, que se desvanecía, no le permitía ahora seguir ese camino. Erizó ferozmente el pelaje y echó una mirada fúnebre al hueso que les separaba. «Colmillo Blanco», que empezaba a sentir el peso del miedo que le había tenido, pareció empequeñecerse y recogerse en sí mismo, mientras buscaba mentalmente cualquier salida que le permitiera retirarse de manera no muy ignominiosa.

En este punto «Baseek» cometió un error capital. Si se hubiera contentado con mostrarse feroz y terrible, todo le hubiera salido bien. «Colmillo Blanco», que iniciaba ya la retirada, le hubiera dejado la carne. Pero «Baseek» no quiso esperar. Creyó que la victoria ya era suya y se echó sobre el alimento. Cuando inclinó la cabeza para olerlo, «Colmillo Blanco» erizó levemente el pelo. Aun entonces, no hubiera sido demasiado tarde para que «Baseek» hubiera salvado la situación. Si se hubiese quedado parado delante de la carne, con la cabeza alta y atenta, su joven enemigo hubiese terminado por retirarse. Pero el olor de la carne fresca ascendía hasta las narices del más viejo y la gula le indujo a probarla.

Esto era demasiado para «Colmillo Blanco». La conducta de «Baseek» venía a producirse justamente después de aquel período de predominio de «Colmillo Blanco» sobre todos sus compañeros en el arrastre del trineo, y no podía observar tranquilamente cómo otro se comía la carne que le pertenecía. Según su costumbre, atacó sin previo aviso. Del primer mordisco la oreja derecha de «Baseek» quedó reducida a tiras. Le dejó asombrado la rapidez del ataque. Pero ocurrieron otras cosas, igualmente desagradables, con la misma rapidez. Perdió el equilibrio, mientras «Colmillo Blanco» le mordía en el cuello. Cuando intentaba ponerse en pie, el joven volvió a clavarle dos veces los dientes en la paletilla. La rapidez con que ocurría todo quitaba el aliento. Intentó un ataque inútil contra «Colmillo Blanco», cerrando el aire entre sus mandíbulas furiosas. Un instante después los colmillos de su enemigo le abrieron el hocico, mientras trataba de retroceder.

Se habían invertido los papeles. «Colmillo Blanco» se encontraba al lado del hueso, amenazador, con todo el pelo erizado, mientras «Baseek», más lejos, intentaba emprender la retirada. No se atrevía a entablar una lucha con este joven, cuyos movimientos tenían la rapidez del rayo. Una vez más comprendió la amargura del debilitamiento que viene con la vejez. Su tentativa por mantener su dignidad fue heroica. Volvió las espaldas calmosamente al joven y al hueso, como si no merecieran su atención, y se alejó lentamente con orgullosa arrogancia. Sólo cuando estuvo fuera de la vista de su contrincante se detuvo a lamerse las heridas.

Esto condujo a que «Colmillo Blanco» adquiriera una mayor fe en sí y más orgullo. Ya no andaba tan suavemente entre los demás perros, sin que esto significara que buscara camorra. Todo lo contrario. Pero exigía que se le tuviese la consideración debida. Insistía en su derecho de que no se le molestase y en no ceder el camino a ningún otro perro. Había que tenerle en cuenta, eso era todo. Era imposible despreciarle o ignorarle, como pasaba con los demás cachorros y con sus propios compañeros en el trabajo de arrastrar el trineo. Estaban obligados a apartarse del camino de los adultos y a entregarles la comida, so pena de castigo. Pero sus extrañados mayores aceptaban como igual a «Colmillo Blanco», el insociable, el solitario, el de mal humor, que no miraba ni a derecha ni a izquierda, al que todos temían, de un aspecto que infundía miedo, que parecía no ser de su raza.

Pronto aprendieron a dejarle solo, a no abrir las hostilidades, ni a darle muestras de amistad. Si le dejaban solo, él no les molestaba, *modus vivendi* que todos encontraron altamente deseable, después de algunos encuentros.

A mediados del verano «Colmillo Blanco» tuvo una experiencia particular. Cuando se dirigía silenciosamente a husmear un nuevo vivac, que habían levantado en un extremo de la aldea, mientras él estaba fuera con los cazadores que habían dado muerte al reno, se encontró con «Kiche». Se detuvo y la miró. Se acordaba vagamente de ella, pero se acordaba, lo que era mucho más de lo que pudiera afirmarse de ella. «Kiche» levantó el labio superior, mostrándole los dientes, la vieja mueca de ella, que hizo que el recuerdo de «Colmillo Blanco» fuera aún más nítido. Como un torbellino, recordó aquel período cuando era sólo un cachorro, todo lo que su mente asociaba con aquel gesto familiar. Antes de conocer a los dioses ella fue el eje alrededor del cual giraba su universo. Volvieron los sentimientos familiares de aquel tiempo, cubriéndole como una ola. Se acercó alegremente a ella, pero «Kiche» le recibió con los colmillos descubiertos. Él no podía entenderlo, por lo que retrocedió asombrado.

Pero eso no era ninguna falta de «Kiche». Una loba no recuerda a sus lobeznos del año anterior, por lo que no se acordaba de «Colmillo Blanco», que para ella era un animal intruso, un extraño. Tenía ahora una nueva camada, lo que le daba derecho a sentir disgusto por los avances de «Colmillo Blanco».

Uno de los cachorros se arrastró hasta «Colmillo Blanco», sin saber que eran medio hermanos. Éste le olfateó con curiosidad, al verlo, «Kiche» se le echó encima hiriéndole en el hocico. Retrocedió aún más. Murieron en él todos los antiguos recuerdos, cayendo en la tumba de la que habían resucitado. Observó como «Kiche» lamía a su cachorro, deteniéndose de cuando en cuando para mostrarle los dientes. «Kiche» había perdido el valor que tenía para él. Había aprendido a vivir sin ella. Había olvidado su significado. En su mundo no había ya lugar para ella, y lo mismo le pasaba a su madre.

Aún seguía detenido allí, estúpidamente, observándola embobado, olvidado del motivo de su asombro, preguntándose extrañado qué pasaba, cuando «Kiche» le atacó otra vez, decidida a alejarle definitivamente del lugar. «Colmillo Blanco» no se opuso a que le echaran. Era hembra y, según las leyes de su raza, no se puede luchar contra ellas. En realidad, no sabía nada de semejante cosa, pues ni era una generalización de su mente ni algo que hubiera aprendido por experiencia. Lo comprendió como una necesidad urgente, como una imposición del instinto, el mismo motivo que le hacía aullar a la Luna y a las estrellas, durante la noche, y a temer la muerte y lo desconocido.

Pasaron los meses. «Colmillo Blanco» crecía, aumentaba su peso y sus fuerzas, mientras su carácter se desarrollaba, siguiendo la inclinación que le imponían su herencia y el medio. En cuanto a la primera, se la podría comparar con la arcilla, pues poseía muchas posibilidades, por lo que era posible darle muy diversas formas. El medio actuaba como modelo, dándole una forma particular. Si «Colmillo Blanco» no se hubiera acercado nunca a los fuegos de los hombres, la selva le hubiera convertido en un verdadero lobo. Pero los dioses le habían proporcionado un medio distinto, por lo que adquirió la forma de un perro, que aunque tenía mucho de lobo, pertenecía al grupo del primero.

De acuerdo con su naturaleza y con la influencia que sobre él ejercía el medio, su carácter adquirió una forma particular. No había ninguna posibilidad de escape. Cada día era más feroz, más insaciable, más solitario, lo que significaba que tenía peor carácter. Los perros aprendían todos los días que era mejor estar en paz con él. Nutria Gris le apreciaba más y más cada día.

Aunque las fuerzas de «Colmillo Blanco» parecían crecer a cada instante, padecía una debilidad: no podía aguantar que se rieran de él.

La risa de los dioses era algo odioso. No le preocupaba que se rieran entre ellos de cualquier cosa, pero en cuanto se burlaban de él se apoderaba de «Colmillo Blanco» una rabia que lindaba con la locura. Grave, digno y sombrío, una carcajada le exasperaba hasta una locura casi ridícula. Le ofendía y desequilibraba de tal manera, que durante muchas horas se portaba como un demonio. ¡Ay del perro que no se portara bien con él en esos momentos! Conocía demasiado bien la ley para desquitarse con Nutria Gris, pues era un dios armado de un palo. Pero detrás de los perros sólo había tierra para correr, y hacia ella huían cuando «Colmillo Blanco» aparecía en la escena, enloquecido por aquella risa.

En el tercer año de su vida, los indios del Mackenzie pasaron por un período de hambre. Durante el verano faltó el pescado. En el invierno el reno no acudió a sus acostumbrados pastos. Los ciervos eran escasos. Casi desaparecieron enteramente las liebres. Murieron de hambre los animales de presa. Como carecían de alimento y estaban debilitados por el hambre, se atacaban mutuamente y devoraban a los vencidos. Sólo sobrevivían los fuertes. Los dioses de «Colmillo Blanco» habían sido siempre animales de presa que vivían de la caza. En las chozas todo eran lamentos, pues las mujeres y los niños dejaban de comer para que lo poco que quedaba fuera a parar al estómago de los cazadores, flacos y de ojos hundidos, que recorrían inútilmente la selva en busca de carne.

El hambre llevó a los dioses a un extremo tal, que devoraron el cuero sobado, muy suave, de sus mocasines y de sus mitones, mientras los perros se contentaban con sus arneses y hasta con los látigos. También los perros se devoraban los unos a los otros y hasta los comían los dioses. Primero debieron morir los más débiles y los de menos valor. Los perros sobrevivientes observaban y comprendían. Algunos de los más audaces y más inteligentes abandonaron las fogatas de los hombres, que no eran ya más que mataderos, y huyeron a la selva, donde, finalmente, murieron de hambre o se los comieron los lobos.

En estos tiempos de miseria también «Colmillo Blanco» se refugió en el bosque. Podía adaptarse mejor a tal vida que los otros perros, debido a las enseñanzas recibidas siendo cachorro. Se adaptaba especialmente para atacar a las pequeñas cosas vivientes. Se ocultaba durante muchas horas, siguiendo los movimientos de un pájaro precavido, esperando con una paciencia tan grande como su intensa hambre, hasta que se aventuraba por tierra. Ni aun entonces hacía «Colmillo Blanco» un movimiento prematuro. Esperaba hasta estar seguro de dar el golpe antes de que su presunta víctima pudiera subirse a un árbol. Entonces, y no antes, salía como un relámpago de su escondite, con la velocidad de un proyectil gris, increíblemente ligero, sin que jamás se le escapara su presa: el pájaro que no podía huir con bastante celeridad.

Por mucho éxito que tuviera en esa clase de caza, resultaba una dificultad que impedía que viviera y engordara a costa de ella: no había bastantes animales de esa especie, por lo que se vio obligado a dedicarse a la caza de sabandijas aún más pequeñas. Algunas veces su hambre era tan intensa, que no consideró impropio de su dignidad hacer salir con el movimiento de las patas a los ratones de sus cuevas. Tampoco desperdició la oportunidad de dar batalla a una comadreja tan hambrienta como él y muchas veces más feroz.

En los peores períodos del hambre se arrastraba hasta las fogatas de los dioses, pero sin acercarse mucho. Vigilaba desde el extremo del bosque, evitando que le descubrieran y robando las trampas en los raros casos en que habían cazado algo. Una vez saqueó una trampa del mismísimo Nutria Gris, donde había caído una liebre mientras su amo se arrastraba por la selva hacia ella, sentándose a menudo para descansar de puro débil y sin aliento.

Un día «Colmillo Blanco» encontró un lobezno, flaco y desmirriado por el hambre. Si no hubiera tenido tantas ganas de comer, habría marchado con él, encontrando así quizá el camino hacia sus congéneres de la selva. Tal como estaban las cosas, atacó al lobezno, le mató y le devoró.

La fortuna parecía favorecerle. Siempre, cuando la necesidad era mayor, encontraba algo que matar. Cuando estaba debilitado por el hambre, tenía la suerte de no encontrarse con animales más fuertes que él que le dieran caza. Cuando se sintió muy fuerte, por haberse alimentado dos días con un lince, una manada de lobos cayó sobre él. Fue una caza larga y cruel, pero como estaba mejor alimentado pudo correr más que ellos. No sólo esto, sino que dando una vuelta de gran radio pudo matar y devorar a uno de sus agotados perseguidores.

Después de eso abandonó aquella parte de la región y recorrió aquella en que había nacido. Allí, en el antiguo cubil encontró otra vez a «Kiche», la que, siguiendo sus costumbres de antaño, había huido de las inhospitalarias fogatas de los dioses y se había refugiado allí para parir. De la camada sólo quedaba uno con vida cuando «Colmillo Blanco» apareció, y aun éste no estaba destinado a vivir mucho tiempo. El lobezno no tenía ninguna posibilidad de sobrevivir durante el hambre.

El saludo de «Kiche» no tenía nada de cariñoso, aunque «Colmillo Blanco» no se preocupó de ello. Ya era adulto. Filosóficamente dio media vuelta y siguió recorriendo la ribera del arroyo, aguas arriba. En la desembocadura se dirigió a la izquierda, donde encontró el cubil del lince contra el que había luchado junto con su madre. Allí descansó durante un día.

Al principio del verano, en los últimos días del período de hambre, encontró a «Bocas», que también había huido al bosque, donde llevó una existencia miserable. «Colmillo Blanco» topó inesperadamente con él. Corrían en direcciones opuestas, a lo largo de una muralla natural de piedra, cuando al dar vuelta a una esquina se encontraron frente a frente. Se detuvieron un instante, alarmados, y se examinaron descontroladamente.

«Colmillo Blanco» se encontraba en un espléndido estado. Había tenido suerte en la caza, y en la última semana se había alimentado bien. Había quedado harto de su última hazaña cinegética. En cuanto vio a «Bocas» se le erizó todo el pelaje. Fue un acto involuntario por su parte, el estado físico que siempre habían producido en el pasado las persecuciones de «Bocas». Así como antes, en cuanto le veía, se le erizaba el pelo y mostraba los dientes, así lo hizo también en aquella ocasión. «Colmillo Blanco» no perdió tiempo. Lo hizo de una manera completa e instantánea. Su antiguo enemigo intentó retroceder, pero «Colmillo Blanco» le golpeó sin misericordia, cayendo al suelo con las patas al aire, lo que aprovechó para clavarle los dientes en el cuello. No le perdió de vista ni bajó su guardia durante la agonía de su enemigo, después de lo cual siguió su camino, a lo largo del muro de piedra.

Un día, poco después, se acercó al extremo de la selva, donde una estrecha franja de tierra desciende hasta el Mackenzie. Ya había estado otras veces allí cuando no estaba habitado, pero ahora se encontraba un campamento en su lugar. Todavía oculto entre los árboles, se detuvo para estudiar la situación. La vista, el oído y el olfato le transmitían sensaciones familiares. Era el viejo campamento, instalado en otra parte. Pero era algo distinto de cuando había estado allí por última vez. Ya no se oían sollozos o gritos. Hasta sus oídos llegaban voces de alegría. Cuando oyó la voz enojada de una mujer comprendió que debía tener el vientre lleno. Llenaba el aire un olor a pescado. Había alimento. Había terminado el hambre. Audazmente salió de entre los árboles y se dirigió al campamento, directamente a la choza de Nutria Gris. El indio no estaba, pero Klu-kuch le saludó con alegres gritos y le arrojó pescado. Se echó a esperar a que volviera su amo.

CUARTA PARTE

CAPÍTULO PRIMERO
El enemigo de su raza

Si hubiera existido cualquier posibilidad, por remota que fuera, de que alguna vez «Colmillo Blanco» llegara a crearse amigos entre los de su especie, se perdió cuando le convirtieron en jefe de los perros del trineo, pues ahora todos le odiaban por la ración extraordinaria que le daba Mit-sah, por los favores reales o imaginarios que recibía y porque siempre huía a la cabeza de ellos, enloqueciéndoles la visión de su cola y de sus patas traseras en continua fuga.

Cierto es que se lo devolvían con creces. Su puesto no tenía nada de agradable para él. Era más de lo que podía aguantar estar obligado a correr delante de los perros ladradores, a los que había dominado y castigado durante tres años. Pero debía aguantarlo o morir y la vida que alentaba en él no tenía ganas de desaparecer. En cuanto Mit-sah daba la orden de partir, los perros se echaban sobre «Colmillo Blanco» gritando ansiosa y salvajemente.

No podía defenderse. Si se daba vuelta para atacarlos, Mit-sah le castigaba con el látigo en el mismo hocico. Sólo podía huir. Le era imposible hacer frente a aquella horda con la cola y las patas traseras, pues eran armas nada adecuadas para compensar los colmillos inmisericordes de sus enemigos. Así pues, corría, a despecho de su propia naturaleza y de su orgullo, lo que tenía que hacer todo el día.

Es imposible faltar a los dictados de la propia naturaleza sin que se repliegue en sí misma. Esa inversión es como la de una uña, que debe crecer hacia fuera por su naturaleza y que cuando lo hace en otro sentido, antinatural, se convierte en algo que duele y hace daño. Así le pasaba a «Colmillo Blanco». Toda su naturaleza le impelía a dar la vuelta y arrojarse sobre la horda que aullaba detrás de él, pero era voluntad de los dioses que no lo hiciera. Detrás de la orden de los dioses estaba el látigo de tripa de reno, de una longitud de más de diez metros, que mordía donde tocaba. Así pues, «Colmillo Blanco» sólo podía apretarse el corazón en su amargura y favorecer el desarrollo de un odio y de una malignidad proporcionados a la ferocidad y al carácter indomable de su naturaleza.

Si alguna vez hubo un ser que odiara a su propia especie, fue «Colmillo Blanco». No pedía ni daba cuartel. Continuamente le aterrorizaban los dientes de la horda así como siempre los marcaba él. A diferencia de la mayor parte de los jefes de perros de trineo, que cuando se desata a los animales buscan la protección de los dioses, «Colmillo Blanco» la despreciaba. Recorría audazmente el campamento, resarciéndose en la noche de lo que había sufrido durante el día. Antes de ser jefe la horda había aprendido a apartarse de su camino. Excitados por la persecución que había durado todo el día y dominados inconscientemente por la insistente repetición de la imagen, en la que «Colmillo Blanco» huía delante de ellos, los perros no podían ceder ahora. En cuanto aparecía entre ellos se producía una verdadera batalla. Cada uno de sus pasos era un gruñido o un mordisco. El mismo aire que respiraba estaba sobresaturado de odio y de malignidad, lo que sólo servía para acrecentar en él la intensidad de esos mismos sentimientos.

En cuanto Mit-sah daba la orden de detenerse, «Colmillo Blanco» obedecía. Al principio esto producía dificultades a los otros perros. Todos se echaban sobre el odiado jefe, para encontrar que las cosas habían variado. Detrás de él estaba Mit-sah con el gran látigo que entonaba su canción de castigo. Así aprendieron los perros que cuando se detenía el trineo por alguna orden no había que molestar a «Colmillo Blanco». Pero cuando éste se detenía sin que Mit-sah lo hubiera ordenado, les estaba permitido arrojarse sobre él y destrozarle si podían. Después de varias experiencias, no se detenía sin recibir órdenes. Estaba en la naturaleza de las cosas que aprendiera rápidamente si había de sobrevivir en las condiciones extremadamente severas en las que se le permitía vivir.

Pero los perros nunca pudieron aprender a dejarle solo en el campamento. Diariamente, al marchar y ladrar detrás de él, olvidaban la lección de la noche anterior que «Colmillo Blanco» tendría que enseñarles otra vez para que la olvidasen de nuevo inmediatamente. Los perros eran lógicos al odiarle. Sentían que existía entre ellos y él una diferencia de raza: causa suficiente en sí misma de hostilidad. Como él, sólo eran lobos domesticados, mas ellos habían vivido durante generaciones al lado de las fogatas de los hombres, habiendo perdido mucha de la herencia de sus antepasados, por lo que la selva era lo desconocido, lo terrible, eternamente amenazador, que luchaba sin tregua. En cambio, en «Colmillo Blanco», tanto en el aspecto como en las acciones o en los impulsos, aún se veía claramente la selva, la simbolizaba, era su encarnación, por lo que cuando le mostraban los dientes no hacían más que defenderse contra las potencias destructivas que acechaban en las sombras de la selva y en las tinieblas que se extendían más allá del fuego.

Pero una cosa sí aprendieron los perros: a mantenerse unidos. «Colmillo Blanco» era demasiado terrible para que cualquiera de ellos le hiciera frente solo, por lo que luchaban contra él en formación cerrada; de lo contrario los hubiera matado a todos, uno por uno, en una sola noche. Tal como se presentaron las cosas, nunca tuvo oportunidad de matar a ninguno. Podía derribar a uno, pero la horda se le echaba encima antes que pudiera asestar el golpe mortal al cuello. Al primer indicio de pelea se reunía toda la horda y le hacía frente. Los perros tenían sus peleas propias, pero las olvidaban en cuanto se trataba de «Colmillo Blanco».

Por otra parte, por mucho que lo intentaran no podían matarle. Era demasiado rápido, demasiado formidable, demasiado inteligente. Evitaba los espacios cerrados y buscaba un espacio abierto cuando mostraban ganas de pelea. En cuanto a derribarle, ningún perro de la horda podía hacerlo. Sus patas se aferraban a la tierra con la misma tenacidad con la que él se agarraba a la vida. En lo que a esto respecta, mantenerse en pie y vivir eran sinónimos en aquella eterna guerra con la horda y nadie lo sabía mejor que «Colmillo Blanco».

Así se convirtió en el enemigo de su raza, de los lobos domesticados que habían perdido su acometividad en contacto con el hombre y cuya sombra protectora los había debilitado. «Colmillo Blanco» era duro e implacable, pues así había sido plasmada su sustancia. Declaró una guerra a muerte a todos los perros, tan terrible, que hasta el mismo Nutria Gris, que no era más que una fiera, no podía menos que maravillarse de su ferocidad. Juraba que nunca había visto un animal igual, y los indios de los diferentes campamentos visitados coincidían con él al contar el número de sus perros que había matado.

Cuando «Colmillo Blanco» tenía casi cinco años de edad Nutria Gris le llevó consigo. Durante mucho tiempo se recordaron en el Mackenzie, en el Porcupine y en las chozas los desastres que «Colmillo Blanco» dejó a su paso. Se regocijaba de la venganza de que hacía víctima a su propia especie. Eran perros comunes, que no sospechaban nada. No sabían que era un rayo aniquilador. Se le acercaban desafiantes, erizado el pelo, rígidas las patas, mientras él, que no perdía el tiempo en preparativos inútiles, iniciaba la pelea, saltando sobre ellos como un resorte de acero, mordiéndoles en el cuello antes de que comprendieran lo que pasaba y cuando aún no se habían repuesto de su sorpresa.

Se convirtió en un adepto de la lucha. Economizaba sus fuerzas, nunca gastaba su energía ni la perdía en ceremonias preliminares, pues era demasiado rápido para eso, y si por casualidad erraba el golpe, atacaba otra vez con mayor velocidad. Poseía en altísimo grado el horror del lobo por la lucha cuerpo a cuerpo. No podía aguantar durante mucho tiempo el estrecho contacto con otro cuerpo, pues le parecía peligroso y le ponía loco de furor. Debía estar lejos, ser libre, fuera del contacto de cualquier cosa viviente. Era la selva, que no le había abandonado enteramente aún y que afirmaba su existencia en él. La vida solitaria que había llevado desde que era cachorro acentuó este rasgo de su carácter. El peligro se ocultaba en la vecindad de otros. Era la trampa, la eterna trampa, cuyo miedo se ocultaba en lo más profundo de su vida, entrelazado en las fibras de su carne.

En consecuencia, los perros que se encontraban con él no tenían ninguna posibilidad de escapar. Eludía sus colmillos, los vencía y escapaba siempre incólume. Claro está que algunas veces fueron excepcionales. En algunas ocasiones, varios perros le atacaron antes de que pudiera huir; en otras, un solo perro le hería profundamente. Pero éstos eran gajes del oficio. En general, por haberse convertido en un luchador muy capaz, escapaba sin un rasguño.

Otra ventaja suya consistía en apreciar adecuadamente el tiempo y la distancia, sin que, claro está, lo hiciera conscientemente, pues no calculaba esas cosas, haciéndolo automáticamente. Sus ojos observaban sin deformar las cosas y sus nervios transmitían también fielmente lo observado hasta el cerebro. Sus músculos estaban mejor ajustados que los de cualquier otro perro, colaborando de manera más continua y suave. Poseía una mejor coordinación nerviosa mental y muscular. Cuando sus ojos transmitían a su cerebro una imagen en movimiento, su sistema nervioso, sin esfuerzo consciente de ninguna clase, delimitaba el espacio en que debía tener lugar la acción y determinaba el tiempo necesario para llevarla a cabo. Así podía evitar el salto de otro perro o el ataque de sus colmillos y, al mismo tiempo, establecer la fracción infinitesimal de segundo en la que debía atacar. Su cuerpo y su cerebro eran un mecanismo cercano a la perfección. No merecía ninguna alabanza por ello: la naturaleza había sido con él más generosa que con los otros. Eso era todo.

En verano, «Colmillo Blanco» llegó al Fuerte Yukón. Nutria Gris había cruzado la región situada entre el Mackenzie y el Yukón a fines del invierno, dedicándose en la primavera a cazar entre las últimas estribaciones de las Montañas Rocosas. Cuando, por la fusión del hielo, era posible navegar por el Porcupine, construyó una canoa y se dirigió aguas abajo, hasta desembocar en el Yukón, exactamente en el Círculo Polar Ártico. Allí se encontraba el antiguo fuerte de la Compañía de Hudson, donde abundaban los indios, el alimento y la agitación. Era en el verano de 1898. Muchos buscadores de oro subían por el Yukón hasta la ciudad de Dawson y la región de Klondike. Aunque se encontraban todavía a centenares de kilómetros del punto al que se dirigían, algunos estaban en viaje desde hacía un año, y el que menos había recorrido ocho mil kilómetros para llegar hasta allí, pues venían del otro extremo del mundo.

Aquí se detuvo Nutria Gris. Había oído rumores según los cuales se habían descubierto minas de oro. Llegó allí con varios paquetes de pieles y otro de mocasines y mitones bien cosidos. No se habría atrevido a emprender un viaje tan largo si no hubiera esperado grandes ganancias. En sus más locos sueños nunca creyó que pasarían del ciento por ciento. En realidad, ganó el mil por cien. Como verdadero indio, decidió quedarse para negociar lenta y cuidadosamente, aunque necesitara todo el verano y parte del invierno para liquidar lo que tenía en venta.

En el Fuerte Yukón, «Colmillo Blanco» vio por primera vez hombres de raza blanca. Comparados con los indios que había conocido, parecían pertenecer a una especie distinta, a una clase de dioses superiores. Le parecía que eran aún más poderosos, cualidad característica de las verdaderas deidades. «Colmillo Blanco» no se devanó los sesos ni procedió por generalización para comprender que esos dioses de tez blanca poseen poderes especiales. Era un sentimiento suyo y nada más. Así como cuando era cachorro le habían impresionado las chozas levantadas por el hombre, que tuvo por manifestaciones de su poder, así le afectaban ahora las casas y el inmenso fuerte construido de troncos. Allí se veía la potencia. Aquellos dioses blancos eran poderosos. Poseían un dominio mayor sobre las cosas materiales que los que él había conocido hasta entonces, entre los cuales el más fuerte era Nutria Gris, que parecía un dios infantil entre los blancos.

Seguramente sólo sentía esas cosas. Carecía de la conciencia de ellas. Pero los animales obran más a menudo guiados por el sentimiento que por el pensamiento, por lo que, desde aquel entonces, los actos de «Colmillo Blanco» se basaron en el sentimiento según el cual los hombres blancos eran dioses superiores. En primer lugar desconfiaba de ellos. Era imposible predecir de qué métodos desconocidos usaban para producir el terror o qué dolores desconocidos podrían causar. Les observaba curiosamente, temeroso de que no notaran su presencia. Durante las primeras horas se limitó a deslizarse suavemente por todas partes y a vigilarlos desde una prudente distancia. Viendo que los perros que se les acercaban no sufrían ningún mal, se atrevió a ir más cerca de ellos.

Inmediatamente fue objeto de gran curiosidad. Notaron enseguida su apariencia lobuna. Los unos se mostraban a los otros. Esta acción de señalarle con el dedo puso en guardia a «Colmillo Blanco», y en cuanto trataron de acercarse retrocedió y les mostró los dientes. Ninguno pudo ponerle la mano encima, lo que no dejó de tener sus ventajas.

Muy pronto comprendió que pocos de aquellos dioses, no más de una docena, vivían allí. Cada dos o tres días llegaba un barco (otra colosal manifestación de poder) hasta la orilla, donde permanecía varias horas. Los hombres blancos llegaban y se iban en él. Parecía que su número era infinito. En el primer día vio más de ellos, que indios había visto en su vida. En el curso del tiempo continuaron llegando, deteniéndose en el fuerte y siguiendo aguas arriba para desaparecer definitivamente.

Pero si los dioses blancos eran omnipotentes, sus perros no valían gran cosa, lo que «Colmillo Blanco» descubrió muy pronto, mezclándose entre los que bajaban a tierra con sus amos. Eran de todas las formas y tamaños. Algunos tenían patas cortas, demasiado cortas, y otros extremidades largas, demasiado largas. Tenían el pelo muy distinto del suyo y algunos demasiado poco. Ninguno de ellos sabía luchar.

Como enemigo de su raza, era obligación de «Colmillo Blanco» pelear contra ellos. Inició muy pronto su tarea sintiendo un gran desprecio por ellos. Eran tan blancos como incapaces; hacían mucho ruido y daban vueltas tratando de hacer por la fuerza lo que él conseguía con destreza y astucia. Se echaban sobre él ladrando. «Colmillo Blanco» se retiraba. No sabían lo que había sido de él; en aquel momento los atacaba haciéndoles caer al suelo y mordiéndoles entonces en el cuello.

A veces el mordisco era mortal, quedando su contrincante en el barro, para que se echaran sobre él como un rayo y le deshicieran los perros de los indios, que esperaban el final. «Colmillo Blanco» era más inteligente que todo eso. Sabía desde mucho tiempo atrás que los dioses se enfurecen cuando se mata a sus perros, y que los hombres blancos no eran ninguna excepción a esa regla, por lo que se contentaba con alejarse, en cuanto había derribado y abierto el cuello de su enemigo, mientras se acercaban los otros y terminaban la sucia tarea. Entonces acudían corriendo los hombres blancos, descargando su rabia sobre la horda, mientras él seguía su camino. Se detenía a corta distancia observando cómo caían sobre sus compañeros los golpes, los palos, las hachas, las piedras y toda clase de armas. «Colmillo Blanco» era muy inteligente.

Pero sus compañeros aprendieron a su manera y «Colmillo Blanco» con ellos. Comprendieron que podían divertirse cuando un buque atracaba a la orilla. Después de atacar y matar a dos o tres perros de a bordo, los hombres silbaban a sus canes para que volvieran al barco y se vengaban de los atacantes. Un hombre blanco que vio morir despedazado a su setter sacó el revólver y disparó seis veces: otros tantos perros quedaron tendidos en el barro, manifestación de poder que a «Colmillo Blanco» se le grabó profundamente.

A éste le divertía enormemente el espectáculo, pues no amaba a los de su especie y era lo bastante inteligente como para escapar al castigo. Al principio fue una diversión matar a los perros de los hombres blancos, pero más tarde se convirtió en una ocupación, pues no tenía nada que hacer. Nutria Gris estaba muy atareado negociando y haciéndose rico, por lo que «Colmillo Blanco» tenía tiempo para pasearse por el desembarcadero acompañado por otros perros, propiedad de indios, todos los cuales tenían malísima fama, esperando que llegara un barco. Después de unos pocos minutos, cuando los hombres blancos se reponían de su sorpresa, la horda había desaparecido. Había terminado la diversión hasta que llegara el próximo vapor.

Pero no puede decirse que «Colmillo Blanco» perteneciera a la horda. No se mezclaba con ellos, sino que permanecía solitario, pues le temían. Cierto es que colaboraba con ellos, pues iniciaba la pelea con los perros de los forasteros, mientras la horda esperaba. En cuanto había derribado al extraño los demás se precipitaban para rematarle. Pero es igualmente cierto que se retiraba entonces, dejando que la horda aguantara el castigo de los dioses ultrajados.

No costaba mucho trabajo iniciar la pelea. En cuanto los perros extraños bajaban a tierra, todo lo que tenía que hacer era dejarse ver, pues en cuanto le observaban se echaban sobre él. Era su instinto, pues representaba la selva, lo desconocido, lo terrible, la eterna amenaza, lo que acecha en la oscuridad alrededor de los fuegos del mundo primitivo, cuando ellos, echados muy cerca de las llamas, educaban sus instintos, aprendiendo a temer la selva de la que provenían, de la que habían desertado y traicionado. De generación en generación, a través de las edades, se había enraizado en sus naturalezas ese miedo a la selva. Durante siglos ella significó el terror y la aniquilación. Durante todo aquel tiempo, sus amos les habían dado permiso para matar a los seres que venían de ella, pues haciéndolo se protegían a sí mismos y a sus dioses, cuya compañía compartían.

Así pues, estos perros que acababan de llegar del país más apacible del Sur, que bajando por la planchada pisaban las tierras del Yukón, no tenían más que ver a «Colmillo Blanco» para experimentar el irresistible impulso de echarse sobre él y matarle. Podían ser perros que habían vivido hasta entonces en ciudades sin que por eso carecieran del miedo instintivo por la selva, pues no sólo veían con sus propios ojos a aquella criatura lobuna a plena luz del día, delante de ellos, sino que le contemplaban con los de sus antepasados, cuya memoria transmitida de generación en generación afirmaba que «Colmillo Blanco» era un lobo y que debían renovar el viejo feudo entre las especies.

Todo esto servía para hacer agradables los días de «Colmillo Blanco». Si los perros extraños se arrojaban sobre él en cuanto le veían, tanto mejor para él y peor para ellos. Si se consideraban presa legítima, él podía hacer lo mismo.

No en balde había abierto los ojos por primera vez en una solitaria guarida y hecho sus primeras armas contra el lince y otros animales. No en balde «Bocas» y los otros perros de la horda habían amargado los primeros años de su vida. Pudo haber sido de otra manera y, en tal caso, él hubiera sido distinto. Si no hubiese existido «Bocas», hubiera pasado los primeros años de su vida con los otros cachorros y en su edad adulta hubiera tenido más de perro que de lobo y hubiera sentido más cariño por los primeros. Si Nutria Gris hubiera sido capaz de dar afecto o amor, hubiera podido sondear la naturaleza de «Colmillo Blanco» y despertar en él muchas buenas cualidades. Pero no fue así. Creció «Colmillo Blanco» hasta convertirse en lo que era: un amargado, solitario, cruel y feroz enemigo de su raza.

CAPÍTULO II

El dios loco

En el Fuerte Yukón vivía un pequeño número de hombres blancos, que residían en el país desde hacía tiempo. Se llamaban a sí mismos los ácimos, de cuyo título se enorgullecían mucho. No sentían sino desprecio por los otros, los recién llegados, que arribaban con el barco, a los que llamaban chechaquos, nombre que no les gustaba nada. Eran los que preparaban el pan con levadura. Ésta era la envidiosa diferencia entre ellos y los ácimos que cocían el pan sin ella, pues no la tenían.

Todo lo demás es otra historia. Los habitantes del fuerte despreciaban a los recién llegados y se alegraban en cuanto les ocurría un percance. Les divertían especialmente las tragedias que producían «Colmillo Blanco» y sus mal afamados compañeros entre los perros foráneos. En cuanto llegaba un vapor, los habitantes del fuerte consideraban su deber acudir al desembarcadero y observar el divertido espectáculo. Lo esperaban con tanta ansiedad como los perros de los indios, aunque comprendieron rápidamente el papel cruel y potente que desempeñaba en ello «Colmillo Blanco».

Pero había entre ellos un hombre al que divertía particularmente el espectáculo. Corría al oír el primer silbido de la sirena del vapor. En cuanto terminaba la pelea y «Colmillo Blanco» y sus compañeros se escondían por el fuerte, volvía a él con expresión de pesadumbre. Algunas veces, cuando algún delicado perro que venía del Sur lanzaba su grito de agonía entre los dientes de la horda, aquel hombre era incapaz de contenerse: saltaba y gritaba de júbilo. Su mirada, aguda y ansiosa, se fijaba siempre en «Colmillo Blanco».

Los otros hombres del fuerte le llamaban el Bonito. Nadie conocía su nombre de pila. En toda la región era Smith, el Bonito, aunque resultaba totalmente diferente a lo que indica ese apodo, que se debía, precisamente, a la antítesis. Era eminentemente feo. La naturaleza había sido avara en sus favores con él. Para empezar, era esmirriado de cuerpo, sobre el cual alguien había colocado, como en un descuido, una cabeza diminuta, que terminaba en punta como una pera. De hecho, en su juventud, antes de que sus compañeros actuales le llamaran Bonito, sus amigos le conocían por el apodo de Pera.

Por detrás, desde su altura máxima, la cabeza descendía en un plano inclinado hasta la nuca; por delante formaba una frente baja y notablemente ancha. En este punto, como si la naturaleza hubiese lamentado su tacañería, empezó a mostrarse pródiga. Sus ojos eran grandes, y entre ellos había distancia suficiente para otro par. Comparada con el resto, la cara era prodigiosa. Para disponer de espacio suficiente la naturaleza le había dado una mandíbula prognata de enormes dimensiones, ancha y pesada, que parecía apoyarse en el pecho. Es probable que su aspecto se debiera a la fatiga del fino cuello, incapaz de soportar semejante peso.

Su mandíbula daba la impresión de una voluntad enérgica. Pero le faltaba algo. Tal vez fuera excesiva. O, quizá, la quijada fuera demasiado grande. En todo caso era una mentira. En toda la región se sabía que Smith el Bonito era el más débil y llorón de todos los cobardes. Para completar su descripción hay que decir que sus dientes eran largos y amarillentos; los dos caninos grandes, sin proporción con los otros, se destacaban entre los finos labios como si fueran colmillos. Sus ojos eran amarillentos, de un color de nieve sucia, como si la naturaleza hubiera carecido de pigmentos y le hubiera echado el último resto de sus tubos. Otro tanto ocurría con su pelo, escaso y de crecimiento irregular, del mismo color que los ojos, que se elevaba sobre su cabeza y le salía por la cara en montones irregulares, sin orden ni concierto, como grano que ha aventado el viento.

En una palabra, Smith el Bonito era una monstruosidad, cuya justificación había que buscar en otra parte, pues él no tenía la culpa, Así había sido modelada su cabeza y su rostro. Preparaba la comida para los otros hombres del fuerte, lavaba la ropa y realizaba el trabajo de limpieza. No le despreciaban por ello, sino que más bien le toleraban, así como se tiene paciencia con una criatura mal conformada. Además, le temían, pues sus rabias cobardes les hacía suponer que un día les apuñalaría por la espalda o les pondría veneno en el café. Pero alguien tenía que encargarse de hacer la comida y lavar la ropa, y cualesquiera que fueren sus defectos, Smith el Bonito sabía cocinar.

Éste era el hombre que observaba a «Colmillo Blanco» y se deleitaba de su feroz habilidad y que deseaba poseerlo. Empezó por tratar de congraciarse con él, lo que «Colmillo Blanco» fingió no comprender. Más adelante, cuando se mostró más insistente, erizó el pelo, le enseñó los dientes y retrocedió. No le gustaba aquel hombre. Sus sentimientos eran malos. «Colmillo Blanco» sentía toda la perversidad que había en él y tenía miedo de aquella mano extendida y de sus intentos de hablar suave y cariñosamente. Debido a eso odiaba a aquel hombre.

Las criaturas simples comprenden perfectamente la diferencia entre el mal y el bien. Lo bueno representa todas las cosas que producen paz y satisfacción y que suprimen el dolor. En consecuencia, gustan de ello. Lo malo representa todas las cosas que conducen al desasosiego, al dolor, por lo que, en consecuencia, se las odia. «Colmillo Blanco» sentía que Smith el Bonito era malo. Así como de un pantano se elevan miasmas pútridos, «Colmillo Blanco» sentía la maldad que emanaba de aquel cuerpo contrahecho y de aquel alma deforme. Aquel sentimiento provenía no del intelecto o de sus cinco sentidos, sino de otros más sutiles y desconocidos que le advertían que dicho hombre estaba poseído por el mal lleno del deseo de hacer daño y que, en consecuencia, era algo maligno que era prudente odiar.

«Colmillo Blanco» se encontraba en el toldo de Nutria Gris cuando Smith el Bonito se presentó allí por primera vez. Al oír el imperceptible ruido de sus pisadas antes de que fuera visible, «Colmillo Blanco» comprendió quién llegaba y empezó a erizar el pelo. Había estado cómodamente echado hasta entonces, pero se levantó rápidamente, y en cuanto el hombre se acercó, se alejó furtivamente como un verdadero lobo, hasta donde empezaba el bosque. No comprendió lo que hablaron entre ellos, pero vio que conversaban. Una vez el hombre señaló con el dedo a «Colmillo Blanco», ante lo cual éste erizó el pelo, como si la mano fuera a caer sobre él, en lugar de estar a quince metros de distancia. El hombre se rio de ello y, al oírle, «Colmillo Blanco» se dirigió hacia el bosque, donde creía estar seguro, volviendo la cabeza de cuando en cuando, mientras se deslizaba suavemente sobre el suelo.

Nutria Gris se negó a vender el perro. Se había hecho rico con sus negocios y no necesitaba nada. Además, «Colmillo Blanco» era un animal valioso, el perro más fuerte que hubiera arrastrado jamás un trineo y el mejor jefe de traílla. Por otra parte, no había otro como él en toda la región del Mackenzie y del Yukón. Podía luchar y mataba a los otros perros con la misma facilidad con la que un hombre extermina mosquitos. Los ojos de Smith el Bonito relucieron al oírlo y se pasó la ansiosa lengua por los labios resecos. No, «Colmillo Blanco» no estaba en venta a ningún precio.

Pero Smith el Bonito conocía las costumbres de los indios. Visitó con frecuencia el campamento de Nutria Gris, llevando siempre oculta entre las ropas alguna botella de wiski o cosa parecida, una de cuyas cualidades consiste en despertar la sed del bebedor, sin que Nutria Gris escapara a esa ley. Su boca afiebrada y su estómago convertido en una llama viva empezaron a exigir a gritos aquella bebida ardiente. Su cerebro, que había perdido toda lucidez, debido a aquel estimulante al que no estaba acostumbrado, le concedía entera libertad para seguir adelante. Empezó a desaparecer el dinero que había obtenido de la venta de sus pieles, mitones y mocasines. Desaparecía rápidamente, y cuánto más se vaciaba su bolsa, tanto más se enojaba.

Finalmente perdió la paciencia, el dinero y los bienes. No le quedaba sino la sed, algo prodigioso que crecía con cada aspiración de aire, en cuanto estaba fresco. Entonces Smith el Bonito habló otra vez con él acerca de la venta de «Colmillo Blanco»; ofreció pagar el precio en botellas, no en dólares, ante lo cual los oídos de Nutria Gris se dispusieron a escuchar.

—Usted le agarra perro y lleva usted con él, bien —fue su decisión definitiva.

Pasaron a su poder las botellas, pero al cabo de dos días Smith el Bonito insistió en que Nutria Gris «le agarra perro».

Una tarde «Colmillo Blanco» se acercó al vivac y se tiró al suelo, satisfecho. El dios blanco, a quien él temía, no estaba allí. Desde hacía varios días aumentaba la intensidad de las manifestaciones de poner la mano sobre «Colmillo Blanco», por lo que éste dejó de acercarse a la choza. No sabía qué diabólica jugarreta se proponían aquellas manos insistentes. Sabía únicamente que le amenazaba algún mal, por lo que era mejor ponerse fuera de su alcance.

Pero apenas acababa de echarse, cuando Nutria Gris se acercó furtivamente y le puso una correa al cuello. Se sentó al lado de «Colmillo Blanco», manteniendo con una mano la correa y con la otra una botella, que empinaba de cuando en cuando, con un ruido como el de un hombre que hace gárgaras.

Pasó alrededor de una hora. Se sintió el ruido de pasos que precedió a la llegada de una persona. «Colmillo Blanco» lo oyó primero, erizando el pelo en señal de haberle reconocido, mientras Nutria Gris cabeceaba estúpidamente. «Colmillo Blanco» trató de arrancar la correa de manos de su amo, pero los dedos, que hasta entonces no habían mantenido muy rígidamente la correa, se cerraron sobre ella. Nutria Gris se levantó.

Smith el Bonito avanzó hacia la choza y se detuvo delante de «Colmillo Blanco», que gruñó y mostró los dientes a aquella cosa, de la que tenía miedo, mientras observaba atentamente los movimientos de las manos, una de las cuales empezó a bajar hasta él. Su gruñido adquirió una intensidad y una dureza mayor. La mano siguió bajando lentamente, mientras él seguía echado observándole malignamente, adquiriendo un tono más profundo su ronquido, cada vez más corto, hasta llegar al timbre más alto. De repente mordió con la rapidez de una serpiente. La mano retrocedió, por lo que sus mandíbulas se cerraron en el aire, con un ruido metálico. Smith el Bonito se asustó y se enojó muchísimo. Nutria Gris golpeó a «Colmillo Blanco» en la cabeza para que se echara a tierra y se mantuviera en esa posición de respetuosa obediencia.

Los ojos de «Colmillo Blanco» seguían recelosos todos los movimientos de ambos hombres. Vio alejarse a Smith el Bonito y volver armado con un recio palo. Entonces Nutria Gris le entregó el extremo de la correa. Smith el Bonito echó a andar, siguiendo hasta que la correa se puso tirante, pues «Colmillo Blanco» se negaba a seguirle. Nutria Gris le golpeó a derecha e izquierda para que se levantara y le siguiera. Obedeció, saltando y echándose sobre el intruso que intentaba arrastrarle. Smith el Bonito no retrocedió, pues esperaba el ataque. Manejó bien el palo cortando el salto a mitad del camino y arrojando a «Colmillo Blanco» al suelo. Nutria Gris se rio ruidosamente e inclinó la cabeza en señal de aprobación. Smith el Bonito tiró de la cuerda y «Colmillo Blanco», cojeando y atontado por el golpe, le siguió.

No se le ocurrió atacar por segunda vez. Un golpe del palo bastó para convencerle de que el dios blanco sabía manejarle. Era demasiado inteligente para luchar contra lo inevitable. Siguió de mal humor a Smith el Bonito, con el rabo entre las piernas, pero gruñendo en voz muy baja. Su nuevo dueño no le perdía de vista, teniendo siempre pronto el palo.

Cuando llegaron al fuerte le ató cuidadosamente y se fue a dormir. «Colmillo Blanco» esperó una hora, después de lo cual se dedicó a morder la correa, bastándole diez segundos para ser libre otra vez. No había perdido tiempo: estaba cortada transversalmente, por la distancia mínima, con un corte tan limpio como el de un cuchillo. «Colmillo Blanco» elevó la vista hasta el fuerte, mientras al mismo tiempo se le erizaba el pelo y gruñía. Después dio media vuelta y se dirigió al rancho de Nutria Gris, pues no debía vasallaje a aquel dios extraño y terrible. Libremente se había dedicado al servicio del indio, a quien, según él, todavía pertenecía.

Pero se repitió lo que había ocurrido una vez. Nutria Gris le ató nuevamente con una correa y a la mañana siguiente le entregó a Smith el Bonito. Hasta aquí todo había sido igual. Pero ahora surgió una diferencia: Smith el Bonito le dio una paliza. Atado, de manera que no podía defenderse, «Colmillo Blanco» no tuvo más remedio que aguantar y rabiar inútilmente. Se le castigó con palo y látigo, recibiendo la peor tunda de toda su vida. Hasta la primera, que recibió de manos de Nutria Gris, cuando era cachorro, era algo suave comparada con ésta.

Smith el Bonito se alegraba de aquella tarea, se complacía en ella. No perdía de vista a su víctima, y mientras sacudía el látigo o el palo, escuchaba los gritos de dolor o de rabia impotente de «Colmillo Blanco», pues era cruel a la manera de todos los cobardes. Se hundía y achicaba frente a los golpes o la voz enojada de un hombre, pero se desquitaba con los que eran más débiles que él. Toda vida posee la voluntad de potencia y Smith el Bonito no era ninguna excepción. Como le estaba negada su expresión entre sus iguales, caía sobre los que podían menos, con los que se vengaba la vida que había en él. Pero no se había creado a sí mismo, por lo que no se le podía echar la culpa. Había venido al mundo con un cuerpo deforme y una inteligencia oscurecida, su idiosincrasia, que el medio no había podido moldear en forma favorable.

«Colmillo Blanco» sabía por qué le castigaba. Cuando Nutria Gris le ató con una correa alrededor del cuello que entregó a Smith el Bonito, «Colmillo Blanco» comprendió que la voluntad de su dios era que perteneciera al otro. Cuando se le ató fuera del fuerte, «Colmillo Blanco» comprendió que su voluntad era que permaneciera allí. Había desobedecido la voluntad de ambos dioses. Ésa era la razón por la que se le castigaba. Había visto muchas veces cómo los perros cambiaban de dueño y cómo se castigaba a los desertores. Era inteligente, pero en su naturaleza había fuerzas más intensas que toda su sabiduría. Una de ellas era la fidelidad. No amaba a Nutria Gris, pero le era fiel, a pesar de que había expresado claramente su voluntad y su enojo. No podía hacer otra cosa. Esa fidelidad era uno de los componentes de la pasta de la que estaba hecho. Era una cualidad peculiar de su especie, que la separaba de todas las otras y que indujo al lobo y al perro vagabundo a convertirse en compañeros del hombre.

Después de recibir la paliza le arrastraron al fuerte otra vez. Pero ésta, Smith el Bonito le ató con un palo. No se abandona fácilmente a un dios a pesar de la voluntad expresa de Nutria Gris; éste seguía siendo el dios particular de «Colmillo Blanco», que no estaba dispuesto a cambiarle. Cierto es que le había abandonado, pero esto no le hacía ningún efecto. No en balde se había entregado a él en cuerpo y alma, sin ninguna reserva, por lo que no era fácil romper aquel lazo.

Cuando dormían los habitantes del fuerte, «Colmillo Blanco» dedicó su atención al palo que le sujetaba. Aquella madera era dura y seca y estaba atada tan estrechamente al cuello, que sólo muy difícilmente podía hincar sus dientes en ella. Únicamente mediante el más severo ejercicio muscular y dando vueltas al cuello pudo ponerla entre los dientes. Con inmensa paciencia, que debió ejercitar durante varias horas, pudo cortarla en dos con los dientes. Generalmente se cree que los perros son incapaces de hacer eso —por lo menos no se recuerda ningún otro caso—, pero «Colmillo Blanco» lo hizo alejándose del fuerte antes de la aurora, colgando de su cuello el otro extremo del palo.

Era muy inteligente. Pero si no hubiera sido más que eso no habría vuelto al rancho de Nutria Gris, que ya le había traicionado dos veces.

Su fidelidad le indujo a volver por tercera vez a los dominios del traidor. Una vez más permitió que Nutria Gris le atara una correa al cuello. Smith el Bonito volvió a reclamarle. Esta vez recibió una azotaina mucho peor que la anterior.

Nutria Gris observaba estúpidamente mientras el blanco manejaba el látigo. No le protegió, pues ya no era su perro. Cuando terminó el castigo, «Colmillo Blanco» estaba enfermo. Un perro menos resistente, que proviniera del Sur, hubiera muerto por los golpes. Pero él no. Había sido educado en una escuela más severa, era de fibra más resistente. Tenía mayor vitalidad y se aferraba a la vida con gran energía. Pero estaba muy enfermo. Al principio pareció incapaz de arrastrarse, por lo que Smith el Bonito tuvo que esperar hora y media hasta que pudo ponerse en pie. Después, medio ciego y vacilando sobre sus patas, le siguió hasta el fuerte.

Pero ahora le ató con una cadena, que era un desafío a sus dientes. «Colmillo Blanco» intentó en vano arrancar del suelo el poste al cual estaba atado. Después de algunos días, Nutria Gris, ya disipados los efectos del alcohol y completamente arruinado, se dirigió por el Porcupine, agua arriba, hacia el Mackenzie, del cual estaba tan lejos. «Colmillo Blanco» permaneció en el Yukón. Era propiedad de un hombre que estaba más que medio loco y que era una bestia. Pero ¿qué conciencia puede tener un perro de la locura humana? Para «Colmillo Blanco», Smith el Bonito era un verdadero dios, aunque terrible. Aun considerándole favorablemente, era un dios loco, pero «Colmillo Blanco» no sabía nada de la locura, sino simplemente que debía someterse a la voluntad de su nuevo amo y obedecer a todos sus caprichos.

CAPÍTULO III
El reinado del odio

Bajo la tutela del dios loco, «Colmillo Blanco» se convirtió en una furia. Se le tenía atado, con una cadena, en una casilla, fuera del fuerte. Smith el Bonito le atormentaba, le irritaba y le volvía loco con pequeños aunque continuos sufrimientos. Su amo descubrió muy pronto que la risa le causaba exasperación, por lo que se acostumbró a burlarse de él después de hacerle sufrir. Su risa era ruidosa y burlona. Al mismo tiempo el dios señalaba con el dedo a «Colmillo Blanco», que en tales momentos perdía la razón, hasta tal punto, que en aquellos accesos de rabia estaba aún más loco que su dueño.

Anteriormente «Colmillo Blanco» había sido el enemigo de su raza, un enemigo feroz. Ahora lo era de todas las cosas y más feroz que nunca. Se le atormentaba hasta tales extremos, que odiaba ciegamente a todos y a todo, sin el más leve motivo. Odiaba la cadena con la cual se le tenía atado, a los hombres que le examinaban a través de las tablas de la casilla, a los perros que les acompañaban y que le mostraban los dientes, sabiendo que no podía atacarles. Odiaba hasta la misma madera de la casilla. Y, ante todo y sobre todo, odiaba a Smith el Bonito.

Pero su amo se proponía hacer algo de «Colmillo Blanco». Un día, varios hombres se reunieron alrededor de la casilla. Armado de un palo, Smith el Bonito entró y soltó a «Colmillo Blanco». Cuando salió su amo, dio vueltas, tratando de acercarse a los hombres que estaban fuera. Parecía terrible en su poderío. Tenía un metro y medio de largo y sus hombros se levantaban a setenta y cinco centímetros del suelo. En cuanto al peso, sobrepasaba a cualquier otro lobo de su tamaño. Había heredado de su madre las proporciones más macizas de los perros, por lo que su peso excedía de cuarenta y cinco kilos. Todo en él eran músculo, hueso, tendón, una máquina hecha para la pelea, mantenida en las mejores condiciones.

Al abrirse la puerta de la casilla, «Colmillo Blanco» se detuvo. Algo extraordinario iba a ocurrir. Arrojaron dentro a un perro grande y volvieron a cerrar la puerta. «Colmillo Blanco» nunca había visto esa raza. Era un mastín, pero ni el tamaño ni el aspecto feroz del intruso le detuvieron. Era algo distinto del hierro o de la madera, en que podía desahogarse del odio acumulado. Saltó, mostrando los colmillos, sólo una fracción de segundo, lo suficiente para desgarrar el cuello del perro. Éste sacudió la cabeza, gruñó roncamente y se echó sobre su enemigo, que estaba aquí y allí y en todas partes, siempre eludiéndole, siempre atacándole y abriendo anchas heridas, pero saltando siempre a tiempo para escapar al castigo.

Los hombres gritaron y aplaudieron, mientras Smith el Bonito contemplaba admirado la obra de destrucción. Desde el principio el mastín no tuvo ninguna probabilidad de ganar, pues era demasiado lento y pesado. Finalmente, mientras Smith el Bonito arrinconaba a «Colmillo Blanco» armado de un palo, su dueño arrastró hacia fuera al can. Se pagaron las apuestas y el dinero cayó en manos de Smith el Bonito.

«Colmillo Blanco» llegó a tales extremos, que esperaba ansiosamente que los hombres se reunieran alrededor de la casilla. Era la señal de la lucha, la única ocasión que le quedaba de expresar la vida que bullía en él. Atormentado, sometido a una excitación continua para que odiase, mantenido prisionero no tenía ninguna oportunidad de satisfacer su odio sino cuando a su amo le convenía echarle otro perro para pelear. Smith el Bonito había apreciado exactamente sus cualidades: siempre era vencedor. Un día le echaron tres perros, uno después de otro. Otro hicieron entrar un lobo que acababan de cazar vivo en la selva. Un tercero le echaron dos perros al mismo tiempo. Ésta fue su más terrible pelea, y aunque finalmente pudo matar a los dos, salió él mismo medio muerto de ella.

A fines de aquel año, cuando empezaron a caer las primeras nevadas y a formarse hielo en el río, Smith el Bonito tomó pasaje para Dawson, llevando consigo a «Colmillo Blanco», que ya tenía su fama hecha por toda la región y al que se conocía con el remoquete de «El lobo peleador». La jaula en la que se le mantuvo a bordo estaba siempre rodeada de curiosos, a los cuales mostraba los dientes o a los que observaba con un odio reconcentrado y frío. ¿Por qué no había de odiarles? Era ésta una pregunta que nunca se planteó a sí mismo. Sólo conocía el odio y este sentimiento solía dominarle totalmente. La vida se había convertido en un infierno. No había sido creado para aquel confinamiento estrecho que los animales del bosque deben soportar cuando caen en manos del hombre. Sin embargo, se le trataba exactamente de esa manera. Le miraban, luego metían palos por entre los barrotes, para que les mostrara los dientes y pudieran reírse de él. Éste era el ambiente en el que vivía. Su idiosincrasia adquiría así una forma más feroz que la intentada por la naturaleza que, sin embargo, le había dado plasticidad. Allí donde otro animal hubiera muerto o perdido su combatividad, se adaptó y vivió sin que su espíritu sufriera por ello. Es probable que Smith el Bonito, su tormento y archienemigo, fuera capaz de doblegarle, pero hasta entonces no había ninguna indicación de que pudiera tener éxito.

Si Smith el Bonito tenía un demonio dentro de sí, «Colmillo Blanco» poseía otro y ambos estaban poseídos de un infinito odio mutuo. En otros tiempos tenía la sabiduría de echarse a tierra y someterse a un hombre con un palo en la mano, pero pronto la perdió. Bastaba ahora que viera a Smith el Bonito para que se sintiera poseído por una furia satánica. Cuando se acercaba para encerrarle otra vez, con el palo en la mano, gruñía y mostraba los dientes, siendo imposible hacerle callar definitivamente. Por muy grande que fuera la paliza, siempre disponía de otro ronquido. Cuando Smith el Bonito renunciaba a seguir castigándole y se alejaba, le seguía aquella voz desafiante o «Colmillo Blanco» se erguía contra los barrotes escupiendo su odio.

Cuando el barco llegó a Dawson, «Colmillo Blanco» bajó a tierra. Pero seguía viviendo una vida en público, en una caja, rodeada de curiosos. Se le exhibía y la gente pagaba cincuenta centavos en polvo de oro para verle. No tenía descanso. Si se echaba a dormir, se le despertaba con un palo de punta aguzada, de modo que el auditorio recibiera algo por su dinero. Para que la exhibición fuera interesante se le mantenía continuamente enfurecido. Pero aún peor que eso era la atmósfera en que vivía. Se le consideraba como la más feroz de las bestias de la selva, lo que se le daba a entender a través de los barrotes. Toda palabra, todos los actos, cuidadosamente estudiados de los hombres, le demostraban su propia ferocidad. Era otro tanto combustible que se agregaba a la llama de su ferocidad. Todo esto sólo podía tener un resultado: aumentarla, pues se alimentaba de sí misma. Era otra demostración de la plasticidad de su carácter, de su capacidad para dejarse moldear por la influencia del ambiente.

Además de las exhibiciones, era un luchador profesional. A intervalos irregulares, siempre que podía concertarse una pelea, se le sacaba de la caja y se le llevaba al bosque, a unos cuantos kilómetros de la ciudad, generalmente de noche, para evitar cualquier dificultad con la Policía Montada del territorio. Después de algunas horas de espera, cuando ya era de día, llegaban los espectadores y el perro contra el que tenía que luchar; sus contrincantes eran de toda raza y tamaño. Era una tierra sin ley, no teniéndola tampoco los hombres que vivían en ella, por lo que las peleas sólo terminaban con la muerte.

Puesto que «Colmillo Blanco» seguía luchando, es evidente que eran los otros perros a los que les tocaba morir. Nunca conoció la derrota. Le sirvió de mucho el adiestramiento que recibió en su juventud por parte de «Bocas» y de los demás perros y cachorros. Poseía, además, una tenacidad notable en aferrarse a la tierra. Ningún perro podía hacerle perder el equilibrio. Ésta es la maniobra favorita de los descendientes del lobo: correr hacia él, sea directamente o dando una vuelta inesperada, esperando chocar con el costado de su contrincante y derribarle. Los perros del Labrador y del Mackenzie, los de los esquimales, todos intentaron la misma treta con él y fracasaron. Nunca se le vio perder el pie. Los hombres lo comentaban entre sí y no perdían ningún detalle de la pelea, para observarlo si ocurría, pero «Colmillo Blanco» nunca les dio ese gusto.

Además era ligero como el rayo, lo que le daba una enorme ventaja sobre sus contrincantes. Por mucha que fuera su experiencia en peleas entre perros, nunca habían encontrado un animal tan rápido como él. También debían tener en cuenta que atacaba al instante y sin preparativos. Por lo general el perro está acostumbrado a ciertas ceremonias preliminares: mostrar los dientes, gruñir, erizar el pelo..., por lo que «Colmillo Blanco» lo derribaba y mataba antes de que hubiera empezado a pelear o se hubiera recobrado de su sorpresa. Tan a menudo ocurrió esto, que se estableció la costumbre de tener atado a «Colmillo Blanco» hasta que el otro perro, habiendo liquidado ya las ceremonias preliminares, procedía a atacar.

Pero la más importante de las ventajas de que gozaba «Colmillo Blanco» era su experiencia. Sabía más acerca del modo de pelear que cualquier otro de los perros que le hacían frente. Había luchado más veces, sabía cómo anular todas las fintas y poseía unas cuantas propias mientras que era sumamente difícil superar su propia manera de luchar.

Cuando pasó el tiempo se hizo más difícil concertar peleas con él. Los hombres dudaban de que algún perro pudiera derrotarle, por lo que Smith el Bonito se vio obligado a recurrir a los lobos, que los indios cazaban vivos en sus trampas con ese propósito y que siempre atraían a gran número de espectadores. Una vez le pusieron frente a un lince, una hembra adulta. En esa ocasión, «Colmillo Blanco» tuvo que pelear duramente por su vida. Su rapidez era tanta como la suya y no le cedía en ferocidad, pero él luchaba sólo con los colmillos, mientras ella, además, utilizaba las uñas.

Afortunadamente para «Colmillo Blanco», después del lince cesaron las luchas. No quedaban ya animales con los que luchar, por lo menos que tuvieran oportunidad de vencerle, por lo que siguió en exhibición hasta la primavera, cuando llegó a Dawson un tal Tomás Keenan, jugador de profesión, que trajo consigo un bull-dog, el primero que llegó al Klondike. Era inevitable que se concertara una pelea entre este perro y «Colmillo Blanco». Una semana antes de la fecha convenida para el espectáculo era la comidilla de ciertos sectores de la población.

CAPÍTULO IV
El abrazo de la muerte

Smith el Bonito soltó la cadena del cuello de «Colmillo Blanco» y retrocedió. Por primera vez no atacó enseguida. Se detuvo, levantó las orejas y examinó con curiosidad al extraño animal que se le enfrentaba, pues nunca había visto otro semejante. Tomás Keenan echó a su perro hacia delante, murmurando: —¡Vete!—. El animal, moviendo la cola, se dirigió al centro del círculo, sobre sus cortas patas, como si cojeara y, al parecer, sin gran entusiasmo. Se detuvo y miró a «Colmillo Blanco».

Los espectadores gritaron:

—¡Mátale, «Cherokee», mátale, devórale!

Pero el bull-dog no parecía tener muchas ganas de pelear. Volvió la cabeza, miró a los hombres que le gritaban y movió la cola alegremente. No tenía miedo; simplemente era demasiado haragán. Además, no podía comprender que se le hiciera luchar con el animal que tenía delante. No conocía aquella raza y esperaba a que le trajeran un perro de verdad.

Tomás Keenan se inclinó sobre «Cherokee» y empezó a acariciarle a ambos lados de las paletillas, pasando las manos a contrapelo con movimientos suaves dirigidos hacia delante, que eran otras tantas sugestiones. Su efecto debía ser irritante, pues «Cherokee» empezó a roncar suavemente desde lo más profundo de su garganta. Existía una correspondencia rítmica entre la culminación de cada uno de aquellos movimientos, dirigidos hacia delante, y la voz de «Cherokee», pues el rugido crecía en intensidad al avanzar la mano y cesaba para empezar de nuevo en cuanto se iniciaba una nueva caricia. El final de cada movimiento era el acento de la voz terminando repentinamente el primero y elevándose también súbitamente la voz del perro.

Esto no dejó de tener su efecto sobre «Colmillo Blanco». Empezó a erizársele el pelo en el cuello y en el lomo. Tomás Keenan empujó por última vez a su perro y volvió a su puesto. Aunque si hubiera sido por los esfuerzos de su amo, «Cherokee» no habría llegado muy lejos, éste siguió avanzando por su propia voluntad, con un trotecillo corto de sus patas encorvadas. Entonces «Colmillo Blanco» atacó. Se elevó un grito de admiración, pues había salvado la distancia y atacado más como un gato que como un perro, clavando los dientes y escapando a distancia segura.

El bull-dog sangraba de una oreja, herida que se extendía hasta el nacimiento de ella en el cuello. «Cherokee» no demostró sentir absolutamente nada, ni siquiera gruñó; limitose a dar la vuelta y a seguir a «Colmillo Blanco». La táctica de ambos, la rapidez de uno y la constancia del otro excitaron el espíritu de partido de los espectadores, por lo que se cruzaban nuevas apuestas y se aumentaba el importe de las anteriores. Una y otra vez «Colmillo Blanco» atacó, desgarró con sus dientes y escapó. Pero siempre le seguía aquel extraño enemigo, sin prisa, pero tampoco sin lentitud, deliberada y determinadamente, como si se tratara de un asunto de negocios. Había un propósito en sus métodos, algo que tenía que hacer, que quería hacer y de lo que nada en el mundo podría apartarle. Toda su conducta, cada una de sus acciones, lo demostraba, cosa que asombraba a «Colmillo Blanco». Nunca había visto un perro de esa clase: no tenía pelo que le protegiera; era blando y sangraba fácilmente. Su piel no estaba recubierta de pelambrera espesa, donde no tenían efecto los dientes. Cada vez que pretendía morderle, sus colmillos se hundían fácilmente en la carne. Por otra parte, parecía incapaz de defenderse. Otra cosa desconcertante era que no gritaba, como acostumbraban a hacerlo los otros canes contra los que había luchado. Aceptaba en silencio el castigo, sin emitir más que un débil gruñido. Pero nunca dejaba de perseguirle.

«Cherokee» no era tardo. Podía dar la vuelta bastante velozmente, pero «Colmillo Blanco» nunca estaba allí. El bull-dog también estaba extrañado. Nunca hasta entonces había tenido que pelear con un perro al que no pudiera acercarse. El deseo de llegar a la lucha cuerpo a cuerpo era siempre mutuo. Pero ahora tenía que vérselas con uno que se mantenía a distancia, que bailaba y se escurría, estando aquí, allí y en todas partes. En cuanto le clavaba los dientes, en lugar de aferrarse, se escapaba instantáneamente con la velocidad de una flecha.

Pero «Colmillo Blanco» no podía morderle debajo del cuello, pues el bull-dog era demasiado corto de patas, contando además con la protección de sus mandíbulas macizas. Se precipitaba sobre él, le hería y escapaba sin un rasguño, mientras aumentaban las heridas de «Cherokee», cuya cabeza y ambos lados del cuello estaban desgarrados por amplias heridas. Sangraba profusamente, pero no daba señales de estar vencido. Continuaba su agotadora persecución, aunque en un cierto momento se detuvo profundamente asombrado y miró a los hombres que le observaban, moviendo al mismo tiempo la cola rabona, como una manifestación de su voluntad de luchar.

En ese momento «Colmillo Blanco» se echó y se apartó de él desgarrando lo que le quedaba de oreja. Con una expresión como si se hubiera enojado un poco, «Cherokee» empezó otra vez a perseguir a su enemigo recorriendo la parte interior del círculo que describía su contrincante y tratando de dar el golpe mortal en el cuello. El bull-dog erró por el espesor de un cabello. Se oyeron gritos de entusiasmo, cuando «Colmillo Blanco», con un salto lateral repentino en dirección opuesta, se puso fuera de su alcance.

Pasó el tiempo. «Colmillo Blanco» seguía bailando, esquivando, atacando y alejándose, y siempre haciendo daño. Y el bull-dog, poseído de una certidumbre siniestra, le seguía. Más tarde o más temprano conseguiría su propósito y daría el golpe que le haría ganar la batalla. Mientras tanto, aceptaba todo el castigo que el otro pudiera infligirle. Sus orejas cortas estaban convertidas en una llaga viva, el cuello y los hombros, desgarrados en numerosos puntos y tenía cortados los labios, que sangraban profusamente. Todas sus heridas provenían de mordiscos de la rapidez del relámpago, que no podía prever ni evitar.

«Colmillo Blanco» había intentado numerosas veces derribar a «Cherokee», pero la diferencia de altura entre ambos era demasiado grande, pues el último era demasiado bajo, muy pegado al suelo. «Colmillo Blanco» realizó la treta bastantes veces. Pareció presentársele una oportunidad en uno de sus rápidos cambios de dirección. Agarró a «Cherokee», cuando éste había vuelto la cabeza, mientras él variaba lentamente de dirección. Quedó expuesta una paletilla de su contrincante, sobre la que se arrojó, pero mientras la suya quedaba a gran altura, la energía con la que había iniciado este ataque le llevó por encima de su contrincante. Por primera vez en su vida de luchador se vio a «Colmillo Blanco» perder pie. Su cuerpo dio una especie de media vuelta en el aire. Habría caído de espaldas, si no se hubiera enderezado en el aire, como si fuera un gato para caer sobre las patas. Golpeó fuertemente con el costado sobre el suelo. Se puso inmediatamente en pie, pero en aquel mismo instante «Cherokee» atacó cerrando sus dientes sobre la parte inferior del cuello de su enemigo.

No fue un golpe muy afortunado, pues era demasiado bajo, pero no aflojó los dientes. «Colmillo Blanco» saltó y dio vueltas como loco, tratando de deshacerse de «Cherokee» de una sacudida. Aquel peso, que no se desprendía, le volvía loco. Limitaba sus movimientos y restringía su libertad. Era como una trampa: todo su instinto se debatía contra ello. Era la reacción de un loco. Durante varios minutos puede decirse que era realmente un maniático furioso. Lo elemental de la vida que había en él determinó su conducta. Surgía en él aquella voluntad de vivir que residía en cada una de sus fibras. Estaba dominado por el deseo de su carne de sobrevivir. Había desaparecido su inteligencia. Era como si ya no tuviera cerebro. Nubló su razón el ciego deseo de la carne de vivir y de moverse, cualquiera que fuera el peligro, pues el movimiento es la demostración de la existencia.

«Colmillo Blanco» dio vueltas y vueltas, en esta dirección y en la inversa, tratando de desprenderse de aquel peso de veinticinco kilos que llevaba colgado del cuello. El bull-dog se limitaba a no soltarse. Algunas raras veces pudo poner los pies en el suelo, momentos durante los cuales se abrazó a «Colmillo Blanco». Pero enseguida los movimientos de su enemigo le llevaban por el aire arrastrado por uno de los locos torbellinos de «Colmillo Blanco». «Cherokee» se identificaba a sí mismo con su instinto. Sabía que hacía bien en aferrarse con sus dientes y hasta sentía una satisfacción agradable. Entonces cerraba los ojos y permitía que su enemigo le sacudiera para todas partes, como si fuera una cosa muerta, despreciando cualquier peligro que pudiera resultar de ello. Lo que importaba era no aflojar las mandíbulas, y eso hacía.

«Colmillo Blanco» dejó de dar vueltas cuando se cansó. No podía oponer la menor resistencia, lo que era incomprensible para él. Nunca le había ocurrido tal cosa en todas sus luchas. Los perros con los que había tenido que enfrentarse no peleaban de esa manera. Con ellos bastaba acercarse, morder y alejarse. Estaba medio echado luchando por conseguir tomar resuello. «Cherokee», que no aflojaba, se apretaba contra él, tratando de tumbarle. «Colmillo Blanco» se resistía, mientras sentía la dentadura del otro, que variaba de punto de apoyo cediendo un poco y avanzando como si masticara. Cada uno de esos movimientos llevaba las mandíbulas más cerca del punto vital del cuello. El método del bull-dog consistía en no perder lo ganado y avanzar todo lo que fuera posible en cuanto se presentaba la oportunidad, lo que ocurría cuando «Colmillo Blanco» se quedaba quieto, mientras que cuando su enemigo se movía, «Cherokee» se limitaba a mantener lo ganado hasta entonces.

La parte superior del voluminoso cuello de su enemigo era lo único que estaba al alcance de «Colmillo Blanco». Se prendió de la base, donde empieza el tronco, pero no conocía aquel procedimiento de morder masticando, ni tampoco estaban adaptadas sus mandíbulas para ello. Espasmódicamente desgarraba con sus colmillos buscando espacio, cuando le distrajo un cambio de posición. El bull-dog había conseguido hacerle dar la vuelta y sin soltar el cuello se encontraba ahora encima de él. Como si fuera un gato recogió las patas traseras y apoyándose en el vientre de su enemigo empezó a desgarrárselo con amplios movimientos de las extremidades, que pudieron haber abierto las entrañas a «Cherokee» si éste no hubiera dado un cuarto de vuelta, sin dejar de agarrarse con los dientes, poniéndose en ángulo recto con «Colmillo Blanco», fuera del alcance de sus patas.

No había posibilidad de escapar a aquellas mandíbulas, inexorables como el destino. Lentamente buscaban la yugular. Se salvó de la muerte por la piel colgante de su cuello y el espeso pelo que la cubría, que formaban un cilindro en la boca de «Cherokee» desafiando particularmente el pelaje la capacidad de sus dientes. Pero poco a poco, en cuanto se ofrecía la ocasión, absorbía más de la papada y de la piel que la cubría, con lo que conseguía ahogar lentamente a «Colmillo Blanco», cuya respiración era cada vez más difícil.

Los espectadores empezaron a creer que la batalla había terminado. Los que habían apostado por «Cherokee» se alegraron y ofrecieron cotizaciones ridículas para nuevas apuestas. Los que habían jugado a favor de «Colmillo Blanco» empezaron a asustarse y se negaron a aceptar apuestas de diez a uno y de veinte a uno, aunque Smith el Bonito fue lo suficientemente audaz como para cerrar una apuesta de cincuenta a uno. Se metió en el cuadrilátero e indicó con el dedo en la dirección de «Colmillo Blanco», empezando después a reírse despectivamente a carcajadas, lo que tuvo el efecto deseado, pues se puso rabioso, llamando en su auxilio todas las reservas y consiguiendo ponerse en pie. Mientras seguía luchando alrededor del cuadrilátero sin que se soltaran de su cuello los veinticinco kilos de peso de su enemigo, su rabia se convirtió en pánico. Lo elemental en él le dominó otra vez y su inteligencia se nubló ante la voluntad de vivir que estaba en su carne. Dio vueltas y vueltas, tropezando y cayendo y levantándose otra vez, apoyándose en sus patas traseras y elevando a su enemigo por los aires, pero sin poder deshacerse de aquel enemigo, que amenazaba ahogarle.

Al fin cayó exhausto, después de haber vacilado. El bull-dog no desperdició la oportunidad: hizo avanzar un poco más las mandíbulas, tragando más de la carne cubierta de pelo, ahogando aún peor a «Colmillo Blanco». Se oyeron gritos en honor del vencedor: «¡"Cherokee"!, ¡"Cherokee"!», a lo que éste respondió sacudiendo vigorosamente su cola rabona, sin dejarse distraer por las exclamaciones, pues no existía ninguna relación entre ellos y sus macizas mandíbulas. La una podía moverse, pero las otras no cedían.

En aquel momento, un ruido de cascabeles distrajo a los espectadores, oyéndose, además, los gritos de un hombre que animaba a los perros de un trineo. Todos, excepto Smith el Bonito, echaron una mirada preocupada en aquella dirección, pues tenían miedo a la policía.

Pero se calmaron cuando vieron que por el camino venían dos hombres a cargo de un trineo, que evidentemente volvían de alguna expedición de estudios mineros. Al ver la muchedumbre, ambos se detuvieron y se acercaron, deseando conocer el motivo de la reunión. El encargado de los perros llevaba bigote, pero el otro, un hombre más alto y más joven, estaba completamente afeitado, lo que permitía ver por completo la piel de su cara, sonrosada por la circulación de la sangre y el ejercicio al aire libre.

Virtualmente «Colmillo Blanco» había dejado de luchar. Espasmódicamente, sin ningún resultado práctico, se resistía de cuando en cuando. Casi no podía respirar, cosa que cada vez se le hacía más difícil, debido a aquellas mandíbulas sin misericordia que cada vez se cerraban más. A pesar de su armadura de pelo, «Cherokee» habría mordido ya la yugular, de no haber empezado su ataque desde muy bajo, casi a la altura del pecho. «Cherokee» necesitó mucho tiempo para subir, impidiéndole además el pelo y la piel que debía tragar que su avance fuera más rápido.

Mientras tanto, todo lo bestial que había en Smith el Bonito se le había subido a la cabeza, dominando allí el poco juicio que tenía incluso en sus momentos de lucidez. Cuando vio que los ojos de «Colmillo Blanco» se ponían vidriosos, comprendió que la pelea estaba perdida. Entonces se despertó el instinto bestial en él: saltó sobre «Colmillo Blanco» y empezó a patearlo sin misericordia. Algunas voces entre los concurrentes protestaron, pero eso fue todo. Mientras Smith el Bonito seguía castigando al vencido, se produjo un movimiento entre los reunidos. El recién llegado se abría paso a fuerza de codazos, a derecha e izquierda, sin ceremonias y sin cortesía. Cuando llegó a la primera fila, Smith el Bonito estaba a punto de dar otra patada poniendo todo su peso en un pie, encontrándose en un estado de equilibrio inestable. En aquel momento el recién llegado descargó en su cara un golpe, dado con todas sus fuerzas. La pierna izquierda de Smith el Bonito no se movió mientras todo su cuerpo pareció elevarse por los aires, cayendo de espaldas sobre la nieve. El recién llegado se dirigió a la muchedumbre.

—¡Cobardes!, ¡bestias! —gritó.

Estaba poseído de una furia insana. Sus ojos grises parecían tener un color metálico de acero mientras echaban relámpagos sobre la muchedumbre. Smith el Bonito consiguió ponerse en pie y avanzó hacia él, arrastrándose cobardemente. El recién llegado no comprendió el sentido de su avance. No sabía cuán cobarde era y creyó que volvía dispuesto a pelear. Gritando: —¡Bestia!—, le encajó un segundo golpe en la cara y le acostó otra vez sobre la nieve, por lo que Smith el Bonito consideró que el suelo era el lugar más seguro para él y se quedó donde le había echado la mano del otro, sin hacer ningún esfuerzo por levantarse.

—¡Ven, Matt! ¡Ayúdame! —gritó el recién llegado al encargado de los perros de su trineo que le había seguido al cuadrilátero.

Ambos hombres se inclinaron sobre los perros. Matt se encargó de «Colmillo Blanco», dispuesto a tirar de él en cuanto «Cherokee» aflojara las mandíbulas. El otro trató de conseguir esto apretando las del vencedor y tratando de abrirlas. Era una tentativa absolutamente inútil. Mientras hacía toda clase de esfuerzos, no dejaba de exclamar con cada espiración:

—¡Bestias!

La muchedumbre empezó a intranquilizarse y algunos de los presentes protestaron contra aquel acto, que les echaba a perder su diversión, pero se callaron cuando el recién llegado levantó la cabeza y los miró:

—¡Malditas bestias! —estalló finalmente, y siguió trabajando.

—Es inútil, señor Scott. Usted puede romperle los dientes y no conseguirá nada —dijo Matt finalmente.

Ambos se detuvieron y observaron a los dos perros.

—No ha sangrado mucho —afirmó Matt—, todavía le falta bastante para expirar.

—Pero puede ocurrir en cualquier momento —repuso Scott—. ¿Ves? Ha aflojado un poco las mandíbulas.

Crecía la excitación y la preocupación del joven por «Colmillo Blanco». Sin compasión, golpeó a «Cherokee» en la cabeza varias veces. El animal se limitó a mover la cola como advirtiendo que comprendía por qué se le golpeaba, pero que sabía que estaba en su derecho y que se limitaba a cumplir con su deber al no abrir las mandíbulas.

—¿No quiere ayudarme ninguno de ustedes? —gritó desesperado Scott a la muchedumbre.

Pero ninguno se ofreció. Por el contrario, algunos empezaron a animarle sarcásticamente con gritos o le dieron consejos completamente ridículos.

—Debiéramos usar alguna clase de palanca —aconsejó Matt.

El otro se llevó la mano al costado, sacó el revólver y trató de introducir el cañón entre las mandíbulas. Trabajó duramente hasta que se oyó el frotamiento del acero contra los dientes. Tanto Scott como Matt estaban inclinados sobre los dos perros. Tomás Keenan se les acercó. Se detuvo delante de Scott y, tocándole en el hombro, le dijo amenazadoramente:

—¡No le rompa usted los dientes!

—Entonces le romperé el cogote —replicó Scott, continuando lo que se había propuesto hacer, que era introducir el cañón del arma como una cuña entre los dientes.

—Le he dicho que no le rompa los dientes —repitió el jugador, aún más amenazadoramente que antes.

Pero si intentaba una treta no dio resultado. Scott no desistió de su empresa, aunque levantó la cabeza y preguntó fríamente:

—¿Es su perro?

El jugador murmuró que sí.

—Entonces venga y ayúdeme.

—Bueno —dijo el otro, arrastrando las palabras—. No me importa decirle que eso es algo que no he intentado nunca. No sé cómo hacerlo.

—Entonces, retírese —replicó Scott—. No me moleste. Estoy trabajando.

Tomás Keenan siguió en pie al lado de Scott, quien no se preocupó de su presencia. Había conseguido meter el cañón del arma a través de las mandíbulas y trataba ahora de sacarlo por el otro lado. Una vez obtenido esto, empezó a ejercer una presión suave y continua tratando de separarlas poco a poco, mientras Matt retiraba cuidadosamente a «Colmillo Blanco».

—Prepárese para hacerse cargo de su perro —ordenó Scott perentoriamente al dueño de «Cherokee».

El jugador obedeció, agarrando fuertemente al bull-dog.

—¡Ahora! —advirtió Scott mientras aplicaba la presión final.

Pudieron apartar a ambos perros, aunque «Cherokee» se debatía vigorosamente.

—¡Lléveselo! —ordenó enérgicamente Scott, y Tomás Keenan arrastró a «Cherokee» hasta donde se encontraban los espectadores.

«Colmillo Blanco» intentó en vano ponerse en pie. Una de las veces lo consiguió, pero sus patas estaban demasiado débiles para sostenerle, por lo que se tambaleó y cayó otra vez sobre la nieve. Tenía los ojos semicerrados y vidriosos. Las mandíbulas estaban muy separadas y por entre ellas caía la lengua sucia de barro. Parecía un perro que ha sido estrangulado. Matt lo examinó.

—Está medio muerto —dijo—, pero todavía respira.

Smith el Bonito se levantó y se acercó para observar a «Colmillo Blanco».

—Matt, ¿cuánto vale un buen perro de trineo? —preguntó Scott.

Matt, todavía de rodillas, inclinado sobre «Colmillo Blanco», calculó mentalmente.

—Trescientos dólares —respondió.

—¿Cuánto costará uno como este que está medio muerto? —preguntó Scott, indicando con el pie a «Colmillo Blanco».

—Ni la mitad —opinó Matt.

Scott se dirigió a Smith el Bonito.

—¿Ha oído usted eso, señor Bestia? Me quedaré con su perro y le daré a usted ciento cincuenta dólares por él.

Smith el Bonito cruzó las manos detrás de la espalda, negándose a aceptar el dinero.

—No le vendo —dijo.

—Pues le digo que usted lo vende —aseguró Scott—, puesto que yo se lo compro. Aquí está el dinero. El perro es mío.

Smith el Bonito, sin sacar las manos de la espalda, empezó a retroceder.

Scott corrió hacia él, levantando los puños como para pegarle. Smith el Bonito se agachó, anticipándose al golpe.

—Es mi derecho —dijo con tono llorón.

—Usted ha perdido cualquier derecho que pudiera tener sobre ese perro —repuso Scott—. ¿Va usted a aceptar el dinero o tendré que pegarle otra vez?

—Bueno —dijo Smith el Bonito, apresurándose bajo el acicate del miedo—. Pero acepto el dinero bajo protesta —agregó—. Ese perro es una mina de oro. No me dejaré robar. Al fin y al cabo todos tenemos nuestros derechos.

—Ciertamente —repuso Scott, entregándole el dinero—. Todos tenemos nuestros derechos. Pero usted no es como nosotros; usted no es un hombre: es una bestia.

—Espere usted que llegue a Dawson —dijo Smith el Bonito amenazadoramente—. Le perseguiré judicialmente.

—Si abre usted la boca cuando se encuentre otra vez en Dawson, haré que le echen de la ciudad. ¿Entendido?

Smith el Bonito respondió con un gruñido.

—¿Entendido? —amenazó el otro repentinamente.

—Sí —gruñó Smith el Bonito alejándose.

—¿Sí, qué...?

—Sí, señor —aulló Smith el Bonito.

—¡Tenga usted cuidado, que le va a morder! —gritó uno de los espectadores. Un coro de carcajadas resonó por el lugar.

Scott dio media vuelta y se acercó a Matt, que trataba de que se levantase «Colmillo Blanco».

Algunos de los presentes se disponían a retirarse, otros formaban grupos y charlaban. Tomás Keenan se acercó a uno de ellos.

—¿Quién es ése? —preguntó.

—Weedon Scott —le respondieron.

—¿Y quién, por todos los diablos, es Weedon Scott? —preguntó el jugador.

—Es uno de los ingenieros de minas al servicio del Gobierno. Es muy amigo del gobernador y de todos los que tienen alguna importancia. Si quieres vivir tranquilo apártate de su camino. Eso es lo que te digo. Es uña y carne de todos los funcionarios del territorio. El comisario de minas fue compañero suyo de colegio.

—Ya me imaginé yo que era alguien —comentó el jugador—. Por eso le dejé tranquilo desde el principio.

CAPÍTULO V

El indomable

—Es un caso perdido —concedió Weedon Scott.

Estaba sentado en los escalones, a la entrada de su habitación, mirando a Matt, que le respondió con un encogimiento de hombros que era igualmente desesperado.

Ambos observaban a «Colmillo Blanco» que, tirando de la cadena, a la cual estaba atado, con el pelo erizado, mostrando los dientes, con la ferocidad de siempre, trataba de alcanzar a los otros perros que tiraban del trineo. Por haber recibido varias lecciones de Matt, acompañadas de un palo, los otros animales habían aprendido a dejar solo a «Colmillo Blanco». Estaban echados a una cierta distancia, como si no se percataran de su existencia.

—Es un lobo y no se le puede domesticar —afirmó Weedon Scott.

—No estoy muy seguro de eso —objetó Matt—. Yo diría que tiene mucho de perro, pero en fin... Sin embargo, hay una cosa de la que estoy seguro y de la que nadie me convencerá de lo contrario.

Matt se detuvo y, con una inclinación de cabeza, señaló las montañas lejanas.

—Bueno, no seas tan avaro de lo que sabes —dijo Scott, después de haber esperado un tiempo razonable—. Desembucha. ¿Qué es?

Matt indicó hacia «Colmillo Blanco» con el dedo pulgar, hacia atrás.

—Lobo o perro, es igual. Ya ha sido domesticado.

—¡No!

—Le digo que sí. Está hecho al arnés. Fíjese usted bien. ¿No ve usted las marcas a través del pecho?

—Tienes razón, Matt. Era un perro de trineo antes de que Smith el Bonito se apoderara de él.

Y yo no veo ninguna razón que le impida tirar otra vez.

—¿Crees tú eso? —preguntó Scott muy interesado, perdiendo enseguida toda esperanza y sacudiendo negativamente la cabeza—. Hace dos semanas que está aquí y creo que precisamente ahora está peor que nunca.

—Habría que darle una oportunidad —aconsejó Matt—. Dejarlo suelto por un momento.

Scott le miró incrédulamente.

—Sí —dijo Matt—. Ya sé que lo ha intentado, pero usted no se sirvió de un palo.

—Inténtalo tú entonces.

Matt buscó una vara y se dirigió al animal encadenado. «Colmillo Blanco» no perdía de vista el instrumento de castigo, como lo haría un león con el látigo del domador.

—Fíjese usted cómo observa el palo —dijo Matt—. Eso es un buen signo. No tiene un pelo de tonto. No me atacará mientras no lo suelte. No está loco, ni mucho menos.

Cuando la mano del hombre se aproximó a su cuello, «Colmillo Blanco» erizó el pelo, mostró los dientes y se echó al suelo. Pero mientras vigilaba la mano que descendía sobre él, no perdía de vista la vara, sostenida en la otra, con la que se le amenazaba. Matt soltó la cadena del collar y retrocedió.

«Colmillo Blanco» no podía comprender que estuviera libre. Había pasado muchos meses en poder de Smith el Bonito, durante los cuales no había gozado de un instante de libertad, excepto cuando tenía que luchar. Inmediatamente después se le encadenaba otra vez.

No sabía qué pensar de ello. Tal vez los dioses estaban por perpetrar con él algún acto diabólico nuevo. Avanzó lenta y cuidadosamente, dispuesto a hacer frente a lo que viniera en cualquier momento. No sabía qué hacer, pues todo era completamente inesperado. Tuvo la precaución de apartarse de ambos dioses y de dirigirse cautelosamente a un rincón de la cabaña. Nada ocurrió. Estaba completamente perplejo. Volvió sobre sus pasos, deteniéndose a unos cuatro metros de ambos y mirándoles fijamente.

—¿No se escapará? —preguntó su nuevo dueño.

Matt se encogió de hombros.

—Hay que correr ese riesgo. La única manera de saber lo que va a pasar es que ocurra.

—¡Pobre diablo! —exclamó Scott, compadeciéndole—. Añadió, entrando en la cabaña.

Salió con un pedazo de carne, que tiró a «Colmillo Blanco». Éste se alejó de él de un salto y le miró a distancia detenidamente.

—¡Eh, tú! ¡«Mayor»! —gritó Matt, advirtiendo demasiado tarde a uno de los perros.

«Mayor» había saltado hacia la carne. En el momento en que cerró las mandíbulas sobre ella, «Colmillo Blanco» le golpeó, derribándole. Matt echó a correr hacia ellos, pero «Colmillo Blanco» fue más ligero. «Mayor» consiguió levantarse trabajosamente, pero la sangre que le caía del cuello manchaba la nieve formando un gran círculo.

—Mala suerte; se lo tiene merecido —dijo Scott precipitadamente.

Pero Matt ya había levantado el pie para golpear a «Colmillo Blanco». Un salto, unos dientes blancos y una exclamación. «Colmillo Blanco» retrocedió unos metros, mientras Matt se detenía para examinarse la pierna.

—Me ha mordido —dijo indicando con el dedo el pantalón y el calzoncillo desgarrados, de los que manaba sangre.

—Ya te dije que era inútil —dijo Scott con voz en la cual se traslucía su desencanto—. He estado pensando en ello sin querer. Ahora hay que hacerlo. Es lo único.

Mientras hablaba, sacó de mala gana el revólver y lo abrió para asegurarse de su contenido.

—Oiga usted, señor Scott —objetó Matt—. Ese perro ha pasado por las de Caín. Usted no puede esperar que se porte ahora como un ángel. Déle tiempo.

—Fíjate en «Mayor» —replicó el otro.

Matt examinó el perro al que «Colmillo Blanco» había atacado. Estaba echado en la nieve, en un círculo rojo formado por su sangre. Era evidente que estaba en agonía.

—Se lo tiene merecido. Usted mismo lo dijo. Trató de sacarle la carne a «Colmillo Blanco». Era de esperar. Yo no daría ni un centavo por un perro que no estuviera dispuesto a luchar por su alimento.

—Fíjate en ti mismo, Matt. Pase lo del perro, pero hay cosas que no podemos aguantar.

—Me lo tengo merecido —arguyó Matt tercamente—. ¿Por qué había de darle una patada? Usted mismo dijo que había hecho bien. Entonces, yo no tenía derecho a pegarle.

—Es una obra de misericordia pegarle un tiro —insistió Scott—. Es indomable.

—Oiga usted, señor Scott: déle una oportunidad de rehabilitarse. Hasta ahora no la ha tenido. Ha pasado por el infierno. Es la primera vez que está suelto. Déle una buena oportunidad y si no se porta bien, yo mismo lo mataré.

—Dios es testigo de que no quiero matarle o que le mate otro —dijo Scott, guardando el revólver—. Vamos a dejarle suelto, a ver qué hace.

Se dirigió hacia «Colmillo Blanco» y empezó a hablarle suave y gentilmente.

—Será mejor que tenga usted un palo en la mano —le advirtió Matt.

«Colmillo Blanco» sospechaba. Algo le amenazaba. Había matado a uno de los perros de aquel dios y mordido a su compañero. ¿Qué podía esperar sino un terrible castigo? Pero aun frente a eso, era indomable. Erizó el pelo, mostró los dientes, siempre sin perder de vista al dios, preparados todos los músculos para lo que pudiera ocurrir. Como el hombre no tenía ningún palo en las manos, permitió que se acercara mucho. La mano del hombre descendía sobre su cabeza. «Colmillo Blanco» se encogió, con todos los músculos en tensión, mientras se acostaba. Allí estaba el peligro: alguna traicionera jugarreta o algo por el estilo. Conocía las manos de los dioses, su habilidad, su destreza para herir. Además tenía siempre la antigua antipatía a que alguien le tocara. Gruñó aún más amenazadoramente y se echó aún más, mientras la mano seguía descendiendo. No quería herirla, por lo que aguantó el peligro hasta que el instinto estalló en él, dominándolo con su insaciable anhelo de vida.

Weedon Scott había creído que era lo suficientemente ligero como para evitar cualquier mordisco. Pero todavía le quedaba por conocer la notable destreza de «Colmillo Blanco», que atacaba con la rapidez y la seguridad de una víbora.

Scott gritó agudamente, con sorpresa, apréstandose con la mano sana la mano desgarrada por el mordisco. Matt lanzó un juramento y se puso inmediatamente a su lado. «Colmillo Blanco» retrocedió y se echó al suelo, erizado el pelo, mostrando los dientes, brillándole los ojos de malignas amenazas. Suponía que ahora le esperaba una paliza tan terrible como cualquiera de las que había recibido de las manos de Smith el Bonito.

—¡Eh! ¿Qué vas a hacer? —exclamó Scott de repente.

Matt había echado a correr hacia la cabaña y salió de ella armado de un rifle.

—Nada —dijo lentamente, con una calma que era puramente afectada—. Sólo que voy a cumplir mi promesa. Creo que me toca a mí matarle, como dije que lo haría.

—¡No lo harás!

Así como Matt había pedido por la vida de «Colmillo Blanco» cuando éste le mordió, ahora le había tocado el turno a Scott.

—Dijiste que había que darle una oportunidad. Dásela. No hemos hecho más que empezar y no podemos abandonar la empresa al iniciarla. Me está bien merecido, como tú dijiste. ¡Fíjate!

«Colmillo Blanco», a unos doce metros de la cabaña, gruñía de tal manera que helaba la sangre en las venas, tal era la maldad que se desprendía de su voz, no a Scott, sino dirigiéndose a Matt.

—¡Que me maten! —exclamó éste profundamente sorprendido.

—Fíjate lo inteligente que es —prosiguió Scott apresuradamente—. Conoce tan bien como tú lo que significan las armas de fuego. Debemos darle una oportunidad. Baja esa arma.

—Bueno, está bien —asintió Matt, apoyando el rifle contra un montón de leña.

—Pero ¡fíjese usted en eso! —exclamó enseguida.

«Colmillo Blanco» se había calmado y había dejado de gruñir.

—Vale la pena investigar eso. Fíjese.

Matt levantó el rifle y en aquel mismo momento «Colmillo Blanco» gruñó. Se apartó de la trayectoria de la posible bala, después de lo cual dejó de mostrar los dientes.

—Ahora, sólo para ver lo que hace...

Matt levantó lentamente el rifle hasta colocarlo a la altura del hombro. «Colmillo Blanco» empezó a gruñir en cuanto vio lo que hacía Matt, llegando su voz a la máxima potencia cuando el arma estuvo en posición de tiro, momento en el cual saltó de costado, ocultándose detrás de uno de los ángulos de la cabaña. Matt se quedó mirando hacia el espacio vacío, cubierto de nieve, donde antes se encontraba «Colmillo Blanco».

Bajó solemnemente el arma, volvió la cabeza y dijo a Scott:

—Estoy de acuerdo con usted. Ese perro es demasiado inteligente para que le maten.

CAPÍTULO VI
El dios del amor

Cuando «Colmillo Blanco» vio acercarse a Scott, erizó el pelo y mostró los dientes para demostrar que no estaba dispuesto a aceptar ningún castigo. Habían pasado veinticuatro horas desde que había desgarrado con sus dientes la mano que ahora estaba vendada y en cabestrillo. Anteriormente se le había castigado también por faltas cometidas mucho tiempo antes. Comprendió que el castigo había sido aplazado, pero que no podía faltar. ¿Cómo podía ser de otra manera? Había cometido lo que era para él un sacrilegio, hundiendo sus dientes en la carne sagrada y, lo que era peor, de dioses blancos. De acuerdo con la naturaleza de las cosas y de sus conocimientos sobre ellas se esperaba algo terrible.

El dios estaba sentado a algunos metros de distancia, en lo que «Colmillo Blanco» no podía ver nada de peligroso. Cuando los dioses castigaban estaban en pie. Además, no tenía ningún palo, ningún látigo, ninguna arma de fuego. Por otra parte, «Colmillo Blanco» estaba libre: no le ataba ninguna cadena o palo. En cuanto el dios se levantara se pondría en seguridad. Mientras tanto, esperaría.

El dios permanecía inmóvil, sin hacer ningún movimiento. La voz de «Colmillo Blanco» descendió de tono hasta morir en su garganta. Entonces, habló el dios. Al oír sus palabras, erizó el pelo y volvió a gruñir. Pero el dios no hizo ningún movimiento hostil y prosiguió hablando con toda calma. Durante algún tiempo le hizo coro «Colmillo Blanco», estableciéndose una correspondencia entre el ritmo de la voz del hombre y la del animal. Pero el dios seguía hablando sin detenerse, diciéndole cosas que no había oído nunca. Hablaba suave y calmosamente, con una bondad que de alguna extraña manera llegó al corazón de «Colmillo Blanco». A pesar de sí mismo y de todas las punzantes advertencias del instinto, llegó a abrigar confianza en este dios. Tenía un sentimiento de seguridad, desmentido por toda su experiencia con los hombres.

Después de mucho tiempo el dios se levantó y entró en la cabaña. «Colmillo Blanco» lo examinó atentamente cuando volvió a salir. Tampoco tenía esta vez palo alguno, látigo o arma, ni llevaba detrás de la espalda la mano herida. Se sentó en el suelo, en el mismo lugar que antes, a unos metros de distancia de él. Tenía en la mano un trozo de carne. «Colmillo Blanco» levantó las orejas y lo inspeccionó, sospechando algo, mirando al mismo tiempo al alimento y al dios, alerta, en previsión de cualquier acto hostil, tenso el cuerpo, atento para alejarse de un salto al primer signo de hostilidad.

Sin embargo, todavía no había recibido el castigo esperado. El dios se limitaba a mantener cerca de sus fauces un pedazo de carne, que no parecía tener nada de malo. Empero, «Colmillo Blanco» no las tenía todas consigo. Aunque se le ofrecía la carne con movimientos cortos, que eran una invitación, se negaba a tocarla. Los dioses eran omniscientes. Era imposible predecir qué jugarreta diabólica ocultaba aquel pedazo de carne, aparentemente inofensivo. En sus experiencias anteriores, particularmente con las mujeres indias, iban muy a menudo juntos la carne y el castigo.

Finalmente el dios la tiró sobre la nieve a las patas de «Colmillo Blanco». La olió cuidadosamente, sin mirarla, manteniendo la vista fija en el dios. Nada ocurrió. La tomó en la boca y se la tragó. Tampoco ocurrió nada. El dios le ofreció otro pedazo. Nuevamente se negó a aceptarlo de la mano y otra vez se lo arrojó a las patas, maniobra que se repitió un cierto número de veces, hasta que, finalmente, el dios se negó a tirarla, manteniéndola en su mano y ofreciéndola con insistencia.

La carne era buena y «Colmillo Blanco» tenía hambre. Paso a paso, con infinitas precauciones, se acercó a la mano, decidiendo finalmente tomarla de allí. No apartaba los ojos del dios, avanzando la cabeza, las orejas gachas, mientras el pelo del cuello se le erizaba involuntariamente. De su garganta salía un gruñido ronco, que quería dar a entender que no estaba dispuesto a que se jugase con él. Comió la carne pedazo a pedazo, sin que ocurriera nada. Todavía no se le castigaba.

Se relamió y esperó. El dios seguía hablando. En su voz había bondad, cosa que «Colmillo Blanco» no había conocido nunca y que despertaba en él sentimientos que tampoco había sentido jamás. Estaba poseído por un extraño bienestar, como si se satisficiera una necesidad que había notado largo tiempo, como si se llenara un vacío de su ser. Pero nuevamente le aguijonearon sus instintos y la advertencia de la experiencia pasada. Los dioses eran sumamente astutos y recurrían a procedimientos para alcanzar sus fines, de los que él no tenía la menor idea.

¡Claro que estaba en lo cierto! Allí bajaba la mano del dios, hábil para herir, que descendía sobre su cabeza. Pero aquél proseguía hablando. Su voz era suave y tranquilizadora. A pesar de la amenaza de la mano, la voz inspiraba confianza, que no bastaba para disipar el otro sentimiento. «Colmillo Blanco» se sentía desgarrado por dos impulsos completamente contradictorios. Le parecía que iba a estallar hecho pedazos, tan grande era el dominio que debía ejercer sobre sí mismo, para mantener el equilibrio de aquellas fuerzas enemigas que luchaban dentro de él por el predominio.

Llegó a una solución intermedia. Gruñó, erizó el pelo y bajó las orejas. Pero ni mordió ni se alejó de un salto. La mano descendió, acercándose más y más. Tocó el extremo de sus erizados pelos, al sentirlo se replegó sobre sí mismo. La mano siguió bajando, apretándose contra él. Se encogió aún más, casi temblando, pero pudo, sin embargo, dominarse, ante el tormento de aquella mano que le tocaba y rebelaba todos sus instintos, pues no podía olvidar en un día todo el mal que le habían hecho las manos de los hombres. Pero era la voluntad del dios y trató de someterse.

La mano se elevó y descendió nuevamente, acariciándole. Esto continuó durante algún tiempo, pero siempre que la mano se levantaba, se erizaba el pelo de «Colmillo Blanco». Cada vez que descendía, replegaba las orejas y salía una voz cavernosa de su garganta. Era imposible predecir qué era lo que se proponía hacer finalmente aquel dios. En cualquier momento, aquella voz suave que inspiraba confianza podía estallar en un rugido de rabia y aquella mano gentil y acariciadora transformarse en una garra maligna que le mantuviera inmóvil, mientras se le castigaba.

Pero el dios seguía hablando suavemente, mientras la mano se levantaba y bajaba en caricias que no tenían nada de hostiles. «Colmillo Blanco» experimentaba sentimientos contradictorios. Era algo que iba contra todos sus instintos. Le oprimía, se oponía a la voluntad que había en él de libertad personal. Sin embargo, no era una cosa que molestara o fuera dolorosa físicamente. El movimiento acariciador, lento y cuidadoso, se transformó en un frotamiento de las orejas, alrededor de su base, lo que aumentó un poco el placer físico. Sin embargo, todavía temía y se mantenía en guardia, esperando alguna maldad desconocida, sufriendo y gozando alternativamente, según el sentimiento que le dominara.

¡Que me ahorquen!

Así habló Matt, saliendo de la habitación, arrolladas las mangas, con un balde de agua de lavar los platos en una mano, mientras se detenía asombrado al ver cómo Weedon Scott acariciaba a «Colmillo Blanco».

En cuanto su voz rompió el silencio, «Colmillo Blanco» saltó hacia atrás, gruñendo rabiosamente en dirección a Matt, quien miró a su amo con expresión de desaprobación.

—Si usted me permite que le diga lo que pienso, señor Scott, me tomaré la libertad de expresarle que es usted peor que diecisiete locos juntos, todos distintos.

Weedon Scott se sonrió con aire de superioridad, se levantó y se acercó a «Colmillo Blanco», siempre hablando suavemente. Luego extendió la mano y la posó en la cabeza del lobo, volviendo a acariciarle otra vez. El animal aguantó la caricia, sin apartar la vista, no del hombre que le acariciaba, sino del que se encontraba en la puerta de la cabaña.

—Es posible que sea usted el mejor ingeniero de minas del mundo —dijo Matt, hablando como un oráculo—, pero lo cierto es que se perdió la gran oportunidad de su vida por no escaparse de su casa cuando era muchacho y haberse puesto a trabajar en un circo.

«Colmillo Blanco» gruñó al oír el sonido de aquella voz, pero esta vez no se escapó de la mano que le acariciaba la cabeza y el cuello con largos movimientos tranquilizadores.

Fue el principio del fin de «Colmillo Blanco»: el fin de la antigua vida y del reino del odio. Se anunciaba para él una nueva vida incomprensiblemente más bella. Se necesitaron muchas reflexiones por parte de Weedon Scott y una paciencia infinita para conseguirlo. De parte de «Colmillo Blanco» equivalía a una verdadera revolución. Debía ignorar el aguijón del instinto y de la razón, desafiar la experiencia, desmentirse a sí mismo.

La vida, tal como él la había conocido, no ofrecía mucho espacio para las cosas que hacía ahora. Todas las corrientes de su ser habían fluido en sentido contrario al que experimentaba. En pocas palabras, considerándolo todo, tenía que proceder a un cambio de orientación mucho mayor que él que le llevó a retirarse voluntariamente de la selva y a aceptar a Nutria Gris como amo y señor. En aquellos tiempos era sólo un cachorro, que podía adaptarse fácilmente, sin forma propia, pronto para que la mano de las circunstancias le modelara. Pero ahora era distinto. El trabajo estaba hecho, y demasiado bien, pues ella lo había transformado y endurecido, había hecho de él un lobo, feroz e implacable, incapaz de sentir amor o de inspirarlo. Aquel cambio equivalía a rehacer todo su ser cuando carecía ya de la plasticidad de la juventud, cuando sus fibras eran duras y nudosas, cuando su naturaleza había adquirido la dureza del diamante, rígida e incapaz de ceder, cuando su espíritu era de hierro y sus instintos y valores habían cristalizado en tendencias fijas, en precauciones, disgustos y deseos.

En estas condiciones distintas, la mano de las circunstancias modificó su índole, ablandando lo que era rígido y dándole mejor forma. Es cierto que Weedon Scott era esa mano. Había llegado hasta las raíces de la naturaleza de «Colmillo Blanco» y, con bondad, tocó las potencias vitales que habían languidecido y casi desaparecido, una de las cuales era el amor, que reemplazó a la apetencia, que hasta los últimos tiempos había sido el sentimiento más noble que caracterizó su comercio con los dioses.

Pero el amor no llegó en un día. Empezó con la apetencia y se desarrolló de ella. «Colmillo Blanco» no huyó, aunque estaba en entera libertad, pues le gustaba este nuevo dios. Ciertamente era una vida mejor que la que había vivido en la jaula de Smith el Bonito. Por otra parte, era necesario que tuviera un dios, pues una de las necesidades de su naturaleza era estar a las órdenes de un ser humano. Su dependencia quedó definitivamente confirmada en aquellos primeros días de su vida, cuando se alejó de la selva y se arrastró hasta los pies de Nutria Gris, sabiendo que le esperaba un castigo. Nuevamente quedó sellado aquel pacto entre «Colmillo Blanco» y el hombre cuando volvió otra vez de la selva, después del período de hambre, cuando abundó otra vez el pescado en el campamento del indio.

Puesto que necesitaba un dios y prefería a Weedon Scott a Smith el Bonito, se quedó en la casa del primero. En demostración de sumisión, se hizo cargo de la guardia de la propiedad de su amo. Rondaba alrededor de la cabaña, cuando dormían los perros que servían para tirar del trineo. El primer visitante que llegó de noche a la vivienda tuvo que defenderse con un palo, hasta que Weedon Scott vino a rescatarle. Pero «Colmillo Blanco» aprendió muy pronto a distinguir a los ladrones de la gente honrada, a juzgar por el modo de caminar o de presentarse. Dejaba seguir su camino al hombre que marchaba pisando fuerte y que se dirigía directamente hacia la puerta de la habitación, aunque no le perdía de vista, hasta que aparecía su amo y le daba el visto bueno. Pero, en cambio, hacía huir repentina y apresuradamente, sin dignidad, sin esperar lo que decía Weedon Scott, al hombre que caminaba suavemente, mirando a todos lados, tratando de ocultarse.

Scott se había propuesto la tarea de redimir a «Colmillo Blanco», o mejor dicho, de redimir a la humanidad del mal que le había hecho. Era una cuestión de principios y de conciencia. Creía que el mal infligido era una deuda de la humanidad y que había que pagarla. Perdía tiempo para ser especialmente bondadoso con él. Se había propuesto acariciarle todos los días y tomarse para ello todo el tiempo necesario.

Al principio, receloso y hostil, «Colmillo Blanco» empezó a gustar de sus caricias. Mas había algo que nunca pudo dejar de hacer: gruñir, empezando con la caricia y terminando con ella. Pero se oía una nueva nota, que un extraño no hubiera advertido, pues para él la voz de «Colmillo Blanco» sería una manifestación de salvajismo primitivo que crispaba los nervios y helaba la sangre. Mas su garganta se había endurecido por emitir sonidos roncos durante muchos años, desde su primer gruñido de enojo cuando era un cachorro, en el cubil, por lo que no podía suavizar ahora su voz para expresar la bondad que sentía. Sin embargo, la simpatía y el oído de Weedon Scott eran lo suficientemente finos como para distinguir la nueva nota de ferocidad apagada, que era sólo la más débil de un suave canto de felicidad y que únicamente él podía oír.

Con el tiempo se aceleró la evolución de apetencia en amor. El mismo «Colmillo Blanco» empezaba a darse cuenta de ello, aunque no tuviera conciencia de lo que era. Se manifestaba en él como un vacío de su ser, como una especie de hambre, como un vacío doloroso de deseo, que exigía satisfacción. Era dolor e intranquilidad, sentimientos que se calmaban sólo mediante la presencia del nuevo dios. En esos momentos el amor era un placer para él, una satisfacción agudamente intensa. Pero cuando se separaban volvía a sentirse poseído de dolor y de intranquilidad, a abrirse nuevamente en él aquel vacío en el que se ahogaba. El hombre le torturaba.

«Colmillo Blanco» estaba en camino de encontrarse a sí mismo. A pesar de su madurez, en cuanto a los años, y a la salvaje rigidez del molde que le había formado, su naturaleza experimentaba una expansión. Florecían en él extraños sentimientos e impulsos involuntarios. Cambiaba su viejo código de conducta. Antes, tendía a buscar su comodidad y a evitar el sufrimiento, le repugnaban el dolor y el esfuerzo, ajustando siempre sus acciones a esas reglas. Ahora era diferente. Los nuevos sentimientos que le dominaban le inducían muchas veces a aceptar la incomodidad y el dolor por su dios. De madrugada, en lugar de dar vueltas o dedicarse a cazar o echarse en un rincón abrigado, esperaba en los desabridos escalones de la cabaña sólo para ver la cara del hombre. De noche, cuando volvía, «Colmillo Blanco» abandonaba el plácido lugar donde dormía, que él mismo se había construido en la nieve, sólo para gustar de la caricia en la cabeza o para oír las palabras de saludo. Hasta olvidaba la carne, la misma carne, para estar con él, o para recibir una caricia, o para acompañarle a la ciudad.

El amor había reemplazado a la apetencia, pues era la sonda que podía llegar a las capas más profundas de su ser, hasta donde nunca había alcanzado la segunda, pero de donde emergía ahora, como respuesta, aquella cosa nueva. Devolvía lo que se le daba. Ciertamente, éste era un dios del amor, radiante y lleno de afecto, a cuya luz, la naturaleza de «Colmillo Blanco» se expandía como una flor al sol.

Pero no demostraba sus afectos con grandes extremos. Era demasiado viejo para eso, su carácter había adquirido ya demasiada rigidez para que pudiera expresarse de forma desusada. Poseía un dominio demasiado grande de sí mismo, se sentía demasiado fuerte en su propio aislamiento. Había cultivado durante mucho tiempo la reticencia, la soledad y el mal humor, lo que hacía imposible que cambiara ahora. Nunca había aprendido a ladrar en su vida y ya no podía hacerlo, ni siquiera para saludar a su dios. Nunca se cruzaba en su camino, la expresión de su afecto nunca era extravagante o tonta. Nunca corría a su encuentro, sino que esperaba a una cierta distancia, que mantenía siempre, pues en todo momento se le encontraba cerca de él. Su amor parecía algo así como una adoración, muda, profunda, silenciosa. Expresaba sus sentimientos sólo mediante la luz de sus ojos, que seguían sin cesar todos los movimientos de Scott. A veces, cuando su amo le hablaba, demostraba estar poseído de una cierta clase de vergüenza, causada por la lucha de su amor que quería expresarse y su incapacidad física para demostrarlo.

Aprendió a ajustarse a su nuevo método de vida. Entendió que no debía molestar a los perros de su amo, no sin que primero se afirmase su naturaleza, y a fuerza de castigo les obligase a reconocer su superioridad y sus condiciones de jefe, conseguido lo cual tuvo muy pocas dificultades, pues le cedían el paso cuando andaba entre ellos y le obedecían sin chistar.

De la misma manera, llegó a tolerar a Matt, como algo que pertenecía también a su mismo amo. Éste rara vez le daba de comer. Lo hacía Matt, puesto que era su obligación. «Colmillo Blanco» adivinaba de quién era el alimento que comía, aunque se lo diera otro. Matt le ató al trineo e intentó que le arrastrara junto con los otros perros, pero fracasó, hasta que Scott le puso el arnés y le dio a entender que quería que tirara. Lo aceptó como voluntad de su amo, no sólo en el sentido de que contribuyera a arrastrar el trineo, sino también en el de que Matt le diera órdenes, como lo hacía con los otros perros.

Los trineos del Klondike diferían de los del Mackenzie en que tenían patines y, además, en el sistema de atar los perros, que no se desplegaban en abanico, sino que formaban una fila, uno detrás de otro, atados mediante correas dobles, a cada lado. Además, en el Klondike, el jefe de los perros era verdaderamente un jefe, pues se elegía para ello al más fuerte y al más inteligente de todos los animales, al que los otros temían y obedecían. Fue inevitable que «Colmillo Blanco» llegase rápidamente a ese puesto, pues no podía satisfacerse con menos, como aprendió Matt a costa de muchos disgustos y sinsabores. «Colmillo Blanco» tomó aquel puesto para sí mismo, sin muchas ceremonias, teniendo Matt que declararse conforme con ello, no sin proferir numerosos juramentos y después de haber intentado otras cosas. Pero aunque trabajaba de día en el trineo, no por eso dejaba de vigilar la propiedad de su amo durante la noche, por lo que no descansaba un momento, siempre en guardia y fiel, el más valioso de todos los perros.

—Si usted me permite decir lo que tengo en la punta de la lengua —manifestó Matt un día—, le diré que usted hizo un excelente negocio cuando pagó aquel precio por este perro. Además de romperle la cara, usted estafó a Smith el Bonito.

En los ojos grises de Weedon Scott brilló una chispa de odio, mientras murmuraba: —¡Esa mala bestia!

A finales de la primavera «Colmillo Blanco» se sintió muy preocupado. Sin previo aviso desapareció su amo. No faltaron signos de advertencia, pero él no entendía esas cosas y no comprendía lo que significaba meter cosas en una maleta de mano. Después recordó que se había procedido a llenarla antes de que se marchara Scott, pero en aquel momento nada sospechó. Esa noche esperó que volviera. A medianoche el viento helado le obligó a refugiarse detrás de la cabaña, donde dormitó, sin conciliar por completo el sueño, alerta el oído para escuchar aquellos pasos familiares. A las dos de la mañana su ansiedad le llevó a echarse en los fríos escalones, donde decidió esperar.

Pero el amo no vino. De mañana se abrió la puerta y salió Matt. «Colmillo Blanco» le miró interrogativamente. No poseía ningún lenguaje común mediante el cual hubiera podido enterarse de lo que quería saber. Pasaron los días pero el amo no aparecía. «Colmillo Blanco», que no sabía lo que era estar enfermo, no pudo moverse. Se puso tan mal, que finalmente Matt se vio obligado a meterle en la cabaña. Al escribir a Scott no dejó de dedicar las líneas finales a «Colmillo Blanco»: —Ese maldito lobo no trabaja, ni come, no le queda ni coraje; todos los otros perros le corren. Quiere saber noticias suyas y no sé cómo decírselo. Creo que se va a morir.

Como decía la carta, «Colmillo Blanco» había perdido el apetito y el valor, por lo que le derrotaba cualquiera de los otros perros. Estaba echado en la cabaña, cerca de la estufa, sin interesarse ni por el alimento, ni por la vida, ni por Matt, que podía hablarle suavemente o gritarle, pues todo le era indiferente. No hacía más que volver en la dirección de donde provenía la voz, mirando con sus ojos sin brillo y dejando caer otra vez la cabeza sobre las patas delanteras, su posición favorita.

Una noche, mientras Matt leía, moviendo los labios, le hizo saltar de su asiento un gruñido ronco de «Colmillo Blanco», que se había levantado, enderezando las orejas hacia la puerta y escuchando con toda la atención de que era capaz. Un momento más tarde, Matt oyó pasos en los escalones, se abrió la puerta y entró Weedon Scott.

—¿Dónde está el lobo? —preguntó.

Lo descubrió cerca de la estufa, donde había estado siempre, pues no echó a correr hacia él, como hacen los otros perros. Le vigilaba y esperaba.

—¡Por todos los santos! —exclamó Matt—. ¡Fíjese cómo mueve la cola!

Weedon Scott avanzó hasta el medio de la habitación, mientras llamaba a «Colmillo Blanco», que se acercó a él rápidamente, pero sin grandes saltos. Comprendía que era demasiado seco en la expresión de sus sentimientos, pero mientras se acercaba sus ojos adquirieron un extraño brillo. Algo enorme, como una inmensidad de cariño, aparecía en sus ojos, que la transmitía a los dos hombres.

—A mí nunca me miró así mientras usted estuvo fuera —comentó Matt.

Weedon Scott no le oía. Se puso en cuatro patas, cara a cara con «Colmillo Blanco», acariciándole, frotándole las orejas en su nacimiento, pasándole la mano desde el cuello al lomo, dándole golpecitos en el espinazo, con los nudillos. «Colmillo Blanco» gruñía acentuando gradualmente la nota más aguda de su voz.

Pero esto no fue todo. Su alegría, el cariño que sentía pugnaban por encontrar un nuevo modo de expresión, y lo encontraron. De repente metió la cabeza entre el brazo y el cuerpo de Weedon Scott. Oculto allí, pues no se le veían de la cabeza más que las orejas, continuó apretándose contra su amo.

Ambos hombres se miraron. A Scott le brillaban los ojos.

—¡Vaya! —atinó únicamente a decir Matt de puro asombro.

Momentos más tarde, cuando se hubo repuesto de su asombro, agregó:

—Siempre dije que ese lobo era un perro. ¡Fíjese usted en él!

Con la vuelta de su amo «Colmillo Blanco» recuperó rápidamente las fuerzas. Pasó dos noches y un día en la cabaña, después salió. Los otros perros se habían olvidado ya de quién era, recordando sólo las últimas impresiones que tenían de él, de un perro débil y enfermo. Al verle abandonar la habitación se echaron sobre él.

—Que me vengan a contar ahora las peleas que se arman en las tabernas —murmuró Matt, mientras observaba desde la puerta—. ¡Dales una buena, lobo! ¡Un poco más!

«Colmillo Blanco» no necesitaba que lo envalentonaran: bastaba que hubiera vuelto el amo. La vida, espléndida e indomable, corría otra vez por sus venas. Luchaba por exuberancia de alegría, encontrando en ello expresión y desahogo para muchas cosas que de otro modo no tenían salida.

No podía terminar sino de una manera: los perros se dispersaron, ignominiosamente derrotados. Sólo a la noche se atrevieron a volver, dando a entender con su bondad y humildad que se reconocían vasallos de «Colmillo Blanco».

Como éste había aprendido a meter la cabeza entre el brazo y el cuerpo de su amo, lo practicó con mucha frecuencia.

Era todo lo que podía hacer, pues le era imposible pasar de ahí. Siempre había sido particularmente celoso de su cabeza. Nunca le gustó que se la tocaran. Era un resabio de la selva, el miedo al dolor y a la trampa, convertido en un pánico, que no le permitía aguantar el contacto de otro ser. Era un mandato de su instinto que la cabeza debía estar libre. Cuando la escondía entre el brazo y el cuerpo de su amo, se ponía deliberadamente en una posición en la que hubiera sido inútil e imposible toda lucha. Era la expresión de su absoluta confianza en él, de su entrega absoluta; como si hubiera abdicado su voluntad, entregándosela al hombre.

Una noche, poco después de la vuelta de Scott, mientras se encontraba con Matt en la habitación, jugando a los naipes antes de irse a la cama, oyeron un grito y un gruñido fuera. Se levantaron de un salto.

—¡El lobo ha atacado a alguien! —dijo Matt.

Un horrible grito de miedo y de angustia llegó hasta ellos.

—¡Trae una luz! —gritó Scott mientras corría.

Matt le siguió con una lámpara, a cuya luz vieron a un hombre echado de espaldas sobre la nieve. Tenía cruzados los brazos sobre la cara y cuello, con lo que pretendía protegerse de los dientes de «Colmillo Blanco», lo que era evidentemente necesario, pues éste se encontraba poseído de una rabia feroz y trataba malignamente de alcanzar aquel punto vulnerable. Desde el hombro hasta el codo, las mangas de franela azul estaban hechas jirones, mientras que los brazos chorreaban sangre.

Todo esto lo vieron ambos hombres en un instante. Weedon Scott se apresuró a agarrar a «Colmillo Blanco» por el cuello y sacarle de allí, no sin grandes esfuerzos, pues se resistía y mostraba los dientes, aunque bastó finalmente una palabra enérgica de su amo para que se quedara quieto rápidamente.

Matt ayudó a la víctima a levantarse, que bajó los brazos descubriendo la cara bestial de Smith el Bonito. Y Matt le soltó precipitadamente, con la rapidez de un hombre al que le han caído carbones encendidos en las manos. Smith el Bonito pestañeó cuando la luz de la lámpara le dio en la cara. Echó una mirada alrededor, y al ver a «Colmillo Blanco» se pintó en su rostro una expresión de terror.

Al mismo tiempo Matt descubrió dos objetos tirados en la nieve. Acercó la lámpara a ellos y los señaló con el pie a Weedon Scott: una cadena de acero para perros y un buen palo.

Weedon Scott los vio e inclinó la cabeza. No se habló una palabra. Matt asió a Smith el Bonito por los hombros y le hizo dar media vuelta. No era necesario decir nada. El otro echó a andar.

Mientras tanto, Scott acariciaba a «Colmillo Blanco» y le hablaba.

—¿Así que quería robarte, eh? Y a ti no te gustó eso. Bueno, bueno. Parece que cometió un error, ¿eh?

—Smith debe haber creído que le atacaban diecisiete demonios juntos —dijo Matt burlonamente.

«Colmillo Blanco», todavía excitado y erizado el pelo, gruñía, mientras su pelambre volvía a su posición normal, resonando cada vez más débilmente la nota más alta, que expiraba en su garganta.

QUINTA PARTE

CAPÍTULO PRIMERO
El largo viaje

Estaba en el aire. «Colmillo Blanco» presentía la futura calamidad antes de tener alguna demostración evidente de ella. De una manera vaga comprendió que se avecinaba un cambio. No sabía cómo ni por qué, pero los dioses mismos le comunicaron lo que iba a ocurrir. De un modo más sutil de lo que ellos sospechaban, delataron sus intenciones al perro-lobo que rondaba la cabaña y que, aunque ahora nunca entraba en ella, comprendía lo que pasaba en la mente de ambos hombres.

—¡Oiga usted eso! —exclamó Matt una noche mientras cenaban.

Weedon Scott escuchó. A través de la puerta se oía un aullido prolongado y ansioso, parecido a un sollozo reprimido que fuera escasamente audible. Se vio después olisquear a «Colmillo Blanco», como si quisiera convencerse de que su dios estaba todavía dentro y no había emprendido su largo y solitario viaje.

—Creo que ese lobo está por usted —dijo Matt.

Weedon Scott echó una mirada a su compañero con ojos que querían expresar un ruego, aunque sus palabras le desmentían.

—¿Qué diablos puedo hacer con un lobo en California? —preguntó.

—Eso es lo que digo yo —respondió Matt—. ¿Qué diablos puede usted hacer con un lobo en California?

Pero esto no era una satisfacción para Weedon Scott. El otro parecía juzgarle sin comprometerse.

—Los perros de allí no podrán hacerle frente —prosiguió Scott—. Los mataría en cuanto los viera. Me obligaría a declararme en quiebra, a fuerza de pagar daños y perjuicios. La Policía me lo quitaría para hacerle electrocutar.

—Ya sé que es un verdadero asesino —comentó Matt.

Weedon Scott le miró inquisitivamente.

—Es imposible —dijo, dando muestras de haber llegado a una decisión.

—Es imposible —corroboró Matt—. ¡Vaya! Usted tendría que tomar un hombre nada más que para que le cuidase.

Weedon Scott ya no se mostraba receloso. Inclinó la cabeza en señal de rotundo asentimiento. En el silencio que siguió a las últimas palabras se oyó nuevamente lo que parecía un sollozo ahogado y después el olfateo insistente e inquisitivo.

—Es imposible negar que está por usted —insistió Matt.

El otro le miró, poseído repentinamente de rabia.

—¡Maldita sea! ¡Si sabré yo lo que me conviene!

—Conformes, sólo que...

—¿Sólo qué? —inquirió Scott súbitamente.

—Sólo... —dijo Matt suavemente, pero enseguida cambió de idea, dejando percibir su propia rabia—. Bueno, usted no necesita enojarse por ello. A juzgar por sus maneras se podría decir que no sabe qué hacer.

Weedon Scott luchó consigo mismo durante un momento, diciendo después:

—Tienes razón, Matt. No sé qué hacer y ahí está todo. ¡Vaya! Sería completamente ridículo llevarme ese perro —estalló después de una pausa.

—Conforme —contestó Matt, sin que por ello Scott quedara satisfecho.

—Pero ¿de dónde diablos sabe que usted se va? He aquí lo que no entiendo —prosiguió ingenuamente Matt.

—Es más de lo que puedo entender —respondió Scott sacudiendo tristemente la cabeza.

Finalmente llegó un día en el que «Colmillo Blanco», a través de la puerta abierta, vio el baúl fatal en el suelo, dentro del que su amo metía las cosas. Llegaba y se iba gente, y la atmósfera antes tan tranquila de la habitación estaba extrañamente perturbada. Era ya imposible cerrar los ojos a la evidencia, que «Colmillo Blanco» había presentido mucho antes, pero que ahora razonaba. Su dios se preparaba para un largo viaje. Puesto que no le había llevado consigo la primera vez era de esperar que ahora le dejase también.

Aquella noche lanzó el largo aullido del lobo, como había hecho cuando era cachorro, cuando volvió aterrorizado de la selva al campamento, para encontrar que había desaparecido y que no quedaban de él sino montones de escombros, que indicaban dónde había estado situada la cabaña de Nutria Gris. Elevó el hocico hacia las estrellas y les cantó su congoja.

Dentro de la habitación los dos hombres se disponían a acostarse.

—Ha dejado de comer otra vez —hizo notar Matt desde su catre.

Scott murmuró algo incomprensible y se revolvió dentro de las mantas.

—A juzgar por lo que hizo cuando usted se fue, no me extrañaría que se muriese.

En el otro catre se agitaron las mantas aún más intensamente.

—¡Cállate de una vez! —gritó Scott en la oscuridad—. ¡Eres peor que una mujer!

—Conforme —respondió Matt, y Scott se preguntó si su compañero se burlaba.

Al día siguiente la ansiedad y la intranquilidad de «Colmillo Blanco» fueron aún más evidentes. No perdía pisada a su amo, en cuanto salía de la cabaña, y no se apartaba de la puerta en cuanto entraba. Al baúl se habían unido ahora dos maletas grandes y una caja. Matt arrollaba las mantas y el abrigo de pieles formando un pequeño paquete, mientras «Colmillo Blanco» no podía ocultar su angustia al ver aquello.

Más tarde llegaron dos indios. Les observó cuidadosamente mientras llevaban, por el camino que conducía al valle, los dos baúles sobre los hombros, guiados por Matt, que conducía el atado de las mantas, las pieles y la maleta. «Colmillo Blanco» no les siguió, pues el amo estaba dentro de la cabaña. Al cabo de algún tiempo regresó Matt. El amo salió a la puerta e hizo entrar a «Colmillo Blanco».

—¡Pobre animal! —dijo amablemente, mientras le acariciaba las orejas y le daba palmadas en el lomo—. Voy a emprender un largo viaje, y tú no puedes seguirme. Dame un buen gruñido, el último, el de despedida.

Pero «Colmillo Blanco» se negó a hacerlo. En vez de eso, después de echarle una mirada inteligente y escrutadora, metió su cabeza entre el brazo y el cuerpo de su amo.

—¡Eso es el colmo! —gritó Matt. Desde el Yukón llegó el ruido de la ronca sirena de un barco—. ¡Apresúrese usted! Cierre bien la puerta delantera, que yo haré lo mismo con la de atrás. ¡Vamos!

Las dos puertas se cerraron de un golpe en el mismo momento. Scott esperó a que Matt llegara al frente de la cabaña, desde cuyo interior se oían otra vez aquellos sollozos ahogados y el olfateo intenso de «Colmillo Blanco».

—Debes cuidarle bien, Matt —dijo Scott cuando se pusieron en camino—. Escríbeme cómo le va.

—Claro que lo haré —aseguró Matt—. ¡Pero escúcheme...!

Ambos se detuvieron. «Colmillo Blanco» aullaba como un perro a quien se le ha muerto el amo. Clamaba su profundo dolor, quebrándose el grito a medida que se elevaba, en gemidos que destrozaban el corazón, para morir en un lamento tristísimo, elevándose otra vez con cada nuevo ataque de dolor.

El Aurora era el primer barco que llegaba desde el exterior en aquella estación del año. Sus puentes estaban llenos de aventureros sin fondos y de empobrecidos buscadores de oro, tan ansiosos los unos como los otros por salir de allí, con ganas de penetrar en la región. Cerca de la planchada Scott iba a dar un apretón de manos a Matt, que se preparaba a abandonar el barco. Pero ambas manos nunca se encontraron, pues la de Matt quedó en el aire al distinguir algo sobre el puente: sentado allí, a varios metros de distancia, observándoles con mirada inteligente, estaba «Colmillo Blanco».

Matt lanzó por lo bajo un juramento, verdaderamente asustado. Scott estaba tan asombrado que no atinaba a decir palabra.

—¿Cerró usted con llave la puerta delantera? —preguntó Matt.

El otro asintió con la cabeza y preguntó:

—¿Y la puerta de atrás?

—Puede usted apostar lo que quiera: quedó cerrada.

«Colmillo Blanco» bajó las orejas, como si quisiera congraciarse, pero no intentó acercarse.

—Tendré que llevarle a tierra conmigo.

Matt avanzó unos pasos hacia «Colmillo Blanco», pero éste se alejó tranquilamente y sin prisa. Su perseguidor echó a correr detrás de él, pero lo que trataba de alcanzar se deslizaba velozmente entre las piernas de los hombres. Agachándose, dando vueltas, encorvándose, se deslizaba por el puente, eludiendo los esfuerzos del hombre por apresarle.

Pero cuando habló el dios del amor, «Colmillo Blanco» obedeció al instante.

—No acude a las manos que le han alimentado durante todos estos meses —exclamó resentido Matt—. Usted nunca le dio de comer, excepto los primeros días, cuando trabaron amistad. Que me ahorquen si comprendo cómo sabe que usted es el amo.

Scott, que acariciaba a «Colmillo Blanco», se inclinó de repente, notando entonces que tenía varias heridas recién hechas, particularmente una entre los ojos.

Matt se inclinó y pasó la mano por el vientre del animal.

—Claro, nos olvidamos de la ventana. Tiene varias heridas en el vientre. Debe haber pasado por ella como un proyectil.

Pero Scott no le escuchaba. Pensaba rápidamente. La sirena del Aurora dio la última señal para que los visitantes abandonaran el barco. Los hombres corrían por la planchada. Matt se quitó la bufanda que llevaba alrededor del cuello y se dispuso a ponérsela a «Colmillo Blanco», a manera de collar, pero Scott le detuvo.

—Bueno, adiós, Matt... En lo que respecta al lobo, no hace falta que escribas..., verás... Me he decidido...

—¡Cómo! —estalló Matt—. ¿No irá usted a llevárselo?

—Eso es lo que pienso hacer. Aquí está tu bufanda. Yo te escribiré acerca de él.

Matt se detuvo en la mitad de la planchada.

—No aguantará el clima —gritó—. A menos que le corte usted el pelo al rape en verano.

Levantaron la planchada. El Aurora se separó de la orilla mientras Weedon Scott saludaba por última vez. Después se dirigió hacia «Colmillo Blanco» y se detuvo a su lado.

—Ahora puedes aullar todo lo que quieras, maldito —dijo mientras le acariciaba la cabeza y las orejas.

CAPÍTULO II

Las tierras del sur

«Colmillo Blanco» desembarcó en San Francisco. Estaba asustado. En lo más profundo de su ser, más allá de cualquier razonamiento o acto consciente, asoció siempre el poder con la divinidad. Pero nunca los hombres blancos le habían parecido tan maravillosos como entonces, cuando recorría las estrechas calles de la ciudad. Las cabañas de troncos que había conocido eran aquí edificios, verdaderas torres. Las calles estaban llenas de peligros: camiones, coches, automóviles, grandes y poderosos caballos que arrastraban enormes cargas, tranvías eléctricos que parecían colgar de un cable, que aullaban y hacían sonar sus campanas a través de la niebla, con el mismo grito agudo de los linces que él conoció en las tierras del Norte.

Todo eso era una manifestación del Poder. Detrás de ella estaba el hombre, gobernando e inspeccionando, expresándose a sí mismo, como siempre, mediante su dominio sobre la materia. Era algo colosal y gigantesco, que aterrorizaba a «Colmillo Blanco». Así como había sentido su pequeñez y debilidad cuando siendo todavía cachorro llegó desde la selva a la aldea de Nutria Gris, ahora, cuando había llegado a la edad adulta alcanzando el máximo desarrollo, se sentía igualmente indefenso. ¡Había tantos dioses...! Le mareaba su abundancia. El ruido de las calles le rompía los oídos. Le daba vértigo aquel continuo fluir y moverse de las cosas. Como nunca, sintió que dependía de su amo, cuyas pisadas no perdía, aunque ocurriese cualquier cosa.

Pero «Colmillo Blanco» no había de tener más que una visión de pesadilla de aquella ciudad: algo así como un mal sueño, terrible e irreal, que le persiguió aún mucho tiempo después cuando dormía. Su amo le metió en un vagón de carga, encadenándole en un rincón, entre un montón de maletas y baúles. Allí mandaba un dios gordo y de color bastante oscuro, que hacía mucho ruido pasando la carga de un lado para otro, metiéndola por la puerta y amontonándola, o al revés, echándola fuera, con un estrépito enorme, donde la agarraban otros dioses, que estaban esperando.

Su amo abandonó a «Colmillo Blanco» en aquel infierno donde se guardaba la carga. Por lo menos, así lo creyó el lobo, hasta que por el olfato descubrió que sus baúles se encontraban a su lado, procediendo entonces a montar guardia sobre ellos.

—Ya era hora de que viniera usted —gruñó el dios oscuro, una hora más tarde, cuando apareció Weedon Scott por la puerta—. Este perro de usted no me deja tocar ninguna de sus cosas.

«Colmillo Blanco» quedó asombrado al salir del vagón, pues había desaparecido la ciudad de pesadilla. El coche de ferrocarril no había sido para él más que una habitación como cualquier otra, rodeada por la ciudad, cuando entró en ella, pero que mientras tanto había desaparecido. Por lo menos ya no le dolían los oídos del ruido. Ante él se desplegaba un sonriente paisaje campesino, donde brillaba el sol, poseído de una quietud que daba la impresión de haraganería. Pero tuvo muy poco tiempo para maravillarse de la transformación. La aceptó resignado, como tantas otras cosas inexplicables de los dioses. Era su manera de obrar.

Les esperaba un coche. Un hombre y una mujer se acercaron al amo. La última pasó su brazo por la espalda del dios y lo atrajo hacia sí; un acto de hostilidad. Weedon Scott se separó inmediatamente y se apoderó de «Colmillo Blanco», que estaba convertido en un demonio furioso.

—Está bien, mamá —dijo, sin soltar a «Colmillo Blanco», tratando de calmarle—. Creyó que ibas a hacerme daño, cosa que él no podría aguantar. Está bien. Está bien. Ya aprenderá.

—Mientras tanto, espero que podré abrazarte cuando el perro no esté cerca —dijo la señora riendo, aunque estaba pálida y asustada.

Miraba a «Colmillo Blanco», que mostraba los dientes y tenía una mirada amenazadora.

—Tendrá que aprender, y empezaremos enseguida, sin dejarlo para más adelante —dijo Scott.

Habló suavemente a «Colmillo Blanco», hasta que éste se calmó. Entonces su voz se hizo firme, ordenándole que se echara, una de las cosas que su amo le había enseñado, y que hizo esta vez resistiéndose y de mala gana.

Ven, mamá.

Scott abrió los brazos sin perder de vista a «Colmillo Blanco», a quien ordenó otra vez que no se levantara.

«Colmillo Blanco» erizó el pelo en silencio, levantó la cabeza y volvió a echarla otra vez, mientras observaba cómo se repetía aquel acto hostil, del cual no pareció resultar ningún daño, así como tampoco del otro dios. Se colocó el equipaje en el coche, al que subieron su amo y los extraños dioses. «Colmillo Blanco» le siguió siempre vigilando, unas veces detrás del coche, otras al lado de los caballos, que arrastraban tan velozmente el vehículo, para advertirles que él estaba allí y que no iba a permitir que hicieran ningún daño a su amo.

Después de un cuarto de hora el coche pasó por un portón de piedra y entró por una avenida, a ambos lados de la cual crecían nogales. Más allá se extendían praderas, en las que, a intervalos irregulares, se elevaban grandes robles. Cerca, los campos de heno lucían su áureo color al sol, formando contraste con el verde que se interponía entre ellos y el camino. Aún más allá se observaban colinas pardas y altos terrenos de pastos. En una suave elevación del valle se encontraba la casa, de numerosas ventanas.

«Colmillo Blanco» apenas tuvo oportunidad de observar todo aquello. En cuanto el coche atravesó el portón, le atacó un perro pastor, de ojos brillantes y hocico fino, poseído de una justa indignación, que se colocó entre el coche y él, cortándole el camino. «Colmillo Blanco» no mostró los dientes ni dio ninguna otra señal de advertencia, sino que sólo erizó el pelo, mientras corría hacia el otro animal, dispuesto a dar el golpe mortal. Pero nunca llegó al final de su carrera, sino que se detuvo bruscamente, rígidas las piernas, tratando de frenar su impulso, casi sentándose sobre las patas traseras, tantos deseos tenía de evitar el contacto con aquel a quien estaba a punto de atacar. Era una perra, sobre la cual la ley de su raza extendía su mano protectora, por lo que hubiera sido necesaria una verdadera rebelión contra sus inclinaciones naturales para atacarla.

Pero ella no pensaba así, pues como hembra no tenía ese instinto. Por otra parte, por pertenecer a la raza de los perros pastores, su miedo inconsciente de la selva, y especialmente del lobo, era extraordinariamente intenso. Para ella «Colmillo Blanco» era un lobo, el merodeador hereditario, que había atacado sus rebaños, desde el primer día en que un hombre confió a sus antepasados el cuidado de sus ovejas. Mientras trataba de evitar su contacto, ella saltó sobre él. «Colmillo Blanco» mostró involuntariamente los dientes al sentir los de ella en su cuello, pero no pasó de ahí por miedo a hacerle daño, sino que retrocedió avergonzado, rígidas las patas, tratando de seguir al coche, sin tener que vérselas con ella. Se desvió del camino, dio vueltas e intentó pasarla: todo fue inútil; ella siempre se encontraba entre el vehículo y él.

—¡Ven aquí, «Collie»! —gritaron desde el coche.

Weedon Scott se rio.

—No se preocupe usted, padre. Es una buena disciplina. «Colmillo Blanco» tendrá que aprender muchas cosas y es mejor que lo inicie ahora mismo. Ya aprenderá.

El coche seguía su camino, pero «Collie» se interponía siempre entre el vehículo y él. Intentó salir del paso metiéndose por la pradera, a ambos lados de la senda y describiendo allí un arco de círculo que le llevara otra vez al camino, pero todo era inútil: «Collie» estaba siempre delante de él, mostrándole sus dos hileras de blancos dientes. Cruzó la senda y trató de adelantarse por el campo del otro lado, con el mismo resultado negativo. El coche donde iba el amo se perdió de vista a lo lejos.

«Colmillo Blanco» todavía pudo observarlo, antes de que desapareciera entre los árboles. La situación era desesperada. Intentó dar otra vuelta, pero lo seguía siempre, corriendo velozmente. Repentinamente, se echó sobre ella, golpeando su paletilla contra la de ella, utilizando su vieja treta. No sólo la volteó, sino que la hizo dar varias vueltas sobre sí misma, mientras trataba inútilmente de aferrarse, gritando agudamente de indignación y de orgullo herido.

«Colmillo Blanco» no esperó más. Quedaba libre el camino y eso era lo que necesitaba. Echó a correr seguido por «Collie», que no cesaba de gritar. El camino se abría en línea recta ante él, por lo que podía enseñarle unas cuantas cosas a su enemiga, que corría con toda la energía de que era capaz, histéricamente, denunciando a cada paso el esfuerzo que le costaba mientras «Colmillo Blanco» se deslizaba sin esforzarse, alejándose silenciosamente de ella, como si fuera una sombra que corriera por la senda.

Divisó el vehículo al dar vuelta a la casa acercándose al pórtico de entrada, donde se había detenido para que descendieran sus ocupantes. En aquel momento, mientras corría con toda la velocidad de que eran capaces sus patas, «Colmillo Blanco» comprendió que era inminente un ataque de flanco. Era un galgo, utilizado para la caza de venados, que se le venía encima y cuyo ataque trató de evitar. Pero corría demasiado ligero y el perro estaba ya muy cerca. Le golpeó en el costado con tal fuerza y velocidad que «Colmillo Blanco» cayó al suelo, donde dio una vuelta completa. Se levantó inmediatamente, poseído de una rabia de loco, las orejas echadas hacia atrás, vibrándole los labios y la nariz, mientras se cerraban convulsivamente sus mandíbulas, que por milagro no habían apretado entre sí el blanco cuello de su atacante.

El amo corrió a toda velocidad hacia el lugar del encuentro, pero se encontraba demasiado lejos, por lo que fue «Collie» la que salvó la vida del perro. Llegó exactamente en el momento en que «Colmillo Blanco» se disponía a echarse otra vez sobre su enemigo para cortarle la yugular, sin errar el golpe esta vez. «Colmillo Blanco» la había engañado con sus maniobras y había corrido más velozmente que ella, sin contar con que la había tirado al suelo sin contemplaciones. Cayó sobre él como un huracán de indignación, ofendida, rabia justificada y odio instintivo por aquel merodeador de la selva. Chocó con «Colmillo Blanco» en ángulo recto con él, derribándolo una vez más.

En aquel momento llegó el amo, que con una mano apartó a «Colmillo Blanco», mientras su padre llamaba a los otros.

—Creo que es una buena recepción para un pobre lobo solitario del Ártico —dijo el amo mientras calmaba a «Colmillo Blanco», acariciándole—. En toda su vida sólo se sabe que lo hayan derribado una vez, y en cuanto llega aquí le hacen perder el equilibrio dos veces.

El coche se alejó. Otros dioses extraños salieron de la casa. Algunos se mantuvieron a una respetuosa distancia, pero dos mujeres realizaron el acto hostil de abrazar al amo. Sin embargo, «Colmillo Blanco» empezaba a tolerarlo, pues no parecía resultar nada malo de ello. Por otra parte, los ruidos que hacían los dioses no tenían nada de amenazador. Pretendieron acercarse a «Colmillo Blanco», pero éste, mostrando los dientes, les advirtió que no lo hicieran, corroborándolo su amo con palabras. En esta ocasión «Colmillo Blanco» se arrimó estrechamente a las piernas de Scott, mientras éste le tranquilizaba con golpecitos en la cabeza.

El perro, que se llamaba «Dick», obedeciendo órdenes se había echado en el porche, sin dejar de gruñir y de vigilar estrechamente al intruso. Una de las mujeres se había acercado a «Collie», abrazándola y acariciándola. Pero ella estaba todavía profundamente ofendida, sin encontrar la perdida tranquilidad, herida en sus sentimientos por la presencia de aquel lobo y plenamente convencida de que sus amos cometían un gravísimo error.

Todos los dioses subieron las escaleras para entrar en la casa, siguiendo «Colmillo Blanco» los pasos de su amo. En el porche «Dick» gruñó, a lo que no dejó de responder «Colmillo Blanco» de la misma manera, y erizando el pelo además.

—Haz entrar a «Collie» y que esos dos arreglen sus diferencias como puedan —sugirió el padre de Scott—. Después serán amigos.

—En ese caso, para demostrar su amistad, «Colmillo Blanco» será uno de los principales asistentes del funeral de Dick —respondió su hijo, riéndose.

—Quieres decir que...

Weedon asintió:

—Eso mismo. «Dick» estaría muerto en un minuto, o dos, cuando mucho.

—Vamos, lobo, es a ti a quien hay que encerrar —dijo, dirigiéndose a «Colmillo Blanco».

Éste subió por los peldaños con las patas rígidas, levantada la cola, sin apartar los ojos de «Dick», en guardia contra un posible ataque de flanco, preparado, al mismo tiempo, contra cualquier cosa desconocida que pudiera asaltarle desde el interior de la casa. Pero no ocurrió nada. En cuanto estuvo dentro exploró cuidadosamente los alrededores, buscándolo sin encontrar nada. Entonces se echó con un gruñido de satisfacción a los pies de su amo, observando todo lo que pasaba, siempre atento a saltar y a luchar por su vida contra los peligros que sentía debían de estar ocultos en aquella casa, que a él le parecía una trampa.

CAPÍTULO III

El dominio de los dioses

No sólo «Colmillo Blanco» era adaptable por naturaleza, sino que además había viajado mucho y conocía el significado y la necesidad de acomodarse al ambiente. Allí en Sierra Vista, nombre de la propiedad del juez Scott, aprendió pronto a sentirse como en su casa. No tuvo ningún otro conflicto serio con los perros. Ciertamente, ellos sabían mucho más que él acerca de los métodos de los dioses de las tierras del Sur. A sus ojos «Colmillo Blanco» adquirió carta de ciudadanía cuando los dioses le hicieron entrar en la casa. Aunque era un lobo, y se tratase de un caso sin precedentes, habían sancionado su presencia y ellos, sus perros, no podían hacer otra cosa que reconocer su voluntad.

Naturalmente, «Dick» tuvo que pasar por algunos malos trances antes de aceptar a «Colmillo Blanco» como parte de la hacienda. Si las cosas hubieran ocurrido como deseaba el perro, hubieran sido buenos amigos, pero a «Colmillo Blanco» no le gustaban las amistades. Todo lo que pedía a sus congéneres era que le dejasen tranquilo. Toda su vida se había mantenido alejado de los de su raza y ahora tampoco deseaba otra cosa. Le aburrían las tentativas de «Dick» de entablar amistad, por lo que le obligaba a alejarse mostrándole los dientes. En las tierras del Norte había aprendido que no debía molestar a los perros de su amo, lección que por cierto no había olvidado. Pero insistía en su propia soledad, y aparentaba ignorar la presencia de «Dick», de tal modo que aquel perro tan bueno acabó por no hacerle caso tampoco interesándose tanto por «Colmillo Blanco» como por el poste donde se ataban los caballos y que se encontraba cerca del establo.

«Collie» obró de distinta manera. Le aceptaba por ser una orden de los dioses, pero eso no significaba que debía dejarle en paz. Entrelazados en su memoria estaban los innumerables crímenes que «Colmillo Blanco» y los de su raza habían cometido contra la de «Collie». Ni en un día, ni en una generación, era posible olvidar los destrozos que habían causado en las majadas. Todo esto la aguijoneaba, la inducía a tomar venganza. No podía atacarle delante de los dioses, que permitían su presencia, pero eso no era impedimento para que le hiciera la vida imposible con pequeñas molestias. Entre ellos se alzaba un feudo, que provenía de muchas generaciones anteriores, y en cuanto a ella, no lo olvidaría.

«Collie» se aprovechaba de su sexo para atacar a «Colmillo Blanco» y maltratarle. Su instinto no le permitía pagarle con la misma moneda y su insistencia impedía que se la ignorase. Cuando le atacaba, él se volvía exponiendo sólo a sus dientes su paletilla bien protegida por el pelo, y luego se alejaba con las patas rígidas orgullosamente. Cuando insistía demasiado, «Colmillo Blanco» estaba obligado a describir un círculo presentando siempre la paletilla y alejando la cabeza de ella, con una expresión resignada y aburrida en sus ojos. Sin embargo, a veces un mordisco en los cuartos traseros apresuraba su retirada, en la que «Colmillo Blanco» perdía todo su orgullo. Pero generalmente se las arreglaba para mantener una dignidad casi solemne. En cuanto le era posible, fingía ignorar su existencia y acostumbraba apartarse de su camino. Si la oía o la veía venir, se levantaba y se alejaba.

En otras cosas tenía también «Colmillo Blanco» mucho que aprender. La vida en las tierras del Norte era la simplicidad misma comparada con la complejidad de Sierra Vista. Ante todo debía conocer a la familia de su amo, para lo cual estaba relativamente preparado, pues así como Mit-sah y Klu-kuch pertenecían a Nutria Gris y compartían su fuego, su alimento y sus mantas, todos los habitantes de Sierra Vista pertenecían a su amo.

Pero había algunas diferencias. Sierra Vista era una cosa mucho más compleja que el vivac de Nutria Gris, pues había que considerar un número mayor de personas: el juez Scott y su esposa; las dos hermanas de su amo, Isabel y María; su esposa Alicia y sus hijos, Weedon y Maud, de cuatro y seis años de edad, respectivamente. No había nadie capaz de explicarle la existencia de todas esas personas y de sus mutuos lazos de sangre, pues «Colmillo Blanco» no sabía lo que era el parentesco y nunca sería capaz de entenderlo. Sin embargo, comprendió muy pronto que todas aquellas personas eran posesión de su amo. Por la observación, en cuanto se ofrecía la oportunidad, estudiando los ademanes y el tono de la voz, comprendió lentamente el grado de intimidad y de confianza que les unía a él. Según esta norma les trataba. Lo que era valioso para su amo lo era también para él; lo que él amaba, «Colmillo Blanco» lo estimaba y vigilaba estrechamente.

Así ocurrió con los dos niños. Siempre había odiado a las criaturas, pues temía sus manos. No eran de cariño las lecciones que había aprendido de ellas, sino de tiranía y crueldad, en los campamentos de los indios. Cuando Weedon y Maud se le acercaron por primera vez, gruñó como una advertencia y su mirada adquirió un fulgor maligno. Un golpe del amo y unas palabras enérgicas le indujeron a permitir sus caricias, aunque gruñó y gruñó, mientras aquellas manitas paseaban por su lomo, sin que su voz tuviera ninguna nota de ternura. Más tarde comprendió que el chico y la chica eran de gran valor para su amo. Desde entonces no se precisaron voces de orden para que tolerase sus caricias.

Sin embargo, el afecto de «Colmillo Blanco» no era muy efusivo. Cedía a los deseos de los hijos con mala cara, aunque honradamente. Aguantaba sus tonterías, propias de chiquillos, como un hombre que se somete a una operación dolorosa. Cuando ya no podía soportar más, se levantaba y se alejaba con su paso altivo. Pero después de algún tiempo llegó a amarles, sin hacer por ello ningún aspaviento. Nunca se levantaba para recibirles, pero en lugar de alejarse al verles, esperaba que se le reunieran. Más adelante, alguien notó que se le iluminaban los ojos cuando les veía acercarse y que les seguía con una mirada triste, como si se sintiera abandonado cuando se alejaban para dedicarse a otros juegos.

Todo esto era una cuestión de aprendizaje y necesitaba tiempo. Después de los niños, a quien tenía más respeto era al juez Scott, para lo que probablemente había dos razones: ante todo era una valiosa posesión de su amo y además, como él, era muy poco expansivo. A «Colmillo Blanco» le gustaba echarse a sus pies, cuando leía el periódico, sentado en el porche, favoreciéndole, de cuando en cuando, con una mirada o con una palabra, demostraciones no molestas de que reconocía su presencia y existencia. Pero sólo hacía eso cuando el amo no estaba cerca, pues en cuanto aparecía, todas las otras cosas dejaban de existir para «Colmillo Blanco».

Ahora permitía que todos los miembros de la familia le acariciasen, pero nunca les pagaba como al amo. Ninguna de sus caricias podía hacer que apareciera en su voz aquella nota de ternura, y por mucho que se esforzaran, no podían conseguir que metiera su cabeza debajo del brazo. Esta expresión de languidez y de entrega, de absoluta confianza, la reservaba sólo para él. De hecho consideraba a los demás miembros de la familia como posesión suya.

«Colmillo Blanco» distinguía perfectamente a los familiares de la servidumbre, que le tenían miedo aunque él se abstenía de atacarlos, pues los consideraba también parte de la propiedad. Entre ellos y «Colmillo Blanco» existía una neutralidad armada: nada más. Preparaban la comida del amo, limpiaban los platos y hacían las mismas cosas que había hecho Matt allá en el Klondike. En una palabra, pertenecían a la casa.

Fuera de ella «Colmillo Blanco» tenía aún mucho que aprender. Los dominios del amo eran vastos y complejos, aunque tenían sus límites. La tierra cesaba en el camino real, dominio común de todos los dioses: las calles y caminos. Más allá de los alambrados o de las rejas empezaban los dominios de otros dioses. Un número infinito de leyes regulaba todas estas cosas y determinaba la conducta de cada cual. Pero él no dominaba su lenguaje ni tenía ningún medio de aprenderlas sino por experiencia. Obedecía sus impulsos naturales hasta que comprendía que había violado alguna ley. Después de varios errores la aprendía y la observaba siempre.

Pero el método más eficaz de su educación era un golpe o una palabra de censura de su amo. Debido al cariño que le tenía, un simple golpe del amo era para él más doloroso que cualquiera de los azotes que había recibido de Nutria Gris o de Smith el Bonito, pues ellos sólo herían su carne, debajo de la cual el espíritu rabiaba siempre, espléndido e indomable. Pero los golpes de Scott eran siempre demasiado livianos como para herirle en la carne: llegaban aún más profundamente. Eran una expresión de desaprobación por parte del amo y el espíritu de «Colmillo Blanco» se retorcía debajo de ellos.

De hecho, muy rara vez le golpeaba, pues bastaba con una advertencia verbal, por la que «Colmillo Blanco» sabía si obraba bien o no, y a la cual ajustaba su conducta y sus acciones. Era la brújula y la carta mediante las cuales se orientaba y aprendía a sortear los peligros de las costumbres de aquella nueva tierra y de su vida, tan distinta de la anterior.

En las tierras del Norte el único animal domesticado era el perro: todos los otros vivían en la selva, y si bien no eran muy grandes, constituían la presa legítima de cualquier can. Durante toda su vida «Colmillo Blanco» había matado las cosas vivientes para poder alimentarse. No le cabía en la cabeza que allí fuera distinto. Pero tuvo que aprenderlo en aquella hacienda del Valle de Santa Clara. Paseando alrededor de la casa, una mañana temprano, tropezó con un pollito que se había escapado del gallinero. El primer impulso natural de «Colmillo Blanco» fue comérselo. Un par de saltos, unos dientes que brillaban, un polluelo asustado y se tragó aquella avecilla que, como había sido criada artificialmente, estaba gorda y tierna. «Colmillo Blanco» se pasó la lengua por los labios y hubo de convenir que aquel alimento era excelente.

Aquel mismo día, un poco más tarde, se encontró con otro aventurero cerca de las caballerizas. Uno de los encargados de ellas echó a correr para salvar al pollo. Como no conocía la raza de «Colmillo Blanco», tomó un látigo corto. Al sentir el primer latigazo abandonó al pollo y atacó al hombre, que hubiera podido detenerle con un palo, pero no con eso. En silencio, sin retroceder un paso, atacó por segunda vez. Cuando el hombre comprendió que quería saltar a la garganta, tiró el látigo, se la cubrió con las manos y gritó:

—¡Dios mío!

Consecuencia de aquel encuentro fue que salió de la pelea con la carne del brazo desgarrada hasta el hueso.

El hombre estaba profundamente aterrorizado, no tanto por la ferocidad de «Colmillo Blanco» como por la forma silenciosa en que atacaba. Trató de refugiarse en la caballeriza, protegiéndose la cara y la garganta con el brazo destrozado que sangraba. Se habría ido bastante mal si no hubiera aparecido «Collie» por allí, que le salvó la vida como lo había hecho con «Dick». Se arrojó sobre «Colmillo Blanco», poseída de una rabia furiosa. Ella había tenido razón; había acertado donde aquellos dioses tontos se habían equivocado. Quedaban justificadas todas sus sospechas: aquel viejo merodeador volvía a las andadas.

El hombre se refugió en la caballeriza, mientras «Colmillo Blanco» retrocedía ante los malignos dientes de «Collie», le presentaba el costado y daba vueltas y vueltas. Pero contra su costumbre, no cejó esta vez, como solía hacerlo después de castigarle. Por el contrario, aumentaba su enojo, hasta que, finalmente, «Colmillo Blanco», perdida por completo la dignidad, huyó delante de ella a través de los campos.

—Tiene que aprender a no comer los pollos —dijo el amo—, pero no puedo darle una lección hasta que le agarre con las manos en la masa.

Dos noches más tarde se ofreció la oportunidad, aunque en una escala más amplia de lo que el amo había anticipado. «Colmillo Blanco» había observado atentamente los gallineros y las costumbres de sus habitantes. De noche, cuando todas las aves dormían, subió a una pila de cajones, desde donde saltó hasta el techo a dos aguas del gallinero, pasó por el palo horizontal que le sostenía y se arrojó adentro de un salto. Un momento más tarde, empezó la degollina.

De mañana, cuando el amo salió de casa, se encontró con cincuenta gallinas Leghorn muertas, puestas en fila por el hombre a quien «Colmillo Blanco» había herido en el brazo. Silbó, primero de asombro y después de admiración. Mirando a su alrededor observó a «Colmillo Blanco», cuya mirada era absolutamente inocente sin demostrar ni vergüenza ni culpabilidad. Se mantenía orgullosamente sobre sus patas, como si hubiera hecho alguna cosa meritoria y digna de elogio. Nada en él denotaba conciencia del pecado. El amo apretó los labios al tener que hacer frente a aquella desagradable necesidad. Habló duramente al culpable, sin que se notara en su voz otra cosa que una rabia divina.

Obligó a «Colmillo Blanco» a oler nuevamente las gallinas muertas, mientras le propinaba algunos buenos golpes.

Nunca volvió a saquear un gallinero. Había aprendido que era un acto contrario a la ley. Entonces el amo le llevó allí. Su impulso natural, en cuanto vio aquel alimento viviente, fue echarse sobre él. Obedeció al instinto, pero la voz de su amo le detuvo. Continuaron paseando por allí durante media hora, mientras su naturaleza pretendía imponerse a «Colmillo Blanco». Pero en cuanto cedía a ella le detenía la voz de su amo. Así aprendió la ley y, antes de abandonar el gallinero, comprendió que debía ignorar su existencia.

—Es imposible reformar a un animal que está acostumbrado a matar pollos —dijo tristemente el juez Scott durante el desayuno. Su hijo había contado la lección que había dado a «Colmillo Blanco»—. En cuanto degustan la sangre por primera vez...

Pero Weedon Scott no estaba conforme con la opinión de su padre.

—Le diré a usted lo que voy a hacer —dijo desafiándole—. Encerraré a «Colmillo Blanco» toda la tarde en el gallinero.

—Piensa en las pobres gallinas —objetó el juez.

—Además —prosiguió su hijo—, por cada gallina que mate le daré a usted un dólar.

—Entonces papá debería pagar algo si pierde —le interrumpió su hermana Isabel.

La otra hermana la secundó, manifestándose conformes todos los que estaban sentados alrededor de la mesa. El juez inclinó la cabeza en señal de asentimiento.

—Muy bien —dijo su hijo, después de reflexionar un momento—. Si a la caída de la tarde «Colmillo Blanco» no ha hecho daño a ningún pollo, por cada diez minutos que haya estado allí usted tendrá que decirle una vez, con la misma seriedad que si estuviera pronunciando una sentencia, que es más inteligente de lo que usted piensa.

Desde ocultos puestos de observación, toda la familia vigiló la experiencia, que fue muy aburrida. Encerrado en el gallinero, en ausencia de su amo, «Colmillo Blanco» se echó en el suelo y se quedó dormido. Se levantó una vez a beber agua. Con toda calma aparentó ignorar a los pollos. Para él no existían. A las cuatro de la tarde ganó de un salto el techo del gallinero, de donde descendió al otro lado, fuera de él, y volvió a la casa. Había aprendido la ley. En el porche, delante de toda la familia, que se divirtió lo indecible, el juez Scott, frente a «Colmillo Blanco», dijo dieciséis veces: —Eres más inteligente de lo que yo creía.

Pero la multiplicidad de las leyes confundía a «Colmillo Blanco», y a menudo le conducía a la desgracia. Tuvo que aprender que tampoco podía meterse con los pollos de otros dioses. Había, además, gatos, conejos y pavos, a todos los cuales debía dejar en paz. De hecho, cuando hubo aprendido la ley, la entendía de tal manera que no podía atacar a nadie. En los pastos una liebre podía pasar sin peligro delante de sus narices. Con todos los músculos en tensión, temblando de deseo, dominó sus instintos y se quedó quieto: obedecía la voluntad de los dioses.

Un día, recorriendo los pastizales, vio que «Dick» corría detrás de una liebre. Como el amo le miraba, no se atrevió a intervenir, pero Scott le azuzó para que tomara parte en la caza. Finalmente comprendió exactamente la ley. Le estaba prohibido perseguir a los animales domésticos. Si no se hacía amigo de ellos, por lo menos debía mantener la neutralidad. Pero todos los otros seres del bosque nunca habían prestado juramento de fidelidad al hombre, por lo que eran presa legítima de cualquier perro. Los dioses sólo protegían a los animales domesticados a los que no se podía matar. El dios era señor de vida y muerte sobre los que le estaban sometidos y, además, sumamente celoso de su poder.

Después de la vida primitiva de las tierras del Norte, el valle de Santa Clara parecía muy complejo. La principal exigencia de estas complejidades de la vida civilizada era el dominio de sí mismo, un equilibrio del yo, que era tan delicado como el vuelo de alas de muselina y tan rígido como el acero. La vida tenía mil facetas, que «Colmillo Blanco» debía conocer cuando iba a la ciudad, a San José, corriendo detrás del coche o paseando por las calles cuando se detenía. La vida fluía a su lado, profunda, ancha y variada, haciendo vibrar dolorosamente sus sentidos, exigiendo de él infinitas adaptaciones y obligándole casi continuamente a reprimir sus impulsos.

A su paso encontraba carnicerías donde colgaba el alimento, que le estaba prohibido tocar. En las casas que su amo visitaba había gatos: debía dejarlos en paz. Por todas partes encontraba perros, que le mostraban los dientes, a los que no debía atacar. En las aceras, llenas de gente, encontraba personas cuya atención atraía inmediatamente. Se detenían, le señalaban con el dedo, le examinaban, le hablaban y, lo peor de todo, pretendían tocarle. Debía aguantar todos aquellos contactos peligrosos de manos extrañas, consiguiendo siempre dominarse. Además pudo sobreponerse a su vergüenza y a su carácter huraño. Recibía orgullosamente las atenciones de la multitud de dioses desconocidos. Aceptaba su condescendencia con el mismo sentimiento. Por otra parte, había algo en él que impedía tomarse mucha familiaridad. Le acariciaban la cabeza y seguían su camino sumamente satisfechos de su propia audacia.

Pero no todo era tan fácil para «Colmillo Blanco». Corriendo detrás del coche, en las afueras de San José encontraba ciertos chiquillos que habían tomado la costumbre de tirarle piedras. Sin embargo, «Colmillo Blanco» sabía que no podía correr detrás de ellos y hacerles daño. En este caso estaba obligado a desobedecer su instinto de propia defensa, pues la doma empezaba a hacer sus efectos, convirtiéndole en un animal civilizado.

Pero «Colmillo Blanco» no estaba satisfecho de cómo iban las cosas. No tenía ideas abstractas acerca de la justicia o del juego limpio, mas la vida posee un cierto sentido de la equidad, por lo que «Colmillo Blanco» sentía que no era justo que se le prohibiera defenderse contra los que le arrojaban piedras. Olvidaba que en el convenio entre él y los dioses éstos se comprometían a cuidarle y defenderle. Un día, el amo descendió del coche con el látigo en la mano y repartió algunos zurriagazos entre los chiquillos que apedreaban a «Colmillo Blanco», después de lo cual ya no lo hicieron más. Él lo comprendió y quedó satisfecho su anhelo de justicia.

Tuvo otra experiencia análoga. En el cruce de caminos por el que se debía pasar para ir a la ciudad se encontraba una taberna, en cuya puerta se detenían siempre tres perros que tenían por costumbre atacar a «Colmillo Blanco» en cuanto pasaba. Como sabía de lo que era capaz, el amo insistía siempre en que no debía pelear, de lo que resultaba que «Colmillo Blanco» se encontraba sometido a una dura prueba cuando pasaba por allí. Siempre, sin embargo, después del primer ataque, bastaba que «Colmillo Blanco» mostrara los dientes para que los tres se mantuvieran a respetuosa distancia sin que dejaran de seguirle, mordiéndole y gruñendo como si le insultasen. Estos ataques se prolongaron durante un cierto tiempo, pues los parroquianos de la taberna los azuzaban para que atacaran a «Colmillo Blanco». Un día que lo hicieron abiertamente, el amo detuvo el coche:

—¡Dale! —dijo a «Colmillo Blanco».

Pero éste no pudo entenderlo. Miró a su amo y luego a los perros. Echó hacia atrás una mirada llena de deseo y observó interrogativamente a su amo, que inclinó la cabeza:

—¡Vete hombre, acomételos!

«Colmillo Blanco» no dudó más. Dio vuelta y, sin previo aviso, se echó sobre sus enemigos. Los tres le hicieron frente. Se oyeron aullidos y ladridos, crujir de dientes, y se vio correr a alguno de ellos. El polvo de la carretera se levantó formando nubes y ocultó la refriega. Pero al cabo de algunos minutos dos perros estaban tirados en el suelo y un tercero corría todo lo que le daban de sí las patas. Saltó una zanja, después una reja y luego echó a correr por el campo abierto, perseguido por «Colmillo Blanco», que se deslizaba como un lobo y con la misma velocidad, rápidamente y sin ruido. No tardó en alcanzarle, y entonces lo derribó y lo mató.

Con esta triple muerte terminaron sus principales preocupaciones acerca de los perros. Se corrió la voz por el valle y la gente se cuidó de que sus canes no molestaran al lobo.

CAPÍTULO IV
La llamada de la sangre

Pasaron los meses. En las tierras del Sur abundaba el alimento y no había nada que hacer. «Colmillo Blanco» engordaba y vivía feliz. No sólo estaba en las tierras del sol, sino que se encontraba en el mediodía de la vida. La bondad humana era como un sol que alumbraba, por lo que se desarrollaba como una flor que crece en buen clima.

Sin embargo, era distinto de los otros perros. Conocía la ley mucho mejor que los gozques, que no habían vivido sino en el valle, y la observaba con más rigor aún que sus congéneres. No obstante, siempre daba la impresión de que detrás de él había algo feroz, un espacio de la selva que estaba en acecho como si el lobo durmiera y fuera a despertarse en cualquier momento.

No fraternizaba con los otros perros. En cuanto a su especie, había vivido siempre como un solitario y quería seguir siéndolo. Sentía una profunda aversión por ellos desde que le persiguieron «Bocas» y los demás cachorros y después de las peleas con canes, en los días de Smith el Bonito. Se había desviado el curso natural de su vida. Apartado de su especie, se había unido a los hombres.

Además, los perros de las tierras del Sur le consideraban sospechoso. Despertaba en ellos el miedo instintivo por la selva, por lo que siempre le recibían con gruñidos, mostrando los dientes y manifestando odio beligerante. Por otra parte, muy pronto comprendió «Colmillo Blanco» que no era necesario clavarles los dientes. Bastaba, en todos los casos, mostrar los colmillos y entreabrir los labios, lo que casi nunca dejaba de tener el efecto deseado: hacer que cayera patas arriba y echara a correr un can que un momento antes avanzaba con intención de pelear.

Pero la vida de «Colmillo Blanco» tenía un punto doloroso: «Collie», que nunca le daba un momento de tranquilidad. Ella no obedecía la ley tan estrictamente como él, pues ni todos los esfuerzos del amo pudieron conseguir que hiciera las paces con «Colmillo Blanco», en cuyos oídos resonaba siempre su gruñido seco y nervioso. «Collie» no olvidó nunca el episodio de los pollos, y mantenía insistentemente que «Colmillo Blanco» iba a acabar mal. Siempre le encontraba culpable antes de que hiciera algo, y le trataba de acuerdo con ese criterio. Se convirtió en una verdadera peste que, como si fuera un policía, no le dejaba ni a sol ni a sombra, siguiéndole a cualquier parte que fuera, a los establos o los pastos, y estallando en un torrente de indignadas imprecaciones en cuanto observaba cómo «Colmillo Blanco» seguía con la vista a una paloma o a un pollo. El método favorito de él para deshacerse de ella consistía en echarse en el suelo, poniendo la cabeza sobre las patas delanteras, fingiendo dormir, lo que siempre la confundía y la reducía al silencio.

Si se exceptúa a «Collie» todo marchaba perfectamente para «Colmillo Blanco». Había aprendido a dominarse y a mantener el equilibrio en su conducta. Conocía la ley. Había alcanzado la verdadera calma, la tolerancia filosófica, la plenitud... Ya no vivía en un ambiente hostil. El peligro, el dolor y la muerte ya no le acechaban por todas partes. Con el tiempo, el terror de lo desconocido como una amenaza omnipresente palideció hasta desaparecer. La vida era ahora fácil y suave. Fluía deleitosamente, y ni el peligro ni los enemigos le acechaban en el camino.

Sentía la falta de la nieve, sin darse cuenta de ello. «Un verano excesivamente largo», hubiera pensado, de haber sido capaz de ello; pero como no podía se contentaba con notar su ausencia de una manera inconsciente y vaga. Igualmente, cuando el sol le hacía sufrir sentía una indefinida nostalgia por las tierras del Norte. Su único efecto consistía, sin embargo, en ponerle intranquilo e inquieto, sin que él mismo pudiera darse cuenta de la causa.

«Colmillo Blanco» nunca había sido muy expansivo. Fuera de meter la cabeza debajo del brazo de su amo y de poner un acento de cariño en sus gruñidos, no tenía ningún procedimiento para expresar lo que sentía. Sin embargo, aún había de descubrir uno más. Siempre había sido muy irritable ante la risa de los dioses, que le ponía loco y provocaba en él una rabia de maniático. Pero no podía enojarse con el amo por tal causa, y cuando éste se rio de él, con toda buena intención, en son de broma, «Colmillo Blanco» se quedó estupefacto. Sintió el cosquilleo de la antigua rabia que subía en él y que pugnaba contra el cariño. No podía enojarse, pero algo tenía que hacer. Al principio adoptó una actitud seria y digna, lo que indujo a su amo a reírse, aún más y mejor. Intentó elevar la dignidad de su apostura, con lo que el amo se rio más ruidosamente. Finalmente, Scott le hizo abandonar su dignidad a carcajadas. Se le abrieron las mandíbulas, se elevaron un poco sus labios y en sus ojos apareció una expresión extraña, que tenía más de cariño que de humor. Había aprendido a reírse.

Igualmente aprendió a pelear con el amo, a que le tirara por el suelo y se echara encima de él; a ser la víctima de innumerables juegos bruscos. Por su parte aparentaba estar enojado, erizaba el pelo, aullaba furiosamente, abría y cerraba las mandíbulas con movimientos que parecían mortales, sin olvidarse nunca de sí mismo, pues jamás mordía otra cosa sino aire. Tales peleas terminaban con un diluvio mutuo de mordiscos, golpes, aullidos y gritos, después de lo cual se separaban varios metros y se observaban mutuamente, hasta que, de repente, como si apareciera el sol sobre un mar tormentoso, empezaban a reírse. Finalmente, el amo abrazaba a «Colmillo Blanco», que gruñía su canción de cariño.

Pero nadie, fuera de aquel hombre, podía hacer eso con «Colmillo Blanco», pues no lo permitía, por prohibírselo su dignidad. Cualquiera que lo intentara oía un gruñido y veía un par de colmillos, que no denotaban, precisamente, ganas de jugar. Que permitiera esas libertades a su amo no era ninguna razón para que lo tomaran por un perro cualquiera, que acariciaba a éste y a aquél, y que estaba para divertir a todos. Quería con todo su corazón y se negaba a rebajarlo o rebajarse a sí mismo.

El amo salía frecuentemente a caballo. Uno de los principales deberes de «Colmillo Blanco» consistía en acompañarle. En las tierras del Norte demostró su fidelidad tirando del trineo. En las del Sur no existían esos vehículos ni era costumbre confiar a los perros el transporte de cargas, por lo que demostraba su fidelidad acompañándole. «Colmillo Blanco» nunca estaba cansado, ni aun después de la más larga marcha, pues corría con el paso del lobo, suavemente, sin esfuerzo, sin cansarse. Después de una carrera de ochenta kilómetros todavía se adelantaba a la cabalgadura.

En una de estas ocasiones «Colmillo Blanco» utilizó otro modo de expresión, en verdad notable, puesto que en total se sirvió de él dos veces en su vida. La primera ocurrió cuando el amo intentó enseñar a un caballo de raza las maniobras necesarias para abrir y cerrar un portón, sin necesidad de que el jinete desmontase. Muchas veces llevó al caballo hasta allí intentando cerrarle, pero el animal se asustaba y retrocedía. Cuanto más repetía la prueba, tanto más nervioso y excitado se ponía el caballo. Cuando pretendía retroceder, el amo le aplicaba las espuelas haciéndole bajar las patas delanteras, ante lo cual empezaba a dar coces con las de atrás. «Colmillo Blanco» observó el espectáculo con ansiedad creciente, hasta que no pudo contenerse más y se puso delante del bridón, ladrando salvajemente, a manera de advertencia.

Aunque intentó ladrar nuevamente, y el amo le instaba a que lo hiciese, lo repitió sólo una vez, cuando Scott no estaba delante. El amo montaba uno de esos caballos que no sirven para nada, cuando una liebre saltó a pocos pasos de la cabalgadura, asustándola tanto que al intentar escapar al supuesto peligro derribó al jinete, que se rompió una pierna en la caída. «Colmillo Blanco», furioso, quiso saltar al cuello del jamelgo, pero se lo impidió la voz perentoria de su amo.

—¡A casa! ¡Vete a casa! —le ordenó Scott, cuando se dio cuenta de que no podía moverse.

«Colmillo Blanco» no parecía tener ganas de abandonarlo. Scott pensó en escribir una nota, pero en vano buscó en sus bolsillos papel y lápiz, por lo que le ordenó nuevamente que fuera a casa.

«Colmillo Blanco» le miró, echó a correr, volvió y aulló débilmente. El amo le habló con voz muy suave, pero enérgica. Él levantó las orejas y escuchó con profunda atención.

—Está bien, está bien, chico, vete a casa —le dijo—. Vete a casa y cuéntales lo que me ha pasado. Vete a casa, lobo. ¡A casa!

«Colmillo Blanco» conocía el significado de la palabra casa, y aunque no entendió todo lo demás que le decía su amo, sabía que era su deseo que fuera allí. Dio vuelta y echó a andar, con bastante mala voluntad. Luego se detuvo indeciso, y echó una mirada hacia atrás por encima de los hombros.

—¡Vete a casa! —ordenó Scott enérgicamente, y esta vez obedeció.

La familia se encontraba en el porche tomando el fresco, cuando llegó «Colmillo Blanco», agotado y cubierto de polvo.

—Weedon ha vuelto —dijo su madre.

Los niños recibieron a «Colmillo Blanco» con alegres gritos y salieron corriendo para acariciarle. Él trató de evitarlos, pero le arrinconaron entre una mecedora y la baranda. «Colmillo Blanco» gruñó y trató de alejarlos a empujones. Su madre, que no las tenía todas consigo, les observaba.

—Confieso que me pone nerviosa por los chicos —dijo—. Tengo miedo de que el día menos pensado se va a echar sobre ellos para herirles.

Aullando de forma salvaje, «Colmillo Blanco» abandonó el rincón, atropellando a ambas criaturas. La madre los llamó y trató de consolarlos, advirtiéndoles, además, que no debían meterse con él.

—Un lobo es un lobo —comentó el juez Scott—. No se puede uno fiar de ninguno.

—Pero no es enteramente un lobo —le interrumpió Isabel, decidida a defender a su hermano ausente.

—Para afirmar eso te basas exclusivamente en la opinión del propio Weedon —replicó el juez—. Él tampoco sabe nada seguro. Supone, simplemente, que algunos de los antepasados de «Colmillo Blanco» fueron perros. Pero él mismo dice que sólo lo supone, pero no que lo sabe. En cuanto al aspecto...

No pudo terminar la frase. «Colmillo Blanco» se plantó ante él, aullando ferozmente. El juez le ordenó que se echara, pero no le hizo caso. «Colmillo Blanco» se dirigió a la esposa de su amo, que gritó aterrorizada cuando él se prendió de la falda, tirando hasta romper el débil tejido. Entonces se convirtió en el centro del interés. Dejó de gruñir y con la cabeza alta miraba a todos. Su garganta se movía espasmódicamente, pero ningún sonido salía de ella, mientras luchaba con todas las fuerzas de su cuerpo por librarse de aquel algo incomunicable que quería salir de él.

—Espero que no se haya vuelto loco —dijo la madre de Weedon—. Siempre he dicho que un clima cálido como éste no es sano para un animal del Ártico.

—Pues yo diría que está tratando de hablar —afirmó Isabel.

En aquel momento le fue dado el don de expresión a «Colmillo Blanco», que empezó a ladrar ruidosamente.

—Algo le ha pasado a Weedon —dijo su esposa muy convencida.

Todos se pusieron en pie. «Colmillo Blanco» echó a correr escaleras abajo, mirando hacia atrás, de cuando en cuando, para ver si le seguían. Por segunda y última vez en su vida había ladrado y se había hecho entender.

Después de este suceso los corazones de los habitantes de Sierra Vista latieron aún más enérgicamente por «Colmillo Blanco». Hasta el encargado de las caballerizas, cuyo brazo había mordido «Colmillo Blanco», concedió que era un perro muy inteligente, no obstante de ser un lobo.

El juez Scott seguía siendo de la misma opinión. Mediante medidas y descripciones tomadas de enciclopedias y de diversas obras sobre historia natural demostró, a satisfacción de todos, que «Colmillo Blanco» era un lobo.

Pasaron los días, trayendo sin interrupción la luz y el calor del sol al valle de Santa Clara. Cuando aquéllos se acortaron e iba a empezar su segundo invierno en las tierras del Sur, «Colmillo Blanco» hizo un extraño descubrimiento. Los dientes de «Collie» ya no le mordían. Se había puesto juguetona y había en ella una suavidad que impedía que sus ataques hirieran realmente a «Colmillo Blanco», que olvidó que le había convertido la vida en un infierno. Cuando ella se le acercaba, él respondía solemnemente, tratando de ser juguetón, sin conseguir otra cosa que ponerse en ridículo.

Un día, ella le condujo, en una loca carrera, a través de los pastos y de los bosques. El amo montaba todas las tardes a caballo, y «Colmillo Blanco» lo sabía. El corcel estaba ya ensillado y esperaba en la puerta. Pero había en él algo más profundo que todas las leyes que hubiera aprendido, que las costumbres que le habían moldeado, que el cariño que sentía por el amo, que el mismo deseo de vivir. Cuando «Collie» se le acercó, le tocó con el hocico y echó a correr, él, que un instante antes no sabía qué decidir, dio media vuelta y la siguió. Aquel día el amo anduvo solo a caballo. En los bosques, «Colmillo Blanco» corría junto a «Collie» como, muchos años antes, «Kiche», su madre, y el viejo «Tuerto» habían recorrido las selvas de las tierras del Norte.

CAPÍTULO V
El lobo dormido

Por aquellos tiempos los periódicos estaban llenos de noticias acerca de la audaz fuga de un preso de la cárcel de San Quintín. Era un hombre feroz, cuyos orígenes habían sido bastante malos. No había nacido bien, y la mano de la sociedad no le había ayudado a moldearle; por el contrario, él mismo era una demostración notable de la dureza del efecto de las causas sociales sobre un ser humano. Era una bestia, mejor dicho una bestia humana, tan terrible que podría calificársele de carnívoro.

En la prisión de San Quintín había demostrado ser incorregible. Los castigos no podían alterar su espíritu. Podía morir en silencio y pelear hasta el mismísimo fin, pero no podía vivir y experimentar una derrota. Cuanto más ferozmente luchaba, más dura era la sociedad con él, consistiendo el único efecto en hacerle aún más feroz. Para Jim Hall las camisas de fuerza, los largos períodos a pan y agua y los golpes resultaban un tratamiento equivocado, pues era lo mismo que le habían dado desde niño, cuando vivía en el barrio de San Francisco, blanda arcilla en manos de la sociedad, que hubiera podido adquirir la forma que ésta quisiera darle.

Durante su tercera condena en la prisión, Jim Hall encontró a un guardia casi tan bestia como él que le trató injustamente; mintió acerca de su conducta ante el jefe de la prisión, haciéndole perder la poca confianza que merecía aún y persiguiéndole en toda forma. La diferencia entre los dos consistía en que el guardia llevaba un manojo de llaves y un arma. Jim Hall tenía sólo sus manos limpias y sus dientes. Pero un día saltó sobre el carcelero utilizando los dientes, como cualquier animal de la selva.

Después de esto, Jim Hall pasó tres años en la celda de los incorregibles, cuyos muros, techo y suelo eran de hierro, y que nunca se le permitió abandonar durante aquel período, durante el que no vio el sol o el cielo. El día era un crepúsculo gris y la noche un silencio negro. Se le había enterrado vivo en un ataúd de hierro. Nunca vio una cara humana ni habló con nadie. Cuando se le alcanzaba la comida gruñía como un animal. Odiaba a todos y a todas las cosas. Durante días y noches escupió su rabia contra la humanidad. Durante meses no pronunció una palabra, devorando su propia alma en aquel negro silencio. Era al mismo tiempo un ser humano y un monstruo, algo tan terrible como las elucubraciones de una mente enloquecida.

Una noche pudo escapar. El jefe de la prisión dijo que era imposible, pero, sin embargo, la celda estaba vacía, aunque no del todo, pues dentro de ella se encontraba el cadáver de uno de los guardias. Otros dos indicaban el trayecto que había seguido para salir de la prisión. Había matado a los tres con sus manos.

Estaba armado con los revólveres de los tres carceleros. Era un arsenal viviente que huía a través de las colinas, perseguido por todas las fuerzas de la sociedad. Se había puesto un alto precio a su cabeza. Los avarientos aldeanos recorrían los alrededores con armas de fuego en la mano. Con el importe de la recompensa se podía pagar la hipoteca o mandar al hijo a la Universidad. Personas poseídas de un alto espíritu de justicia sacaron a relucir sus rifles y se echaron al campo. Una traílla de sabuesos seguía las huellas que dejaban sus pies, que sangraban. Y los sabuesos de la ley, los animales de presa de la sociedad, seguían estrechamente sus pasos, utilizando el teléfono, el telégrafo y los trenes especiales.

Algunos llegaron a encontrarse frente a frente con él, luchando entonces como héroes, o echaron a correr atravesando hasta alambradas de púa, para mayor regocijo de los tranquilos ciudadanos de la república que leían la aventura en el periódico durante el desayuno. Llegaban a las ciudades los muertos o los heridos, llenando otros las raleadas filas que se interesaban por la caza del hombre.

Entonces desapareció Jim Hall. Los sabuesos perdieron la pista. Hombres armados detenían a los inofensivos habitantes de remotos valles y les obligaban a identificarse. Mientras tanto, mucha gente ansiosa de dinero descubrió una docena de veces el cadáver de Jim Hall en la ladera de alguna montaña.

Entretanto, en Sierra Vista se leían esas noticias no con interés, sino con ansiedad. Las mujeres estaban realmente asustadas. El juez Scott parecía echarlo todo a barato y tomarlo a broma, aunque sin razón, pues en los últimos tiempos del ejercicio de su profesión debió juzgar el caso Jim Hall y pronunciar sentencia. Al oírla, el penado, cuando todavía se encontraba en la sala y podían oírle todos los presentes, juró que llegaría el día en que tomaría venganza del juez que le condenaba.

Aquella vez Jim Hall tenía razón. Era inocente del crimen de que se le acusaba. En la jerga peculiar de los ladrones y de la Policía era un caso de descarrilamiento. Se había descarrilado a Jim Hall atribuyéndole un delito que no había cometido. Teniendo en cuenta sus dos condenas anteriores, el juez Scott le sentenció a cincuenta años, lo que equivalía de hecho a cadena perpetua.

El magistrado no podía saberlo todo: que él mismo era cómplice de una conspiración policial; que las acusaciones de los testigos eran amañadas, y que Jim Hall era inocente del crimen del que se le acusaba. Por otra parte, el condenado no podía saber que el juez ignoraba todo eso. Jim Hall creía que estaba confabulado con la Policía para perderle y para cometer aquella monstruosa injusticia. Cuando oyó la sentencia de cincuenta años, que equivalía a enterrarle en vida, Jim Hall, odiando todas las cosas, en particular aquella sociedad que abusaba de él, se puso en pie y se desató en improperios, hasta que tuvieron que sacarle de la sala del juzgado media docena de sus uniformados enemigos. Para él, el juez era la piedra angular de la injusta construcción. Contra él desahogó todo su odio y su rabia, y sobre él aulló la amenaza de su futura venganza. Después, Jim Hall fue a aquel cementerio de vivos... y escapó.

«Colmillo Blanco» no sabía nada de todo eso. Entre él y Alicia, la esposa del amo, existía un secreto. Todas las noches, después de que la familia se había ido a dormir, ella se levantaba y hacía entrar a «Colmillo Blanco» para que durmiera en el porche. Como no era un perro muy amable, no se le permitía dormir en casa, por lo que Alicia debía levantarse antes que todos, bajar y echar afuera otra vez a «Colmillo Blanco».

Una noche, mientras todos dormían, «Colmillo Blanco» se despertó y se quedó echado, sin hacer ruido. Husmeó el aire y leyó el mensaje que le traía, según el cual había un dios extraño en la casa. Hasta sus oídos llegaron los sonidos que hacía al moverse. «Colmillo Blanco» no gritó, pues no era su costumbre. El dios extraño se movía suavemente, pero «Colmillo Blanco» era capaz de hacerlo aún mejor, pues no usaba ropa que produjera ruido al frotar contra su cuerpo. Le siguió silenciosamente. En la selva había perseguido carne viviente infinitamente tímida, por lo que conocía el valor de la sorpresa.

El dios extraño se detuvo delante de la escalera y escuchó, mientras «Colmillo Blanco», tan inmóvil como si estuviera muerto, le vigilaba y esperaba. Allá arriba, donde terminaba la escalera, dormía el amo y los seres que él más amaba. Erizó el pelo y esperó. El dios extraño levantó el pie para empezar a subir.

Entonces, «Colmillo Blanco» atacó, sin advertencia previa, sin gruñir. Saltó cayendo sobre las espaldas del dios extraño. Apretando sus patas delanteras sobre los hombros del intruso, mientras hundía sus dientes en la nuca, consiguió que se volviera y le hiciera frente. Luego

N

ambos cayeron al suelo. El animal atacante se desprendió de un salto y con sus dientes impidió que el hombre se levantara.

Sierra Vista se despertó alarmada. El ruido que venía del nacimiento de la escalera parecía el de una batalla entre demonios. Se oyeron disparos de armas de fuego y la voz de un hombre, que gritaba horrorizado y angustiado, a la vez que aullidos, sobre lo cual resonó el estruendo de vidrios rotos.

Pero la conmoción cesó casi tan rápidamente como se había iniciado. La lucha no había durado más de tres minutos. Los asustados habitantes de la casa se reunieron en el lugar del piso superior donde empezaba la escalera. De allá abajo, como de un abismo en tinieblas, llegó un ruido, como el de burbujas que se desprenden del agua y que poco a poco se convertían en un silbido que también cesó muy pronto. Nada se oía ya, salvo la respiración entrecortada de algún ser vivo.

Weedon Scott encendió la luz, que inundó la escalera y el vestíbulo. Entonces el juez y su hijo bajaron cautelosamente, cada uno armado con un revólver. Las precauciones eran innecesarias, pues «Colmillo Blanco» había hecho un buen trabajo. En medio de los muebles deshechos, tirado sobre un costado, oculta la cara por un brazo, estaba un hombre. Weedon Scott se acercó, le separó la mano de la cara y le puso boca arriba. Una horrible herida en la garganta explicaba la causa de la muerte.

—¡Jim Hall! —dijo el juez Scott.

Padre e hijo se miraron significativamente.

Entonces se dirigieron a «Colmillo Blanco», que se encontraba en la misma posición. Tenía los ojos cerrados, aunque intentó abrirlos cuando se inclinaron sobre él tratando de mover también la cola, sin producir más que una vibración insignificante. Weedon Scott le acarició, y «Colmillo Blanco» trató de agradecérselo, como acostumbraba a hacerlo, con un gruñido, que resultó muy débil y que cesó inmediatamente. Se le cerraron los ojos y todo su cuerpo pareció descansar y extenderse por el suelo.

—¡Pobre animal! Está muriéndose.

—Eso lo veremos —exclamó el juez Scott, dirigiéndose al teléfono.

—Francamente creo que se puede apostar mil contra uno —dijo el veterinario después de trabajar hora y media sobre el cuerpo de «Colmillo Blanco».

La aurora empezaba a hacer palidecer la luz eléctrica. Excepto los niños, toda la familia rodeó al veterinario, para oír su opinión.

—Tiene rota una de las patas traseras, y tres costillas, una de las cuales debe haber perforado el pulmón. Ha perdido casi toda la sangre. Es sumamente probable que existan lesiones internas. Creo que cuando se encontraba en el suelo, el intruso debió haberle pisoteado. Sin contar tres perforaciones de bala. Decir que se puede apostar mil contra uno es demasiado optimismo. Sería arriesgado apostar diez mil contra uno.

—Pero no debe desperdiciarse ninguna oportunidad, por pequeña que sea —exclamó el juez Scott—. No se preocupe por los gastos, utilice rayos X o lo que sea preciso. Weedon, telegrafía enseguida al doctor Nichols, de San Francisco. Como usted comprenderá, no es que no estemos satisfechos de usted, pero debemos hacer todo lo posible.

El veterinario sonrió indulgentemente.

—Lo comprendo muy bien. Merece todo lo que se haga por él. Ustedes tienen que cuidarle como si fuera un ser humano, un niño enfermo. No se olviden de tomarle la temperatura. Volveré a las diez.

«Colmillo Blanco» se dejó cuidar. Las mujeres rechazaron indignadas la sugerencia del juez Scott de traer una enfermera profesional, encargándose ellas mismas de cuidar al herido. En mérito de aquella probabilidad de uno contra diez mil que le concedía el veterinario, «Colmillo Blanco» ganó la batalla.

No debe censurarse al doctor por haberse equivocado. Durante toda su vida había atendido y operado a los delicados hijos de la civilización, que vivían continuamente protegidos y que descendían de generaciones sometidas a las mismas condiciones. Comparados con «Colmillo Blanco», eran frágiles, débiles, y tendían sus brazos a la vida sin poder aferrarse a ella. Pero «Colmillo Blanco» provenía de la selva, donde los débiles perecen y no se concede cuartel a nadie. Ni en su padre, ni en su madre, ni en todos los progenitores de ambos se encontraba un solo individuo débil. La herencia de «Colmillo Blanco» era una constitución de hierro y su vitalidad la de la selva. Se aferraba a la vida con todas sus fuerzas, con todo su cuerpo, en carne y espíritu, con la tenacidad que desde la Creación fue dada a las criaturas.

«Colmillo Blanco» pasó varias semanas atado, impedidos sus movimientos por el yeso y las vendas. Dormía largas horas y soñaba mucho, pasando por su mente, como en una interminable procesión, las figuras de las tierras del Norte. Surgieron en su cerebro todos los espectros del pasado. Vivió otra vez con «Kiche» en el cubil y se arrastró temblando a los pies de Nutria Gris, prometiendo serle fiel; huía delante de «Bocas» y de los otros cachorros que hacían un ruido como el de un manicomio.

Seguía corriendo en silencio, cazando para mantenerse en los meses de hambre. Corría siempre a la cabeza del trineo, mientras detrás de él restallaba el látigo de Mit-sah o de Nutria Gris, que gritaban: —¡Ra!, ¡ra!— cuando llegaban a un punto donde se estrechaba la senda, y los perros, que antes se desplegaban en abanico, se ponían ahora el uno detrás del otro para poder pasar. Vivió otra vez los días de Smith el Bonito y volvió a librar todas aquellas luchas. Entonces aullaba y enseñaba los dientes, y las personas que estaban a su alrededor opinaban que tenía alguna pesadilla.

Pero sufrió intensamente de una particular: de los monstruos ruidosos, los tranvías eléctricos, que le parecían linces gigantescos. Se ocultaba en un bosquecillo para esperar que saliera algún pájaro. Cuando saltaba para cazarle se transformaba en un tren, amenazador y terrible, que se elevaba como una montaña, gritando y echando fuego sobre él. Ocurría lo mismo cuando desafiaba al halcón a que descendiera de los cielos. Bajaba del azul como un rayo, transformándose en un tranvía en cuanto le tocaba. En sueños le parecía encontrarse en la celda, donde le mantuvo Smith el Bonito. Afuera se reunían los hombres, por lo que él comprendía que le esperaba una pelea. Vigilaba la puerta para ver entrar a su enemigo, pero cuando se abría aparecía por ella un tranvía, uno de aquellos horribles coches eléctricos. Soñó mil veces con ello, y siempre era igualmente intenso y vívido el terror que le inspiraba.

Finalmente llegó el día en que le quitaron la última venda y el último pedazo de yeso. Fue un día de fiesta. Todos los habitantes de Sierra Vista se encontraban alrededor del animal curado. El amo le acarició las orejas, y «Colmillo Blanco» respondió con su gruñido de cariño. La esposa del amo le llamó Bendito Lobo, nombre que todas las mujeres aceptaron entusiasmadas.

Intentó levantarse, pero después de muchos esfuerzos volvió a caerse, tan débil estaba. Había estado tanto tiempo tumbado, que sus músculos habían perdido la destreza y la fuerza. Se sintió un poco avergonzado de su debilidad, como si fracasara en el servicio que debía a los dioses, por lo que hizo esfuerzos heroicos para levantarse, lo que finalmente consiguió, no sin tambalearse un poco.

—¡Bendito lobo! —exclamaron las mujeres a coro.

El juez Scott las observó triunfalmente.

—Me gusta que lo digáis —dijo—. Exactamente como yo lo he afirmado siempre. Ningún perro hubiera podido hacerlo. Es un lobo.

—Un lobo bendito —le corrigió su esposa.

—Sí, un Bendito Lobo —corroboró el juez—. De ahora en adelante, le llamaremos así.

—Tendrá que aprender a caminar otra vez —dijo el veterinario—. Puesto que así ha de ser, vale más que empecemos ahora mismo. No le hará daño. ¡Afuera con él!

Como un rey rodeado por todos los habitantes de Sierra Vista, abandonó la casa. Estaba muy débil, y en cuanto llegaron al jardín tuvo que echarse a descansar.

Prosiguió la procesión. A medida que la sangre empezaba a circular más activamente por sus venas, «Colmillo Blanco» sentía renacer sus fuerzas. Llegaron a los establos, donde se encontraba tirada «Collie», tomando el sol, rodeada de media docena de cachorros.

«Colmillo Blanco» los miró asombrado. «Collie» gruñó advirtiéndole que no se acercara y él fue lo suficientemente cauto como para mantenerse a una prudente distancia. Con los pies, el amo le alcanzó uno de los cachorros. Erizó el pelo, pero la voz de Scott le tranquilizó. «Collie», a quien una de las mujeres abrazaba para que no se precipitara sobre él, lanzó un gruñido a modo de advertencia.

El cachorrillo se arrastró hasta él. «Colmillo Blanco» levantó las orejas y le observó con curiosidad. Se tocaron las narices, sintiendo la cálida lengüecilla del cachorro en las fauces. Sin saber por qué lo hacía, «Colmillo Blanco» sacó también la lengua y lamió la cara del animalillo.

Los dioses saludaron aquel hecho, aplaudiendo encantados. «Colmillo Blanco» les miró sorprendido. Su debilidad se manifestó de nuevo, por lo que se echó enteramente, bajando las orejas, inclinada la cabeza de un lado, mientras seguía vigilando al cachorro, al que se unieron sus hermanos con gran disgusto de «Collie». Sin perder nada de su grave dignidad, «Colmillo Blanco» permitió que se le subieran encima. Al principio, en medio de las risas de los dioses, dejó traslucir algo de su antigua vergüenza, pero tal sentimiento se desvaneció mientras los cachorros seguían jugando con él. «Colmillo Blanco» cerró los ojos y se quedó dormitando al sol.

LA LLAMADA DE LO SALVAJE

CAPÍTULO PRIMERO
Hacia lo primitivo

Ansias inmemoriales de nomadismo brotan debilitando la cadena de la costumbre; otra vez, de su sueño milenario, se despierta, feroz, el atavismo.

«Buck» no leía los diarios. De haberlo hecho se habría enterado de la amenaza que se cernía no sólo sobre él, sino también sobre cualquier otro perro de la costa, desde San Diego hasta Puget Sound, que tuviera músculos fuertes y pelo largo y abrigado. Como los hombres, al tantear en la oscuridad del Ártico, habían descubierto un metal amarillo y las empresas navieras y de transportes en general pregonaban el hallazgo, miles de aventureros se lanzaban rumbo al Norte. Esos hombres necesitaban perros, y los perros que necesitaban eran perros resistentes, de músculos fuertes para el trabajo y de abundante pelo para resistir el frío.

«Buck» vivía en una gran casa, en el soleado valle de Santa Clara. La finca del juez Miller: tal era su nombre. Estaba apartada del camino, casi oculta entre árboles que apenas dejaban entrever la galería que rodeaba el edificio por los cuatro costados. Se llegaba a ella por caminos de grava que serpenteaban entre extensiones de césped y por debajo de entrelazadas ramas de álamos muy altos. La finca era mucho más vasta en la parte trasera que en el frente. Había grandes caballerizas atendidas por media docena de mozos de cuadra y algunos chiquillos, una prolija fila de viviendas para criados, cada una con su enredadera, y galpones, glorietas cubiertas de vides, campos de pastoreo, huertas y fresales. Además, había también una bomba para el pozo artesiano y un gran estanque de cemento donde los hijos del juez Miller se daban el baño matinal y se aliviaban del calor en las tardes de verano.

«Buck» era amo y señor de ese vasto dominio. Había nacido allí y allí había pasado los cuatro años de su vida. Es cierto, había otros perros —no podían faltar en finca tan vasta—, pero no tenían importancia. Iban y venían por sus perreras colectivas o estaban reducidos a los rincones más sombríos de la casa, como «Toots», el dogo japonés, o «Ysabel», la calva chihuahua, extrañas criaturas que rara vez asomaban las narices más allá de las puertas y que apenas pisaban el suelo. Los foxterriers, unos veinte más o menos, aullaban tímidas protestas a «Toots» e «Ysabel», que los miraban desde los ventanales, siempre protegidos por legiones de criadas provistas de escobas y estropajos.

Pero «Buck» no era perro doméstico ni tampoco de jauría. Toda la finca era suya. Se zambullía en el estanque o salía de caza con los hijos del juez, escoltaba a Mollie y Alice, las hijas del juez, en sus caminatas nocturnas o matutinas, y en las noches de invierno se tendía a los pies del juez, ante el alegre fuego de la biblioteca; llevaba sobre el lomo a los nietos del juez o los hacía rodar por el césped, y los cuidaba celosamente cuando se aventuraban cerca de la fuente y aun más lejos, por la cuadra del establo, y aun más lejos, por los campos de pastoreo y los fresales. Entre los foxterriers se movía con majestuoso desdén e ignoraba a «Toots» e «Ysabel», pues él era el rey, rey de todo cuanto caminara, se arrastrara o volara por los vastos dominios del juez Miller, incluidos los seres humanos.

«Elmo», su padre, un enorme san bernardo, había sido compañero inseparable del juez, y «Buck» seguía los pasos de su padre. No era tan grande como él, pues sólo pesaba ciento cuarenta libras, ya que «Shep», su madre, había sido una perra ovejera. Sin embargo, esas ciento cuarenta libras sumadas a la dignidad que resulta de la buena vida y el respeto universal le habían dado un porte realmente aristocrático. En sus cuatro años había llevado la vida de un mimado sibarita, y se había tornado orgulloso y hasta egoísta, a la manera de los señores rurales que, por su aislamiento, llegan a considerarse como el centro del universo. Pero se había salvado a sí mismo al no transformarse en un mimado perro doméstico. Las cacerías y demás placeres de la vida al aire libre le habían evitado la adiposidad y le habían endurecido los músculos; su afición al agua era a la vez un tónico y una manera de conservar la salud.

Así era «Buck» cuando el hallazgo de oro en Klondike (corría el otoño de 1897) arrastró a hombres de todo el mundo hacia el helado Norte. Pero «Buck» no leía los diarios y no sabía que Manuel, uno de los ayudantes del jardinero, era compañía poco recomendable. Manuel tenía un vicio: le gustaba jugar a la lotería china. Y además, al jugar, tenía una debilidad ruinosa: confianza en un método, cosa que le llevaba a la perdición. Jugar siguiendo un método requiere mucho dinero y el salario de un ayudante de jardinero apenas si cubre las necesidades de una esposa y abundante progenie.

El juez asistía a una reunión de la Sociedad de Viticultores y los muchachos estaban muy ocupados organizando un club deportivo la memorable noche de la traición de Manuel. Nadie le vio llevarse a «Buck» a través de la huerta, en lo que el animal supuso sería un simple paseo. Y salvo un hombre solitario, nadie los vio llegar a la pequeña estación ferroviaria de College Park. Ese hombre habló con Manuel y cierta suma de dinero cambió de dueño.

—Podrías envolver la mercancía antes de entregarla —gruñó el desconocido, y Manuel pasó una gruesa cuerda por el collar de «Buck».

—Tuérzala y lo dejará sin aliento —dijo Manuel, y el desconocido asintió con un gruñido.

«Buck» aceptó la soga con silenciosa resignación. Era una ceremonia inesperada, pero había aprendido a confiar en los hombres y a suponer que estos tenían razones que superaban el entendimiento de un perro. Pero cuando el extremo de la cuerda pasó a manos del desconocido gruñó amenazadoramente. Insinuó apenas su descontento: en su mundo, una insinuación suya equivalía a una orden. Mas, para su sorpresa, la cuerda le ciñó el cuello, asfixiándolo. Furioso, se lanzó hacia el hombre, que le salió al encuentro, lo asió por el cuello y, con una hábil torsión de la cuerda, lo derribó por tierra y después la cuerda se ajustó fuertemente, mientras «Buck» luchaba enardecido, la lengua fuera, el enorme pecho subiendo y bajando inútilmente. Nunca en su vida lo habían tratado tan mal, nunca en su vida se había sentido tan salvajemente rabioso. Pero sus fuerzas se agotaron, los ojos se le pusieron vidriosos y no advirtió que, al detenerse el tren, los dos hombres lo arrojaron en el vagón de carga.

Cuando se recuperó, le dolía la lengua y tuvo la sensación de estar viajando en algún vehículo. El agudo silbato de una locomotora le hizo saber dónde estaba. Tanto había viajado con el juez que conocía perfectamente la sensación de estar en un vagón de carga. Abrió los ojos y en ellos se reflejó la incontenible ira del rey secuestrado. El hombre procuró asirlo por el cuello, pero «Buck» fue más rápido; sus mandíbulas se cerraron sobre la mano y no soltaron la presa hasta que la cuerda que le ceñía el cuello le hizo perder nuevamente el conocimiento.

—Sí, le dan ataques —dijo el hombre, ocultando su mano herida a las miradas del encargado del vagón, que había acudido al oír el ruido de la lucha—. Lo llevo a San Francisco por orden de mi amo. Allí hay un veterinario que cree que podrá curarlo.

Con respecto al viaje de aquella noche, el hombre habló elocuentemente en la trastienda de un bar del puerto de San Francisco:

—¡No gano más que cincuenta dólares! —refunfuñó—. ¡Ni por mil volvería a hacerlo!

Tenía la mano envuelta en un pañuelo ensangrentado y la pernera derecha del pantalón desgarrada desde la rodilla hasta el tobillo.

—¿Cuánto sacó el otro? —preguntó el tabernero.

—Cien —fue la respuesta—. No quiso venderlo ni por un centavo menos.

—Ciento cincuenta en total —calculó el tabernero—. Y los vale o soy un idiota.

El secuestrador se quitó el sanguinolento vendaje y se miró la mano herida:

—Si no pesco la rabia...

—... será porque naciste para morir en la horca —se burló el tabernero—. Ven, dame una mano antes de marcharte —agregó.

Aturdido, con un dolor insoportable en el cuello y la lengua, semiasfixiado por la cuerda, «Buck» trató de enfrentarse a sus torturadores. Pero lo derribaron y le ciñeron aún más la cuerda, hasta que pudieron limarle el pesado collar. Después, le quitaron la cuerda y lo encerraron en un cajón de embalar muy semejante a una jaula.

Allí pasó el resto de esa agotadora noche, destilando rabia y orgullo herido. No lograba comprender qué estaba ocurriendo. ¿Qué pretendían de él esos desconocidos? ¿Por qué lo habían encerrado en esa estrecha jaula? No sabía por qué, pero se sentía oprimido por el vago presentimiento de un desastre inminente. Varias veces durante la noche, al oír que se abría la puerta del cobertizo, se incorporó de un salto, con la esperanza de ver aparecer al juez Miller o a alguno de sus muchachos; pero era siempre la mofletuda cara del tabernero, que se asomaba y lo espiaba a la mortecina luz de una vela. Entonces, el alegre ladrido que le subía por la garganta se le transformaba en un gruñido salvaje.

Pero el tabernero no lo molestó. Y a la mañana siguiente aparecieron cuatro hombres y cargaron la jaula. «Más torturadores», pensó «Buck»; y realmente lo parecían, con sus toscas fachas y su ropa hecha andrajos. A través de los barrotes les ladró rabiosamente, pero ellos se limitaron a reír y, de cuando en cuando, lo azuzaron con un palo que «Buck» intentó asir con los dientes hasta que cayó en la cuenta de que eso era precisamente lo que los hombres querían. Así pues, se tendió sombríamente y dejó que cargaran el cajón en un carro. A partir de ese momento, él y la jaula en la que estaba preso empezaron a pasar de mano en mano. Los empleados de la empresa de transportes se hicieron cargo de él y lo subieron a otro vagón; un camión lo condujo, con un montón de cajones y envoltorios, hasta un vapor; del vapor fue a parar a un depósito de ferrocarril, y por fin lo depositaron en un vagón expreso.

Durante dos días con sus noches, el vagón fue arrastrado por ululantes locomotoras, y durante dos días con sus noches «Buck» no comió ni bebió. En su furia, enfrentó con gruñidos y dentelladas los gestos amistosos de los empleados del ferrocarril, y estos se desquitaron haciéndole burlas. Cuando se lanzaba contra los barrotes, temblando y echando espumarajos, se reían de él y lo ridiculizaban. Gruñían y ladraban como perros despreciables, maullaban y agitaban los brazos y cacareaban. Todo era muy tonto (lo advertía perfectamente), pero cuanto más tonto le parecía, mayor era el ultraje a su dignidad, y su furia crecía sin medida. No le importaba mucho el hambre, pero la falta de agua le hacía sufrir terriblemente, y su indignación se tornaba frenesí. Nervioso y exageradamente sensible por esta causa, los malos tratos le provocaron un estado febril que se acentuaba con la inflamación de la garganta reseca y la lengua hinchada.

Sólo una cosa le aliviaba: la cuerda ya no le ceñía el cuello. Eso les había permitido someterlo, pero ya no contaban con esa ventaja desleal y nunca más podrían volver a dominarlo. Nunca volverían a ceñirle una cuerda al cuello: estaba seguro. Durante dos días con sus noches no comió ni bebió, pero durante esos dos días y esas dos noches de tormento acumuló una cólera que presagiaba males espantosos para el primero que se le pusiera al alcance de los colmillos. Los ojos se le fueron inyectando en sangre y se transformó en una verdadera bestia salvaje; estaba tan cambiado que ni el mismo juez hubiera podido reconocerlo. Los empleados del ferrocarril suspiraron con alivio cuando, en Seattle, lo descargaron del tren.

Con temor, cuatro mozos de cordel transportaron el cajón hasta un patio cerrado por una alta pared. Un hombre gordo, de tricota roja, salió al patio y firmó el recibo de la jaula. «Buck» intuyó que ese hombre sería su torturador y se lanzó contra los barrotes. El hombre gordo sonrió fríamente y se armó de un hacha y un garrote.

—No se le ocurrirá soltarlo ahora —preguntó con terror uno de los mozos de cordel.

—Claro que sí —respondió el hombre descargando el hacha sobre las maderas del cajón.

Los cuatro hombres que habían llevado el cajón echaron a correr como enloquecidos y, luego de trepar hasta el borde del muro, se acomodaron para gozar del espectáculo.

«Buck» se lanzó contra las maderas astilladas, mordiéndolas, luchando por despedazarlas. Cada vez que el hombre golpeaba con el hacha, allí estaba él, desde dentro, gruñendo y rugiendo, tan ansioso por salir como lo estaba el hombre de la zamarra roja por sacarlo.

—¡Vamos, demonio enloquecido! —le dijo cuando hubo abierto un boquete lo suficientemente grande como para permitir que pasara el cuerpo de «Buck». Al mismo tiempo, dejó caer el hacha y pasó el garrote a su mano derecha.

«Buck» era realmente un demonio enloquecido cuando se preparó para saltar: tenía el pelo erizado, su boca rezumaba espuma y un brillo demencial le asomaba en los ojos inyectados de sangre. Súbitamente, sus ciento cuarenta libras de furia exaltada por la pasión de dos días y dos noches de encierro se lanzaron contra el hombre. En pleno salto, cuando sus fauces iban ya a aferrar el cuello del hombre, «Buck» recibió un golpe que lo detuvo en seco. Sus dientes se cerraron en un choque doloroso. Giró sobre sí mismo y cayó sobre el lomo. Nunca lo habían castigado con un garrote y no comprendió qué ocurría. Con un grito que era a la vez aullido y ladrido, volvió a la carga. Un nuevo y demoledor garrotazo lo derribó. Entonces se dio cuenta de que la causa de su dolor era el garrote, pero su furia ya no conocía límites. Doce veces cargó contra el hombre y otras tantas el garrote contuvo el ataque y lo abatió.

Después de un golpe particularmente feroz, se incorporó a duras penas, demasiado aturdido para atacar. Avanzó tambaleándose, mientras la sangre le brotaba de la nariz y las orejas y le manchaba el hermoso pelaje. El hombre se le acercó y le descargó un terrible golpe en el hocico. Todo el dolor que «Buck» había soportado era nada en comparación con la aguda agonía de ese ataque perverso. Con un rugido leonino se abalanzó otra vez sobre el hombre. Pero este, luego de pasar tranquilamente el garrote a su mano izquierda, asió a «Buck» por debajo de las quijadas y lo sacudió hacia abajo y hacia atrás. «Buck» describió un círculo en el aire y fue a dar en el suelo con la cabeza y el pecho. Atacó por última vez. Entonces el hombre descargó el golpe que había reservado astutamente durante todo ese tiempo y «Buck» se desplomó sin sentido.

—¡Cómo sabe domar perros! —gritó entusiasmado, desde lo alto del muro, uno de los mozos de cordel.

—Druther es capaz de domar uno por día y dos los domingos —dijo otro.

Poco a poco, «Buck» empezó a recobrar el sentido, pero no su fuerza. Siguió tendido en el sitio donde se había desplomado y observó al hombre de la zamarra roja.

—Se llama «Buck» —reflexionó el hombre, citando la carta con la que el tabernero le anunciaba el envío de la jaula y el perro—. Bueno, «Buck»: hemos peleado un poco, pero no vale la pena que las cosas pasen a mayores —de pronto parecía de buen humor—. Has aprendido cuál es tu lugar y yo sé perfectamente cuál es el mío. Pórtate bien y todo marchará bien. Pórtate mal y te romperé la crisma, ¿entiendes?

Mientras hablaba acarició sin temor la cabeza que había golpeado con tanta ferocidad. «Buck» soportó sin protestar el roce de esa mano que le ponía los pelos de punta. Pero cuando el de la zamarra roja le trajo agua, bebió ávidamente. Y después devoró la generosa ración de carne cruda que aquel hombre le sirvió directamente con las manos.

Había perdido, lo sabía; pero no estaba derrotado. De una vez por todas comprendió que no tenía defensa contra un hombre armado de un garrote. Había aprendido la lección y no la olvidaría por el resto de su vida. Ese garrote era una revelación. Era su presentación en el reino de la ley primitiva y había salido a encontrarlo a mitad de camino. Las verdades de la vida habían cobrado apariencias violentas y al enfrentarlas sin acobardarse lo había hecho con toda la astucia latente en su verdadera índole. Con el correr de los días vio llegar otros perros: unos en jaulas, como él; otros, simplemente sujetos por cuerdas; unos, dócilmente; otros, gruñendo y ladrando como él. Y a unos y a otros los vio someterse al hombre de la zamarra roja. Una y otra vez, mientras presenciaba aquel brutal espectáculo, «Buck» asimiló la lección: un hombre con un garrote es la ley, un amo al que se debe obedecer, e incluso adular. «Buck» jamás incurrió en esto último, pero vio a muchos perros vencidos que trataban de ganarse el favor del hombre y meneaban la cola y le lamían la mano. Y hasta vio a un perro, que ni obedeció ni se dio por vencido, morir en la lucha por la supremacía.

De cuando en cuando aparecían hombres que hablaban acalorada o zalameramente con el de la zamarra roja. Y en tales ocasiones, cuando entregaban dinero, los desconocidos se llevaban uno o más perros. «Buck» se preguntaba adónde irían, pues nunca regresaban; pero el temor al futuro lo dominaba y se sentía feliz cada vez que no era elegido.

Pero por fin le llegó el turno, encarnado en un rugoso hombrecito que escupía un derrengado inglés entre muchas y torpes exclamaciones que «Buck» no lograba comprender.

—¡Caramba! —exclamó cuando sus ojos se fijaron en «Buck»—. ¡Esto ser perro buena cría! Eh: ¿cuánto costar?

—Trescientos. Y es un regalo —fue la rápida contestación del hombre de la zamarra roja—. Y ya que pagas con plata del gobierno, no irás a quejarte, ¿eh, Perrault?

Perrault sonrió. Considerando que el precio de los perros andaba por las nubes, aquella no era una suma exorbitante por un animal tan bueno. El gobierno canadiense no perdería nada, ni su correspondencia andaría más lentamente. Perrault era experto en la materia y al ver a

«Buck» comprendió que se trataba de uno entre mil. «Uno entre mil», reflexionó para sus adentros.

«Buck» vio que cierta cantidad de dinero pasaba de uno a otro de los hombres, y no se sorprendió cuando él y «Curly», una simpática Terranova, se marcharon con el hombrecito rugoso. Fue esa la última vez que vieron al hombre de la zamarra roja. Y una última y melancólica mirada a la ciudad de Seattle desde la cubierta del Narwhal fue también la despedida de ambos al templado sur. Perrault condujo a los perros bajo cubierta y los entregó a un gigante de tez oscura llamado François. Perrault era francocanadiense y bastante moreno, pero François era un mestizo francocanadiense mucho más moreno aún. Para «Buck», se trataba de una clase de hombres completamente nueva (de los que vería muchos más) y, si bien no llegó a sentir afecto por ellos, llegó empero a respetarlos sinceramente. No tardó en comprender que Perrault y François eran hombres justos, calmos e imparciales para administrar justicia, y harto inteligentes como para dejarse engañar por un perro.

En las bodegas del Narwhal, «Buck» y «Curly» se encontraron con otros dos perros. Uno era enorme y blanco como la nieve; procedía de Spitzbergen, de donde lo había sacado el capitán de un ballenero al que después había acompañado en una expedición geológica a las islas Barren. Era cordial, pero traicionero: sonreía y, mientras tanto, no cesaba de tramar barrabasadas, como aquella vez, por ejemplo, en que robó parte de la cena de «Buck», la primera que comían a bordo. En el mismo momento en que «Buck» se lanzaba a castigarlo, el látigo de François silbó en el aire y cayó sobre el culpable con tanta contundencia que lo único que tuvo que hacer «Buck» fue recoger el hueso. «Buck» resolvió que el mestizo se había portado correctamente y le cobró más respeto.

El otro perro no le prestaba atención a nadie ni trataba de robar la comida de los recién llegados. Era hosco y solitario, y le demostró claramente a «Curly» que quería que lo dejaran en paz y que habría riña si no lograba su propósito. Se llamaba «Dave» y se pasaba el día durmiendo, comiendo y bostezando, sin interesarse en nada, ni siquiera cuando el Narwhal cruzó el estrecho de la Reina Carlota y empezó a agitarse y a dar cabezadas como un poseso. Cuando «Buck» y «Curly», enloquecidos de terror, comenzaron a mostrarse nerviosos, «Dave» se limitó a erguir la cabeza, como fastidiado, los miró con indiferencia, bostezó y siguió durmiendo.

Día y noche el barco avanzó impulsado por el continuo latir de sus máquinas, y aunque todas las jornadas eran iguales «Buck» pronto advirtió que hacía cada vez más frío. Por fin, una mañana, la hélice se detuvo y una extraña agitación señoreó al Narwhal. Los perros sintieron aquello y se dieron cuenta de que se avecinaba un nuevo cambio. François les colocó las correas y los llevó a cubierta. Al dar el primer paso sobre la fría superficie, las patas de «Buck» se hundieron en algo blanco y pegajoso semejante al barro. Saltó hacia atrás dando un gruñido. Esa misma sustancia blanca caía desde arriba. Se sacudió, pero caía más y más. La olfateó; después probó un poco con la lengua. Ardía como fuego, pero desaparecía al instante. Repitió la experiencia y el resultado fue el mismo. Los hombres que lo miraban se desternillaron de risa y «Buck» se sintió avergonzado, sin saber por qué: era la primera vez que veía nieve.

CAPÍTULO II
La ley del garrote y del colmillo

El primer día de «Buck» en la playa de Dyea fue como una pesadilla. Cada hora estaba cargada de algo inesperado. De golpe lo habían arrancado de un mundo civilizado y lo habían lanzado al corazón de las cosas primitivas. La vida ya no era indolente y soleada, sin nada más que hacer que dormir y aburrirse. Ahora, no había ya paz ni descanso, ni siquiera seguridad. Todo era confusión y actividad, y no pasaba instante sin que la vida o una pata corrieran peligro. Había que mantenerse alerta todo el tiempo, pues aquellos hombres y aquellos perros no eran hombres y perros civilizados. Todos eran salvajes, los unos y los otros, y no conocían más ley que la del garrote y el colmillo.

Jamás había visto que los perros pelearan como peleaban esas fieras, y su primera experiencia le reportó una lección inolvidable.

A decir verdad, se trató de una experiencia ajena, pues de lo contrario no habría vivido para aprovecharla. «Curly» fue la víctima. Habían acampado cerca de la cabaña que servía de almacén cuando «Curly», con su habitual cordialidad, se acercó a un husky del tamaño de un lobo adulto, pero cuyo peso era apenas la mitad del de ella. No hubo advertencia, sino una embestida fulminante, un metálico chocar de dientes, una huida igualmente rápida: y el rostro de Curly quedó desgarrado desde un ojo hasta la boca.

Era la manera de pelear de los lobos: atacar y huir. Pero era, también, algo más. Treinta o cuarenta huskies se acercaron a la carrera y en atento y silencioso círculo rodearon a los combatientes. «Buck» no comprendió aquel tenso silencio, ni tampoco la ansiedad con que se relamían los huskies. «Curly» cargó sobre su adversario, que le lanzó otra dentellada y saltó hacia un costado. El husky enfrentó con el pecho la siguiente acometida de «Curly» y, con un extraño movimiento, la derribó. «Curly» jamás volvió a incorporarse. Esa caída era lo que esperaba el acechante círculo de perros. Ladrando se abalanzaron sobre «Curly», que desapareció, con lastimeros aullidos, bajo una masa de cuerpos feroces.

Tan súbito e inesperado fue todo que «Buck» quedó desconcertado. Vio que «Spitz» sacaba su roja lengua, tal como lo hacía al reírse, y vio que François, hacha en mano, saltaba en medio de la jauría. Tres hombres armados de garrotes le ayudaron a espantar los perros. No les llevó mucho tiempo. Al cabo de dos minutos, el último de los atacantes de «Curly» se había retirado con el rabo entre las piernas. Pero la pobre perra yacía sin vida, prácticamente destrozada; junto a ella, el mestizo maldecía violentamente. Durante muchos días, aquella escena turbó el sueño de «Buck». ¡Así se luchaba, pues! Nada de juego limpio. No había piedad para el que caía. «Spitz» sacó la lengua y volvió a reír. Y desde entonces, «Buck» le odió implacablemente.

Antes de que se hubiera recuperado de la sorpresa que le causó la trágica muerte de «Curly», «Buck» recibió otra. François le envió un aparejo hecho con cuero y hebillas. Era un arnés semejante a los que había visto que los caballerizos uncían a los caballos, allá en casa del juez Miller. Y de la misma forma que había visto trabajar a los caballos, así tuvo que trabajar él, arrastrando a François y su trineo hasta el bosque que orillaba el valle, y regresando con leña para el fuego. Aunque se sentía ofendido al verse tratado como bestia de carga, ya era lo bastante prudente como para no rebelarse. Puso en la tarea su mejor voluntad, a pesar de que todo le resultaba nuevo y extraño. François era duro, exigía obediencia absoluta y la conseguía con ayuda del látigo. «Dave», que era un experimentado perro de tiro, lanzaba mordiscos a las patas traseras de «Buck» cada vez que este se equivocaba. «Spitz», que iba delante y era igualmente experimentado, si bien no podía alcanzar a «Buck» gruñía su agudo reproche de cuando en cuando o arrojaba astutamente su peso hacia el camino para lograr que «Buck» siguiera la dirección debida. «Buck» aprendió rápidamente; con la tutela combinada de François y sus dos compañeros hizo extraordinarios progresos. Cuando regresaron al campamento ya sabía que «¡so!» significaba detenerse, que «¡arre!» quería decir avanzar, y que era menester tomar las curvas bien abiertas y mantenerse lo más lejos posible del perro de varas cuando el cargado trineo se lanzaba cuesta abajo.

—Trrres buenos pegros —comentó François a Perrault—. Ese «Buck» tiga más fuegte que el diablo. Apgendió bastante gápido.

Esa tarde, Perrault, que tenía prisa para entregar su correspondencia, retornó con dos perros más. «Billee» y «Joe» se llamaban. Eran hermanos y legítimos huskies. Aunque hijos de la misma madre, eran tan distintos como el día y la noche. El único defecto de «Billee» era su excesivo buen humor, en tanto que «Joe» era todo lo contrario: hosco y poco demostrativo, gruñía sin cesar y tenía mirada maligna. «Buck» los recibió amistosamente, «Dave» los ignoró y «Spitz» se dedicó a pelear primero con uno y después con el otro. «Billee» meneó concilia-doramente la cola, pero huyó despavorido al advertir que su cordialidad no servía y lloró desconsolado cuando los dientes de «Spitz» se le cla-varon en el flanco.

Pero por más que «Spitz» giró en torno de «Joe», este siempre le hizo frente: erizado el pelo, las orejas echadas hacia atrás, enseñando los dientes y con los ojos brillándole diabólicamente, era la encarnación del terror beligerante. Tan terrible resultaba su aspecto que «Spitz» se vio obligado a dejarlo en paz y se desquitó persiguiendo al inofensivo «Billee» hasta el límite del campamento.

Al atardecer, Perrault apareció con otro perro, un husky viejo, alto, escuálido y demacrado, con el rostro surcado por cicatrices de antiguas batallas, y un solo ojo que parecía proclamar hazañas dignas de respeto. Se llamaba «Sol-leks», que significaba «el iracundo», y, lo mismo que «Dave», no pedía nada, no daba nada, no aguardaba nada. Cuando se incorporó encarándose al grupo de perros, hasta «Spitz» lo dejó en paz. Tenía una peculiaridad que «Buck», para su desgracia, no tardó en des-cubrir: no le gustaba que se le acercaran por el lado de su ojo ciego. «Buck» lo hizo sin darse cuenta y tuvo el primer indicio de su indis-creción cuando «Sol-leks» se volvió repentinamente hacia él y, de una terrible dentellada, le desgarró el pecho. Desde aquel momento, evitó acercársele por el lado del ojo ciego y nunca más en su vida volvió a tener dificultades con él. Como «Dave», la única ambición de «Sol-leks» era que lo dejaran en paz; aunque, como «Buck» habría de saberlo des-pués, todos tenían otra, mucho más vital.

Aquella noche, «Buck» tuvo que enfrentarse con el problema de dormir. La tienda, iluminada por una vela, resplandecía acogedoramente en la planicie helada. Y cuando él entró, tanto Perrault como François lo acribillaron con maldiciones y cacerolas hasta que, recuperado de la sorpresa inicial, huyó ignominiosamente hacia el frío. Soplaba un viento helado que lo mordía con especial intensidad en el hombro herido. Se tendió en la nieve y trató de dormir, pero el frío le obligó a incorporar-se. Tembloroso y desesperado, vagó sin consuelo por entre las tiendas, sólo para descubrir que cualquier lugar parecía más frío que el anterior. Aquí y allá se topó con perros salvajes, pero les hizo frente erizando los pelos y gruñendo con todas sus fuerzas (pues estaba aprendiendo rápida-mente), y lo dejaron pasar sin molestarlo.

Por fin se le ocurrió una idea. Regresaría y vería cómo se las arre-glaban sus compañeros de equipo. Para su sorpresa, todos habían desa-parecido. Recorrió el campamento, buscándolos, hasta que se encontró nuevamente en el punto de partida. ¿Estarían en la tienda? No, no podía ser; de lo contrario, a él no lo habrían expulsado. Entonces, ¿dónde?

Con el rabo entre las piernas y temblando tristemente, empezó a girar en torno de la tienda. De pronto, la nieve cedió a su paso y sintió que se hundía. Algo se movió bajo sus patas. Retrocedió de un salto, crispado y gruñendo, lleno de temor ante lo invisible y lo desconocido. Pero un gemido amistoso le dio valor y se acercó para investigar. Una vaharada cálida subió hasta su hocico: allí, hecho un ovillo bajo la nieve, yacía «Billee», que gimió nuevamente, se agitó para demostrar su buena voluntad e intenciones, y hasta osó, como concesión para la paz, lamer con su tibia lengua húmeda el rostro de «Buck».

Otra lección: de modo que así lo hacían, ¿eh? «Buck» eligió un sitio y con muchos aspavientos y derroche de esfuerzos se cavó un hueco. Enseguida el calor de su cuerpo llenó aquel reducido espacio y «Buck» se quedó dormido. El día había sido largo y arduo, y «Buck» durmió profunda y cómodamente, aunque ladró y gruñó y luchó con pesadillas.

No abrió los ojos hasta que le despertaron los ruidos del campamento. Al principio no supo dónde se hallaba. Había nevado durante la noche y estaba totalmente sepultado. Las capas de nieve lo aprisionaban por todas partes y un terrible miedo lo abrumó: el miedo del animal salvaje a caer en la trampa. Era un indicio de que estaba remontando, a través de su vida, la vida de sus antepasados, ya que por ser un perro civilizado no conocía trampa alguna y, por tanto, no podía temerlas. Los músculos de todo el cuerpo se le contrajeron espasmódica e instintivamente, se le erizó el pelo del cuello y del lomo y, con un feroz rugido, saltó hacia arriba para encontrarse con la deslumbrante luz del día mientras la nieve volaba y lo envolvía como una nube refulgente. Antes de que sus patas volvieran a tocar el suelo vio el blanco campamento desplegado frente a él y recordó cuanto le había ocurrido desde que había cavado un agujero la noche anterior.

François le saludó con un grito:

—¿Qué dije? —bramó dirigiéndose a Perrault—. ¡Ese «Buck» lo apgende todo gápido!

Perrault asintió, muy serio. Como correo del gobierno canadiense encargado de despachos importantes, deseaba asegurarse los mejores perros y estaba particularmente contento por ser el dueño de «Buck».

En el término de una hora tres nuevos huskies se incorporaron al equipo, integrado en total por nueve animales, y antes de otro cuarto de hora todos tenían puestos los arneses y enfilaban el sendero que conduce al desfiladero de Dyea. «Buck» se alegró de marchar y, aunque el trabajo era duro, no le pareció intolerable. Se sorprendió al descubrir que la animación que dominaba a todo el equipo se le había contagiado; pero más sorprendente todavía era el cambio operado en «Dave» y en «Sol-leks». Eran perros nuevos totalmente transformados por el arnés.

Habían perdido toda pasividad e indiferencia. Se mantenían atentos y activos, ansiosos de que el trabajo anduviera bien, y se irritaban fácilmente cuando alguna confusión o algún error demoraba la marcha. El trabajo en la ruta parecía la aspiración suprema de sus vidas, lo único que valía la pena, lo único que les daba satisfacción.

«Dave» iba enganchado al trineo delante de «Buck» y después «Sol-leks». El resto del equipo se alineaba en fila india, con «Spitz» a la cabeza. A «Buck» lo habían puesto entre «Dave» y «Sol-leks» para que aprendiera. Si él era un discípulo aplicado, igualmente aplicados eran sus maestros, que nunca le permitían equivocarse dos veces y que reforzaban sus enseñanzas con sus agudos colmillos. «Dave» era hábil y muy justo; nunca mordía a «Buck» sin motivo, pero no le perdonaba el menor error. Como el látigo de François siempre daba la razón a «Dave», «Buck» decidió que era más fácil enmendarse que buscar el desquite. Cierta vez, cuando después de una breve escala, se enredó con las riendas y demoró la partida, tanto «Sol-leks» como «Dave» se le echaron encima y le dieron una buena tunda. El enredo resultante fue mucho peor, pero «Buck» procuró mantenerse a distancia de las riendas y al cabo del día había dominado tan bien su trabajo que sus compañeros cesaron de hostigarle. El látigo de François restallaba con menos frecuencia y Perrault hasta llegó a honrar a «Buck» examinándole cuidadosamente los pies.

Costó un día de pesado trabajo recorrer el desfiladero, pues hubo que cruzar el Campo de las Ovejas, la cadena de cuchillas y la línea de bosques a través de glaciares y ventisqueros de enorme profundidad y superar la cordillera de Chilkoot, que divide el agua salada de la dulce y guarda celosamente el triste y desolado Norte. Tuvieron muy buen tiempo mientras flanqueaban la cadena de lagos que llenan los cráteres de volcanes extinguidos, y muy avanzada la noche arribaron a un amplio campamento del lago Bennett, donde miles de buscadores de oro se dedicaban a construir embarcaciones en previsión del deshielo de primavera. «Buck» cavó su agujero en la nieve y durmió el sueño del agotamiento; pero a la mañana siguiente muy temprano lo sacaron de su cobijo y lo engancharon otra vez al trineo con el resto de sus compañeros.

Ese día llegaron a cubrir sesenta kilómetros, pues el sendero era firme; pero al día siguiente y durante varios días más tuvieron que trabajar más rudamente, abriendo ellos mismos el sendero, y avanzar a duras penas. Por lo general, Perrault iba delante, aplastando la nieve con sus anchas botas para facilitar la faena de los perros. François, que guiaba el trineo, solía relevarlo de cuando en cuando. Perrault tenía prisa y se jactaba de su pericia en el hielo, pericia indispensable, ya que el hielo otoñal era muy delgado; además, en los lugares donde las aguas eran de torrente no había siquiera rastros de hielo. Día tras día, a lo largo de días interminables, «Buck» se afanó sobre la ruta. Siempre partían mientras era aún de noche y el primer resplandor del alba los sorprendía en viaje y con varias millas de camino ya recorridas. Y siempre hacían alto después de caer la noche, para comer un trozo de pescado y echarse a dormir en los cobijos cavados en la nieve. «Buck» estaba famélico. La libra y media de salmón seco que era su ración de cada día parecía esfumarse, nunca le bastaba y constantemente padecía dolores provocados por el hambre. Sin embargo, los otros perros, que eran más livianos y se habían habituado a esa vida, recibían sólo una libra y se las arreglaban para mantenerse en buen estado físico.

«Buck» perdió rápidamente la delicadeza que había caracterizado su existencia de otrora. Como era lento para comer, sus compañeros terminaban antes que él y lo despojaban de su inconclusa ración. No tenía cómo defenderse: mientras peleaba con dos o tres, la comida desaparecía por las fauces de los demás. No le quedó más remedio que devorar tan deprisa como los otros. Y tanto le acució el hambre que llegó a apoderarse de lo que no le pertenecía. Observaba y aprendía. Cierta vez sorprendió a «Pike», uno de los perros nuevos, ladrón descarado y astuto, robando un trozo de tocino mientras Perrault le daba la espalda. Al día siguiente emuló esa hazaña y logró apoderarse de todo el tocino. Se armó un revuelo indescriptible, pero nadie sospechó de él; en cambio, «Dub», ladronzuelo torpe al que siempre pillaban, fue culpado y castigado por la fechoría de «Buck».

Ese primer delito demostró que «Buck» era apto para sobrevivir en el hostil ambiente del Ártico. Demostró su adaptabilidad, su capacidad de acomodarse a los cambios, condición cuya falta hubiera significado una rápida y terrible muerte. Demostró, además, la declinación o, mejor aún, la ruina de su moralidad, algo superfluo y una desventaja en la despiadada lucha por la existencia. Todo eso estaba muy bien en el Sur, donde imperaba la ley del amor y el compañerismo, el respeto de la propiedad privada y de los sentimientos personales. Pero en el Ártico, bajo la ley del garrote y del colmillo, quien tomaba en cuenta tales cosas era un tonto y mientras actuara de acuerdo con ellas no podría prosperar.

No es que «Buck» razonara así. Era apto, eso es todo, e inconscientemente se adaptó a su nueva vida. Fueran cuales fuesen las desventajas, jamás había rehuido una pelea, pero el garrote del hombre de la zamarra roja le había enseñado el código más elemental, más primitivo. En su existencia civilizada hubiera podido morir por una cuestión meramente moral —por ejemplo, la defensa del látigo del juez Miller—; pero su total retorno al primitivismo se evidenciaba ahora en su habilidad para rehuir la defensa de una consideración moral con tal de salvar el pellejo. No robaba por placer, sino porque el estómago se lo exigía. No robaba abiertamente, sino con astucia y en secreto, por el respeto que sentía hacia el garrote y el colmillo. En resumen, las cosas que hacía las hacía porque era más fácil hacerlas que no hacerlas.

Su aprendizaje (o su regresión) fue veloz. Sus músculos se volvieron duros como el acero y su físico, inmune al dolor común. A la economía de su cuerpo siguió la economía de sus vísceras. Podía comer cualquier cosa, por repugnante o indigesta que fuese, y una vez comida los jugos de su estómago extraían de ella hasta la última partícula nutritiva y su sangre la llevaba a los lugares más recónditos de su cuerpo, donde se transformaba en tejidos fuertes y resistentes. Su vista y su olfato se agudizaron y su oído llegó a ser tan fino que podía oír cualquier sonido, aun mientras dormía, y discernir si era anuncio de paz o de peligro. Aprendió a desprender con los dientes el hielo que se le acumulaba entre los dedos, y cuando tenía sed y el agua estaba cubierta por el hielo solía quebrar esa costra golpeándola con las patas delanteras. El rasgo que lo destacaba era su habilidad para prever con una noche de anticipación el rumbo del viento. Nada importaba que no soplara la más leve brisa cuando cavaba su cobijo junto a un árbol o en un banco de nieve; el viento que después soplaba lo hallaba siempre bien guarecido y abrigado.

Y no sólo aprendió por experiencia: sus instintos, adormecidos desde hacía mucho tiempo, revivieron. Olvidó rápidamente sus antepasados domesticados. En cierta forma retornó a la juventud de la especie hasta llegar a la época en que los perros salvajes rondaban en manadas por la selva primitiva y cazaban su sustento a medida que avanzaban. No le resultó difícil aprender a pelear con empellones y mordiscos y con las veloces dentelladas de los lobos. Así habían peleado sus olvidados antepasados. Súbitamente se encontró con que algo en él latía más deprisa y que toda una serie de formas hereditarias y nunca aprendidas le afloraban como por arte de magia. Las adoptó sin esfuerzo, como si siempre hubieran sido suyas. Y cuando en las noches quietas y frías dirigía el hocico hacia alguna estrella y aullaba como un lobo, eran sus antepasados, muertos y ya convertidos en polvo, los que dirigían el hocico a las estrellas y aullaban a través de los siglos. Y las cadencias con que expresaban su pena y el significado que para ellos tenían el silencio, el frío y la oscuridad.

Así, como prueba de lo poco que vale la educación, la antigua canción vibró en él, y «Buck» tornó a ser lo que debía ser. Y tornó a serlo porque los hombres habían descubierto un metal amarillo en el Ártico. Y porque Manuel era un ayudante de jardinero que ganaba apenas lo suficiente para abastecer las necesidades de su mujer y de varias réplicas de sí mismo.

CAPÍTULO III

La dominante bestia primitiva

La bestia primitiva predominaba en «Buck», y bajo las terribles condiciones de la vida en las regiones árticas no hizo más que crecer y crecer. Pero era un crecimiento secreto. Su recién adquirida astucia le había dado equilibrio y control. Estaba demasiado ocupado en acomodarse a su nueva vida como para sentirse a sus anchas y no sólo se cuidaba de las riñas, sino que las evitaba abiertamente. Una cierta premeditación caracterizaba su actitud. No era propenso a la temeridad y a las acciones precipitadas; en su ciego odio contra «Spitz», nunca se dejó arrastrar por la impaciencia y evitó todo acto ofensivo.

Por otra parte, acaso por presentir en «Buck» a un poderoso rival, «Spitz» no perdió ocasión de provocarlo. Hasta llegó a salirse de su camino para intimidarle, siempre con la intención de arrastrarlo a una pelea que sólo concluiría con la muerte de uno de los dos.

Tal combate podría haberse librado al principio del viaje de no haber sido por un extraño accidente. Al final de un día de marcha habían levantado un mísero campamento a orillas del lago Le Barge. La fuerte nevada, un viento que cortaba como navaja y la oscuridad los habían obligado a buscar a tientas un sitio donde acampar. No les podía haber ido peor. A sus espaldas se levantaba una perpendicular pared de roca, y Perrault y François no tuvieron más remedio que encender su fuego y tender sus mantas sobre el lecho del lago. La tienda la habían dejado en Dyea, para viajar con menos peso. Unas pocas astillas les permitieron encender un fuego que el hielo consumió prontamente, obligándoles a cenar a oscuras.

«Buck» cavó su cobijo junto a la pared que servía de resguardo. Le resultó tan cálido y cómodo que debió hacer un esfuerzo para abandonarlo cuando François distribuyó el pescado que previamente había descongelado sobre el fuego. Pero cuando concluyó la comida y tornó a su cobijo lo halló ocupado. Un agresivo gruñido le advirtió que el intruso era «Spitz». «Buck» había evitado siempre los encuentros con su enemigo, pero esta vez la cosa pasaba de lo tolerable. La bestia que había en él clamaba venganza. Saltó sobre «Spitz» con una furia que los sorprendió a ambos, sobre todo a «Spitz», pues la experiencia con «Buck» le había enseñado que su rival era un perro extraordinariamente tímido que había logrado sobrevivir gracias a su gran volumen y peso.

También François se sorprendió al verlos saltar, hechos un ovillo, del cubil destruido, pero adivinó la causa de la pelea.

—¡Ah-ah-ah! —gritó a «Buck»—. ¡Castígalo, qué diablos! ¡Castiga a ese sucio ladrrrón!

«Spitz» estaba igualmente dispuesto a la pelea. Aullaba con rabia y ansiedad, y giraba buscando el momento de atacar. «Buck» no estaba menos preparado ni menos circunspecto mientras caracoleaba en busca de su oportunidad. Y entonces sucedió lo imprevisto, algo que durante muchas y pesadas millas de viaje y trabajo postergó la lucha por el predominio.

Una maldición de Perrault, el seco impacto de un garrote en un cuerpo huesudo y un penetrante chillido de dolor fueron el comienzo del barullo. De pronto, el campamento se llenó de furtivas formas peludas: famélicos huskies, cien por lo menos, que habían olido el campamento desde alguna aldea india. Se habían acercado mientras «Buck» y «Spitz» se disponían a combatir, y cuando los dos hombres se lanzaron sobre ellos con pesados garrotes mostraron los dientes y devolvieron el ataque. El aroma de la comida los había enloquecido. Perrault halló a uno con la cabeza sumergida en el cajón de provisiones. Su garrote descendió con fuerza brutal sobre las flacas costillas y el cajón de provisiones rodó al suelo. Al instante, unas veinte bestias hambrientas se abalanzaron sobre el pan y el tocino. Los garrotes caían sobre ellas desde todas partes. Y ellas ladraban y aullaban bajo la lluvia de golpes. Pero siguieron luchando ciegamente, hasta devorar el último trozo de carne, la última miga de pan.

Entretanto, los asombrados perros del equipo salían de sus cobijos sólo para ser atacados por los feroces invasores. «Buck» nunca había visto perros como estos. Parecía que las costillas iban a atravesarles la piel. Eran puramente esqueletos, apenas envueltos en arrugados pellejos, de ojos llameantes y afiladísimos colmillos. Pero la locura del hambre los tornaba espantosos e irresistibles. Los perros del equipo debieron retroceder hasta la pared de roca ante la primera carga. «Buck» fue acorralado por tres de ellos y en un santiamén tuvo la cabeza y el lomo llenos de desgarrones y heridas. La confusión era terrible: «Billee», como de costumbre, lloraba. «Dave» y «Sol-leks», chorreando sangre por múltiples heridas, luchaban valerosamente el uno al lado del otro. «Joe» lanzaba mordiscos, convertido en un demonio; de pronto, alcanzó en la pata delantera a uno de los atacantes y se la mordió hasta el hueso. «Pike», el ladrón, se echó sobre la derrengada bestia y de una dentellada le quebró el cuello. «Buck» atrapó por el pescuezo a un baboso adversario y se bañó en sangre al cortarle la yugular con los dientes. Ese tibio sabor pareció estimular su ferocidad. Se abalanzó sobre otro y en ese instante sintió que unos colmillos se le clavaban en el cuello. Era «Spitz», que lo había atacado a traición.

Después de haber rechazado a los invasores, Perrault y François acudieron a socorrer a sus propios perros. La salvaje oleada de animales hambrientos retrocedió ante ellos y «Buck» pudo liberarse. Pero fue sólo por un instante. Los hombres debieron ocuparse de poner a salvo las provisiones, de modo que los huskies tornaron al ataque contra el equipo. «Billee», con el valor que da la desesperación, rompió a dentelladas aquel salvaje círculo y huyó por sobre el hielo. «Pike» y «Dub» lo siguieron de cerca, y casi enseguida todos los demás. En el momento en que se disponía a seguirlos, «Buck» advirtió con el rabillo del ojo que «Spitz» saltaba hacia él con evidente intención de derribarlo. Una vez caído en medio de la jauría no le hubiera quedado esperanza de sobrevivir; pero se afirmó sobre las patas, resistió la embestida y huyó a la carrera por el hielo tratando de alcanzar a sus compañeros.

Después, los nueve perros del equipo se reunieron y buscaron un refugio en el bosque. Aunque no los habían perseguido, su estado era lamentable. No había ninguno que no tuviera por lo menos cuatro o cinco heridas, y algunas de ellas eran de gravedad. «Dub» tenía un tajo muy feo en la pata trasera; «Dolly», la última husky incorporada al equipo en Dyea, había sufrido un gran desgarrón en el cuello, y «Joe» había perdido un ojo. «Billee» el bondadoso, con una oreja hecha trizas, gritó y aulló durante toda la noche.

Al despuntar el día todos retornaron tristemente al campamento para hallar que los invasores se habían retirado y que los dos hombres estaban de muy mal humor. La mitad de las provisiones habían desaparecido. Además, los salvajes huskies habían roído las riendas del trineo y la cubierta de lona. Nada que fuera remotamente comestible se les había escapado. Se habían comido incluso un par de mocasines de Perrault, trozos de riendas y medio metro del látigo de François. Este abandonó su triste contemplación para ocuparse de los perros:

¡Ah, mis amigos! —exclamó suavemente— Tal vez algunos contraigan la rabia, con tantas heridas. Tal vez todos, ¡demonios! ¿Qué piensas, Perrault?

El estafetero meneó dubitativamente la cabeza. Quedaban cuatrocientas millas de camino para llegar a Dawson y mal podía permitir que la rabia se declarara entre sus perros. Después de dos horas de trabajo y maldiciones lograron arreglar los arneses. El maltrecho equipo prosiguió la marcha, avanzando dificultosamente sobre el más difícil tramo de camino que habían encontrado hasta ese momento y el más terrible entre ellos y Dawson.

El río Thirty Mile no se había congelado. Sus aguas torrentosas desafiaban el frío, y el hielo sólo se formaba en las orillas y en los remansos. Esas terribles treinta millas costaron seis días de trabajo agotador; cada paso representaba un peligro de muerte tanto para los hombres como para los perros. Una docena de veces, Perrault, que iba al frente, sintió que el hielo se hundía bajo sus pies y se salvó gracias a la larga pértiga que empuñaba y que sostenía de manera tal que quedara atravesada en los agujeros hechos por su cuerpo. Pero soplaba un viento gélido y el termómetro marcaba veinte grados bajo cero; así pues, cada vez que caía al agua, Perrault se veía obligado a encender fuego y a secarse la ropa para poder salvar la vida.

Nada le detenía. Precisamente por eso había sido elegido como estafetero del gobierno canadiense. Afrontaba cualquier riesgo, dando cara al viento y trabajando de la mañana a la noche. Recorrió los peligrosos bordes del lago sobre una delgada capa de hielo que crujía bajo los pies y en la cual no se atrevieron a hacer alto. En cierta oportunidad, se hundió el trineo con «Dave» y «Buck», y los dos estaban semihelados y casi ahogados cuando lograron sacarlos del agua. Hubo que encender fuego para salvarlos: estaban cubiertos de hielo y para que se descongelaran los obligaron a correr en torno del fuego, pero tan cerca de él que las llamas llegaron a chamuscarles el pelo.

En otra ocasión fue «Spitz» el que se hundió arrastrando consigo a todo el equipo hasta llegar a «Buck», que clavó sus patas en el resbaladizo borde del hielo y aguantó con todas sus fuerzas; detrás de él aguantó también «Dave», y detrás del trineo aguantó François, con los talones clavados en el suelo, de tal manera que le pareció que se le cortaban los tendones.

Otra vez, el hielo de la costa se quebró delante y detrás del trineo, y no hubo más escapatoria que ascender por la pared de roca. Perrault consiguió treparla por milagro mientras François oraba para que ese milagro se cumpliera. Por medio de los arneses convertidos en larga cuerda los perros fueron izados, uno por uno, hasta el borde del precipicio. Después de izar el trineo y la carga, ascendió también François. Hubo que buscar un sitio por donde bajar de nuevo, también con ayuda de la cuerda. Y la noche los halló otra vez a orillas del río, sin que hubieran logrado avanzar más que un cuarto de milla en todo el día.

Al llegar al Hootalinqua, donde el hielo era sólido, «Buck» estaba extenuado. Los demás perros se encontraban en idéntico estado, y Perrault, para recuperar el tiempo perdido, los obligaba a marchar de sol a sol. El primer día cubrieron treinta y cinco millas hasta el río Big Salmon; al siguiente, otras treinta y cinco más hasta el Little Salmon, y al tercer día, cuarenta millas, con lo cual se acercaron bastante al Five Fingers.

Las patas de «Buck» no eran tan resistentes como las de un husky. Las suyas se habían suavizado a través de muchas generaciones desde que su más remoto y salvaje antecesor había sido domado por el hombre de las cavernas. Durante el día renqueaba y una vez levantado el campamento se tendía como muerto. Por más hambre que tuviera no se levantaba para recibir su ración de pescado y François debía alcanzársela. Además, François hacía masajes todas las noches en las patas de «Buck» y llegó a sacrificar la parte alta de sus mocasines para hacerle unos a «Buck». Eso alivió mucho al perro y hasta el hosco Perrault se echó a reír una mañana, cuando François se olvidó de calzar a «Buck» y este se quedó tendido sobre el lomo, agitando las patas en el aire y negándose a dar siquiera un paso sin los mocasines. Con el andar del tiempo, sus patas se endurecieron y aquel rudimentario calzado fue descartado para siempre.

Cierta mañana en que se hallaban a orillas del Pelly enganchando para el viaje, «Dolly», que nunca se había distinguido por nada, se volvió rabiosa. Con un prolongado aullido de lobo que estremeció a todos los perros anunció su estado y después se abalanzó sobre «Buck». Éste nunca había visto un perro rabioso ni tenía razón alguna para temer la hidrofobia; empero, se dio cuenta de que era algo horrible y, dominado por el pánico, huyó de la perra. Corrió a toda velocidad, con «Dolly» pisándole los talones. Su miedo era tan grande que la perra no consiguió alcanzarlo. «Buck» atravesó a ciegas la espesura de la isla rumbo a los bajíos, después cruzó un helado canal en dirección a otra isla, alcanzó una tercera, enfiló hacia el río y, en su desesperación, se lanzó al agua. Durante todo ese tiempo, aunque no se volvió a comprobarlo, supo que la perra lo seguía a menos de un brinco. A lo lejos oyó la voz de François, que lo llamaba, y bruscamente viró con la esperanza de que el mestizo podría salvarlo. François blandía un hacha y apenas «Buck» pasó junto a él, como una exhalación, el hacha se abatió sobre la cabeza de la pobre «Dolly».

Tambaleante, exhausto, desvalido, «Buck» se acercó al trineo. Era la oportunidad que esperaba «Spitz», que saltó y hundió dos veces sus colmillos en el flanco del desamparado enemigo, causándole profundas heridas. En aquel mismo momento el látigo de François descendió con fuerza terrible y «Buck» tuvo la satisfacción de ver que «Spitz» recibía el peor castigo hasta entonces propinado a cualquier perro del equipo.

—Es un demonio ese «Spitz» —comentó Perrault—. Un día matará a «Buck».

—Pego «Buck» vale pog dos diablos —fue la respuesta de François—. Dugante todo este tiempo lo vengo obsergando y estoy segugo. Escucha: un día «Buck» se enojagá de vegas y masticagá a «Spitz» y lo escupigá sobge la nieve. Tenlo pog segugo, yio lo sé.

Desde entonces, la guerra quedó declarada entre los dos perros. «Spitz», como líder y amo reconocido del equipo, presintió que su predominio estaba amenazado por ese extraño perro de las tierras del Sur. Y para él «Buck» era realmente extraño, pues de los muchos perros del Sur que había conocido ninguno demostraba capacidad para sobrevivir en aquellas regiones. Todos eran harto blandos y morían a causa del agotamiento, el frío y la falta de suficiente comida. «Buck» era la excepción. Había resistido y prosperado hasta ponerse a la altura de los perros-lobo en cuanto a fortaleza, ferocidad y astucia. Además, era un perro dominador y el hecho de que el garrote del hombre de la zamarra roja le hubiese quitado toda ciega temeridad en el anhelo del predominio lo hacía aún más peligroso. Era especialmente astuto y capaz de aguardar el momento oportuno con una paciencia que era nada menos que la primitiva.

Inevitablemente, la lucha por el predominio habría de presentarse alguna vez. «Buck» la deseaba, porque estaba en su naturaleza, porque se había apoderado de él ese incomprensible orgullo del sendero y los arneses, ese orgullo en razón del cual los perros siguen trabajando hasta echar el postrer aliento, ese orgullo que los impulsa a morir satisfechos mientras arrastran un trineo y que les destroza el corazón si son separados del equipo. Tal era el orgullo que sentía «Dave» como perro de tiro, y el de «Sol-leks» cuando se esforzaba al máximo: el mismo orgullo que los dominaba a todos al levantar el campamento y los transformaba, de bestias hoscas y apáticas, en criaturas esforzadas y ambiciosas; el orgullo que los acuciaba durante el día y los abandonaba al llegar la noche y el momento de acampar, dejándolos que se sumieran nuevamente en su inquieta melancolía y descontento. Tal era el orgullo que sostenía «Spitz» y que le hacía castigar a los perros que cometían errores, se mostraban ariscos al ser enganchados o se ocultaban al llegar la hora de trabajar. Tal era, también, el orgullo que le llevaba a temer a «Buck» como posible rival de su puesto. Y tal, también, el orgullo de «Buck».

«Buck» amenazó abiertamente el liderazgo de «Spitz». Se interponía entre él y los remolones que merecían ser castigados. Y lo hacía con toda premeditación. Cierta noche nevó mucho y a la mañana siguiente «Pike», el ladronzuelo, no apareció. Se hallaba oculto en su cobijo, bajo un pie de nieve. François lo llamó y lo buscó en vano. «Spitz» estaba terriblemente enardecido. Inspeccionó el campamento, husmeando y escarbando en todas partes, y gruñendo tan amenazadoramente que «Pike» lo oyó y tembló en su refugio.

Pero cuando al fin consiguieron sacarlo de allí y «Spitz» se abalanzó sobre él para castigarlo, «Buck», con furia equivalente, se colocó entre los dos. Tan inesperada fue su acción y tan calculado su impulso, que «Spitz» dio una voltereta en el aire y cayó de lomo. «Pike», que temblaba presa de un abyecto temor, recuperó el coraje ante la rebeldía de «Buck» y saltó sobre su abatido líder. «Buck», para quien el juego limpio era ya un código olvidado, se precipitó también sobre «Spitz». Pero François, que a pesar de reírse del incidente se mantenía siempre listo para administrar justicia, descargó el látigo, con todas sus fuerzas, sobre «Buck». El castigo no bastó para alejar a «Buck» de su postrado enemigo y el mestizo debió apelar entonces al mango del látigo. Semiaturdido por el golpe, «Buck» retrocedió y los latigazos cayeron sobre él una y otra vez, mientras «Spitz» castigaba furiosamente al culpable «Pike».

En los días siguientes, a medida que Dawson se acercaba más y más, «Buck» continuó interponiéndose entre «Spitz» y los culpables, pero lo hizo con astucia, mientras François no estaba cerca. Con la encubierta rebelión de «Buck», se propagó y desarrolló una insubordinación general. «Dave» y «Sol-leks» no intervinieron en ella, pero el resto del equipo iba de mal en peor. Las cosas ya no marchaban bien. Había constantes riñas y demoras. Los inconvenientes surgían a cada paso y detrás de todos ellos estaba «Buck». Este mantuvo constantemente ocupado a François, ya que el conductor del trineo temía que se produjera el inminente duelo a muerte entre los dos perros, pues no dudaba de que tal cosa ocurriría tarde o temprano, y más de una noche, al oír ruido de pelea entre los otros perros, abandonó el lecho con temor de que los que estaban riñendo fueran «Buck» y «Spitz».

Pero la ocasión no se presentó y una helada tarde llegaron a Dawson sin que la gran pelea hubiera tenido lugar. Había allí muchos hombres e incontables perros, y «Buck» vio que todos trabajaban. Parecía entrar en el orden natural de las cosas que los perros trabajaran. Durante todo el día iban y venían por la calle principal, en largos equipos, y por la noche sus cascabeles seguían tintineando. Acarreaban troncos para las cabañas y para el fuego, arrastraban las cargas de las minas y cumplían todas las faenas que en el Valle de Santa Clara realizaban los caballos. Por todas partes, «Buck» vio perros del Sur, pero la mayoría eran mezcla de husky y lobo. Todas las noches, regularmente, a las nueve, a las doce y a las tres de la madrugada, entonaban su cántico nocturno: una fantástica y plañidera sinfonía en la que «Buck» participaba con deleite.

Cuando la aurora boreal llameaba fríamente en el firmamento o las estrellas titilaban entre los cárdenos resplandores de las heladas noches del Norte y la tierra yacía helada y rígida bajo su manto de nieve, parecía que esa canción de los huskies fuese el desafío de la vida, sólo que era entonada en sordina, con prolongados gemidos y semisollozos, y resultaba más una súplica que un reto. Era un cántico antiguo, tan antiguo como la raza misma, uno de los primeros cánticos en el principio del mundo, cuando todos los cánticos eran tristes. Esa queja, que tanto inquietaba a «Buck», estaba cargada con la pena de innumerables generaciones. Cuando él gemía y sollozaba, lo hacía con el dolor de vivir, tan antiguo como el dolor de sus salvajes padres, y con el temor y el misterio del frío y la oscuridad, que para ellos era temor y misterio. Y tal conmoción de su ser era el último salto de su atavismo, que se prolongaba a través de los tiempos hasta los comienzos de la vida.

Siete días después de arribar a Dawson se deslizaron por las empinadas orillas del Barrachs rumbo al Yukon, y se dirigieron hacia Dyea y Salt Water. Perrault llevaba despachos más urgentes, si cabe, que los que había entregado; además, el orgullo del viaje le dominaba y se propuso realizar el viaje más rápido del año. Varias circunstancias lo favorecían. La semana de descanso había servido para que los perros se recuperaran. El sendero que habían abierto estaba endurecido por el paso de posteriores viajeros, y además, la Policía había instalado en dos o tres lugares depósitos de alimentos para perros y hombres, y se podía viajar con poca carga.

Llegaron a Sixty Miles, lo que significa una travesía de cincuenta millas el primer día, y el segundo los encontró remontando el Yukon, con rumbo a Pelly. Pero esas espléndidas jornadas se cumplieron no sin grandes molestias y enojos de François.

La insidiosa sedición encabezada por «Buck» había destruido la solidaridad del equipo. Ya no era como si un solo perro arrastrara el trineo. El coraje que «Buck» dio a los rebeldes los llevó a cometer toda clase de desobediencias de poca monta. «Spitz» no era ya un líder al que temieran ni mucho ni poco. El respeto de otrora había desaparecido y hasta llegaron a desafiar su autoridad. Cierta noche, «Pike» le robó la mitad del pescado y se la engulló con la protección de «Buck». Otra noche, «Dub» y «Joe» pelearon con «Spitz», y lo obligaron a postergar el castigo que merecían. Y hasta «Billee» el bueno era menos bueno y no gruñía tan cordialmente como antes. «Buck» nunca se acercaba a «Spitz» sin gruñir y mostrar amenazadoramente los dientes. Su proceder parecía el de un matón y se complacía fanfarroneando en las mismísimas narices de «Spitz».

El derrumbe de la disciplina afectó también las relaciones de los perros entre sí. Reñían y se provocaban más que nunca, al punto de que a veces el campamento parecía un verdadero manicomio. Sólo «Dave» y «Sol-leks» no habían cambiado, si bien estaban más irritables por las continuas peleas. François rugía extrañas y tremendas maldiciones, daba de puntapiés a la nieve, con rabia inútil, y se mesaba el pelo. Su látigo silbaba sin cesar entre los perros, pero de nada le servía. Apenas les daba la espalda, volvían a las andadas. Él apoyaba a «Spitz» con su látigo, en tanto que «Buck» apoyaba al resto del equipo. François sabía que «Buck» era el causante de todos los inconvenientes, y «Buck» sabía que él lo sabía; pero «Buck» era demasiado astuto como para que lo pescaran otra vez *in fraganti*. Trabajaba infatigablemente, pues la tarea se había convertido en un placer para él; sin embargo, mucho más placer le causaba precipitar una pelea entre sus compañeros y enredar las riendas.

En las bocas del Tahkeena, cierta noche, después de comer, «Dub» avistó un conejo, se lanzó sobre él y no logró atraparlo. Al instante el equipo íntegro se lanzó a la caza. A unas cien yardas estaba el destacamento de la Policía Montada, con cincuenta perros, huskies todos, que se sumaron a la persecución. El conejo enfiló la orilla del río y giró hacia un arroyuelo sobre cuya helada superficie prosiguió su veloz huida. Corría como un relámpago sobre el manto de nieve en tanto que los perros avanzaban a duras penas. «Buck» encabezaba la jauría —unas sesenta bestias—, describiendo fantásticas curvas, pero no pudo triunfar. Corría como una exhalación, aullando ansiosamente, y su espléndido cuerpo centelleaba de salto en salto a la pálida luz de la luna. Y de salto en salto, como un pálido fantasma de nieve, el conejo centelleaba escapándose.

Toda esa conmoción de viejos instintos, que de cuando en cuando lleva a los hombres a abandonar las ciudades bulliciosas por selvas y praderas para matar con proyectiles impulsados químicamente, y la concupiscencia de la sangre y la alegría de matar, todo eso dominaba ahora a «Buck». Corría al frente de la jauría, persiguiendo la presa salvaje, la carne viva, para matarla con sus propios dientes y bañar su hocico en sangre caliente.

Hay un éxtasis que señala la cúspide de la vida, más allá de la cual la vida no puede elevarse. Pero la paradoja de la vida es tal que ese éxtasis se presenta cuando uno está más vivo, y se presenta como un olvido total de que se está vivo. Ese éxtasis, ese olvido de la existencia, alcanza al artista, convirtiéndole en una llama de pasión; alcanza al soldado, que en el ardor de la batalla ni pide ni da tregua, y alcanzó a «Buck» que corría al frente de la jauría lanzando el atávico grito de los lobos y pugnando por atrapar el viviente manjar que huía a la luz de la luna. Estaba sondeando los abismos de su especie y de las generaciones más remotas de su especie, y estaba retornando al seno del Tiempo. Estaba dominado por el puro éxtasis de la vida, por la oleada de la existencia, por el goce perfecto de cada músculo, de cada articulación, de cada nervio, y de que todo era alborozo y delirio, expresión en sí misma del movimiento que lo hacía correr triunfante bajo la luz de las estrellas y sobre la materia inerte.

Pero «Spitz», frío y calculador en los momentos supremos, abandonó la jauría y cortó camino por una angosta franja de tierra que desviaba el curso del arroyo. «Buck» no conocía el lugar y una vez que, siempre en pos del níveo fantasma del conejo, hubo dado el rodeo a que obligaba ese desvío, vio que un fantasma más grande saltaba desde el abrupto talud del río e interceptaba el camino del conejo. Era «Spitz». El conejo no pudo retroceder y mientras los blancos dientes le quebraban el espinazo lanzó un alarido fuerte como el que puede lanzar un hombre herido. Ante ese sonido, el éxtasis de vida se trocó en el deleite por la muerte, y la jauría elevó en coro un infernal aullido de gozo.

«Buck» no levantó la voz. No se detuvo, sino que se abalanzó sobre «Spitz» con tal fuerza que erró la dentellada. Una y otra vez se revolcaron en la nieve polvorienta. «Spitz» se levantó con tal rapidez que dio la sensación de no haber perdido el equilibrio, y saltando hacia atrás alcanzó a morder a «Buck» en el pecho. Dos veces sus dientes se cerraron como las mandíbulas de acero de una trampa mientras reculaba en busca de mejor posición para la lucha, gruñendo y torciendo la boca en amenazadoras muecas.

Instantáneamente, «Buck» comprendió. Había llegado la hora. La lucha era a muerte. Mientras giraban persiguiéndose, tensas las orejas, atentos tan sólo al logro de ventajas, aquella escena le resultó a «Buck» harto familiar. Le pareció recordar todo: los blancos bosques, la tierra y la luz de la luna y la excitación de la batalla. Sobre la blancura y el silencio señoreaba una calma espectral. No había el más leve soplo de aire: nada se movía, no se agitaba ni una hoja; el aliento de los perros, visible, se elevaba pesada y lentamente en el aire helado. Aquellos perros, que eran mal domesticados lobos, habían liquidado el conejo en un santiamén y estaban ya agrupados en expectante círculo. Relampagueantes los ojos, el aliento en suspenso, también ellos guardaban silencio. Aquella escena de épocas remotas, a «Buck» no le resultaba nueva ni extraña. Era como si la vida hubiera sido siempre así.

«Spitz» era un ducho adversario. Desde Spitzbergen, a través del Ártico, y de un lado a otro de Canadá y las islas Barrens, se había medido con toda clase de perros y los había derrotado. La suya era la más amarga, pero no la más ciega de las furias. Dominado por el deseo de morder y destruir, jamás olvidaba que su enemigo era presa también del deseo de morder y destruir. Jamás embestía si no se había preparado para recibir una embestida, jamás atacaba si no se había antes preparado para ser atacado.

En vano «Buck» procuró hincar sus dientes en el cuello del gran perro blanco. En cada uno de los intentos que hizo para alcanzar esa tierna carne, sus colmillos se toparon siempre con los colmillos de «Spitz». Colmillazo va, colmillazo viene, acabó con el hocico desgarrado y ensangrentado. Pero no pudo burlar la guardia de su enemigo. Entonces, juntó fuerzas y acorraló a «Spitz» con un torbellino de embestidas. Una vez y otra se esforzó por alcanzar el níveo cuello, allí donde la vida palpita más cerca de la superficie, y una vez y otra «Spitz» se esquivó y escapó. «Buck» comenzó entonces a atacar como si buscara la garganta, pero en el último momento echaba la cabeza hacia atrás, y con el lomo apoyado en el lomo de «Spitz», empujaba a este con el propósito de hacerlo caer. En cada una de esas embestidas «Buck» recibía una nueva herida en el pecho y «Spitz» se esquivaba con un salto.

«Spitz» continuaba ileso; en cambio, «Buck» chorreaba sangre y respiraba pesadamente. La lucha se había tornado desesperada. Mientras tanto, el silencioso y lobuno círculo aguardaba para acabar con la vida del que cayera. Cuando «Buck» comenzó a jadear, «Spitz» se decidió a embestirlo y le obligó a hacer esfuerzos para mantenerse en pie. En cierto momento, «Buck» cayó y el círculo de sesenta perros comenzó a incorporarse; pero logró recobrarse, casi en el aire, y el círculo se sentó otra vez y continuó esperando.

«Buck» poseía una cualidad que conduce a la grandeza: imaginación. Peleaba por instinto, pero podía también pelear usando la cabeza. Arremetió, como si fuera a hacer la vieja triquiñuela del hombro, pero en el último momento se agazapó en la nieve. Sus dientes se cerraron sobre una de las patas delanteras de «Spitz». Hubo un crujido de huesos que se quiebran y el perro blanco le hizo frente en tres patas. Tres veces trató de derribarlo; después, repitió la triquiñuela y le quebró la pata derecha. A pesar del dolor y de su invalidez, «Spitz» luchó fieramente por mantenerse en pie. Veía que el silencioso círculo de ojos relampagueantes, lenguas ansiosas y flotante aliento se cerraba sobre él tal como lo había visto cerrarse otrora sobre sus derrotados adversarios. Sólo que esta vez él era el derrotado.

No había ya esperanzas para él. «Buck» fue inexorable. La piedad era algo reservado para climas más benignos. Se aprestó para la embestida final. El círculo se había estrechado tanto que podía sentir en sus flancos el aliento de los huskies. Podía verlos, detrás de «Spitz» y a uno y otro costado, casi listos para saltar, con los ojos fijos en él. Hubo una pausa. Todos los animales estaban inmóviles, como si se hubieran vuelto de piedra. Sólo «Spitz» temblaba y se erizaba, tambaleándose y gruñendo amenazadoramente, cual si quisiera espantar la muerte inminente. De repente, «Buck» saltó adelante y hacia atrás: al saltar hacia delante, su lomo dio directamente en el lomo de su adversario. El oscuro círculo se convirtió en un punto sobre la nieve bañada por la luz de la luna y «Spitz» desapareció de la vista. Triunfante campeón, dominante y primitiva bestia que había matado y se sentía satisfecha, «Buck» se hizo a un lado y contempló el espectáculo.

CAPÍTULO IV

La conquista del poder

—¿Eh? ¿Qué dijje yio? Hablé vegdad cuando dijje que «Buck» vale pog dos diablos.

Tal era el comentario de François, a la mañana siguiente, al descubrir que faltaba «Spitz» y que «Buck» estaba cubierto de heridas. Para examinar a este, lo acercó a la luz del fuego.

—«Spitz» pelea como un demonio —dijo Perrault, mientras examinaba los desgarrones y las heridas.

—Y «Buck» como dos demonios —fue la respuesta de François—. Ahoga tendgemos paz. No más «Spitz», no más líos: segugo.

Mientras Perrault empaquetaba los avíos y cargaba el trineo, François se ocupó de uncir los perros. «Buck» trotó hasta el sitio que solía ocupar «Spitz» como líder; pero François, sin reparar en él, condujo a «Sol-leks» hasta esa posición. A su juicio, «Sol-leks» era el mejor para dirigir el equipo. Hecho una furia, «Buck» se abalanzó sobre «Sol-leks», lo apartó y se puso en su lugar.

—¡Eh, eh! —gritó François, golpeándose las rodillas y riendo a carcajadas—. Miguen eso. Él mató a «Spitz» y piensa encargarse del trabajo. ¡Vamos: afuega, afuega! —ordenó, pero «Buck» se negó a obedecer.

François asió a «Buck» por el cuello y, aunque el animal gruñía amenazante, lo hizo a un lado y lo reemplazó por «Sol-leks». Al perro viejo no le agradaba aquello y demostró a las claras que temía a «Buck». François era tozudo, pero, en cuanto volvió la espalda, «Buck» desplazó nuevamente a «Sol-leks», que se apartó sin demostrar fastidio.

François montó en cólera:

—¡Ahoga te agleglagué, maldito seas! —exclamó, regresando con un pesado garrote en la mano.

«Buck» recordó al hombre de la zamarra roja y retrocedió lentamente; y cuando «Sol-leks» fue puesto nucvamcntc al frente del equipo ni siquiera intentó atacar. Pero rondó a prudente distancia, fuera del alcance del garrote, gruñendo con amargura y rabia; mientras rondaba no perdía de vista el garrote, para poder esquivarlo si François se lo arrojaba. «Buck» era ducho ya en materia de garrotes.

François prosiguió su trabajo y llamó a «Buck» cuando estuvo listo para uncirlo en el lugar de siempre, a la par de «Dave». «Buck» retrocedió dos o tres pasos. François lo siguió. Pero el perro continuó retrocediendo. El juego se repitió varias veces, hasta que François, en la creencia de que «Buck» temía ser castigado, dejó caer el garrote. Pero «Buck» se había rebelado abiertamente. No trataba de escapar a un castigo: quería ocupar la jefatura. Era suya por derecho. La había ganado y no se conformaría con menos.

Perrault acudió en ayuda de François y entre ambos persiguieron a «Buck» durante casi una hora. Ellos lanzaban garrotazos; «Buck» los esquivaba. Entre ambos maldijeron a «Buck» y a toda su estirpe hasta llegar a sus más remotos antepasados, y maldijeron también cada pelo del cuerpo de «Buck» y cada gota de su sangre. Y «Buck» respondió a esas maldiciones con gruñidos y manteniéndose fuera del alcance de sus perseguidores. No trataba de huir, sino que rondaba el campamento, demostrando a las claras que cuando su deseo fuera satisfecho regresaría y se portaría bien.

François se sentó y se rascó la cabeza. Perrault miró el reloj y maldijo. El tiempo volaba y hacía ya una hora que debían haber emprendido la marcha. François volvió a rascarse la cabeza, la meneó y sonrió a Perrault, que se encogió de hombros para significar que estaban vencidos. Después, François fue hasta donde se hallaba «Sol-leks» y llamó a «Buck». Este rio, como ríen los perros, pero mantuvo la distancia. François desató entonces a «Sol-leks» y lo colocó atrás, en su antiguo sitio. El equipo estaba uncido al trineo en línea ininterrumpida, listo para emprender la marcha. No había lugar para «Buck», excepto al frente. Una vez más, François lo llamó; una vez más, «Buck» rio, pero sin acercarse.

—Dega el gagote —ordenó Perrault.

François obedeció; inmediatamente, «Buck» se acercó al trote, sonriendo triunfalmente, y se puso a la cabeza del equipo. Le ciñeron el arnés, el trineo echó a andar y los dos hombres enfilaron velozmente el sendero del río.

Aunque al compararlo con dos demonios había apreciado los méritos de «Buck», al cabo de un rato François comprendió que lo había subestimado. De un brinco, «Buck» asumió las obligaciones del liderazgo y, en lo relativo a prudencia, rapidez de pensamiento y rapidez de acción, demostró ser superior a «Spitz», de quien François solía decir que no había visto otro igual.

Pero fue en el dictar leyes y en el hacerlas cumplir por sus compañeros donde «Buck» demostró su excelencia. A «Dave» y «Sol-leks» no les importaba el cambio de jefe. No era cosa de ellos. Lo suyo era trabajar, y trabajar eficazmente, en la ruta. Mientras en eso no hubiera interferencias, no les preocupaba lo que ocurriera. Para ellos, «Billee» el bueno habría podido ser el jefe con tal de que hubiera sabido mantener la disciplina. Empero, el resto del equipo se había tornado muy rebelde en los últimos días de «Spitz», y todos quedaron estupefactos cuando «Buck» comenzó a castigarlos para que se atuvieran a las normas establecidas.

«Pike», que iba a la zaga de «Buck» y que nunca había tirado del trineo con más fuerza que la estrictamente necesaria, fue castigado varias veces por haragán, y antes de que concluyera el primer día trabajaba más que nunca en su vida. La primera noche de campamento, «Joe» el hosco recibió una buena tunda: «Spitz» jamás había podido dársela. «Buck» se limitó a aplastarlo con todo el peso de su cuerpo y lo mordió hasta que «Joe» cesó de lanzar dentelladas y comenzó a gemir como pidiendo clemencia.

Inmediatamente mejoró la conducta del equipo, que recobró su antigua solidaridad, y una vez más los perros tiraban de las riendas como si hubieran sido un solo perro. En Rink Rapids se incorporaron «Teek» y «Koona», dos huskies nativos, y la celeridad con que «Buck» los dominó dejó a François sin aliento:

—¡Gamás vi un pego como ese «Buck»! —exclamó—. ¡No, gamás! ¡Vale pog lo menos mil dólagues, pog Cristo! ¿Eh, qué dices, Perrault?

Perrault estuvo de acuerdo. Para entonces había ya adelantado más de lo que se había propuesto y ganaba distancia de día en día. El sendero estaba en excelentes condiciones, bien firme y endurecido, y no hubo que luchar con nuevas nevadas. No hacía demasiado frío. La temperatura llegó a treinta grados bajo cero y así se mantuvo durante todo el viaje. Los dos hombres corrían o montaban el trineo por turno, y los perros marchaban incesantemente, con muy espaciadas escalas.

El río Thirty Mile estaba cubierto de hielo, y en un solo día del regreso cubrieron la distancia que les había costado diez días en el viaje de ida. En una etapa recorrieron las sesenta millas que se extienden entre el lago Le Barge y los Rápidos del Caballo Blanco. Al cruzar Marsh, Tagish y Bennet (setenta millas de lagos), alcanzaron tal velocidad que el hombre al que le correspondía correr debió atarse al trineo con una cuerda. Y en la última noche de la segunda semana llegaron a White Pass y bajaron hacia el mar, con las luces de Skagway y de los barcos al pie de la ladera.

Fue el más veloz de los viajes. Durante catorce días recorrieron un promedio de cuarenta millas diarias. Durante tres días, Perrault y François pasearon por la calle principal de Skagway y fueron asediados con invitaciones para beber, en tanto que el equipo era el constante centro de la admiración de los conductores de trineos y buscadores de oro. Por entonces, tres o cuatro bandidos procedentes del Oeste intentaron asaltar el pueblo; como fueron cosidos a balazos, el interés del público se centró en otros héroes. Después, llegaron órdenes del gobierno. François llamó a «Buck», lo abrazó y lloró sobre él. Y esta fue la última vez que «Buck» vio a François y a Perrault. Como otros hombres, salieron para siempre de la vida de «Buck».

Un mestizo escocés se hizo cargo de él y de sus compañeros, y junto con otros doce equipos emprendió nuevamente la marcha hacia Dawson. Ya no se trataba de correr con poco peso ni de marcar tiempos extraordinarios, sino de una ardua faena cotidiana, arrastrando una pesada carga; ahora se trataba del convoy postal que llevaba las noticias del mundo a los hombres que buscaban oro bajo la sombra del Polo.

A «Buck» no le gustaba todo eso, pero cumplía eficientemente, tan orgulloso de su trabajo como «Dave» y «Sol-leks», y procuraba que sus compañeros, les gustara o no, cumplieran su parte. Era una vida monótona, en la que todo se hacía con maquinal regularidad. Cada día era idéntico a los demás. Todas las mañanas, a cierta hora, los cocineros se levantaban y encendían el fuego y se desayunaba. Después, mientras unos desarmaban las tiendas, otros uncían los perros, y todos se ponían en viaje una hora antes de que amaneciera. Por la noche había que acampar. Estos armaban las tiendas, aquellos cortaban leña para el fuego y ramas de pino para los jergones, y los de más allá acarreaban agua o hielo para los cocineros. Además, había que alimentar a los perros. Para estos, ese era el único recreo del día, pues resultaba grato vagabundear, luego de haber comido la ración de pescado, durante una hora o más con los otros perros, que en total eran más de cien. Algunos de ellos luchadores y pendencieros, pero tres combates con los más feroces le valieron a «Buck» el predominio, de modo que cuando gruñía y mostraba los dientes los demás le abrían paso.

Tal vez lo que más le agradaba era tenderse junto al fuego, estiradas las patas, erguida la cabeza y los ojos soñadoramente fijos en las llamas. A veces se acordaba de la gran casa del juez Miller, allá en el soleado valle de Santa Clara, y del estanque de cemento, y de «Ysabel» la chihuahua, y de «Toots», el dogo japonés; pero mucho más a menudo recordaba al hombre de la zamarra roja, la muerte de «Curly», la gran pelea con «Spitz» y las buenas cosas que había comido o que le habría gustado comer. No tenía nostalgias. El Sur era algo borroso y estaba muy lejos, y tales recuerdos no le dominaban. Mucho más intensos eran los recuerdos hereditarios, que daban un aire de familiaridad a cosas que jamás había visto antes; los instintos (que no eran sino la memoria de sus antepasados convertida en hábitos), silenciados en días remotos, se agitaban en él y comenzaban a vivir otra vez.

A veces, mientras estaba allí tendido, entreabiertos y soñadores los ojos fijos en las llamas, le parecía que esas llamas eran las de otro fuego, y que, tendido junto a ese otro fuego, había visto frente a sí a otro hombre que tenía las piernas más cortas y los brazos más largos, con músculos firmes y nudosos, y no redondos y voluminosos. El pelo de ese hombre era largo y enmarañado, y su cabeza parecía curvarse hacia atrás desde los ojos mismos. Emitía raros sonidos y daba la impresión de tenerle mucho miedo a la oscuridad, pues la escrutaba continuamente, y en una de las manos, que le llegaban casi a las rodillas, empuñaba un garrote en cuyo extremo había una afilada piedra. Iba casi desnudo, con una raída y chamuscada piel sobre los hombros, y su cuerpo estaba cubierto de pelo; en algunos lugares, como el pecho, los hombros y la parte posterior de los brazos y los muslos, era tan abundante que más parecía una espesa piel. No se mantenía erguido, sino con el tronco encorvado hacia delante, a partir de las caderas, y las piernas flexionadas. En todo ese cuerpo había una peculiar elasticidad, o tensión, más bien felina, y la inquieta cautela del que vive en perpetuo temor de lo visible y lo invisible.

Otras veces, aquel hombre velludo se sentaba ante el fuego, con la cabeza entre las manos, y dormía. En tales ocasiones, mantenía los codos sobre las rodillas y las manos entrelazadas sobre la cabeza, cual si se protegiera de la lluvia con sus peludos brazos. Y más allá de ese fuego, en la oscuridad circundante, «Buck» distinguía centelleantes ascuas, por pares, siempre por pares: los ojos de grandes bestias voraces. Y podía oír el crujir de la maleza al paso de esos cuerpos y los ruidos que hacían durante la noche. Y soñando así por las riberas del Yukon, con ojos perezosos que parpadeaban ante el fuego, esos sonidos y visiones de otro mundo le erizaban los pelos del lomo y del cuello, y lo hacían aullar grave y sofocadamente o lanzar lastimeros aullidos, hasta que el mestizo cocinero le gritaba: «¡Arriba, "Buck", despierta!» Entonces, el otro mundo se esfumaba, y el mundo real retornaba a los ojos de «Buck», que se incorporaba, bostezaba y se desperezaba tal como si hubiera dormido.

El viaje fue arduo, por la carga que llevaban, y el pesado trabajo les agotó. Habían enflaquecido y desmejorado cuando llegaron a Dawson y hubieran necesitado diez días, o por lo menos una semana, de descanso. Sin embargo, dos días después bajaron la cuesta del Yukon, cargados de correspondencia para el extranjero. Los perros estaban exhaustos y los hombres trinaban de rabia; para empeorar las cosas, nevaba todos los días. Eso significaba ruta poco consistente, menor adherencia de los patines y más trabajo para los perros; empero, los conductores procedieron muy prudentemente y trataron de que la situación fuera lo más llevadera posible para los animales.

Todas las noches, los perros eran los primeros en ser atendidos. Comían antes de que comieran los conductores, y ningún hombre se acostaba antes de haber revisado las patas de los perros que él conducía. Pero, aun así, los animales perdían fuerzas. Desde el principio del invierno habían recorrido mil ochocientas millas y arrastrado los trineos a lo largo de esa agobiadora distancia, y mil ochocientas millas acaban con la resistencia del más fuerte. «Buck» resistió, obligando a sus compañeros a cumplir con el trabajo y manteniendo la disciplina, aunque también él estaba muy cansado. «Billee» gritaba y gemía en sueños todas las noches. «Joe» estaba más hosco que nunca y «Sol-leks» era inaccesible, tanto por el lado del ojo ciego como por el otro.

Pero de todos ellos el que más sufrió fue «Dave». Algo le ocurría. Se volvió más arisco e irritable, y no bien acampaba hacía su cubil y había que darle de comer allí mismo. Una vez que le quitaban los arreos, se acostaba y no volvía a incorporarse hasta la mañana siguiente, al serle colocados otra vez los arneses. A menudo, ya en camino, cuando lo sacudía una brusca detención del trineo o se esforzaba para reemprender la marcha, gemía lastimeramente. El conductor lo examinó, pero no le encontró nada. Todos los conductores se interesaron en su caso. Hablaban de ello a la hora de comer y mientras fumaban su última pipa antes de acostarse, y cierta noche celebraron una consulta. «Dave» fue conducido desde su cubil hasta cerca del fuego, y palpado y apretado hasta que se quejó varias veces. Algo en él marchaba mal, pero ni fue posible localizar huesos rotos ni formular diagnóstico alguno.

Su debilidad era tanta que antes de llegar a Cassiar Bar se desplomó varias veces durante la marcha. El mestizo escocés hizo alto, lo separó del equipo y lo reemplazó por «Sol-leks». Su intención era que «Dave» se tomara un descanso y corriera libremente detrás del trineo. A pesar de hallarse enfermo, «Dave» se irritó al ser apartado, gruñó y ladró mientras le aflojaban las bridas y gimió desgarradoramente al ver a «Sol-leks» en el puesto que él había ocupado y desempeñado durante tanto tiempo. Aunque enfermo de muerte, no podía soportar que otro perro hiciera su trabajo.

Cuando el trineo echó a andar, «Dave» corrió tambaleándose sobre la blanda nieve acumulada a un costado del sendero y la emprendió a dentelladas con «Sol-leks», embistiéndolo y tratando de tumbarlo sobre la nieve blanda del costado opuesto, y haciendo esfuerzos por meterse entre las riendas y colarse entre «Sol-leks» y el trineo; mientras tanto, no cesaba de aullar y gemir con desconsuelo. El mestizo trató de apartarlo con el látigo, pero «Dave» no prestó atención a la urticante correa, y el hombre no tuvo coraje para castigarlo con más fuerza. «Dave» se negaba a seguir el trineo por el sendero, donde la marcha resultaba más fácil, y continuó tambaleándose sobre la nieve blanda, donde la marcha resultaba más difícil; por fin, rendido, se desplomó y permaneció postrado en el lugar mismo donde había caído, aullando lúgubremente mientras el largo convoy de trineos pasaba a la carrera junto a él.

Con el resto de sus fuerzas, se amañó para seguir avanzando a rastras hasta que el convoy volvió a detenerse; entonces se acercó a su trineo y se detuvo junto a «Sol-leks». El conductor se había detenido un momento para pedir fuego para su pipa al hombre que iba detrás de él. Después se volvió y puso en marcha su equipo. Los perros echaron a andar con extraordinaria facilidad, volvieron la cabeza con desasosiego y se detuvieron sorprendidos. También el conductor estaba desconcertado: el trineo no se había movido. El hombre llamó a sus compañeros para mostrarles lo que había ocurrido. «Dave» había cortado con los dientes las riendas de «Sol-leks» y estaba delante del trineo, en su puesto.

Con la mirada, imploró que lo dejaran allí. El conductor no disimulaba su perplejidad. Sus camaradas comentaron el hecho de que un perro se sintiera feliz al ser liberado de la tarea que lo estaba matando, y recordaron ejemplos, por ellos conocidos, de perros que, heridos o harto viejos ya para el trabajo, habían muerto porque se les había separado del tiro. Además, consideraron que sería piadoso —pues de todos modos «Dave» iba a morir— que muriera entre las riendas, feliz y contento. Así pues, le pusieron otra vez los arneses, y «Dave», orgullosamente, tiró del trineo como antaño, aunque en más de una oportunidad se le escapara algún involuntario quejido por causa del dolor que le roía las entrañas. Muchas veces se desplomó y fue arrastrado por el resto del equipo; en una de esas ocasiones, el trineo le pasó por encima; desde ese momento, «Dave» renqueó de una de las patas traseras, pero se mantuvo en pie hasta la hora de acampar; su conductor, entonces, le hizo sitio junto al fuego. La mañana lo halló demasiado débil para viajar. Cuando fue tiempo de uncir el equipo, trató de acercarse al conductor. Con esfuerzo convulsivo, se incorporó, vaciló y cayó. Después, arrastrándose, continuó rumbo al lugar donde sus compañeros eran puestos entre las riendas. Adelantaba las patas delanteras y arrastraba el cuerpo a sacudidas, y cuando había adelantado las patas delanteras y sacudido el cuerpo hacia delante, volvía a repetir esos movimientos para avanzar unas pocas pulgadas más. Las fuerzas lo abandonaban y cuando sus compañeros lo vieron por última vez estaba tendido en la nieve, jadeando, y mirándolos con ansiedad. Y cuando lo perdieron de vista, al penetrar en el bosque, oían aún sus lúgubres aullidos.

Allí se detuvo el convoy. El mestizo escocés regresó lentamente al lugar donde habían acampado. Los hombres guardaron silencio. Se oyó un disparo de revólver. El mestizo regresó apresuradamente. Restallaron los látigos, los cascabeles tintinearon alegremente, los trineos se deslizaron por el sendero; pero «Buck» sabía, y también lo sabían los demás perros, qué había sucedido más allá del bosquecillo de la orilla del río.

CAPÍTULO V
El arduo trabajo del camino

Treinta días después de haber partido de Dawson, el Correo de Salt Water, con «Buck» y sus compañeros al frente, llegó a Skagway. El estado de todos era desastroso: estaban rendidos y exhaustos. Las ciento cuarenta libras de «Buck» se habían convertido en ciento quince. En comparación, sus compañeros, no obstante ser perros más livianos, habían perdido más peso que él. «Pike» el ladrón, que en su vida de trapacerías había fingido a menudo estar herido en una pata, renqueaba ahora de veras; «Sol-leks» también cojeaba y «Dub» tenía un hombro hundido.

Todos tenían terribles lastimaduras en las patas. No les quedaba ya agilidad ni elasticidad. Sus patas caían pesadamente sobre el camino, haciéndoles estremecer y duplicando el cansancio de cada día de viaje. Lo que les ocurría no era nada serio, pero estaban mortalmente agotados. No era el agotamiento provocado por un breve y excesivo esfuerzo, del que se hubieran recuperado en pocas horas, sino el agotamiento causado por el lento y prolongado esfuerzo de meses de trabajo. No les quedaba ya capacidad de recuperarse, ni reserva de fuerzas a la que recurrir. Todo había sido utilizado, hasta la última gota. Cada músculo, cada libra, cada célula, estaba cansada, mortalmente cansada. Y había razón para que así fuera. En menos de cinco meses habían recorrido dos mil quinientas millas; en las últimas mil ochocientas no habían llegado a tener siquiera cinco días de descanso. Cuando arribaron a Skagway se hallaban literalmente a punto de desplomarse de cansancio. Apenas si podían mantener tensas las riendas; en las pendientes debían tener cuidado para mantenerse fuera del alcance del trineo.

—¡Ánimo, pobres patas doloridas! —gritó el conductor para alentarlos a enfilar la calle principal de Skagway—. Estamos llegando y después tendremos un descanso. ¡Claro que sí: un magnífico descanso!

Los hombres confiaban en esa tregua. Ellos mismos habían hecho un viaje de mil doscientas millas interrumpido sólo durante dos jornadas y, como es lógico y natural, merecían un intervalo de holganza.

Pero tantos eran los hombres que habían llegado al Klondike, y tantas las novias, las esposas y los parientes que no lo habían hecho, que la correspondencia atrasada asumía proporciones tremendas. Además, había órdenes oficiales. Nuevas tandas de perros de la bahía de Hudson reemplazarían a las que no estaban en condiciones de seguir adelante. Había que librarse de los animales que no estuvieran capacitados para seguir adelante y, ya que los perros poco importan en comparación con los dólares, había que venderlos.

Transcurrieron tres días, en el transcurso de los cuales «Buck» y sus compañeros comprendieron hasta qué punto se encontraban fatigados y débiles. Después, en la mañana del cuarto día, aparecieron dos hombres procedentes de Estados Unidos y los compraron, incluidos los arneses, por una bicoca. Hal y Charles eran los nombres de esos hombres. Charles era de mediana edad, piel blanca, mirada débil y acuosa, y bigote vigoroso y fieramente retorcido hacia arriba, como para atenuar la impresión dada por el labio caído que ocultaba. Hal era un mozalbete de unos diecinueve a veinte años, con un gran revólver «Colt» y un cuchillo de caza que pendían de un cinturón bonitamente tachonado de balas. Ese cinturón era lo más llamativo que había en él: denunciaba su insensibilidad, una insensibilidad total e indescriptible. Saltaba a la vista que ambos hombres estaban fuera de su ambiente: la razón de que se hubieran aventurado por el Norte forma parte de un misterio que carece de explicación.

«Buck» oyó el regateo, vio que los hombres entregaban dinero al agente del Gobierno y comprendió que el mestizo escocés y los conductores del convoy-correo iban a alejarse de su vida de la misma manera que antes se habían alejado de Perrault y François y los otros. Conducido con sus compañeros al campamento de sus nuevos propietarios, «Buck» vio que allí imperaba el descuido y la suciedad: la tienda, armada a medias, sin lavar los platos, desorden en todo. Y vio también a una mujer: Mercedes la llamaban los hombres. Era mujer de Charles y hermana de Hal: ¡una linda familia!

«Buck» los observó atentamente mientras desarmaban la tienda y cargaban el trineo. Ponían mucha voluntad en lo que hacían, pero ningún método. Al enrollar la tienda la transformaron en un burdo envoltorio tres veces más grande de lo que debía ser. Y los platos los guardaron sin haberlos lavado. Mercedes salía continuamente al paso de los hombres y sobrellevaba una ininterrumpida conversación hecha de consejos y reproches. Cuando ellos pusieron un envoltorio de ropas en la parte delantera del trineo, ella sugirió que debían colocarlo atrás, y después, una vez que lo pusieron atrás y lo cubrieron con otros bultos, Mercedes descubrió que se había olvidado de guardar ciertas cosas que no podían ir sino en aquel envoltorio, y ellos volvieron a descargar.

Tres hombres de una tienda vecina, que se habían acercado para mirar, sonreían y se hacían guiños entre sí.

—Llevan un bonito peso —dijo uno de ellos—, y no he de ser yo quien les diga qué deben hacer; pero si estuviera en el lugar de ustedes no cargaría la tienda.

—¡Ni soñarlo! —clamó Mercedes, levantando las manos en señal de protesta—. ¿Cómo podría arreglármelas sin una tienda?

—Estamos en primavera y no tendremos más frío —replicó el hombre.

Mercedes meneó resueltamente la cabeza y Charles y Hal pusieron los últimos paquetes y todo lo que sobraba en la cúspide de aquella carga que semejaba una montaña.

—¿Creen que andará? —preguntó uno de los hombres.

—¿Por qué no? —preguntó Charles, con cierta violencia.

—¡Oh, está bien; está bien! —respondió el hombre, rápida y humildemente—. Se me ocurrió, eso es todo. Sólo que me parece mucha carga.

Charles le dio la espalda y ciñó las correas lo mejor que pudo; es decir, no muy bien.

—Y, por supuesto, los perros llevarán todo el día ese armatoste a rastras —afirmó otro de los hombres.

—Claro que sí —dijo Hal, con fría cortesía, mientras con una mano aferraba la vara del trineo y con la otra hacía restallar el látigo—. ¡Arre! —gritó—. ¡Arre, vamos!

Los perros pegaron un salto y tiraron de las riendas durante un momento; después dejaron de hacer esfuerzos. Les era imposible mover el trineo.

—¡Bestias haraganas, yo les enseñaré! —gritó Hal disponiéndose a castigarlos con el látigo.

Pero Mercedes intervino gritando:

—¡Oh, Hal, no hagas eso! —de un tirón le arrebató el látigo—. ¡Pobrecitos! Prométeme que no los maltratarás o, de lo contrario, no daré un paso más.

—¡Por lo mucho que tú sabes de perros! —refunfuñó su hermano—. Mejor harías dejándome en paz. Son unos haraganes, te lo digo yo, y hay que castigarlos para conseguir algo de ellos. Son siempre así. Pregúntaselo a cualquiera. Pregúntaselo a uno de esos hombres.

Mercedes los miró suplicante: un gesto de repugnancia ante el dolor ajeno le crispaba el hermoso rostro.

—Están muy débiles, si le interesa saberlo —fue la respuesta de uno de los hombres—. Están exhaustos, eso es lo que les pasa. Necesitan un descanso.

—¡Al diablo con el descanso! —dijo Hal.

Escandalizada por aquella maldición, Mercedes dijo: «¡Oh!». Pero era leal a los suyos y salió en defensa de su hermano:

—No escuches a ese hombre —ordenó—. Eres tú quien conduce nuestros perros y puedes hacer lo que te dé la gana.

Una vez más, el látigo de Hal cayó sobre los animales, que tironearon de las riendas, hundieron sus patas en la nieve y se esforzaron al máximo. El trineo, como sujeto por un ancla, no se movió. Después de otros dos intentos, los perros quedaron jadeantes. El látigo volvió a silbar salvajemente y Mercedes volvió a intervenir. Con lágrimas en los ojos, cayó de rodillas delante de «Buck» y le rodeó el cuello con los brazos.

—¡Pobrecitos, pobrecitos! —gimoteó—. ¿Por qué no tiran con más fuerza? Si lo hicieran no los castigarían.

«Buck» no le tenía simpatía a Mercedes, pero se sentía demasiado infeliz para rechazarla y la soportó como parte de la terrible faena de aquel día.

Uno de los curiosos, que había estado apretando los dientes para no estallar en reproches, habló por fin:

—No es asunto mío lo que a ustedes les suceda, pero por el bien de los perros les advierto que podrían partir si desprendieran el trineo: los patines están pegados a la nieve. Empujen de derecha a izquierda la vara de dirección y lo despegarán.

Hicieron un tercer intento, y esta vez, siguiendo el consejo, Hal logró despegar los patines, que se habían adherido a la nieve. El sobrecargado y resistente trineo echó a andar mientras «Buck» y sus compañeros forcejeaban bajo una lluvia de golpes. Aproximadamente cien yardas adelante el camino hacía una curva y desembocaba abruptamente en la calle principal. Hubiera sido menester un hombre de experiencia para mantener el trineo en equilibrio, y Hal no era ese hombre. Al enfilar la curva el trineo volcó y la mitad de su carga rodó por entre las mal ceñidas riendas. Los perros no se detuvieron. Aunque tumbado, el trineo siguió deslizándose detrás de ellos. Estaban exasperados por el castigo y por la exagerada carga. «Buck» echaba chispas. Se había lanzado a la carrera y el equipo seguía a su líder. Hal gritaba: «¡So! ¡So!»; pero no le hacían caso. Después, tropezó y cayó. El trineo le pasó por encima y los perros arremetieron por la calle principal, provocando, al sembrar el resto de la carga a lo largo de la vía pública, el regocijo de todo Skagway.

Personas de buena voluntad detuvieron a los perros y recogieron los desperdigados bártulos. Y dieron también su parecer. La mitad de la carga y el doble de perros si querían llegar a Dawson: tal era lo aconsejado. Hal, su hermana y su cuñado los escucharon de mala gana, apartaron la tienda, comenzaron a clasificar los pertrechos y hasta sacaron a relucir alimentos envasados, con lo cual hicieron reír a los mirones, pues en las rutas árticas los alimentos envasados son una quimera.

—Mantas como para un hotel —dijo uno de los que se reían y ayudaban—. Con la mitad tienen más que suficiente. Deshágdanse de la tienda y de todos esos platos: ¿quién va a lavarlos? ¡Oh, Dios!, ¿les parece que están viajando en coche-cama?

Y así prosiguió la inexorable eliminación de lo superfluo. Mercedes lloró cuando sus maletas fueron arrojadas al suelo y echadas a un lado, una tras otra, todas sus prendas. Lloraba en general y lloraba también en particular por cada pertenencia descartada. Suplicó de rodillas, transida de dolor, y juró que no daría un paso más ni siquiera por una docena de Charles. Rogó a todos y a todo, y por último se secó los ojos y procedió a descartar ropas que eran de imperativa necesidad. Y en su ardor, una vez que hubo concluido con las propias, la emprendió con las pertenencias de los hombres y las revolvió como un huracán.

Hecho eso, el equipo de viaje, aunque reducido a la mitad, era todavía una mole formidable. Charles y Hal salieron por la tarde y compraron seis perros. Incorporados a los seis del tiro primitivo más «Teek» y «Koona», los perros esquimales adquiridos en Rink Rapids por Perrault, formaron un conjunto de catorce. Pero los perros nuevos, aunque ya prácticamente adiestrados a su llegada, no servían para gran cosa. Dos eran pachones de pelo corto, otro era un Terranova, y los dos restantes, mestizos de raza indefinida. Los recién llegados parecían no saber nada. «Buck» y sus compañeros los miraban con disgusto y si bien aquel les enseñó enseguida qué lugares ocuparían y qué les estaba prohibido hacer, no logró enseñarles qué debían hacer. No se adaptaban al trabajo. Con excepción de los dos mestizos, estaban confundidos y desalentados por el salvaje y extraño ambiente en que se encontraban y por el trato recibido. Los mestizos carecían por completo de vitalidad; daban la impresión de un montón de huesos movidos por un resorte.

Con los inútiles y desvalidos recién llegados y el viejo equipo exhausto por dos mil quinientas millas de continuo viaje, el panorama no resultaba nada brillante. Aun así, los dos hombres se mostraban contentos. Y orgullosos también. Se disponían a hacer lo que nadie había hecho: utilizar catorce perros. Ellos habían visto otros trineos que por el desfiladero partían hacia Dawson o llegaban de Dawson, pero nunca habían visto un trineo con nada menos que catorce perros. Habían resuelto el viaje con lápiz y papel: tanto por perro, por tantos perros, por tantos días, igual a tanto. Mercedes atisbaba sobre los hombros de ellos y asentía comprensivamente: ¡era todo tan simple...!

Ya muy entrada la mañana siguiente, «Buck» condujo el equipo calle arriba. La marcha carecía de vivacidad: no había asomos ni de vigor ni de gallardía, tanto en el líder como en sus compañeros. Emprendían el viaje completamente agotados. «Buck» había cubierto cuatro veces la distancia entre Salt Water y Dawson, y la certeza de que, abatido y cansado, enfrentaba la misma travesía una vez más, lo amargaba. Ni él ni ninguno de los otros se entregaba por entero al trabajo. Los perros extranjeros eran tímidos y miedosos; los nativos desconfiaban de sus amos.

«Buck» se daba cuenta vagamente de que no tenía sentido depender de aquellos dos hombres y aquella mujer. No sabían hacer nada y, con el correr de los días, quedó demostrado que eran incapaces de aprender. Eran descuidados en todo, carentes de orden y de disciplina. La mitad de la noche se les iba en armar deficientemente el campamento, y la mitad de la mañana en levantarlo y cn cargar tan deficientemente el trineo que el resto del día lo pasaban deteniéndose y reacomodando la carga. Hubo días en que ni siquiera hicieron diez millas. Y otros en los que fueron incapaces de emprender la marcha. Y en ninguna jornada lograron cubrir más de la mitad de la distancia que los hombres habían tomado como base al calcular la comida de los perros...

Inevitablemente, habría de faltarles alimento para los animales. Sin embargo, ellos mismos precipitaron esa situación al sobrealimentarlos, y adelantaron el momento de pasar hambre. Los perros extranjeros, cuyas digestiones no estaban acostumbradas por el hambre crónica a obtener lo más de lo menos, tenían un apetito voraz. Y como, por añadidura, los perros esquimales tiraban débilmente, Hal concluyó que la ración normal era harto escasa. Y la aumentó al doble. Para rematar todo eso, cuando con lágrimas en sus lindos ojos y temblorosa voz, no pudo convencerle de que les diera aún más, Mercedes comenzó a saquear los costales de pescado y a alimentarlos a escondidas. Pero lo que «Buck» y sus compañeros necesitaban no era comida, sino descanso. Y si bien avanzaban lentamente, la pesada carga que tenían que arrastrar minaba seriamente las fuerzas de todos ellos.

Llegó, después, el tiempo de las privaciones. Hal se levantó cierta mañana y halló que la mitad del alimento para los perros había desaparecido y que sólo habían hecho la cuarta parte del viaje. Además, fuese con dinero, fuese gratuitamente, era imposible ya un abastecimiento complementario. Por tanto, Hal mermó la ración habitual y procuró alargar la etapa diaria. Su hermana y su cuñado estuvieron de acuerdo.

Sin embargo, la incompetencia de cada uno de ellos y la pesada carga frustraron el esfuerzo. Resultaba fácil darles menos comida a los perros, pero resultaba imposible que los perros cubrieran distancias mayores mientras sus amos, incapaces de emprender más temprano la marcha cotidiana, no lograran viajar más horas. No sólo no sabían cómo tratar a los perros, sino que tampoco sabían qué hacer consigo mismos.

El primero en caer fue «Dub». Pobre y tonto ladronzuelo al que siempre sorprendían y castigaban, había sido empero un incansable trabajador. Su hombro dislocado, carente de cuidado y de descanso, fue de mal en peor hasta que, finalmente, Hal le pegó un tiro con su gran revólver Colt. En las regiones árticas suele decirse que un perro extranjero muere de hambre con la ración de un perro esquimal; así pues, los seis perros extranjeros del equipo, con la mitad de esa ración, no podían hacer menos que morirse. El Terranova fue el primero, le siguieron los tres pachones de pelo corto; los dos mestizos se aferraron más denodadamente a la vida, pero también perecieron.

Para ese entonces, toda la afabilidad y la educación meridionales habían desaparecido de aquellas tres personas. Despojada ya de su novelesco atractivo, la travesía del Ártico se les convirtió en una realidad harto rigurosa. Mercedes dejó de compadecerse de los perros, ya que estaba demasiado ocupada en compadecerse a sí misma y en disputar con su marido y con su hermano. Las reyertas eran lo único de lo que jamás se cansaban. La irritabilidad de cada uno de ellos nació de su desdicha, creció con ella, la duplicó, la dejó muy atrás. La paciencia maravillosa que adquieren los hombres que trabajan y padecen en las rutas árticas sin que ello menoscabe su amabilidad y su benevolencia no rozó a aquellos hombres y a aquella mujer. No tenían siquiera noción de esa paciencia. Eran torpes y estaban, además, mortificados: les dolían los músculos, les dolían los huesos, les dolía hasta el mismo corazón; se trataban con violencia y no hacían más que cambiar agravios de la mañana a la noche.

Charles y Hal disputaban no bien Mercedes les daba oportunidad. Tanto el uno como el otro creían que trabajaba más de lo que le correspondía y ninguno de los dos dejaba de manifestarlo en cuanto tenía ocasión. A veces Mercedes se ponía de parte de su marido; a veces, de parte de su hermano. El resultado era una dura e interminable riña de familia. Bastaba con discutir a quién le tocaba cortar leña para el fuego (discusión que sólo incumbía a Charles y Hal), y al instante toda la parentela salía a relucir: padres, madres, tíos, primos, gente que se hallaba a cientos de millas de distancia o que ya había muerto. Que los puntos de vista de Hal en materia de arte o que la clase de obras que había escrito el hermano de su madre tuvieran algo que ver con el corte de leña para el fuego es cosa que supera toda posibilidad de comprensión; sin embargo, la disputa se orientaba en esa dirección o en dirección a los prejuicios políticos de Charles. Y que la lengua viperina de la hermana de Charles tuviera algo que ver con el hecho de encender un fuego en algún remoto punto del Yukon, era evidente sólo para Mercedes, que daba rienda suelta a sus caudalosas opiniones sobre el particular e, incidentalmente, sobre algunos otros rasgos desagradablemente peculiares de la familia de su marido. Mientras tanto, el fuego seguía sin encender, el campamento a medio armar y los perros en ayunas.

Mercedes se sentía agraviada en su condición de mujer. Era bonita y delicada, y había sido tratada cortésmente durante toda su vida. Pero el trato que ahora le daban su marido y su hermano era cualquier cosa menos cortés. Era costumbre suya proceder como si estuviera desamparada. Hal y Charles se exasperaban. Ante el desconocimiento de lo que para ella era la prerrogativa fundamental de su sexo, les hacía la vida imposible. No sentía ya consideración por los perros y, por sentirse ofendida y cansada, insistía en sentarse en el trineo. Era bonita y delicada, pero pesaba ciento veinte libras: algo más que una leve brizna sobre la pesada carga que arrastraban los debilitados y hambrientos animales. Así viajó durante días, hasta que los perros se desplomaron en el sendero y el trineo se detuvo. Charles y Hal le rogaron que se levantara y caminara, le imploraron de rodillas, en tanto ella lloraba e importunaba al cielo con la narración de las torturas que le hacían padecer.

En cierta ocasión la sacaron del trineo por la fuerza. Nunca más lo intentaron. Mercedes aflojó las piernas como un niño malcriado y se desplomó en el sendero. Hal y Charles siguieron viaje, pero ella no se movió. Después de haber recorrido tres millas, descargaron el trineo, volvieron a buscarla y, también por la fuerza, la subieron al trineo.

Abrumados por su propia desdicha, ni reparaban en el sufrimiento de los animales. Para Hal, cuya tesis quedaba demostrada sobre el pellejo de los demás, uno debía endurecerse. Comenzó predicando esa teoría a su hermana y a su cuñado, y, al fracasar con ellos, se la inculcó a los perros a fuerza de golpes. Al llegar al Five Fingers la comida de los animales se había agotado y una vieja india desdentada les ofreció algunas libras de tasajo de caballo a cambio del revólver Colt que, en el cinturón de Hal, hacía juego con el cuchillo de caza. Aquel tasajo resultó un pobre sustituto del alimento, pues no era más que resecas lonjas de pellejo arrancado a animales muertos de hambre hacía ya seis meses. Como estaba congelado, más parecía rebabas de hierro galvanizado, y cuando un perro se lo echaba al estómago se convertía en delgadas e insustanciales tiras de cuero y en una irritante e indigesta masa de cerdas.

Y en medio de todo eso, como en una pesadilla, «Buck» continuaba tambaleándose al frente del equipo. Tiraba cuando podía y cuando ya no podía tirar más se desplomaba y permanecía tendido hasta que los golpes o los latigazos lo obligaban a ponerse nuevamente en pie. El brillo y la suavidad de su pelambre habían desaparecido por completo. El pelo le caía sucio o amazacotado con coágulos resecos en los sitios donde había recibido los golpes de Hal. Sus músculos estaban reducidos a cordones nudosos y la carne había desaparecido, de modo que cada costilla y cada hueso del esqueleto se le dibujaba claramente a través de la piel, que pendía en pliegues flácidos. Daba pena verlo: pero el ánimo de «Buck» era irreductible. El hombre de la zamarra roja lo había comprobado.

Lo que ocurría con «Buck» ocurría con sus compañeros. Eran esqueletos andantes. En total, quedaban siete perros. Los padecimientos los habían tornado insensibles al mordisco del látigo y a los golpes. El dolor del castigo era confuso y remoto, tal como las cosas que veían con los ojos y oían se les antojaban confusas y remotas. No estaban semivivos o vivos a pesar de todo. Eran simplemente bolsas de huesos en las que la chispa de la vida titilaba apenas. Cuando hacían alto, se dejaban caer en el sendero, como muertos, y la chispa se atenuaba y palidecía, y parecía extinguirse. Y cuando el garrote o el látigo caía sobre ellos, la chispa se avivaba débilmente y todos se incorporaban y, tambaleándose, proseguían la marcha.

Y así llegó el día en que «Billee» el bueno se desplomó y no pudo levantarse. Hal, que ya no tenía el revólver, tomó el hacha y descargó un golpe mortal sobre la cabeza de «Billee»; después desenganchó el cadáver y lo dejó a un costado del camino. «Buck» vio todo y también sus compañeros vieron todo: y todos comprendieron que les estaba reservada idéntica suerte. Al día siguiente cayó «Koona». Pero aún quedaban cinco: «Joe», tan debilitado que ya no podía ser perverso; «Pike», rengo y mutilado, sólo a medias consciente y no lo bastante para haraganear; «Sol-leks», el tuerto, todavía fiel a la ley del sendero, y acongojado porque le quedaba muy poca fuerza para arrastrar el trineo; «Teek», que no había viajado mucho ese invierno y que por ser el más nuevo recibía más castigo que los otros, y «Buck», siempre al frente del equipo, aunque ya no se afanara por mantener la disciplina o por quebrantarla, ni siquiera por hacerse obedecer, ciego de debilidad la mitad del tiempo, manteniéndose en el sendero por los reflejos de este y por el apagado tacto de sus patas.

Hacía un hermoso clima de primavera, pero ni los perros ni los hombres lo advertían. El sol salía cada vez más temprano y se ponía cada vez más tarde. Amanecía a las tres de la mañana y el crepúsculo duraba hasta las nueve de la noche. El día entero era una radiante hoguera. El fantasmal silencio del invierno había dado paso al gran murmullo primaveral de la vida que despierta. Ese rumor se elevaba de toda la tierra, pleno de alegría de vivir. Partía de las cosas que vivían otra vez, cosas que habían permanecido como muertas y que no se habían movido durante los largos meses de frío. La savia trepaba por los pinos. Los robles y los álamos estallaban en brotes. Arbustos y vides se cubrían con tiernos mantos de verdor. Los grillos cantaban en la noche y durante el día incontables especies animales reptaban en busca del sol. Perdices y pájaros carpinteros alborotaban en los bosques. Las ardillas chillaban, gorjeaban los pájaros y densas bandadas de patos silvestres que llegaban del Sur cubrían el cielo y rasgaban el aire con sus graznidos.

En las pendientes se oía el rumor del agua, la música de ocultos manantiales. Todo se deshelaba, todo se estremecía, todo palpitaba. El Yukon pugnaba por librarse del hielo que lo cubría, corroyendo por debajo aquel manto que el sol corroía por fuera. Se formaban agujeros, aparecían fisuras, se abrían grietas y el río devoraba los témpanos más delgados y en medio de ese restallante, crepitante, vibrante despertar a la vida, bajo el ardiente sol y a través de acariciantes brisas, cual peregrinos que fueran hacia la muerte, los dos hombres, la mujer y los perros avanzaban tambaleantes.

Los perros desfallecían; Mercedes, sentada en el trineo, no cesaba de llorar; Hal maldecía constantemente y Charles ya era presa de la desesperación cuando arribaron al campamento de John Thornton, en la desembocadura del White River. Apenas se detuvieron, los perros se desplomaron como si los hubiesen herido de muerte. Mercedes se enjugó los ojos y miró a John Thornton. Charles se sentó en un tronco, a descansar. Se sentó lenta y penosamente, pues estaba entumecido. Y Hal tomó la palabra. John Thornton estaba dando los últimos toques a un mango de hacha labrado en una rama de abedul. Escuchó sin dejar de trabajar, respondió con monosílabos y, cuando se lo requirieron, dio su parecer. Conocía a la gente de esa clase y daba su parecer con la certeza de que por mucho que hablara no lo tendrían en cuenta.

—Allá arriba nos dijeron que el sendero se estaba desmoronando y que lo mejor que podíamos hacer era esperar —respondió Hal cuando Thornton les aconsejó que no se arriesgaran más por el hielo resquebrajado—. Nos dijeron que no podríamos llegar a White River y, sin embargo, aquí estamos.

—Y les dijeron la verdad —replicó Thornton—. El sendero se desmoronará en cualquier momento. Sólo los necios, con la suerte ciega de los necios, pueden atreverse a recorrerlo. Entérese: ni por todo el oro de Alaska yo me atrevería a arriesgar mi pellejo en ese hielo.

—Porque usted no es un necio, supongo —dijo Hal—. De todos modos, nosotros continuaremos hacia Dawson —desenrolló el látigo—: ¡Muévete, «Buck»! ¡Vamos, andando! ¡Arre!

Thornton siguió trabajando. Sabía que era inútil interponerse entre un necio y su necedad, y que dos o tres necios más o menos no alterarían el orden de las cosas.

Pero el equipo no obedeció la orden de Hal. Para que se despabilara era necesario, desde hacía algún tiempo, apelar al castigo. El látigo relampagueó en el aire, a diestro y siniestro, y cayó una y otra vez sobre los animales. John Thornton apretó los labios. «Sol-leks» fue el primero en incorporarse; «Joe» lo siguió, aullando lastimeramente. «Pike» hizo denodados esfuerzos: en dos oportunidades, cuando estaba casi en pie, se desplomó en el suelo; no obstante, con un tercer esfuerzo, consiguió levantarse. «Buck», en cambio, no se apartó del sitio donde se había tumbado. Los latigazos lo alcanzaron una y otra vez, pero no se quejó ni se movió. En más de un momento, Thornton estuvo a punto de intervenir, pero se contuvo. Tenía los ojos húmedos y, como el castigo proseguía, comenzó a ir y venir, evidentemente nervioso.

Era la primera vez que «Buck» no obedecía; Hal, que se creyó con motivo más que suficiente para montar en cólera, cambió el látigo por el garrote. A pesar de la lluvia de golpes que se abatía sobre él, «Buck» se resistió a moverse. Igual que sus compañeros, apenas si podía incorporarse; aunque, a diferencia de ellos, había resuelto no hacerlo. Le embargaba el confuso presentimiento de un desastre inminente. Aquella sensación le había asaltado en el momento de enfilar la orilla del río y no lo abandonaba desde entonces. Por haber pisado durante todo el día nada más que hielo delgado y quebradizo, parecía como intuir la proximidad de un desastre sobre ese hielo al que su amo quería conducirlo. Se negó a moverse. Tanto había padecido y tan débil estaba que no sintió el castigo. Y mientras los golpes arreciaban sobre él, la chispa de la vida vaciló y se tornó más y más pequeña. Estaba ya a punto de extinguirse. «Buck» sentía un extraño sopor. Se daba cuenta de que lo castigaban, pero como si todo ocurriese muy lejos. Las últimas sensaciones de dolor desaparecieron. Ya no sentía nada; sin embargo, muy débilmente, podía oír el ruido del garrote sobre su cuerpo. Pero su cuerpo ya no era suyo, era algo muy remoto.

Y entonces, de pronto, sin aviso, con un grito inhumano que más parecía el alarido de una fiera, John Thornton se abalanzó sobre el hombre que esgrimía el garrote. Hal retrocedió tambaleándose, como si le hubiera alcanzado un árbol al caer. Mercedes comenzó a chillar. Charles levantó la vista, desconcertado, y se restregó los ojos; pero, como seguía entumecido, ni intentó ponerse en pie.

John Thornton estaba junto a «Buck» y procuraba dominarse, pues la indignación le impedía hablar:

—Si vuelves a pegarle a ese perro, te mato —consiguió decir por fin, con voz ahogada.

—El perro es mío —respondió Hal, limpiándose la sangre de la boca y retrocediendo aún más—. ¡Fuera de mi camino si no quieres que te ajuste cuentas a ti también! Voy a Dawson.

Thornton se había interpuesto entre Hal y «Buck», y era evidente que no tenía intención de apartarse. Hal desenvainó su largo cuchillo de caza. Mercedes chillaba, gritaba, reía, presa de un compulsivo ataque de histeria. Con el mango del hacha, Thornton golpeó a Hal en los nudillos y le obligó a soltar el cuchillo. Y cuando su adversario se agachó para recoger el arma, volvió a golpearle. Después se inclinó, levantó el cuchillo y, con un par de golpes, cortó las riendas de «Buck».

A Hal no le quedaban ánimos para pelear. Además, tenía las manos ocupadas en atender a su hermana. Mejor dicho, los brazos. Y, en cambio, «Buck» estaba demasiado cerca de la muerte como para ser utilizado en tirar del trineo. Minutos después, Hal, Mercedes y Charles se apartaron de la orilla y enfilaron la helada superficie del río. «Buck» les oyó y volvió la cabeza para verlos. «Pike» iba al frente, «Sol-leks» junto al trineo y «Joe» y «Teek» en medio. Todos renqueaban y se tambaleaban. Mercedes viajaba en el cargado trineo, Hal se ocupaba del timón y Charles, a la zaga, avanzaba a tropezones.

Mientras «Buck» los miraba, Thornton se arrodilló junto a él y con sus rudas y afectuosas manos lo palpó para cerciorarse de que no hubiera huesos rotos. Cuando terminó de comprobar que todo se reducía a unas cuantas magulladuras y una terrible falta de alimento, los viajeros se encontraban ya a un cuarto de milla. El perro y el hombre continuaron mirando el trineo, que se deslizaba penosamente por la helada superficie del río. De pronto, vieron que su parte posterior se elevaba, como si el vehículo hubiera topado con un obstáculo, y que Hal, sin soltar la vara de dirección, daba una vuelta en el aire. Alcanzaron a oír el grito de Mercedes. Y vieron también que Charles se volvía y daba un paso para regresar. Después, un gran bloque de hielo cedió y los perros y los viajeros desaparecieron. Sólo quedó un enorme boquete. El sendero se había desmoronado.

John Thornton y «Buck» se miraron.

—¡Eres un pobre diablo! —dijo John Thornton. Y «Buck» le lamió la mano.

CAPÍTULO VI

Por el amor de un hombre

Anteriormente, en el mes de diciembre, a John Thornton se le habían helado los pies; sus socios, luego de prepararle todo lo necesario para que estuviera cómodo, se habían marchado a Dawson en busca de una balsa de troncos. Thornton renqueaba ligeramente todavía cuando rescató a «Buck», pero con el tiempo, que se mantuvo constantemente cálido, desapareció hasta el menor vestigio de aquella cojera. Y allí, tendido a orillas del río durante los largos días de primavera, contemplando el curso del agua, escuchando indolentemente el canto de los pájaros y las voces de la naturaleza, «Buck» recuperó poco a poco su vigor.

Un descanso siempre viene muy bien después de haber recorrido tres mil millas y justo es confesar que «Buck» se tornó algo perezoso mientras se le cerraban las heridas, se le fortalecían los músculos y volvía a echar carnes. Cabe señalar que allí todos haraganeaban («Buck», John Thornton y «Skeet» y «Nig»), en espera de la balsa que habría de llevarles a Dawson. «Skeet» era una perdiguerita irlandesa que enseguida hizo amistad con «Buck», quien, casi muerto de inanición, no pudo rechazar sus primeros avances. «Skeet» tenía esa devoción de samaritana que suelen poseer algunas perras, y como una gata madre lava a sus mininos, así lavaba y limpiaba ella las heridas de «Buck». Puntualmente, todas las mañanas, una vez que él había concluido su desayuno, se entregaba con dedicación a la tarea: al punto de que «Buck» llegó a desear esas atenciones tanto como las de Thornton. «Nig», igualmente amistoso aunque menos demostrativo, era un perrazo negro, cruce de sabueso y galgo, de ojos sonrientes y comportamiento amable.

Para sorpresa de «Buck», ninguno de esos perros demostró celos de él. Parecían contagiados por la bondad y la generosidad de John Thornton. A medida que «Buck» fue recuperando su fortaleza, lo instaron a toda clase de juegos, en los que Thornton no pudo menos que participar. Así pasó «Buck» su convalecencia y comenzó una nueva vida. Por primera vez conoció el amor, el verdadero amor. Jamás lo había sentido en la casa del juez Miller, allá en el soleado valle de Santa Clara. Su vínculo con los hijos del juez había sido una sociedad para la caza y el vagabundeo; con los nietos del juez, algo así como una tutela pomposa, y con el juez mismo una amistad majestuosa y digna. Pero el amor que es fiebre y fuego, que es adoración, que es locura, sólo John Thornton se lo inspiró.

Ese hombre le había salvado la vida, lo que ya era algo; pero, además, era el amo ideal. Otros hombres proveían al bienestar de sus perros por obligación o por conveniencia; John Thornton proveía al de los suyos como si se tratara de sus propios hijos, porque no podía evitarlo. Y hacía más todavía. Nunca negaba un saludo cordial o una frase de aliento, ni se olvidaba de sentarse a conversar largamente con ellos («a charlar», según sus palabras), cosa que era tan grata para él como para los perros. Tenía una particular manera de tomar rudamente entre sus manos la cabeza de «Buck» a la vez que apoyaba en ella su propio rostro, y de sacudirla de un lado a otro llamándolo con motes obscenos que para «Buck» eran palabras de amor. «Buck» no conocía alegría más grande que ese rudo abrazo y el sonido de las groserías murmuradas, y a cada sacudida parecía que el corazón se le iba a saltar del pecho, tan grande era el éxtasis. Y cuando el amo lo soltaba, se alzaba sobre las patas traseras, sonriente la boca, elocuentes los ojos, el cuello estremecido por sonidos no articulados, y se inmovilizaba en esta actitud. John Thornton no podía entonces dejar de exclamar:

—¡A este perro sólo le falta hablar!

La artimaña con que «Buck» expresaba su afecto resultaba dolorosa. A menudo asía con la boca la mano de Thornton y apretaba tanto las mandíbulas que durante largo rato las marcas de sus dientes quedaban impresas en la carne. Y así como «Buck» comprendía que las malas palabras eran palabras de amor, así el hombre comprendía que ese mordisco era una caricia.

Sin embargo, el amor de «Buck» se expresaba, en su mayor parte, como adoración. Aunque enloquecía de felicidad cuando Thornton lo acariciaba o le hablaba, no buscaba esas muestras de afecto. A diferencia de «Skeet», que metía su hocico en la mano de Thornton y la lamía y lamía hasta conseguir un mimo, y de «Nig», que apoyaba su enorme cabeza en las rodillas del amo, «Buck» se contentaba con adorarle a distancia. Permanecía horas enteras, ansioso, alerta, a los pies de Thornton, mirándole la cara, escrutándosela, estudiándosela, siguiendo con profundo interés cada una de sus expresiones, cada cambio de humor. O, como solía ocurrir, se echaba a cierta distancia, a un costado o detrás de Thornton, y atisbaba el perfil y los menores movimientos de su mano. Y a menudo, tal era la comunión en que vivían, que la intensidad de la mirada de «Buck» obligaba a John Thornton a volver la cabeza y a devolver, sin palabras, aquella mirada, con el alma en los ojos, tal como el alma de «Buck» brillaba en los suyos.

A «Buck» no le hacía gracia perder de vista a Thornton: desde el momento en que este salía de la tienda hasta que volvía a entrar, le seguía pisándole los talones. Los continuos cambios de dueño habían acabado por hacerle sospechar que ningún amo es permanente y temía que Thornton se alejara de su vida tal como se habían alejado Perrault, François y el mestizo escocés. Aun durante la noche, en sueños, esa sospecha lo obsesionaba. En tales circunstancias, se despertaba y se arrastraba hasta la entrada de la tienda y allí se detenía a escuchar la respiración de su amo.

Sin embargo, no obstante el amor que sentía por John Thornton, amor que parecía proclamar la suave influencia de la civilización, el instinto selvático, azuzado por el ambiente de las tierras árticas, se mantenía vivo y activo. La fidelidad y la devoción habían nacido en él junto al fuego del hogar, pero conservaba la ferocidad y la astucia. Era un producto de la selva, que había llegado de la selva para tenderse a los pies de John Thornton, más que un perro del cálido Sur signado por siglos de civilización. Por obra de su gran amor no podía huir de aquel hombre, en tanto que de cualquier otro hombre, de cualquier otro campamento, no hubiera vacilado un instante en hacerlo, pues su astucia lo habría salvado de ser atrapado.

Su cara y su cuerpo estaban marcados por los dientes de muchos perros, y peleaba tan fieramente como siempre y hasta con mayor astucia. «Skeet» y «Nig» eran demasiado pacientes como para pelear. Y además pertenecían a John Thornton. En cambio, los perros ajenos, cualquiera fuese su raza y su coraje, o admitían de buenas a primeras la superioridad de «Buck» o eran arrastrados a una lucha a muerte con un adversario terrible. Y «Buck» era despiadado. Había aprendido bien la ley del garrote y del colmillo, y nunca desaprovechaba una ventaja ni cejaba en su empeño ante un enemigo al que estuviera matando. Había aprendido de «Spitz» y de los más bravos perros de la Policía y del correo, y sabía que no era posible transigir. Debía dominar o ser dominado; la compasión era debilidad. La piedad no existía entre los seres primitivos: se la confundía con el miedo. Y errores tales llevaban a la muerte. Matar o ser matado, comer o ser comido era la ley, y ese mandato, que llegaba desde lo más remoto del tiempo, era acatado por «Buck».

Su edad superaba a sus años. Vinculaba el pasado con el presente y la eternidad palpitaba en él con el poderoso ritmo con que se suceden las mareas y las estaciones. Sentado junto al fuego de John Thornton no era más que un perro de ancho pecho, blancos colmillos y largo pelaje: pero detrás de él estaban los espectros de toda clase de perros, semilobos y lobos feroces, dominadores y poderosos, que probaban el sabor del alimento que él comía, sedientos del agua que él bebía, husmeando el aire con él, oyendo con él y revelándole los ecos de la vida salvaje en los bosques, imponiéndole sus costumbres, dirigiendo sus acciones, tendiéndose a dormir con él cuando él se tendía a dormir y soñando con él y más allá de él, y transformándose en la materia de sus sueños.

Tan perentoriamente lo reclamaban esos espectros que de día en día la humanidad y las exigencias de la humanidad se alejaban cada vez más. En las profundidades de la selva resonaba una llamada, y a menudo, al escuchar esa llamada, misteriosamente estremecedora y atrayente, se sentía obligado a dar la espalda al fuego y a la tierra llana que lo rodeaba, y a precipitarse en el bosque, siempre adelante, sin saber hacia dónde ni por qué; no se preguntaba hacia dónde ni por qué mientras la llamada resonaba imperativamente en las profundidades de la selva. Pero no bien alcanzaba la suave tierra virgen y la sombra del bosque, el amor a John Thornton lo arrastraba otra vez hacia el fuego.

Tan sólo Thornton lo retenía. El resto de la humanidad nada significaba. Los viajeros podían alabarlo o acariciarlo: él se mostraba indiferente a todo, y si aquellos hombres eran demasiado demostrativos se incorporaba y se alejaba. Cuando Hans y Pete, los socios de Thornton, regresaron con la tan esperada balsa, «Buck» se negó a prestarles atención; hasta los toleró pasivamente, aceptando los halagos como si fuera él quien los brindara. Ambos tenían la rudeza de Thornton y, como él, vivían en contacto directo con la tierra, pensaban con sencillez y veían las cosas claramente. No habían terminado de amarrar la balsa al desembarcadero de Dawson cuando ya comprendían a «Buck» y sus costumbres, y no insistieron en lograr una intimidad igual a la que tenían con «Skeet» y «Nig».

En cambio, su amor por Thornton parecía crecer más y más. Sólo él podía, en los viajes de verano, poner una carga sobre el lomo de «Buck». Para este, nada era demasiado cuando su amo lo ordenaba. Cierto día (habían cavado y hachado ellos mismos para preparar la balsa y partir de Dawson rumbo a las fuentes del Tanana), los hombres y los perros se hallaban sentados en la cresta de un acantilado que caía a pico, sobre un lecho de roca desnuda, situado a unos trescientos pies de profundidad. John Thornton se había sentado casi al borde y «Buck» junto a él. Una caprichosa idea dominó a Thornton, que llamó la atención de Hans y Pete sobre la ocurrencia que pensaba poner en práctica:

—¡Salta, «Buck»! —ordenó, girando el brazo hacia el abismo.

Un segundo después se trababa en lucha con «Buck», al borde mismo del precipicio, mientras Hans y Pete los arrastraban para ponerlos a salvo.

—Es portentoso —dijo Pete, después que hubieron recobrado el aliento.

Thornton meneó la cabeza:

—No, es espléndido; y terrible, además. ¿Sabéis?, a veces me da miedo.

—No me gustaría estar en el pellejo de quien te ponga las manos encima mientras él se halle cerca —sentenció Pete, moviendo la cabeza en dirección a «Buck».

—¡Pog Cgisto! —terció Hans—. Mí tampoco.

Antes de que terminara el año, los temores de Pete se cumplieron en una taberna de Circle City. «Black» Burton, individuo pendenciero y de mala índole, había estado provocando a un forastero, y Thornton se interpuso para evitar la pelea. «Buck», según su costumbre, se había tendido en un rincón, con la cabeza sobre las patas, y vigilaba todos los movimientos de su amo. Sin decir agua va, Burton lanzó un feroz puñetazo; Thornton se tambaleó, pero pudo evitar la caída aferrándose al caño del mostrador.

Los testigos de la escena oyeron algo que no era ni ladrido ni aullido, sino más bien un rugido, y vieron que desde el suelo el cuerpo de «Buck» se proyectaba por el aire hacia el cuello de Burton. El hombre salvó la vida porque levantó instintivamente un brazo, pero cayó de espaldas, con «Buck» a cuestas. «Buck» soltó el brazo en el que había clavado los colmillos y una vez más intentó alcanzar el cuello de Burton. Esta vez, el pendenciero sólo logró su propósito a medias, pues un mordisco le desgarró el cuello. Después, la multitud se abalanzó sobre «Buck» y consiguió apartarlo. Y mientras un médico contenía la hemorragia de Burton, «Buck» se paseó de un lado a otro, gruñendo ferozmente, intentando volver al ataque y retrocediendo ante un montón de varas hostiles. Hubo inmediatamente un «consejo de mineros», que decidió que el perro había sido provocado y «Buck» quedó libre de culpa. Pero había conquistado ya una reputación y a partir de aquel día su nombre se difundió en todos los campamentos de Alaska.

Tiempo después, durante el otoño, «Buck» volvió a salvarle la vida a John Thornton, pero en circunstancias muy distintas. Los tres socios conducían una larga y angosta canoa de remos esquivando los rápidos del Forty Mile. Hans y Pete, desde la orilla, remolcaban la embarcación con una cuerda de cáñamo que sujetaban de árbol en árbol. Mientras tanto, desde la canoa, Thornton facilitaba el descenso con una pértiga y daba instrucciones a sus socios. «Buck», en la orilla, se mantenía en línea con la embarcación, preocupado y ansioso, con los ojos fijos en su amo.

En un punto especialmente peligroso, donde asomaban las rocas de un arrecife escasamente sumergido, Hans aflojó la cuerda; después, en tanto que Thornton, con el remo, trataba de impulsar la canoa río adentro, corrió por la ribera, siempre con el extremo de la cuerda en la mano, para acercar la embarcación una vez superado el arrecife. Pero luego de evitar el escollo la canoa siguió aguas abajo, tan velozmente que parecía volar. Y cuando Hans la frenó dando un tirón a la cuerda, la frenó harto bruscamente. La canoa se bamboleó y acabó volcándose sobre la orilla, en tanto que Thornton, despedido por el impulso, era arrastrado por la corriente hacia lo peor de los rápidos, un tramo de aguas turbulentas de las que nadador alguno habría podido salir con vida.

«Buck» se zambulló y, al cabo de trescientas yardas de enloquecidos remolinos, alcanzó a su amo. Apenas hubo sentido que Thornton le aferraba la cola, «Buck» se dirigió a la costa, nadando con todo su espléndido vigor. Pero el avance en esa dirección era lento y extraordinariamente rápido el del agua. Desde el abismo llegaba el fatídico estruendo que la salvaje corriente hacía al ensancharse y ser desgarrada y pulverizada por las rocas que la hendían como los dientes de un peine gigantesco. La fuerza del agua al alcanzar el comienzo de la corriente era terrible y Thornton sabía que la costa era inalcanzable. Desesperadamente, trató de asirse de una roca, se golpeó contra otra y, con indescriptible violencia, fue a estrellarse en una tercera. Tras soltar a «Buck» logró aferrarse con ambas manos a la resbaladiza superficie y, sobre el fragor de la revuelta corriente, gritó:

—¡A la costa, «Buck»! ¡A la costa!

«Buck» apenas podía mantenerse a flote y, no obstante sus denodados esfuerzos, fue arrastrado por la corriente. Al oír que Thornton repetía la orden, levantó la cabeza sobre el agua y la mantuvo erguida durante unos instantes, como en una última mirada y después giró obedientemente hacia la costa. Nadó con todas sus fuerzas y Hans y Pete lo sacaron del río en ese preciso instante en que se hace imposible seguir nadando y comienza la destrucción.

Hans y Pete sabían que un hombre asido a una roca resbaladiza sólo podía resistir unos pocos minutos el embate de la impetuosa corriente. A la carrera avanzaron por la orilla hasta algo más allá del sitio donde Thornton se debatía; después, con cuidado de que no lo ahogara, ataron al cuello de «Buck» la cuerda con la que habían remolcado el bote y lo lanzaron al agua. «Buck» nadó resueltamente, pero equivocó el rumbo. Descubrió su error demasiado tarde, al pasar, arrastrado por la corriente, a unas doce brazadas de Thornton. Como si «Buck» hubiera sido un bote, Hans tiró de la cuerda, que estaba tensa y rozaba apenas el agua. La sacudida obligó a «Buck» a sumergirse y sumergido permaneció hasta que chocó con la orilla. Cuando lo sacaron del agua estaba semiahogado; Hans y Pete se echaron sobre él para ayudarlo a recobrar el aliento y hacerle devolver el agua; después, «Buck» se incorporó, pero enseguida se desplomó. El débil sonido de la voz de Thornton llegó hasta ellos y aunque no distinguieron las palabras comprendieron que no podía seguir resistiendo. La voz del amo produjo en «Buck» el efecto de una descarga eléctrica; de un salto, se puso en pie y corrió hasta el sitio desde donde un rato antes se había arrojado al agua.

Una vez más volvieron a ceñirle la cuerda y volvieron a lanzarlo al río. Pero ahora tomó la dirección correcta. La primera vez se había equivocado; la segunda, no iba a cometer el mismo error. Hans sostenía la cuerda procurando que se mantuviera tensa y Pete, mientras tanto, la desenrollaba. «Buck» nadó hasta alcanzar la altura de Thornton y luego enfiló hacia él con la velocidad de un tren expreso. Thornton lo vio acercarse y cuando «Buck», llevado por la corriente, lo embistió con la fuerza de un ariete, rodeó con ambos brazos el peludo cuello del animal. Hans aseguró la cuerda a un árbol y «Buck» y Thornton, jadeantes, sofocados, desapareciendo por momentos de la superficie y chocando ora el uno, ora el otro, contra el fondo de ese río poco profundo y erizado de piedras y troncos, fueron poco a poco remolcados hasta la orilla.

Thornton estaba semiahogado; para que se recuperara, Hans y Pete lo tendieron boca abajo, apoyado el vientre sobre un tronco, y comenzaron a empujarlo enérgicamente hacia delante y hacia atrás. Su primera mirada fue para «Buck», sobre cuyo cuerpo, magullado y al parecer sin vida, «Nig» aullaba lúgubremente. Thornton mismo estaba magullado y herido, y una vez que se hubo recobrado examinó atentamente a «Buck» y halló tres costillas rotas.

—Está resuelto —anunció—; acampamos aquí.

Y así lo hicieron hasta que «Buck» se curó y estuvo en condiciones de reanudar la marcha.

Aquel invierno, en Dawson, «Buck» llevó a cabo otra hazaña, acaso no tan heroica, pero que sirvió para que su nombre superara muchas marcas en el tótem de la popularidad. Dicha hazaña les fue particularmente productiva a los tres socios, que carecían de los medios necesarios para proveerse de equipos y no podían, por tanto, emprender el viaje que desde hacía mucho tiempo deseaban realizar a las inexploradas regiones orientales, en las que aún no habían aparecido mineros. Todo empezó en la taberna Eldorado, donde los parroquianos solían fanfarronear acerca de los méritos de sus perros favoritos. Por su prestigio, «Buck» era el blanco obligado de tales parroquianos y Thornton se vio en la necesidad de defenderlo. Después de media hora de discusión un hombre afirmó que su perro podía hacer arrancar y conducir un trineo cargado con quinientas libras; otro alardeó de que el suyo podía hacer lo mismo con seiscientas y un tercero con setecientas.

—¡Bah, bah! —exclamó John Thornton—. «Buck» es capaz de arrastrar mil libras.

—¿Y despegarlas del hielo? ¿Y avanzar con ellas cien yardas? —preguntó Matthewson, uno de los potentados de la comarca y, además, el que había hablado de setecientas libras.

—Despegar y arrastrar cien yardas —dijo Thornton, con tono tajante.

—Bien —respondió Matthewson, lenta y deliberadamente para que lo oyera todo el mundo—. Apuesto mil dólares a que no puede. Aquí están —concluyó, arrojando sobre el mostrador un saquito no más grande que una salchicha, lleno de oro en polvo.

Nadie respondió. La fanfarronada de Thornton, si lo había sido, había obtenido una réplica. Thornton sintió que el rubor le subía a las mejillas. Su lengua le había tendido una celada. Ignoraba si «Buck» sería capaz de arrastrar mil libras. ¡Media tonelada! La barbaridad de su afirmación le aterraba. Tenía gran confianza en la fuerza de «Buck» y a menudo lo había supuesto capaz de arrastrar una carga semejante, pero nunca hasta entonces se había enfrentado con la posibilidad de hacerlo. Los ojos de una docena de hombres estaban fijos en él, silenciosos y atentos. Por otra parte, no disponía de mil dólares. Ni tampoco Hans o Pete.

—Afuera tengo un trineo cargado con veinte sacos de cincuenta libras de harina cada uno —prosiguió Matthewson con brutal insolencia—. Así pues, no tiene usted que preparar nada.

Thornton no respondió. No se le ocurría qué decir. Paseó la mirada de rostro en rostro, con la expresión ausente del hombre que ha perdido la facultad de pensar y busca en todas partes el estímulo que la ponga nuevamente en marcha. De pronto, sus ojos distinguieron a Jim O'Brien, un próspero mastodonte del que en otra época había sido compañero. Le bastó verlo para decidirse a hacer algo que jamás se le había ocurrido ni siquiera en sueños.

—¿Puedes prestarme mil dólares? —preguntó casi en un susurro.

—Claro que sí, John —contestó O'Brien, y puso un hinchado talego junto al de Matthewson—, aunque es poca la fe que tengo en que ese animal te haga ganar la apuesta.

Los parroquianos de Eldorado se volcaron a la calle para presenciar la prueba. Las mesas quedaron vacías y jugadores y talladores salieron a ver cómo terminaba el desafío y a levantar apuestas. Varios cientos de hombres con guantes y abrigo de pieles se apiñaron en torno del trineo. El trineo de Matthewson, cargado con mil libras de harina, había estado al raso durante un par de horas y, con el intenso frío (sesenta grados bajo cero), los patines se habían adherido a la nieve. Algunos apostaron doble contra sencillo que «Buck» no podría mover el trineo. Y hubo una discusión sobre el significado del término «despegarlo». Según O'Brien, a Thornton incumbía el privilegio de desprender los patines, dejando a «Buck» la tarea de hacer arrancar el trineo. Matthewson insistió en que había querido decir que el perro debía quebrar los cepos de nieve que sujetaban los patines. A su favor se pronunció la mayor parte de los testigos del desafío, de modo que la proporción de las apuestas creció hasta tres contra una a favor de «Buck».

No había quien se arriesgara, nadie creía a «Buck» capaz de cumplir la hazaña. Thornton se había visto obligado a aceptar el desafío, a pesar de sus dudas; y ahora que veía el trineo, el hecho concreto, y junto al trineo, tendidos en la nieve, los diez perros del equipo habitual, más imposible se le antojaba la empresa. Matthewson estaba jubiloso.

—¡Tres contra uno! —proclamó—. Voy otros mil en esa proporción, Thornton. ¿Qué dice usted?

La duda se reflejaba en el rostro de Thornton. Pero su espíritu de lucha (ese espíritu de lucha que supera dificultades, que no admite lo imposible y que es sordo a todo menos al clamor de la batalla) se había despertado ya. Llamó a Hans y Pete. Cada uno de los socios vació su saco y entre los tres lograron reunir apenas doscientos dólares. Al borde de la indigencia, esa suma era todo el capital del que disponían; sin embargo, sin vacilar la apostaron contra los seiscientos dólares de Matthewson.

Una vez desenganchado el equipo de diez perros, «Buck», con su propio arnés, fue unido al trineo. Se le había contagiado la excitación general e intuía que en cierta forma se le presentaba la ocasión de hacer algo importante por Thornton. Su espléndido aspecto provocó murmullos de admiración. Su estado físico rayaba en la perfección, pues no tenía ni siquiera una onza de carne superflua, y las ciento cincuenta libras que pesaba eran otras tantas libras de coraje y vigor. Su piel brillaba con el brillo de la seda. Aunque estuviera quieto, el pelaje del cuello y del pecho se le erizaba a cada momento, y se le estremecía al menor movimiento como si un exceso de vigor transmitiera vida y actividad a cada uno de los pelos. El ancho pecho y las fuertes patas delanteras armonizaban a la perfección con el resto del cuerpo, donde los músculos se ponían de relieve por debajo de la piel. La gente palpó esos músculos y los halló duros como el hierro, y las apuestas bajaron a doble contra sencillo.

—Escuche, amigo —tartajeó un miembro de la dinastía de los nuevos ricos, un potentado de los aluviones de Skookum—: le ofrezco ochocientos dólares por él, caballero; antes de la prueba, caballero; ochocientos tal como está.

Thornton meneó negativamente la cabeza y se acercó a «Buck».

—Debe usted mantenerse a distancia —protestó Matthewson—: juego limpio y campo libre.

La multitud guardó silencio; sólo se oían las voces de los jugadores que ofrecían en vano apuestas de doble contra sencillo. Todo el mundo reconocía que «Buck» era un animal magnífico, pero veinte sacos con cincuenta libras de harina cada uno constituían, a los ojos de cualquiera, una carga harto pesada como para que alguien se decidiera a aflojar las correas de su bolsa.

Thornton se arrodilló junto a «Buck», tomó entre sus manos la cabeza del animal y la apretó contra su propia mejilla. Pero no la sacudió juguetonamente, como era su costumbre, ni murmuró tampoco cariñosas obscenidades; en cambio, murmuró:

—¡Demuéstrame que me quieres, «Buck»! ¡Demuéstrame que me quieres!

«Buck» aulló con contenida vehemencia.

La multitud observó atentamente aquella escena. El asunto se tornaba misterioso. Parecía una conjuración. Cuando Thornton se puso en pie, «Buck» tomó con la boca una de las enguantadas manos de su dueño, se la oprimió con los dientes y la fue soltando lentamente, como con desagrado. Era su respuesta, expresada no con palabras, sino con amor. Thornton se apartó de él:

—Ahora, «Buck» —dijo.

«Buck» tiró un poco de las riendas; después, las aflojó unos centímetros. Así se lo habían enseñado.

—¡Arre! —resonó la voz de Thornton, cortando aquel expectante silencio.

«Buck» se inclinó hacia la derecha y terminó el movimiento con una sacudida que tensó las riendas y frenó en seco el impulso de sus ciento cincuenta libras. La carga se estremeció y de los patines se elevó un crujido seco.

—¡A la izquierda! —ordenó Thornton.

«Buck» repitió la maniobra, esta vez hacia la izquierda. El crujido se convirtió en chasquido, el trineo vibró sobre su eje y los patines se deslizaron varias pulgadas hacia un costado. El trineo se había despegado. La gente contenía la respiración, sin darse cuenta.

—Y ahora, ¡arre!

La orden de Thornton resonó como un pistoletazo. «Buck» se lanzó hacia delante y tiró de las riendas con una violenta arremetida; todo su cuerpo se contrajo en aquel tremendo esfuerzo y, bajo la sedosa piel, los músculos reptaron y se anudaron como dotados de vida propia. Su pecho rozaba casi el suelo, sus patas se agitaban enloquecidas y sus pezuñas abrían surcos paralelos en la nieve apelmazada. El trineo se balanceó y vibró, a punto de arrancar. De pronto, «Buck» resbaló. Uno de los espectadores lanzó una maldición. Después, el trineo echó a andar: como en una rápida sucesión de sacudidas, aunque ya no volvió a detenerse realmente. Media pulgada... Una pulgada..., dos pulgadas. Las sacudidas fueron cada vez menos bruscas; a medida que el trineo cobraba impulso, «Buck» atenuaba sus esfuerzos, que cesaron cuando la marcha se tornó suave y uniforme.

Los espectadores soltaron el aliento y comenzaron a respirar otra vez, sin haber advertido que por un momento habían contenido la respiración. Thornton corría tras el trineo, alentando a «Buck» con palabras cariñosas. La distancia había sido convenida de antemano y a medida que «Buck» se acercaba a la pila de troncos que señalaba el fin de las cien yardas los vítores fueron creciendo hasta convertirse en un atronador clamoreo cuando el animal cruzó la meta y se detuvo al oír la voz de alto. Todo el mundo dio rienda suelta a su entusiasmo, incluso Matthewson. Sombreros y guantes volaron por el aire. Los hombres se daban la mano, sin reparar ninguno en el otro, y el entusiasmo acabó transformándose en una incoherente Babel.

Pero Thornton se dejó caer de rodillas junto a «Buck», apretó contra su rostro la cabeza del animal y la sacudió de un lado a otro. Los primeros en llegar junto a Thornton le oyeron insultar a «Buck» larga y fervientemente, dulce y cariñosamente.

—Escuche, caballero; escuche —exclamó el magnate de Skookum—: le ofrezco mil dólares por él, caballero. Mil, caballero... Mil doscientos, caballero.

Thornton se puso en pie. Sus ojos estaban húmedos. Las lágrimas rodaban por sus mejillas.

—Caballero —dijo al magnate de Skookum—: no. Puede irse usted al infierno. Es lo mejor que puede hacer, caballero.

«Buck» asió con los dientes la mano de Thornton. Este lo sacudió hacia delante y hacia atrás. Como animados por un común impulso, los espectadores retrocedieron prudentemente. Ninguno de ellos habría de ser tan indiscreto que los interrumpiera.

CAPÍTULO VII
Los ecos de la llamada

Al ganar en cinco minutos mil seiscientos dólares para John Thornton, «Buck» hizo posible que su amo pagara ciertas deudas y viajara con sus socios hacia el Este, en busca de un fabuloso yacimiento cuya historia era tan antigua como la de la región. Muchos hombres lo habían buscado, pocos lo habían encontrado y menos aún habían regresado de la búsqueda. Ese ignoto yacimiento estaba aureolado de tragedia y envuelto en misterio. Nadie sabía nada acerca de su descubridor. La más añeja tradición se perdía antes de llegar a él. Había habido desde el principio una vieja y ruinosa cabaña. Algunos moribundos habían jurado que eso era verdad y que el yacimiento existía, confirmando su testimonio con pepitas de oro tan grandes como jamás se habían visto en las regiones del Norte.

Pero nadie que estuviera aún con vida había saqueado esa morada de riquezas, y los muertos, muertos estaban; de modo que John Thornton, Pete y Hans, con «Buck» y seis perros más se dirigieron al Este, por un sendero desconocido, en busca del éxito donde hombres y perros tan buenos como ellos habían fracasado. Recorrieron setenta millas Yukon arriba, viraron hacia la izquierda al llegar al río Stewart, cruzaron el Mayo y el McQueston, y siguieron avanzando hasta que el Stewart se convirtió en un arroyo que se colaba entre las abruptas colinas que definían la columna vertebral del continente.

John Thornton pedía poco al hombre y a la naturaleza. No temía a la selva. Con un puñado de sal y un rifle era capaz de internarse en el desierto, dirigirse a donde se le antojara y permanecer allí cuanto quisiera. Sin prisa alguna, como los indios, cazaba su pitanza durante la jornada de viaje y, si no la conseguía, como los indios seguía adelante, con la certeza de que tarde o temprano la obtendría. Así, en ese gran viaje hacia el Este, la carne recién cazada era el único alimento, las municiones y los arreos formaban lo más importante de la carga del trineo y el término del viaje se esfumaba en el futuro sin límites.

Para «Buck» era un gozo infinito ese andar cazando, pescando y vagabundeando interminablemente por lugares desconocidos. Durante semanas enteras avanzaban sin detenerse, día tras día, y durante semanas enteras acampaban en cualquier parte mientras los perros holgazaneaban y los hombres hacían agujeros en el suelo y lavaban sobre el fuego incontables calderos de lodo y grava. A veces pasaban hambre, a veces comían hasta el hartazgo, según la abundancia de la caza y la suerte del cazador. Llegó el verano y perros y hombres con los equipos a cuestas cruzaron en balsas azules lagos de montaña y remontaron desconocidos ríos con canoas rudimentarias hechas de troncos de árboles.

Los meses se sucedían y ellos erraban por la inmensidad desconocida donde no había hombres y en la que debía de haberlos en caso de existir la Cabaña Perdida. Cruzaron desfiladeros en medio de huracanes de verano, se estremecieron bajo el sol de medianoche en las peladas montañas que dividían la zona boscosa y las nieves eternas, bajaron a valles cálidos entre enjambres de moscas y mosquitos, y en la sombra de los glaciares recogieron frutillas tan maduras y flores tan lozanas como las que suelen ser el orgullo de las regiones del Sur. Hacia el final del año enfilaron una región de lagos, triste y silenciosa, donde había habido aves silvestres, pero donde no había ya signos de vida: sólo el rugir de los vientos helados, bloques de hielo en desolados parajes y el melancólico rumor de las olas en playas solitarias.

Y durante otro invierno erraron por los senderos hollados por los hombres que los habían precedido. En cierta ocasión llegaron a una senda, una vieja senda, abierta en la selva, y la Cabaña Perdida pareció estar más cerca. Pero se trataba de una senda que no empezaba en ninguna parte y que no conducía a lugar alguno; el hombre que la había trazado y la razón que había tenido para trazarla continuaron en el misterio. En otra ocasión hallaron las ruinas de una cabaña de cazadores y, entre los restos de unas podridas mantas, John Thornton descubrió un rifle de chispa. No tardó en identificar aquel arma como una de las que utilizaba la Compañía de la Bahía de Hudson al iniciarse la colonización del noroeste, cuando tal fusil valía su altura en pieles de castor. Eso fue todo: ni rastros del hombre que en remotos días había construido la cabaña y dejado el fusil entre las mantas.

La primavera llegó una vez más y Thornton, Hans y Pete encontraron, al cabo de su vagabundeo, no la Cabaña Perdida, sino un yacimiento a flor de tierra en un vasto valle. Allí, el oro cubría como manteca amarilla el fondo de los cedazos. No siguieron avanzando. Cada día de trabajo les reportaba miles de dólares en polvo y pepitas de oro, y trabajaban todos los días. El oro era puesto en sacos de piel de gamuza y almacenado, como otros tantos leños, fuera de la cabaña de troncos de pino. Trabajaban como titanes y los días se sucedían velozmente, igual que en sueños, mientras ellos acumulaban su tesoro.

Los perros no tenían nada que hacer, excepto arrastrar las presas de caza que de cuando en cuando cobraba Thornton, y «Buck» pasaba largas horas cabeceando junto al fuego. La visión del hombre velludo y de piernas cortas lo asaltaba cada vez más frecuentemente y a menudo, mientras contemplaba el fuego, «Buck» vagaba con él por ese otro mundo de su memoria.

El rasgo sobresaliente de ese otro mundo parecía ser el miedo. Cuando observaba al hombre velludo que, con la cabeza entre las rodillas y las manos alrededor de la cabeza, dormía junto al fuego, «Buck» notaba que su sueño era intranquilo, que lo turbaban estremecimientos y sobresaltos, y que se despertaba a menudo para escudriñar temerosamente las tinieblas y echar más leña a la hoguera. A veces caminaban por la orilla de un mar; el hombre recogía mariscos y se los comía a medida que iba recogiéndolos: mientras tanto, sus ojos se fijaban en todas partes, en busca de ocultas amenazas, listas las piernas para echar a correr con la velocidad del viento a la primera señal de peligro. A través de la selva avanzaban sigilosamente, «Buck» pegado a los talones del hombre; ambos, atentos y vigilantes, pues el hombre tenía un oído y un olfato tan agudos como los de «Buck». El hombre velludo sabía trepar a los árboles y pasar de uno a otro, tan rápidamente como en tierra, saltando de rama en rama, separadas a veces hasta por doce pies de distancia, sin caer jamás, sin errar jamás el cálculo. En realidad, parecía tan en su casa entre los árboles como en tierra, y «Buck» guardaba memoria de noches de vigilia transcurridas al pie de los árboles entre cuyo follaje dormía el hombre velludo.

Estrechamente ligado a las visiones del hombre velludo estaba la llamada que resonaba en lo más recóndito de la selva. Esta llamada le provocaba un gran desasosiego y extraños deseos. Le hacía sentir una vaga, dulce alegría, y lo asaltaban salvajes anhelos de algo que no lograba precisar. A veces, en pos de la llamada, se internaba en la selva, buscándola como si se tratara de algo tangible, ladrando suave o desafiantemente, según se lo ordenara su humor. Solía apoyar el hocico en el fresco musgo de los troncos o en la tierra negra donde crecían altas hierbas, y gruñir complacido al percibir los aromas del suelo, o se agazapaba durante horas, como si se ocultara, detrás de los árboles caídos, muy abiertos los ojos y atento el oído a cuanto movimiento y cuanto ruido se producía alrededor de él. Acaso, tendido en esa forma, confiaba captar esa llamada que no podía comprender. Pero no sabía por qué había hecho todas esas cosas. Se sentía impulsado a hacerlas, pero no las razonaba.

Impulsos irresistibles lo dominaban. A veces, mientras estaba tendido en el campamento, dormitando perezosamente bajo la luz del día, levantaba de pronto la cabeza y erguía las orejas para escuchar, y se levantaba de un salto y se lanzaba a la carrera, y corría durante horas, por los senderos umbríos o a través de los espacios abiertos donde crecían matas de flores silvestres. Le agradaba correr por cauces secos y agazaparse y espiar la vida de las aves del bosque. Llegó a pasar un día entero agazapado entre los matorrales, acechando a las perdices que revoloteaban de un lado a otro. Pero sobre todo le agradaba correr en la suave penumbra de las noches de verano, atento a los apagados y soñolientos rumores de la selva, descifrando signos y sonidos como un hombre lee un libro y buscando ese algo misterioso que lo llamaba, despierto o en sueños, en todo momento.

Una noche se despertó sobresaltado, inquietos los ojos, trémulas las aletas de la nariz, la piel encrespada en oleadas recurrentes. Desde la selva llegaba la llamada (o tan sólo una de sus muchas notas), más clara y definida que nunca: un prolongado aullido muy semejante al de los perros esquimales, pero también diferente. Y supo, como de costumbre, que ya antes había escuchado ese sonido. Sigilosamente cruzó el campamento dormido y se lanzó hacia el bosque. A medida que se acercaba al lugar de donde había partido la llamada, disminuyó la velocidad de la carrera hasta que todos sus movimientos se tornaron cautelosos, y de esa manera llegó a un claro del bosque. Allí vio, sentado sobre las patas traseras, el hocico apuntando al cielo, a un escuálido lobo de los bosques.

No había hecho ruido alguno. Sin embargo, el lobo dejó de aullar y husmeó la presencia del intruso. «Buck» salió al claro, casi arrastrándose, el cuerpo contraído, rígida y erguida la cola, receloso el paso. Cada uno de sus movimientos era, a la vez, un reto y una invitación a la amistad. Era la tregua amenazadora que señala el encuentro de las bestias feroces. Pero el lobo huyó al verlo. «Buck» lo siguió, con saltos desordenados, frenético por alcanzarlo. Lo persiguió por el lecho de un arroyo seco, donde un tronco caído obstruía el paso. El lobo giró sobre sí mismo, tal como «Joc» o cualquier otro perro acorralado, rugiendo y encrespándose, entrechocando los dientes en una continua y rápida sucesión de mordiscos.

«Buck» no lo atacó: se le acercó e intentó trabar amistad. El lobo era suspicaz y miedoso, pues «Buck» pesaba tres veces más que él y era mucho más alto. Así, pues, a la primera oportunidad huyó y se reanudó la persecución. De cuando en cuando «Buck» lo acorralaba y volvía a repetirse la escena anterior. El lobo estaba disminuido físicamente, pues de no ser así «Buck» no lo habría alcanzado tan fácilmente: corría hasta que la cabeza de «Buck» le rozaba el flanco y entonces se volvía hacia él, para reanudar la huida a la primera oportunidad.

La constancia de «Buck» tuvo por fin su recompensa, pues el lobo, al ver que «Buck» no tenía intención de hacerle daño terminó cambiando con él amistosos olfateos. Después se hicieron amigos y jugaron en esa forma nerviosa y casi tímida con que los animales salvajes desmienten su ferocidad. Al cabo de un rato, el lobo emprendió un trote corto, dando a entender que se dirigía a algún sitio. E hizo comprender a «Buck» que debía seguirlo. Uno al lado del otro, corrieron por el lecho del arroyo, rumbo al desfiladero donde nacía la corriente y cruzaron la vertiente desolada.

En la ladera opuesta se encontraron con una región llana en la que había vastos bosques y numerosas corrientes de agua. Por esas zonas boscosas corrieron hora tras hora, mientras el sol se elevaba en el cielo y el día se tornaba cada vez más caluroso. «Buck» estaba muy alegre. Sabía que, al fin, contestaba a la llamada, corriendo al lado de su hermano salvaje hacia el lugar de donde seguramente procedía la llamada. Viejos recuerdos se despertaban en su mente y ya no veía en ellos sombras, sino realidades. Ya había hecho eso anteriormente, en algún sitio de ese otro mundo vagamente recordado, y ahora lo hacía de nuevo, sintiendo bajo sus patas la tierra virgen.

Se detuvieron para beber en un arroyo y, al detenerse, «Buck» recordó a John Thornton. Se sentó. El lobo partió hacia el sitio de donde procedía la llamada, pero retornó enseguida y trató de alentar a «Buck» para que prosiguiera la marcha. Pero «Buck» se volvió y emprendió el regreso. Durante casi una hora el hermano salvaje corrió a su lado, gimiendo suavemente; después se sentó, levantó el hocico hacia el cielo y lanzó un penetrante aullido. Era un grito fúnebre, que «Buck» siguió oyendo cada vez más débilmente a medida que se alejaba y se perdía en la distancia.

John Thornton estaba cenando cuando «Buck» entró en el campamento, como una exhalación, y le saltó encima para demostrarle su afecto, haciéndole caer de espaldas, lamiéndole el rostro, mordiéndole la mano..., «haciéndose el tonto», como solía decir Thornton, mientras sacudía a «Buck» de un lado a otro y lo insultaba cariñosamente.

Durante dos días con sus noches «Buck» no abandonó el campamento ni dejó que Thornton se apartara de su vista. Le seguía en el trabajo, le observaba mientras comía, le acompañaba hasta que se acostaba y le esperaba por la mañana al levantarse. Pero, al cabo de dos días, la llamada de la selva comenzó a sonar más, más perentoria que nunca. El desasosiego volvió a invadirlo y le abrumó el recuerdo de su hermano salvaje y de la sonriente región que estaba más allá de la vertiente. Comenzó otra vez a vagar por los bosques, pero el hermano salvaje no regresó. Y aunque se pasaba las noches tendiendo el oído, no volvió a escuchar el fúnebre aullido.

Comenzó a dormir en la selva durante la noche, permaneciendo lejos del campamento durante varios días; en cierta oportunidad cruzó la vertiente y descendió a la región de los bosques y de los cursos de agua. Por allí vagó durante una semana, buscando en vano a su hermano salvaje, cazando su sustento a medida que avanzaba y avanzando con un trote largo y fácil. En una ancha corriente que se dirigía hacia el mar pescó salmones y en las orillas de esa corriente mató a un enorme oso negro al que los mosquitos habían dejado ciego y que vagaba furioso por la selva. Aunque el enemigo se hallaba en esa condición, la lucha fue terrible y despertó los últimos instintos salvajes de «Buck». Dos días después, al retornar al sitio de la lucha, encontró a una docena de glotones riñendo sobre los despojos y los dispersó a dentelladas. Al huir, dos de los glotones quedaron muertos en el campo de batalla.

El anhelo de sangre se hizo más fuerte que nunca. «Buck» era un matador, una fiera de presa, que vivía de otros seres vivos, sin ayuda, solo, por obra de su propia fuerza y astucia, y que sobrevivía, triunfante, en un medio hostil en el que únicamente podían mantenerse los poderosos. Debido a ello, le embargó un gran orgullo de sí mismo, que pareció contagiársele a todo el cuerpo. Ese orgullo, que se traslucía en todos sus movimientos y que era evidente en cada uno de sus músculos, lo revistió de una dignidad hasta entonces desconocida. De no haber sido por las manchas pardas del hocico y de los ojos y por el mechón de pelos blancos que tenía en el pecho, podría haber pasado por un lobo gigantesco, mayor aún que los más grandes de su raza. De su padre, un san bernardo, había heredado el tamaño y el peso, pero era su madre quien había dado forma a ese tamaño. Su hocico era el largo hocico de los lobos, pero más macizo; su cabeza, algo más ancha, era, con proporciones mayores, una cabeza de lobo.

Su astucia era la del lobo salvaje; su inteligencia, la del perro de pastor y la del san bernardo; todo ello, sumado a una experiencia adquirida en la más feroz de las escuelas, lo convertía en una criatura tan formidable como las que erraban por la selva. Era un animal carnívoro que vivía a dieta de carne y que estaba en la plenitud de la vida. Cuando Thornton le pasaba la mano por el lomo, el pelo se le erizaba como si quisiera descargar el exceso de vigor que poseía. Su cerebro y su cuerpo, sus nervios y sus músculos, armonizaban a la perfección, y entre todos había un equilibrio que lo capacitaba para obrar en forma instantánea frente a cualquier eventualidad. Si los acontecimientos requerían acción respondía con la rapidez del rayo. Por veloz que fuera un perro-lobo al defenderse y al atacar, «Buck» podía ser más veloz aún. Veía un movimiento u oía un sonido y reaccionaba en menos tiempo del que cualquier otro perro hubiera necesitado para enviar esos mensajes de los sentidos hacia el corazón. Percibía, determinaba y reaccionaba en el mismo instante. En realidad, las tres acciones se sucedían, pero tan mínimo era el intervalo entre ellas que parecían simultáneas. Sus músculos estaban sobrecargados de vigor y funcionaban como resortes de acero. La vida corría por sus venas como un torrente y parecía querer desbordarse de su cauce para derramarse generosamente por el mundo.

—Nunca vi un perro como este —dijo John Thornton un día en que los socios observaban a «Buck» alejarse del campamento.

—Cuando Dios lo hizo rompió el molde —dijo Pete.

—¡Cristo! Lo mismo creer yo —dijo Hans.

Lo vieron alejarse del campamento, pero no pudieron ver la terrible y súbita transformación que se operó en él cuando estuvo oculto por la selva. Ya no marchaba. Al instante se convirtió en una fiera salvaje, que se adelantaba suavemente, con pasos felinos: una sombra que aparecía y desaparecía entre otras sombras. Sabía cómo aprovechar todos los escondrijos, cómo arrastrarse sobre el vientre igual que una víbora y cómo saltar y abatir a su presa. Sabía cómo atrapar en su nido a las aves silvestres, matar a los conejos mientras dormían, dar mordiscos en el aire, en pleno salto, a las ardillas que tardaban en huir hacia los árboles... Los peces no eran bastante rápidos para él, como tampoco eran suficientemente cautelosos los castores que construían sus diques en el río. Mataba para comer, no por maldad, pero prefería comer lo que él mismo había matado. De modo que cuando lo dominaba el capricho de la caza, su deleite estaba en acercarse a las ardillas hasta tenerlas al alcance de sus dientes, para dejarlas después huir, aterrorizadas, hacia los árboles.

Al llegar el otoño aparecieron grandes rebaños de alces que avanzaban lentamente para hacer frente al invierno en los valles más bajos, donde el clima era menos riguroso. «Buck» ya había logrado matar a un alce joven, pero anhelaba una presa mucho mayor y más importante, y la encontró un día en la vertiente de la que nacía el arroyo. Un rebaño de veinte alces había cruzado desde la región de los bosques y corrientes, y entre ellos se destacaba un enorme macho. Aquella bestia tenía un humor salvaje y, con su estatura de casi dos metros, era un contendiente tan formidable como podía desearlo «Buck». Además, sacudía hacia todos lados sus enormes cuernos, de más de siete pies de punta a punta. Sus diminutos ojos lanzaban chispas de malicia y crueldad y, al ver a «Buck», rugió enfurecido.

De uno de sus flancos sobresalía el extremo de una flecha emplumada, lo que explicaba su terrible estado de ánimo. Guiado por el instinto heredado de aquellos días de caza en el mundo primitivo, «Buck» se dispuso a alejar a su rival del resto del rebaño. La tarea no era fácil. «Buck» ladraba y se movía frente al alce, a corta distancia de los terribles cuernos y de las pezuñas que podrían haberle quitado la vida con un solo golpe. Incapaz de dar la espalda al peligro y de continuar viaje, el alce se dejó dominar por la furia. Así cargaba sobre «Buck», que con toda astucia retrocedía, atrayéndolo con su simulada incapacidad de huir. Pero cuando lograba separarlo de sus compañeros, dos o tres machos jóvenes atacaban también a «Buck» y permitían que el macho herido se uniese al rebaño.

Hay en la selva una paciencia (obstinada, incansable, persistente como la vida misma) que mantiene inmóvil durante horas a la araña en su tela, a la víbora en el suelo, a la pantera en su emboscada; esa paciencia es prerrogativa especial de las fieras que cazan su alimento y fue la que mantuvo a «Buck» cerca del rebaño, demorando su marcha, irritando a los machos más jóvenes, molestando a las hembras con crías y enloqueciendo de furia al macho herido. Durante medio día continuó la lucha. «Buck» se multiplicó, atacando por todas partes, envolviendo al rebaño en un huracán de amenazas, aislando a su víctima con velocidad igual a la que este ponía en reunirse con sus compañeros, agotando la paciencia de los acosados, que es mucho menor que la de los cazadores.

Al avanzar el día y ponerse el sol en su lecho del noroeste (había vuelto la oscuridad y las noches de otoño duraban seis horas), los machos jóvenes acudían cada vez con mayor desgana en ayuda de su acorralado jefe. La llegada del invierno los impulsaba a marchar deprisa hacia terrenos más bajos y les parecía que nunca podrían quitarse de encima a esa incansable criatura que les obligaba a retardar la marcha. Además, no se trataba de la vida del rebaño o de algún macho joven, sino de la de un viejo miembro que no les interesaba mucho ya. Por último, se mostraron dispuestos a pagar el diezmo.

Al caer la noche se hallaba el viejo macho observando a sus compañeros que se alejaban con paso rápido por la espesura. No podía seguirlos, pues frente a su hocico brincaba ese terror de largos colmillos que no quería dejarlo en paz. Pesaba más de media tonelada, había vivido una vida larga y llena de luchas, y por fin se enfrentaba con la muerte encarnada en una criatura cuya cabeza no llegaba más arriba de sus patas.

De allí en adelante, noche y día, «Buck» no abandonó su presa ni por un momento, no le dio un segundo de descanso, no le permitió mordisquear las hojas de los árboles ni los retoños de los arbustos. No le dio tampoco oportunidad de que apagara la sed en las tenues corrientes de agua que cruzaron. De cuando en cuando, en su desesperación, el viejo macho huía velozmente. En tales ocasiones, «Buck» no intentaba alcanzarlo, sino que lo seguía a corta distancia, satisfecho de la forma en que se jugaba la partida, tendiéndose cuando el macho se detenía y atacándolo fieramente cuando trataba de comer o de beber.

La enorme cabeza se inclinaba cada vez más bajo el peso de los cuernos. El trote del alce se tornó cada vez más lento. Comenzó a detenerse largos ratos, la nariz pegada al suelo, caídas las orejas. «Buck» tuvo más tiempo para beber y descansar. En esos momentos, jadeando, con la lengua fuera y los ojos fijos en el enorme alce, a «Buck» se le antojaba que estaba realizando un cambio en el mundo. Sentía algo nuevo en la tierra. Como los alces entraban en las tierras bajas, también llegaba otra clase de vida. La selva y los arroyos parecían palpitar con su presencia. No lo advirtió con el olfato, ni con la vista, ni con el oído, sino de manera más sutil. No oía ni veía nada, y sin embargo, sabía que la tierra era distinta, que había en ella algo nuevo. Y resolvió investigar en cuanto hubiera terminado lo que estaba haciendo.

Por último, al concluir el cuarto día del asedio, abatió al enorme alce. Durante un día y una noche permaneció al lado de su presa, comiendo y durmiendo. Después, ya descansado, se dispuso a retornar al campamento y a su amo. Comenzó a trotar rápidamente, hora tras hora, sin errar nunca el camino, rumbo al campamento, por aquella desconocida región, con una seguridad que hubiera avergonzado al hombre y su brújula.

A medida que avanzaba advertía cada vez más la nueva vida que florecía en la tierra. Era una vida diferente de la que había habido allí durante el verano. Ya no eran sus sutiles y misteriosos problemas. Los pájaros hablaban de ella y hasta la susurraba la misma brisa. «Buck» se detuvo para aspirar con fruición el fresco aire de la mañana, captando un mensaje que le hizo aumentar la velocidad de la marcha. Se sentía embargado por el presentimiento de una calamidad inminente, si es que esta no había ocurrido ya. Al cruzar la última vertiente y descender al valle en dirección al campamento comenzó a avanzar con más cautela.

A tres millas del campamento encontró huellas nuevas que le hicieron erizar los pelos. Las huellas se dirigían al campamento y a su amo. «Buck» se apresuró, los nervios tensos, alerta a la multitud de detalles que le referían lo ocurrido..., menos el final. Su olfato le describió el paso de la vida a cuyos talones marchaba. Notó el oprimente silencio de la selva. Las aves habían desaparecido. Las ardillas se ocultaban. Sólo vio una: gorda y gris, aplastada contra un tronco caído, parecía formar parte de la madera.

Al pasar por la sombra de unos árboles, su nariz se torció de pronto hacia un costado, como si una fuerza irresistible la hubiese dirigido hacia allí. Siguió el nuevo olor hasta un matorral y encontró a «Nig», muerto, con el cuerpo atravesado de lado a lado por una flecha.

Cien yardas más adelante, «Buck» halló a uno de los perros que Thornton había comprado en Dawson. El perro se debatía en los últimos estertores de la muerte, tumbado sobre el camino. «Buck» ni se detuvo. Del campamento le llegaba el débil murmullo de un coro que se elevaba y descendía en un canto monótono. Arrastrándose llegó hasta el borde del claro y dio con Hans, que yacía boca abajo, acribillado a flechazos. En ese instante «Buck» miró hacia el lugar donde se había elevado la cabaña de troncos y vio algo que le erizó todos los pelos. Una oleada de incontenible ira lo invadió. Gruñó sin darse cuenta, pero lo hizo con terrible ferocidad. Por última vez en su vida permitió que la pasión usurpara el lugar de la astucia y la razón, y el gran amor que sentía por John Thornton le hizo perder la cabeza.

Los yeehats estaban danzando alrededor de las ruinas de la cabaña cuando oyeron un horrible rugido y vieron que se les echaba encima un animal completamente desconocido para ellos. Era «Buck», un viviente huracán de furia que se abalanzaba sobre ellos ansioso de destrucción.

«Buck» se precipitó sobre el indio más próximo, que era el cacique de los yeehats, y le derribó, sembrando la confusión entre los enemigos, los cuales, apiñados como estaban, se revolvieron aterrados sucumbiendo algunos por sus propias flechas y lanzas y otros bajo la furia incontenible de «Buck». Llenos de pánico, huyeron finalmente como posesos gritando hacia los bosques.

Y en verdad «Buck» era un diablo encarnado en la figura de un perro que los perseguía para seguir matándolos. Fue una jornada desastrosa para los yeehats. Se dispersaron por toda la región y pasó toda una semana antes de que los sobrevivientes se reunieran en un valle lejano, a computar sus pérdidas.

«Buck», fatigado por la persecución, regresó al desolado campamento. Pete estaba muerto entre las mantas, asesinado en el primer momento del sorpresivo ataque. La desesperada lucha de Thornton se podía leer en la tierra y «Buck» la fue siguiendo paso a paso hasta el borde de un profundo lago. Allí, con la cabeza y las patas en el agua, yacía «Skeet», leal hasta el fin. Ese mismo lago ocultaba el cuerpo de John Thornton, pues «Buck» no pudo hallar señales de que hubiera salido del agua.

«Buck» pasó el día entero a orillas del lago o vagando desasosegadamente por el campamento. Conocía la muerte y no ignoraba que John Thornton había muerto. Esa circunstancia le producía una sensación de vacío, algo parecido al hambre, pero un vacío que ningún alimento podía llenar. A veces, cuando se detenía a contemplar los cadáveres de los yeehats, olvidaba su dolor, y entonces se enorgullecía de sí mismo. Era un orgullo mucho mayor del que había experimentado antes. Había matado al hombre, la caza más noble de todas, y lo había matado enfrentando la ley del garrote y el colmillo. Olfateó los cuerpos con curiosidad. ¡Qué fácilmente habían muerto! Era más difícil matar a un perro-lobo. Si no hubiera sido por las flechas, las lanzas y los garrotes no habrían sido enemigos dignos de él. En adelante ya no les tendría temor alguno, excepto cuando empuñaran sus flechas, sus lanzas o sus garrotes.

Llegó la noche y la luna se elevó sobre los árboles e iluminó la tierra con luz espectral. Y con la llegada de la noche, «Buck» sintió el despertar de una nueva vida en el bosque. Se detuvo a escuchar y olfatear. Desde lejos le llegó un aullido agudo al que siguió un coro de sonidos semejantes. A medida que pasaba el tiempo, los aullidos se tornaron más claros y cercanos. Y volvió a reconocer en ellos los sonidos que había oído en aquel otro mundo de su memoria. Enfiló hacia el centro del claro y escuchó. Era la llamada. Y sonaba más atrayente que nunca. Y ahora estaba listo para obedecerla. John Thornton había muerto. El último lazo se había cortado. El hombre y su afecto no lo ataban más.

Cazando su alimento, como lo hacían los yeehats, en los flancos de los rebaños de alces migratorios, la manada de lobos había dejado al fin la región boscosa para invadir el valle de «Buck». Llegaron como sombras plateadas por los rayos de la luna; «Buck» estaba en el centro del claro, inmóvil como una estatua, aguardándolos. Los lobos se sorprendieron al verlo tan corpulento y quieto. Hubo una pausa. Después, el más audaz de los lobos se le arrojó encima. Como un relámpago, «Buck» contestó el ataque, y destrozó la nuca del recién llegado. Después volvió a quedarse inmóvil, como antes, mientras el lobo herido agonizaba detrás de él. Otros tres trataron de abatirlo, y uno tras otro retrocedieron, empapados en la sangre que les fluía de las múltiples heridas recibidas.

Tal proeza bastó para que toda la manada se lanzara hacia delante, ansiosa por abatir la presa. Su maravillosa ligereza y agilidad le sirvieron a «Buck» de mucho. Girando sobre sus patas traseras y lanzando mordiscos a diestro y siniestro estaba en todas partes a la vez, enfrentando siempre a todos con su inimaginable velocidad de movimientos. Mas, para evitar que lo atacaran por detrás, retrocedió poco a poco, hasta el cauce del arroyo seco, y en cierto momento se apoyó en una de sus altas orillas. Siguió moviéndose a lo largo de la orilla hasta llegar a un ángulo formado por un accidente del terreno y allí quedó arrinconado, protegido por tres lados, sin más trabajo que defenderse frente a frente.

Y tan bien lo hizo que al cabo de media hora los lobos retrocedieron desconcertados. Todos tenían la lengua fuera y sus colmillos brillaban con salvaje blancura a la luz de la luna. Algunos se habían echado y observaban a «Buck», otros estaban en pie, otros bebían agua en un charco... Un lobo largo y escuálido avanzó cautelosamente y en actitud amistosa, y «Buck» reconoció en él al hermano salvaje en cuya compañía había corrido durante una noche y un día. El lobo gemía suavemente y al recibir respuesta restregó su hocico contra el de «Buck».

Después, un viejo lobo, flaco y lleno de cicatrices, se adelantó. «Buck» frunció la nariz, preparándose para gruñir, pero restregó su hocico contra el del otro. Al instante, el viejo lobo se sentó, levantó la cabeza hacia el cielo y lanzó un largo chillido. Los demás lo imitaron. Y esta vez la llamada llegó a «Buck» con inconfundible acento. Y también él se sentó y aulló. Finalizada la ceremonia, «Buck» salió de su refugio y la manada lo rodeó, olfateándolo con actitud entre amistosa y salvaje. Los jefes llamaron a la manada y se lanzaron hacia los bosques. Los lobos corrieron en pos de ellos, aullando a coro. Y «Buck» los acompañó, corriendo al lado de su hermano salvaje y aullando con ellos.

Y aquí podría concluir la historia de «Buck». No pasaron muchos años antes de que los yeehats advirtieran un cambio en la raza de los lobos del bosque, pues vieron algunos que tenían manchas pardas en la cabeza y el hocico y un mechón de pelos blancos en el pecho. Pero los yeehats suelen recordar algo más extraordinario aún: el Perro Fantasma que corre a la cabeza de la manada. Temen enormemente a ese Perro Fantasma, que es más astuto que los lobos y les roba alimentos durante los crudos inviernos, les destroza las trampas y desafía a los más valientes cazadores.

Más aún: el relato se torna excitante. Hay cazadores que no regresan jamás a sus cabañas y otros a los que los indios han visto con la garganta destrozada, rodeados sus cadáveres por huellas más grandes que las de cualquier lobo. Todos los otoños, cuando los yeehats siguen la migración de los alces, hacen un rodeo para no entrar en cierto valle. Y hay mujeres que se entristecen cuando oyen decir que el Espíritu Maligno eligió ese valle para su morada.

Al llegar el verano, sin embargo, un visitante desconocido para los yeehats visita ese valle. Es un enorme lobo de hermoso pelaje, parecido a todos los demás lobos y, no obstante, diferente. Cruza solo la venturosa región de los bosques y baja al claro del bosque. Allí se ve una corriente de aguas doradas que procede de varios sacos de piel de gamuza y que se hunde en la tierra, entre las altas hierbas que han invadido todo y ocultan sus resplandores de la luz del sol: y allí permanece durante un tiempo, lanzando un largo aullido fúnebre antes de partir.

Pero no siempre está solo. Cuando llegan las largas noches solitarias del invierno y los lobos emigran persiguiendo la caza en dirección a los valles más bajos, se le suele ver corriendo a la cabeza de la manada. Levantándose como un gigante sobre sus hermanos de la selva, iluminado por la tenue luz de la luna o por las resplandecientes auroras boreales, vuelve el hocico hacia el azul luminoso de la noche y su garganta se hincha cuando entona la canción salvaje del mundo primitivo: el himno fantástico y lastimero de la manada.

ÍNDICE